李商隐无题诗研究

宋雪伟 著

重帏深下莫愁堂卧后清宵细细长神女生涯
元是梦小姑居处本无郎 古诗有小姑之句 风波不信
菱枝弱月露谁教桂叶香直道相思了无益未
妨惆怅是清狂

相见时难别亦难东风无力百花残春蚕到
死丝方尽蜡炬成灰泪始干晓镜但愁云鬓改夜
吟应觉月光寒蓬山此去无多路青鸟殷勤为
探看

中国社会科学出版社

图书在版编目（CIP）数据

李商隐无题诗研究 / 宋雪伟著. --北京 ： 中国社
会科学出版社，2025. 1. --ISBN 978-7-5227-4256-4

Ⅰ. I207. 227. 42

中国国家版本馆 CIP 数据核字第 2024P7E883 号

出 版 人	赵剑英
责任编辑	李金涛
责任校对	刘春芬
责任印制	李寡寡

出　　　版	中国社会科学出版社
社　　　址	北京鼓楼西大街甲 158 号
邮　　　编	100720
网　　　址	http：//www. csspw. cn
发 行 部	010-84083685
门 市 部	010-84029450
经　　　销	新华书店及其他书店

印　　　刷	北京明恒达印务有限公司
装　　　订	廊坊市广阳区广增装订厂
版　　　次	2025 年 1 月第 1 版
印　　　次	2025 年 1 月第 1 次印刷

开　　　本	710×1000　1/16
印　　　张	22
字　　　数	341 千字
定　　　价	188. 00 元

凡购买中国社会科学出版社图书，如有质量问题请与本社营销中心联系调换
电话：010-84083683

谨以此书献给我的父亲宋燕（1959—2022）

目　　录

正编　李商隐无题诗研究

副编　李商隐无题诗解读
——以抽象情绪为核心

正　编

李商隐无题诗研究

导　言

　　李商隐无题诗是晚唐时期一类极具个性的诗作，其抽象性内容和独特的艺术手法备受历代学者关注。故此，关于李商隐无题诗的讨论历来众说纷纭。

一

　　无题诗颇具特色的艺术特征使这类诗歌在不同时代、不同评论者中有着毁誉参半的评价。很多学者注意到李商隐诗歌的独特艺术魅力，对其持较高的评价，但也有一些学者从儒家卫道士的立场出发，对李商隐的无题诗发出一系列头巾气十足的负面评价。据现存资料可知，对李商隐诗歌乃至其无题诗的解读，直到清代吴乔《西昆发微》之后，才形成较为系统的认识。清代初期是李商隐诗歌解读趋向发生变化与突破的时期，这种变化主要体现在两个方面：首先，全面笺注与解读李商隐诗歌别集的行为日臻完善；其次，政治隐喻和牛李党争的历史背景逐渐成为解读李商隐包括无题诗在内的许多诗作的一把万能钥匙。自此，对李商隐诗歌的负面评价也日渐式微，而"君臣寄托说"与"托寓令狐说"则成为解读李商隐包括无题诗在内的许多诗歌的主流，甚至当代依然有学者认为李商隐的无题诗与牛李党争关系密切。①

　　李商隐无题诗被解读为以牛李党争为背景的政治诗歌是不准确的。李商隐无题诗风格的形成，与牛李党争的政治背景并无直接关系，而是

----

　　① 刘修明：《牛李党争和李商隐的〈无题〉诗》，《史林》1995 年第 4 期。

存在某种间接关系。李商隐的无题诗，被扭曲地落实在"牛李党争"这一历史背景下，甚至落实到李商隐与令狐绹的关系之中，是无题诗在接受史解读上的一种文化倾向。这种倾向是中国古代大文化背景下以儒家诗学观为主流的引导作用促成的。这种引导作用虽然未必正确，但可以为李商隐"无题"一类诗作剑走偏锋的艺术手法"洗白"，在儒家诗教观占据主导地位的中国古代诗坛，这种"洗白"有利于李商隐诗歌的流传与接受，使其更易于被主流价值观认可。

钱锺书曾指出：

我们可以参考许多历史资料来证明这一类诗歌的真实性，不过那些记载尽管跟这种诗歌在内容上相符，到底只是文件，不是文学，只是诗歌的局部说明，不能作为诗歌的唯一衡量。也许史料里把一件事情叙述得比较详细，但是诗歌里经过一番提炼和剪裁就把它表现得更集中、更具体、更鲜明，产生了又强烈又深永的效果。反过来说，要是诗歌缺乏这种艺术特性，只是枯燥粗糙的平铺直叙，那么，虽然它在内容上有史实的根据，或者竟可以补历史记录的缺漏，它也只是押韵的文件……因此，"诗史"的看法是个一偏之见。诗是有血有肉的活东西，"史"诚然是它的骨干，然而假如单凭内容是否在史书上信而有征这一点来判断诗歌的价值，那就仿佛要从爱克斯光透视里来鉴定图画家和雕刻家所选择的人体美了。①

诗歌的真实性有别于史学的真实性。诗歌是文学作品，文学作品反映的是一种艺术的真实，它与史学所表现的纯粹的真实并不绝对等同。诗歌的史实与历史的原貌已经有了不同程度的脱节。李商隐"无题"一类诗作在文学领域扮演了颇具个性的角色，这类诗作从某种程度上来说是一种文学的审美特征通过以比兴为主导的象征手段而呈现的载体，其背后所表现的主要是一种文学情绪的传达。从这一角度可认定，较之唐代之前其他诗人的诗作特征而言，在文学审美的特征流变领域，李商隐

---

① 钱锺书：《宋诗选注》，人民文学出版社 1958 年版，第 3 页。

无疑迈出了极富艺术个性的最为关键的一步。这类诗歌必然不能称为"诗史"，它与"史"相去甚远，而与"文"的距离更近。因此，一个"牛李党争"事件，即便十分重大，也不能完全涵盖或解释这类诗作。以"牛李党争"等历史事件与社会环境强行作为解读李商隐"无题"一类诗作的文学批评逻辑，无疑在不同程度上受到社会反应论和史诗互证法的影响。在这种既定的思维下，评论家深受"好诗作是反映社会现实内容"传统文学批评的影响。他们在主观上认可李商隐的诗歌，尤其是"无题"一类诗作的艺术价值，但同时又深受"社会反应论"的影响。为了把李商隐"无题"一类诗作的"好"变成一种理所当然，他们有意无意之间将"无题"一类本不适用于史诗互证法进行批评的诗作，强行运用史诗互证法来进行解读，这就是李商隐"无题"一类诗作长期以来不断被误读甚至被戕害的原因。

传统诗学向来也对李商隐"无题"一类诗作诟病不浅，这类观点主要集中在两个方面。其一是针对李商隐无题诗所选用的典故以及运用典故的技巧提出的，基本认为李商隐"无题"一类诗作引用典故太过频繁，有"掉书袋"的嫌疑，严重影响了诗歌的正常解读。其二是建立在部分被认定为无寄托诗作的评价观点基础之上的，主要认为李商隐的无题诗都是艳情诗，就传统诗学重视教化的评判标准而言，并无可取之处。

这些诟病对李商隐的诗歌尤其是"无题"一类诗作的特征而言，是有失公允的。今天看来，这些特征与其说是李商隐诗歌的缺陷，不如说是李商隐诗歌的典型风格特征。或许李商隐诗歌的魅力，一定程度上是从这些被诟病的因素中展现出来的。李商隐诗歌在征引典故时体现了十分鲜明的风格特征，它们并不是"掉书袋"，而是有其灵活的使用空间。就诗歌文本所呈现的意义来看，李商隐诗歌对典故的使用至少与南宋时期辛弃疾等人的词作相比，要灵活得多。辛弃疾等人的词作，更趋向于传统典故的征引方式，在行文中，如果不是对典故的诸多细节和来龙去脉了如指掌，是很难融会贯通的。李商隐诗歌在征引典故方面表现得却截然不同，他的典故征引，往往更为虚化，并不总是落到实处。如"小姑居处本无郎"，征用了"青溪小姑"的典故。我们可以通过典故去了解，青溪小姑是蒋子文的妹妹，也可以详细了解赵文韶与仙女之间的离奇故事，了解了典故之后，我们可以准确捕捉到诗文的实质是写女子所居之处本无男子，与青溪小姑未嫁而死的细节因素本相暗合，而典故所呈现的其他意义，则可辅助解读，与诗文本意无直接关联。甚至在不了解典故的情况下，根据诗面意义，我们也可以了解到，"小姑"是一位年轻的女子，而"居处本无郎"则暗指在男子没有出现之前，女子对任何男子本无动心的倾向。诗面意义与结合典故之后理解的意义在性质上相差无几，仅仅在表述的情感深度上有差别。由此，李商隐诗歌的典故使用，是一种极其特殊而又富有艺术技巧的手段，在诗歌抽象性表达效果上具有积极意义。李商隐在"无题"一类诗歌的创作中，对典故的虚化使用，也是构成这类诗歌朦胧抽象的个性特征和艺术魅力的重要手段之一。

　　对于李商隐无题诗是"艳诗"的评价，无非是站在儒家教化思想与严肃性的角度去评判的结果，这一观念带有浓厚的"头巾气"，在提倡文学观念、文学思想与文学艺术价值并重的现代文艺观念的大环境下，是不足取的。在传统的诗教观念中，有一种非黑即白的思维定式，即诗歌如果没有寄托，便是"了无可取"。至于李商隐"无题"这类在诗面意义上多写女子心理活动和男女恋情的诗作，倘若没有寄托，更是被直接斥之为"艳诗"。这种非黑即白的思维定式往往使诗文的评论走向功利化和僵硬化。在李商隐诸多无题诗中，"昨夜星辰昨夜风"并无明显"寄托"，故此诸多笺注家多以"艳诗"视之。这首诗虽然描绘的是抒情主人公于一个夜晚在宴饮博戏中与心仪女子几次保持距离的交流，但是通篇却充满了对细腻的心理感受以及可贵的心灵交融的描写。虽然中间两联描绘的事物大都与博戏有关，但所传达的情感自始至终都是纯粹而执着的，甚至传达出了难能可贵的心灵相通之感。由此，这首《无题》即便通篇所描绘的场景都与游戏有关，却在思想境界层面传达出了一份严肃的执着与可贵的真情。以现代文学观念评判这样的作品，显然它们是别无寄托之作，但也绝非单纯的艳情之作。这类诗作虽然没有宏大的政治抱负、针砭时弊的现实托寓，但其中传达的也绝不是嬉戏打闹的游戏与轻佻的举止言语。一语双关的意义隐寓，多层重叠的诗歌内涵，昭示着一种"纯诗"的境界。深入内心的传神刻画，细致入微的感受描摹，可谓恰到好处、准确精练。其背后的情绪是健康的，是超越时空的，是抽象的，也是普遍存在的。因此，将此类诗歌界定为"艳诗"未免过于武断，斥之"了无可取"更是有失公允。所以，传统诗学对李商隐"无题"一类诗作的诟病，也带有明显的偏见，这种偏见是在一种相对滞后的文化观点的影响下形成的，是如今在评判"无题"一类诗作的价值时，应该努力克服的。对李商隐的诗作，尤其是部分无题诗的艺术价值由否定到质疑再到肯定的过程，是一种文化观念由封闭走向开放的过程，它昭示着一种文化取向的变化，也是文化观念演变与发展的一个典型的局部实例。

二

现存李商隐诗集，从宏观上看，大致分为两种形式。一为三卷本系统；二为分体刊刻系统。三卷本系统主要有以下七个版本：

（1）明末汲古阁本①；

（2）席启寓刻本②；

（3）钱谦益写校本③；

（4）清影宋抄本④；

---

① 汲古阁刻本有多种版本，内容大致据宋本，另上海图书馆藏民国邓孝影抄汲古阁影宋抄本《李商隐集》（索书号：线善 T35265）残一卷，其字体外貌与今所见汲古阁刻本不同，与今所见清影宋抄本亦不同。疑汲古阁刻本所依之本当为另一版本的宋抄本。

② 席刻本今常见的主要有两种，一为康熙年间琴川书屋本，另一为民国九年（1920）扫叶山房石印本，其中前者较为重要。"席启寓"之"寓"，诸刻本多作"寓"，疑误。今依南京大学武秀成教授指点统改作"寓"。理由有三：一、康熙四十七年（1708）东山席氏琴川书屋仿宋本《唐诗百名家全集》有席氏之序，文末署名作"席启寓"；二、《唐诗百名家全集》序文末有席氏印章，作"席启寓"；三、朱彝尊《曝书亭集》卷 75 有《工部主事席君墓志铭》，作"讳启寓"。上海古籍出版社 2020 年出版尹占华《王建诗集校注》，书中凡涉席氏姓名统作"席启寓"。

③ 钱谦益抄本今主要参照清宣统元年（1909）神州国光社影印本，台湾学海出版社有重印版，由龚鹏程撰写校勘记，古书板框以计算机重新制作，内容未加改变。

④ 此版本为诸本李商隐诗集中的重要版本，虽然据刘学锴观点，汲古阁刻本当早于此本，但汲古阁本毕竟实体形成于明末，而影宋抄本则为今人提供了可供眼见的、现存李商隐诗集在南宋时期的最早文本形态的可能。国家图书馆出版社以宣纸影印的形式将此本出版，列入中华再造善本系统中。原本今存上海图书馆。

（5）悟言堂抄本①；

（6）朱鹤龄注本；

（7）全唐诗本。

这七个版本的李商隐诗集基本囊括了现存李商隐诗集中的所有早期版本。其中以"北宋真宗朝本"汲古阁本和"北宋仁宗朝本"清影宋抄本最具代表性。此外，朱鹤龄注本也是李商隐诗集流传过程中较为重要的版本，朱注本在成书过程中对原文做了较大的校改②，这个版本是以上列出的七个版本中唯一带详注的。朱注本在李商隐诗集中的影响很大，现在较为常见的是清顺治年间刊刻的版本。这一版本后来在清咸丰年间，由沈厚塽辑朱彝尊、纪昀、何焯三家评语，分不同墨色补印在诗集正文以及书中天头各处。清同治、光绪年间，这一版本又有重印，内容上做了细微的调整。此外，程梦星也有据朱鹤龄的注释删补后的版本，其诗集中的顺序与早期三卷本大致相同。悟言堂抄本因卷首题有"太学博士"字样，被刘学锴认定为蒋斧分体刊刻的源头。③ 全唐诗本也为三卷本，但文字上较早期版本有差异，当是在早期三卷本的基础上，经过季沧苇抄本、朱鹤龄注本参校之后的结果。④ 总体来看，朱鹤龄注本为李商隐诗集三卷本流传中的一个转折。

三卷本李商隐诗集，其中无题诗的情况大致相同。其录入无题诗的顺序一般为：

卷上含。无题"白道萦回入暮霞"，无题"近知名阿侯"，无题二首"昨夜星辰昨夜风""闻道阊门萼绿华"，无题四首"来是空言去绝踪""飒飒东风细雨来""含情春晼晚""何处哀筝随急管"，无题"照梁初有情"，无题二首"八岁偷照镜""幽人不倦赏"，无题"紫府仙人号宝

---

① 悟言堂抄本李商隐诗集三卷，上中两卷为楷书书写，下卷为行草书写。今存国家图书馆。

② 蔡子葵：《李商隐诗集版本相近性的数理统计分析》，《应用数学与计算数学学报》2004年第1期。

③ 刘学锴：《李商隐诗集版本系统考略》，《安徽师范大学学报》（人文社会科学版）1997年第4期。

④ 刘学锴：《李商隐诗集版本系统考略》，《安徽师范大学学报》（人文社会科学版）1997年第4期。

灯"，无题"相见时难别亦难"，共计十三首。其中很多在原书中列在一起。如无题四首，之前与无题二首"昨夜星辰昨夜风""闻道阊门萼绿华"仅间隔一首诗，之后又与无题"照梁初有情"仅间隔两首诗。

卷中含。无题二首"凤尾香罗薄几重""重帏深下莫愁堂"，共计两首。

卷下含。无题"万里风波一叶舟"一首。这首诗在三卷本系统中多存在于"新添集外诗"之中，其在结集之前的流传情况当与其他无题诗有别。

以上李商隐诗集版本中的无题诗数量，统一都是十六首，至于后期个别版本将《留赠畏之》的其二、其三和《蝶》的其二、其三列入无题诗的现象在这一系统的李商隐诗集版本中并不存在，而统一列为"无题"的这十六首诗中，有十三首集中在卷一。卷三的"万里风波一叶舟"一首统编在集外诗，显然为结集之后所补充。这些无题诗在三卷本系统的诗集中体现的是一种有意将无题诗凑在一处的倾向。

据现有文献来看，分体刊刻的版本形成主要在明代以后，其主要祖溯的版本依旧为三卷本系统。分体刊刻版本，主要有以下五种：

（1）蒋斧刻本，《四部丛刊》本据此影印；

（2）姜道生《唐三家集》刻本；

（3）胡震亨《唐音戊签》本；

（4）姚培谦笺注本①；

（5）屈复《玉溪生诗意》本。

因各书分体细节标准不同，各分体版本内容上也有所不同。其中无题诗的内容大致相同，只是由于分体刊刻的原因，诸首无题诗在各个集子中的顺序略有不同，但《唐音戊签》本将《蝶三首》的其二、其三列为"无题"。根据现当代诸多学者的考证，这两首为失题之作。《唐音戊签》所列"无题"无任何版本依据。黄世中在其代表性论文、著作中则

---

① 姚培谦于雍正五年（1727）曾有《李义山七律会意》一书问世，今上海图书馆有存，索书号443714。此后，于乾隆四年（1739），在此基础上将李商隐的所有诗歌分体笺注，凡十六卷，由松桂读书堂印行。

常将此二首列为《无题》，值得商榷。

此外，李商隐诗集的重要注本还有清代冯浩的《玉溪生诗集笺注》以及民国初期印行的张采田《玉溪生年谱会笺》。两者较之前代李商隐诗集的最大特点便是对集中的诗歌加以编年。其中尤以冯浩的注本影响最大。冯浩注本主要有乾隆二十八年（1763）德聚堂藏本，后有乾隆四十五年（1780）重刊本，嘉庆元年（1796）有赠刻本。台湾华正书局有据清乾隆四十五年影印本。另外，冯浩注本李商隐诗集在民国时期有崇古山房石印本，题作《冯注李义山诗集》。冯浩注本中的无题诗，较之前代诸多李商隐诗集版本的最大特点便是将《蝶三首》中的后两首都列入"无题"，这一做法从版本流传的角度来看，显然缺乏相对可靠的依据。

从以上对现存李商隐诗集版本及其中包含的无题诗的梳理可知，在现存较早的三卷本李商隐诗集的版本系统中，李商隐无题诗的数量都为十六首，且在上中下三卷中所处的位置也大致相同。据刘学锴分析，现存李商隐诗集三卷本系统，实际是同一版本系统下的若干个子系统，其源头最早仅能追溯到北宋初期。据现有文献来看，题为"无题"的诗作当以这十六首为准进行讨论。为求严谨，本研究依据刘学锴的"十四首"观点，并根据其"准无题诗"的观点，详细列出了与无题诗相关的、风格相近的"准无题诗"作为外围参照，对无题诗加以研究与探讨。

三

自李商隐之后，中国古代诗歌史上开始出现一系列以"无题"为题的诗作。其中极少数诗作（主要集中在李商隐去世之后、唐朝灭亡之前这一段时间）以"无题"命名或许有着特殊的原因，但绝大多数情况下，尤其是在宋代以后，以"无题"命名的诗歌，通常都是在李商隐无题诗的影响下形成的。无题诗的一系列特征，随着晚唐时期的逐步发展，在北宋前期西昆派的诗作中开始兴盛，并在此后相当长的一段时间里得以沿用。

　　据清刻《全唐诗》，除李商隐的作品之外，个人诗集中存有无题诗的有卢纶、李德裕、张籍、李溟、唐彦谦、韩偓、吴融、王周和李微共九人。其中，卢纶的无题诗和李德裕的无题诗侧重于人生感慨，与李商隐的无题诗风格迥异。卢纶的无题诗第七句亡佚①，依据现有文献无法判断其是否属于本来有题目而在流传过程中题目丢失的情况。李德裕的"无题"诗②，诗集中仅一首。李德裕与李商隐同时代且年龄略大于李商隐。李德裕的生卒年为公元 787 年至公元 850 年，而李商隐的生卒年约为公元 813 年至公元 858 年。二人存在三十七年的共时时间。因缺乏材料，李商隐的许多无题诗与李德裕的无题诗均不能准确系年，无法判断二者的无题诗谁创作在先。就李德裕的无题诗而言，其所描绘之内容和艺术特征，与李商隐的无题诗相去甚远，与唐代中期以前的许多五言绝句却大同小异，李商隐与李德裕的无题诗，从诗歌风格来看，并无相互影响的倾向。在此之前，中唐诗人张籍有一首无题诗③，题下有注："一作刘禹锡《踏歌词》"，依照学界普遍观点，通常认为这首诗为刘禹锡所作，且题目为《踏歌词》，混入张籍的集中题为"无题"。以上便是现存《全唐诗》中，年代早于李商隐或与李商隐同时的三首题为"无题"诗的基本情况。

　　以"无题"为题，李商隐之后屡屡出现在晚唐诗人的别集之中。如果单从这一客观现象来看，似乎是受李商隐无题诗命题方式的影响。有学者认为，晚唐时期盛行一种以女子为主要描摹对象、以书写艳情为主要内容的"无题诗风"，便是在李商隐无题诗的影响下促生的，但这种观点还有待商榷。

　　仅就唐代而言，李商隐之后以"无题"为题的诗作，现存数量共二十二首，并不是特别多。李溟有五律"乔木挂斗邑"一首，为壮景抒情之作；黄滔有五律"九霄无诏下"一首，略带游仙的痕迹；唐彦谦有十首《无题》，体裁都为七言绝句，内容多为艳情；韩偓现存三首五言古

---

　　① 全诗为："耻将名利托交亲，只向尊前乐此身。才大不应成滞客，时危且喜是闲人。高歌犹爱思归引，醉语惟夸漉酒巾。□□□□□□□，岂能偏遣老风尘。"

　　② 全诗为："松倚苍崖老，兰临碧洞衰。不劳邻舍笛，吹起旧时悲。"

　　③ 全诗为："桃蹊柳陌好经过，灯下妆成月下歌。为是襄王故宫地，至今犹有细腰多。"

诗题为"无题",其中第三首仅存六句残文,其形式颇具文艺气息;吴融唱和韩偓的无题诗三首,体裁也为五言古诗,并有七律无题诗"万态千端一瞬中"一首存世;王周有"无题二首",都为七言绝句,专写艳情;李微有"偶因狂疾成殊类"一首七言律诗,书写的是自己不与世俗同流合污的决心。而在晚唐时期,题以"无题"的诗作虽然有很多是以男女艳情为主要内容,但也不乏题旨较为明晰的抒情。这些无题诗所传达的情感类型极其丰富,其内容似乎又与李商隐的无题诗有着本质的差异。此外,钱珝有《江行无题一百首》,都为五言绝句,多为自然描写风光之作,而这一百首绝句虽然题目中涉及"无题"二字,但"江行"二字却又点明了题旨,足以将其归于"有题"之作。

　　南宋诗人陆游论及晚唐无题诗,对其评价并不是很高,但也作有无题诗。根据他对唐代无题诗评价不高的言论来看,似乎矛头直指吴融等人的诗作。依照他的观点,未免以偏概全。唐代除李商隐之外,无题诗的创作,并非仅仅将题材禁锢在艳情的范畴之内,而是风格多样。陆游评价的无题诗中是否包含李商隐的无题诗,长期以来备受争议,但就其创作的无题诗而言,似乎又与李商隐的无题诗在风格与特征上十分相近。有研究者据此得出李商隐的无题诗不属于晚唐无题诗风的结论。① 由于唐代以"无题"为题目的诗作本来在数量上就不占优势,而除李商隐无题诗之外的其余诗作又都具有不同的艺术特性,故此很难说晚唐具有一时无题诗创作的风气。据现有文献来看,以"无题"为题的文本现象似乎在李商隐以外的晚唐诗人的创作中表现得并不明显。即便有唐彦谦、吴融等人以"无题"来写艳情,但与李商隐在无题诗中真挚的感情、美好的追求、饱受阻隔仍执着无悔的心理相比,仍有本质的区别。至于那些与李商隐无题诗内容和风格都相去甚远的"无题"之作,则更难确定它们与李商隐的无题诗有什么承袭关系。我们或可确定,晚唐的一系列无题诗,并不一定是受李商隐无题诗的影响而创作的。如果我们将这些无题诗与李商隐的无题诗以及卢纶、李德裕等人的无题诗放在一起探究,

---

　　① 聂时佳:《李商隐〈无题〉诗与唐传奇关系新证》,转引自《中国诗学(第十六辑)》,人民文学出版社 2012 年版,第 140—152 页。

不难发现，它们之间是一种彼此不相干扰的整体关系，或许它们并没有相互影响的代际关系，而是作为一种特殊的形式，作为文学史上一种客观存在，形成于晚唐时期。李商隐的诗歌在当时远不及他的骈文出名，我们通常所熟悉的"三十六体"是基于他写得一手好骈文。① 与今天文学史上聚焦于李商隐的诗歌艺术不同，在李商隐生活的年代，其在骈文领域的影响力远超诗歌，而作为晚唐时期并没有得到诸多文人重视的无题诗，似乎并不能引起同时代甚至稍晚时代人们的注意，更不必说受其影响进行创作了。

　　综上所述可知，李商隐的无题诗是晚唐时期诸多风格的无题诗中的一种，他的无题诗与唐代其他诗人的无题诗没有直接的承袭关系，它们都是晚唐时期发生在许多诗人创作中的客观现象。李商隐的无题诗在后世脱颖而出，与当时李商隐无题诗的流传和影响并无直接关系。李商隐无题诗的地位真正发生变化，当是在西昆派热衷模仿李商隐诗作的北宋初年。

　　两宋时期是无题诗创作走向繁荣的时期，这种繁荣其实质是源于一个偶然的机会。明确受到李商隐无题诗的影响，在诗歌创作中大量以"无题"进行模仿创作，始于北宋真宗朝盛行的西昆派。北宋初年（960），奉宋真宗之命，杨亿、刘筠、钱惟演等人开始编撰《册府元龟》一书，而参与编撰的文人在闲暇之余，开始模仿李商隐诗歌进行创作。《册府元龟》编撰成集后，杨亿等人便将这些诗作结集成册，并根据昆仑山西有玉山册府的典故，将这部集子定名为《西昆酬唱集》。现代学者基本认定，李商隐集唐代版本早已亡佚，现存最早的李商隐诗集，便是在这个时间段由杨亿等人重新搜集后结集的。《西昆酬唱集》中有大量无题诗创作，甚至以"无题"为题相互唱和。从诗风来看，明显带有李商隐无题诗的诸多痕迹，可基本断定这些无题诗为李商隐无题诗的仿作。西昆派的盛行，使李商隐的诗歌成为宋代初期诸多诗人学习的标杆，同时也将无题诗及其创作手法进一步向广大诗人群体普及。西昆派模拟

---

　　① 李中华：《晚唐"三十六体"辨说》，转引自《唐代文学研究（第九辑）》，广西师范大学出版社 2000 年版，第 645—651 页。

李商隐无题诗的仿作，开了宋代无题诗仿作的先河。

虽然西昆派在北宋中期逐渐走向没落，但似乎并未影响无题诗仿作的繁荣。无题诗在宋代诸多作家的别集中成为十分流行的诗歌体裁。宋代的"无题"一类诗作的创作数量十分可观。据统计，两宋时期共有六十六位诗人创作过此类诗作。在这些诗作中，题目被冠以"无题"的共有一百四十九首，其中北宋三十八首（共有二十一位诗人进行创作），南宋一百一十一首（共有四十五位诗人进行创作），从体裁来看，五言律诗、五言绝句、七言律诗、七言绝句都有涵盖。南宋与北宋相比，其创作趋向更为繁荣。① 宋代的"无题"一类诗作，虽然是在李商隐无题诗的影响下开始的，但其抒发的内容与李商隐的无题诗并不完全一致。其中除了描绘李商隐经常描绘的女子情思与男女爱情之外，所包含的社会现实内容更为广泛。它们有的用来表达诗人志向，有的用来揭露时事，有的伤今悼古，有的咏物抒怀，有的用来说理，其题材涉猎之广泛，是对李商隐无题诗的一大突破。很多研究者也注意到，如果单从诗歌内容上看，宋代的很多无题诗确实不是在李商隐的影响下成诗的。在宋代之前，唐代其他诗人的无题诗中也有很多诗作题材并不能与李商隐的无题诗相统一，其中不乏抒情言志之作。这类作品在中国古代诗歌创作中流传甚广、手法常见，因此无法断定唐代其他诗人的作品是否也对宋代无题诗产生了不同程度的影响。宋代无题诗在题材方面的扩展，究竟是在李商隐无题诗影响下的单纯突破，还是在包括李商隐无题诗在内的诸多唐代诗人无题诗的综合影响下的延续发展，是一个值得研究的话题。

从追溯无题诗影响脉络的角度来看，虽然有许多无法确考的事实，但宋代无题诗的创作较之唐代无题诗更为繁荣、题材更为多样则是一个不争的事实。从这一层面上说，无题诗在唐代以后，经宋代有了更为繁荣的发展，南宋时期发展到了鼎盛时期。

无题诗的基本特点是精致典雅、诗意朦胧。元代之后，其仿作在宋代题材多样化的基础之上又有所发展。元代诗人杨维桢的《无题》，以游宴生活为背景，流露出一种自信与喜悦之情。明代初期的诗人杨基也

---

① 郭彦君：《宋代无题诗之主题探究》，《贵州师范学院学报》2017 年第 2 期。

有《无题》五首，在题序中已经说明为仿李商隐无题诗而作。明代"前七子"的领袖人物李梦阳也有《无题》拟作，在创作艺术上较有个性，用语过于豪放，失去李商隐无题诗的基本特征，甚至被贺裳所批评①。此外，沈愚《无题》五首拟作似与杨基无题诗相近。在明代，对李商隐无题诗进行模拟创作且影响较大的当属刘昌的《无题》五首。钱谦益曾说："钦谟为郎时，才情最著。《无题》五首，一时传诵。"② 足见其拟作在当时有很大的影响。而朱彝尊则持相反的态度，他认为："钦谟《无题》五首，不脱元人旧染，而世顾称之。昔晋人之讥刘舆也。谓舆犹腻，近则污人。若钦谟及瞿宗吉、杨君谦、张君玉之艳诗，其不污人也，仅矣。"③ 朱彝尊对刘昌之无题诗的评价并不是很高，甚至认为刘昌的无题诗"初不见好，而一时和者纷纷，众推吴兴邱大佑为最"④。《列朝诗集》载邱大佑仿刘昌《无题》三首。《清风亭稿》载童轩《次韵李商隐无题》四首及《和刘工部钦谟无题韵》四首，都是李商隐无题诗在明代被广泛效仿的实例。明代诗人祝允明也有"无题"之作。"再降微之与牧之"一诗以极度自信的口吻把自己当成元稹和杜牧的转世，认为自己的多情是前世轮回带来的，进而深入细致地刻画出一种执着多情的恋爱精神，而与之相和的"谪下司花小吏身"等四首题旨则与此诗相近。唐寅也有"无题"的创作，他的无题诗继承了李商隐无题诗的传统，并持之以朦胧性的复杂、多元化特征。⑤ 朱诚泳《无题》组诗多写艳情，风格淡雅、柔和，是明代后期较具代表性的无题之作。晚明时期，无题诗的仿作也呈现出繁荣局面，且内容与内涵表现出更为艳情化的趋向。⑥ 其中徐熥的组诗《无题》十首、谢肇淛《无题》"宝扇七香车"等作品较具代表性。明代末期的无题诗已经成为描绘艳情的特有文体。明末清

---

① （清）贺裳：《载酒园诗话》，转引自郭绍虞《清诗话续编》，上海古籍出版社1983年版，第224页。

② （清）钱谦益：《列朝诗集小传》，上海古籍出版社1983年版，第205页。

③ （清）朱彝尊：《静志居诗话》，人民文学出版社1990年版，第182页。

④ （清）朱彝尊：《静志居诗话》，人民文学出版社1990年版，第205页。

⑤ 张善庆：《妙在能使人思：明·唐寅〈无题〉诗赏析》，《潍坊教育学院学报》1993年第1期。

⑥ 熊啸：《明清艳诗初论》，博士学位论文，上海师范大学，2015年。

初的王彦泓是学界公认的与李商隐诗风最为相近的诗人。王彦泓所作无题诗数量颇多，并且基本都为艳情之作，其《赋得别梦依依到谢家八首》其八有"爱咏无题定有题"① 之句，其中"有题"指的便是艳情之题。从整体上看，清代无题诗拟作的发展并没有明代繁荣。清初冯班也有无题诗创作，论其风格，多为晚明时期艳情诗作的继续，但他本人对韩偓等人的艳情之作并不持肯定态度。此后，黄之隽《香屑集》中也有大量无题诗的仿作，无论是单首拟作还是无题组诗的仿作，都凸显了无题诗的朦胧性特征。与此同时，清代以"无题"唱和的情况也较为普遍。如黄任《香草笺》中有《无题八首和徐懒云》，但在清代中叶以后，无题诗的仿作便少有诗人涉及。纵观元明清三代的无题诗仿作，基本上都是将李商隐无题诗的理解框定在艳情的范畴之内并加以模拟。其间不乏许多组诗、唱和诗，绝大多数诗人能够把握李商隐无题诗的基本特征。不可否认，对李商隐无题诗的模仿，必然是建立在熟练而深刻地接受李商隐无题诗各方面信息的基础之上的。从这个角度看，李商隐无题诗自身的艺术魅力在某种程度上也是催生仿作的一个诱因。

世人对李商隐无题诗的模仿，甚至超出了时代和格式的局限。在中国古代社会逐渐解体走向没落之后，无题诗以其跨越时空的生命力和永恒的艺术张力，透过烦琐复杂的古代诗歌格律体系，走向了"五四"新文学，进入了欧化诗、现代诗的创作世界。鲁迅的无题诗则以"隐去题目"的创作动机抒发内心深处欲吐之而后快的隐幽情感。郁达夫的无题诗则依旧以近体诗的方式表现，并继承了李商隐诗歌惯用典故的创作习惯。20 世纪 30 年代，现代派诗人废名、林庚、朱英诞、卞之琳、何其芳等认识到"温李"诗风的艺术价值，并以现代诗的方式对他们的诗歌进行效仿。由此，李商隐的无题诗便成为这群现代派诗人极力模仿的对象。卞之琳、林庚等人的仿作深得李商隐无题诗的神韵，使古典无题诗与现代无题诗相融合，表现出对诗歌心灵刻画的追求以及对功利倾向的抵制。李商隐的无题诗已有一千二百余年的历史，它本身有着浓郁的艺术魅力，在流传中经久不衰。后世对李商隐无题诗的仿作也与李商隐无

---

① （明）王彦泓：《凝雨集》卷 4，上海扫叶山房 1926 年影印本，第 6 页。

题诗的流传相辅相成。李商隐无题诗的流传是一种奇异的现象，它在一步一步穿过历史的长河走向未来的时候，衍生出一代又一代的模拟之作，并与这些模拟之作一起流传在文学史的长河之中，从古典走向未来，从传统走向现代，至今依然焕发着勃勃生机。对李商隐无题诗的模拟和探讨，必然会在这样一个富有时间和空间张力以及穿越性的文学流变过程中继续前行。

四

　　虽然李商隐无题诗的研究成果已经汗牛充栋，并且在 21 世纪初便有了从分歧走向通融①的倾向，但纵观 21 世纪前 20 年关于李商隐诗歌乃至其无题诗的研究，却有从波峰转入低谷的趋势，而关于李商隐无题诗的许多方面的问题并没有得到进一步的解决。这里主要包括无题诗的界定、形成、解读、艺术手段、文化意义五个方面的问题。

　　"无题诗"三个字看似简单，其深层含义包含了许多概念与逻辑问题。单从字面意义上来看，无题诗可以理解为没有题目的诗歌，但这样的理解首先因中国诗歌首句取字等命题方式而产生巨大的争议。中国早期诗歌，有取首句的前几个字（通常是前两个字）为题目的习惯，这种命题方式集中反映在《诗经》之中。在唐代，杜甫、李商隐诗集中也有大量以这种方式命题的诗作，通常被认为是一种刻意求古的创作②。中国古代的制题观念是在变化之中发展的，初期的作用是便稽检、免错乱，后来随着制题观念的成熟才逐渐有了显内容的功能。无疑，显内容的功能是我们今天对题目认定的最大功能之一，而在李商隐生活的时代，这种功能早已占据了主导地位。由此，一个问题便产生了：如果说李商隐诗集中诸多取首句中若干字为题目的诗作是在刻意追求《诗经》的传统，那么这些题目与《诗经》中的题目便有相似之处，其所承担的功能便是便稽检、免错乱。因李商隐并未生活在《诗经》中诗歌作者所处的

---

① 刘学锴：《李商隐传论》，黄山书社 2013 年版，第 810—819 页。
② 吴承学：《论古诗制题制序史》，《文学遗产》1996 年第 5 期。

时代，他所创作的诗歌已然被锁定在晚唐这一特定时期，而这时题目的主导功能已经是显内容。这类诗作的题目，如果除去其"《诗经》传统"不言，则更容易被认为不是真正意义上的题目，进而这些诗歌便成了没有题目的诗歌。如果我们把这类诗歌理解为没有题目的诗歌，就很容易将这些诗歌等同于无题诗。事情因为李商隐诗集中含有大量以"无题"二字为题的诗作而显得更为复杂。至于这些诗作是原本没有题目，结集的时候题为"无题"以便检索，还是李商隐因为主观上说不清题旨或客观上不想说清、不能说清题旨而以"无题"为题，学界早有争论。这一文本现象，是导致无题诗这一概念更加复杂的一大原因。无题诗这一概念的争论并不局限于此，因为中国古代诗歌中还有一些题目具有抽象性，诸如"咏怀""有感""偶感""即事"等。这一类题目也不具备显内容的功能，与取首句若干字为题目的做法所导致的结果相似。在题目的主导功能已经是显内容的时代，这类题目也容易被划在没有题目的诗歌行列，进而极易与无题诗产生联系。故此，本研究试图比较阐释无题诗、裸题诗、首句命题诗、抽象类题目诗作，在四者的比较与分流中明确无题诗的属性特征。

　　李商隐是晚唐时期成就最高的诗人。在以往的无题诗研究中，李商隐的生平以及所处的社会环境，通常被认为对这种诗风的形成起到了一定的作用，甚至是主导作用。其思维逻辑或本于"知人论世"和"以意逆志"。在中国古代以抒情言志为主要题材的诗歌世界中，这种思维长期以来被认定为一种科学有效的方法。在实际运用过程中，这种方法也确实发挥了极其重要的作用。但诸如李商隐"无题"一类诗作，其创作"本事"是不可知的，单就诗歌正文也无法准确地揣摩其"本事"。所以，仅仅凭借传统的思维方式，在现存资料的条件下，是很难对"无题"一类作品的形成原因及其所传达的内容进行准确推断的。清代学者多半将这类诗风形成的原因归于君臣寄托或牛李党争，而就吴调公先生《李商隐研究》所指，"牛李党争"对李商隐个人的影响似乎并不是那么大①，诸如这一类争论产生的根源或源于此，但如果说"无题"一类作

----

① 吴调公：《李商隐研究》，上海古籍出版社 1982 年版，第 43—48 页。

品的形成与李商隐个人的人生经历及其所处的社会环境全然无关，倒也不尽然。二者或存在某种联系，但较之清代学者所实指的那种联系，显然更为间接。"无题"一类作品的抽象性特征或许是导致其朦胧、多义的主要原因，而根据这类诗歌的这一最为典型的特征反推其成因，或可得出这样的结论——它们既非一时一地之作，又非特指某一具体实事，是多种因素综合作用的结果。诗人的缺失性童年经验、所处时代的社会环境、诗歌中自然蕴含的"言""意"之辩、诗歌的香草美人传统、道教思想文化的影响，都对"无题"一类诗歌的创作起到了重要作用。但这些作用中的任何一种都不是主要作用，任何一种影响因素都是间接的。所以，单就其中某一个角度去阐释或解读这类诗歌，必然是管中窥豹、坐井观天。

　　李商隐无题诗所描绘的是一种抽象情绪。抽象情绪的传达是李商隐无题诗的最大特征。以往学界注意到李商隐无题诗的朦胧多义以及其中所传达的"通境"与"通情"，其根本原因都是这类诗歌惯于表现抽象情绪所致。将李商隐无题诗的诗歌意义"实化"甚至"具体化"的解读思路其实是导致李商隐无题诗"无人做郑笺"的根源所在。本研究从诗面意义与抽象意义两个角度解读李商隐的无题诗，在肯定古今诸多学者在诗面意义上的部分合理解读的基础上，对李商隐无题诗在内容上所表现出的具有一般共性的抽象意义加以细致梳理与总结。

　　认定李商隐无题诗有一种贯穿始终的抽象意义，大致可以这样串联：第一，抒情主体对于美好事物有一种由衷的歆羡及追求；第二，抒情主体主观上认为个人的内涵或品性是有资格追求指定的美好事物的；第三，因为客观条件的阻隔，抒情主体的这种对美好事物的合理追求受到重重阻碍；第四，抒情主体因为重重阻碍而失落、失望、哀怨；第五，经历一系列阻隔之后，抒情主体虽然抱着失落、失望和哀怨的心态，却依旧对所追求的美好事物执着无悔。这种抽象意义可以概括为一种抽象情绪，其基本情绪链条可以作如下归纳：对美好事物的发现或追求—认定自己有资格追求美好事物—追求过程中因受阻而失落—追求失败后的愤愤不平以及绝望而难以排解的凄楚情绪—受阻后继续执着无悔地追求。

　　根据李商隐诸首无题诗所传达的诗面意义和抽象意义可知，这些诗歌的抽象情绪，往往都在这一情绪链条中有所体现，当然，每一首诗歌所体现的环节都有所侧重。以往对于李商隐无题诗的解读都有不同程度的"穿凿"，这种解读的思维取向明显是受现实主义诗教观的影响，而其所表现出的解读特征往往是在李商隐无题诗的诗歌意义的基础上间接附会而成的。李商隐无题诗的抽象性是导致这一类附会式解读的根本原因，李商隐无题诗的抽象情绪与抽象情感也为这一类诗歌的解读提供了可供发挥的土壤。正确解读无题诗的前提则是要抓住其中的抽象情感以及背后所蕴含的抽象意义，还要把握住其抽象情绪所附着的载体——抽象的艺术表现手段。

时至今日，世人对李商隐无题诗的解读依旧有着附会式的倾向，"传奇文说""王氏婚恋说"等新观点，虽然与传统的解读细节相比较为新颖，但依旧是建立在抽象意义具体化思路的基础之上的，缺乏确凿的证据。从诗歌细节的解读中不难发现，李商隐无题诗中依旧存在诸多值得研究乃至进一步确认细节意义的地方。例如："麝熏微度绣芙蓉"中，抒情主人公房间内的香在熟睡之前便已经引燃；"多羞钗上燕，真愧镜中鸾"里，燕和鸾的典故都暗含了鸟雀试图成双的细节；"飒飒东风细雨来"一诗中，整篇都贯穿着"香""火""水"三个因素；"曾是寂寥金烬暗"一诗中的"金烬暗"实际上是指灯芯在熄灭之后，芯头的余火由亮变暗的过程。这些解读都是在探究无题诗抽象情绪表达的基础上，立足于文本细读所做的全新阐释。

李商隐的无题诗具有别具一格的艺术特征。在色彩方面，注重色彩的基本特性与通感效果，注重色彩的组合与搭配作用，通过色彩与情绪的抽象关系传达抽象的情绪特征，将色彩的抽象情绪与诗歌传达的抽象情绪相勾连，使色彩与情绪的传达有机统一。在结构方面，李商隐无题诗的诸多构成因素貌似支离破碎实则紧密相连，各因素组合作用形成了诸多意义完整而层次多样的"格式塔"。诗歌的整体性结构，决定了作为整体的诗歌所传达的抽象情绪大于各个部分所传达的诗歌情绪之和。在结构艺术上，李商隐的无题诗完美地呈现了诗歌的抽象情绪。这些艺术特征，是李商隐无题诗抽象情绪传达的实现条件，也是无题诗在艺术领域的拓展和尝试。此外，李商隐的无题诗自始至终贯穿着一种"阻隔"情结，这种"阻隔"情结有时也会生成抒情主体的离别之苦，促成抒情主体的"窥视"行为，乃至成为抒情主体产生可望而不可即之感以及执着无悔追求的根源所在。诗歌的这种思想内容上的嵌入，其实是一种阻隔艺术的表现手法。

李商隐的无题诗具有深远的文化意义。它影响了唐以后各个朝代的同类诗歌创作，致使诗歌评论家对其做出毁誉参半的评价。究其根源，是自始至终贯穿李商隐无题诗的抽象性特征尤其是诗意中蕴含的抽象情绪所致。李商隐无题诗的争议性解读是李商隐无题诗的抽象性带来的必然结果，也是中国古典文学阐释学发展的必然结果，其发生、发展与中国文学和社会的客观情况有着直接的、必然的联系。无题诗的抽象性特征，尤其是诗歌意义上所表现的抽象情绪是其能够穿越古今与跨时空读者产生共鸣的主要原因。当前无题诗创作和研究热度的提升，与李商隐无题诗更接近大众丰富的审美追求有着密不可分的联系。

第一章　李商隐无题诗的界定

学界以往的研究中，李商隐无题诗的界定范围一直不是特别明晰。有人认为，无题诗是专指以"无题"为题的诗作。无题诗的创作，始自李商隐因为其诗集中存在十几首以"无题"命名的诗篇。据现有文献，在李商隐之前，除了年岁比李商隐早的卢纶有一首尾联入句亡佚的七律以及与李商隐同时期的李德裕有一首五绝被题为"无题"之外，没有哪一位诗人在诗集中大量以"无题"命名自己的诗篇①。在李商隐之后，以"无题"命名诗篇的诗人逐渐多起来。因为李商隐诗集流传极广，版本甚多，李商隐的无题诗在不同古籍版本中的数量也有所出入。所以，即便以这种十分明确的方式对李商隐的无题诗加以界定，现存李商隐诗集中无题诗的数量也会因不同版本的具体情况而有所不同。

第一节　李商隐无题诗的界定范围

对李商隐无题诗加以探讨，首先须对其中诸多以"无题"为题的诗作加以认定。这是围绕无题诗展开的诸多研究得以进行的首要条件。

黄盛雄指出，"'无题'不是失题或零题，它本身也是'题'，是由李商隐创造的。"② 李一飞认为，李商隐无题诗的命题方式是一种新

---

① 刘学锴：《李商隐传论》，安徽大学出版社2002年版，第630—631页。
② 黄盛雄：《李义山诗研究》，台湾文史哲出版社1987年版，第188页。

创造①，这种认定大致不差，但李商隐的无题诗究竟包括他诗集中的哪些作品，在学界则争议很大。总而言之，无非分为从严界定与从宽界定两种。从严界定当然是严格将以"无题"为题目的诗作作为界定范围，而从宽界定则多少涉及李商隐诗集中的一些首句命题诗以及抽象题目的诗作。从宽界定者往往将无题诗定义为"主题模糊的诗"，同时主张"李商隐把自己的情思藏在无题之后，其意旨需要读者自己去体会和理解，从而造成了诗歌内涵的多义性。李商隐无题诗意象的多义与朦胧一定程度上给读者造成了阅读障碍，历来关于无题诗的解读也是众说纷纭，莫衷一是"②。由此，李商隐无题诗的界定问题便随之复杂化了。

就李商隐诗集来说，明末汲古阁仿宋刻本和清代影宋抄本是目前存世较早的版本。这两个版本以及清代的许多三卷本系统所录李商隐的无题诗都为十六首，且基本集中在上卷。这十六首诗分别为：《无题"八岁偷照镜"》《无题"幽人不倦赏"》（以上二首相连，题为"无题二首"），《无题"照梁初有情"》《无题"昨夜星辰昨夜风"》《无题"闻道阊门萼绿华"》（以上二首相连，题为"无题二首"），《无题"来是空言去绝踪"》《无题"飒飒东风细雨来"》《无题"含情春晼晚"》《无题"何处哀筝随急管"》（以上四首相连，题为"无题四首"），《无题"相见时难别亦难"》，《无题"紫府仙人号宝灯"》，《无题"凤尾香罗薄几重"》《无题"重帏深下莫愁堂"》（以上二首相连，题为"无题二首"），《无题"近知名阿侯"》，《无题"白道萦回入暮霞"》，《无题"万里风波一叶舟"》，但现存李商隐诗集版本众多，以"无题"为题的诗作在数量上多少有些出入。主要是《唐音戊签》中将《留赠畏之》三首中的第二、第三两首标为"无题"。冯浩《玉溪生诗集笺注》中将《蝶》三首中的第二、第三两首的题目标为"无题"。③主张李商隐以"无题"为题目的诗作共有二十首的学者，其根据基本源于此。④如杨柳的《李商隐

---

① 李一飞：《诗歌命题的一种新创造——论李商隐无题诗的产生及其历史价值》，《湘潭师范学院学报》1995 年第 5 期。

② 黄雅雯、黄火：《论李商隐无题诗的矛盾淡化现象》，《文化学刊》2015 年第 11 期。

③ （清）冯浩：《玉溪生诗集笺注》，上海古籍出版社 1979 年版，第 599 页。

④ 安身春：《李商隐的无题诗新解》，《信阳师范学院学报》2001 年第 5 期。

评传》、黄世中的《类纂李商隐诗笺注疏解》都将以上四首划为无题诗的范畴，认定李商隐的无题诗共二十首。

李商隐无题诗的分类问题，诸多学者也做过不少尝试。在中国大陆，刘学锴在《李商隐传论》中的分类影响较为深远。刘学锴以有寄托、无寄托、寄托在有无之间为标准进行分类，并在分类之后特意强调，"具体到某首诗归于哪一类，可能会因研究者感受的差异而有不同的归类"①，可见对李商隐无题诗的归类问题，不确定因素还是很多的。在台湾地区，诸多学者对李商隐诗歌的分类问题也有不同的意见。朱偰认为，"昨夜星辰昨夜风""闻道阊门萼绿华"写的是邂逅；"来是空言去绝踪""飒飒东风细雨来""含情春晼晚""何处哀筝随急管""凤尾香罗薄几重""重帏深下莫愁堂"写的是传情；"相见时难别亦难"写的是离别；《锦瑟》写的是追忆；"照梁初有情"是寄内诗，但他在解读中夹杂了许多本不属于无题诗的诗作。② 黄盛雄将无题诗分为五类，并指出，这五类分别写的是：一、热烈、深刻而隐秘的爱情诗；二、情诗，但是狎邪之作；三、寄内诗；四、有旨意的诗作，平常题材；五、失题。③其划分较为细致。近年来，李昌年也提出了新的划分方法，认为"十七首作品大抵可分为三类：其一是明显有寄托者，其二是直赋本事而无寄托者，其三是寄托在有无之间者。其中尤以第三类之旨趣最难辨析，盖以为有寄托，却又难以指实为具体之某人某事某物；以为应无寄托，却又觉意蕴深婉，包藏细密，仿佛其中有诉之不尽之身世、说不尽之寓意，因此引来历代笺释家见仁见智之独断别裁而聚讼经年，难成共识"④。

依据前代学者的分类观点，参照李商隐无题诗的实际内容及意义，可按新的标准对李商隐无题诗进行分类。据刘学锴、余恕诚《李商隐诗歌集解》（增订重排本），李商隐诗集中可以确定以"无题"为题的诗

---

① 刘学锴：《李商隐传论》（增订本），黄山书社 2013 年版，第 548 页。

② 朱偰：《李商隐诗新诠》，转引自《李商隐和他的诗》，台湾学生书局 1976 年版，第 80—108 页。

③ 黄盛雄：《李义山诗研究》，台湾文史哲出版社 1987 年版，第 194—206 页。

④ 李昌年：《沧海月明珠有泪——惊艳李商隐》，台湾万卷楼图书股份有限公司 2018 年版，第 9 页。

作，仅十四首，它们是《无题"八岁偷照镜"》《无题"照梁初有情"》《无题"昨夜星辰昨夜风"》《无题"闻道阊门萼绿华"》《无题"来是空言去绝踪"》《无题"飒飒东风细雨来"》《无题"含情春晼晚"》《无题"何处哀筝随急管"》《无题"相见时难别亦难"》《无题"紫府仙人号宝灯"》《无题"凤尾香罗薄几重"》《无题"重帏深下莫愁堂"》《无题"近知名阿侯"》《无题"白道萦回入暮霞"》。其中的争议之处主要集中在六首诗歌之中。《无题"幽人不倦赏"》与李商隐的大部分无题诗在内容上有较大出入，同时因为李商隐诗集和文集中屡见若干篇诗歌或文章相连，后面的诗歌或文章丢失题目，而与前一篇文章或诗歌并列在一起误被当作第一篇文章或诗歌的"其二""其三"的情况。故此可以推知，《无题"幽人不倦赏"》当属"别有题而后失之"，不属于无题诗的范畴。《无题"万里风波一叶舟"》的内容在尾联点明是"怀古"与"思乡"，与李商隐无题诗多写爱情、表意朦胧的手法并不一致，当也属"别有题而后失之"①的情况。而前文已经提及的《留赠畏之》三首中的第二、第三首，《蝶三首》中的第二、第三首，也应当归于失题的范畴，单独拆出以成无题诗，似乎缺乏可靠的版本依据。②

这样，李商隐的无题诗便确定在十四首的范畴之内，而这十四首无题诗大致可以分成五种情况：

（1）诗面意义写男子企盼见到所思慕女子一面的有《无题"闻道阊门萼绿华"》《无题"近知名阿侯"》《无题"含情春晼晚"》；

（2）诗面意义写女子自认为秀外慧中，而待字闺中不得嫁与心仪之人，抒写心中不平之鸣的有《无题"八岁偷照镜"》《无题"何处哀筝随急管"》《无题"白道萦回入暮霞"》③《无题"凤尾香罗薄几重"》《无题"照梁初有情"》；

---

① 刘学锴：《李商隐传论》，安徽大学出版社2002年版，第633页。
② 关于这六首诗与无题诗的关系，将在本章第二节、第三节展开详细讨论。
③ 汤翼海认为，"白道萦回入暮霞"一诗另有题为"阳城"。属于别有题目的情况，没有把它列入无题诗的范畴。参见其著作《李义山无题诗十五首考释》，载台湾中山大学中文文学会编《李商隐诗研究论文集》，台湾天工书局1984年版，第886页。这一版本现象仅仅可证明李商隐无题诗与"准无题诗"的相似性与互通性，并不能据此贸然断定这首诗不属于无题诗的范畴。故本研究认定七绝"白道萦回入暮霞"为无题诗。

（3）诗面意义描写女子对爱情的坚贞及执着的有《无题"飒飒东风细雨来"》《无题"重帷深下莫愁堂"》《无题"相见时难别亦难"》；

（4）诗面意义描写所思慕对象可望而不可即的有《无题"来是空言去绝踪"》《无题"紫府仙人号宝灯"》；

（5）单纯描写宴饮博戏，别无寄托之作的有《无题"昨夜星辰昨夜风"》。

近年来有学者提出，"八岁偷照镜""照梁初有情"二首不属于无题诗的范畴。因为这两首诗歌属于明显有"寄托"的，而其余的都是无"寄托"的。① 这一观点并没有在学界达成共识。

第二节 "无题"中的"阙题"之作

虽然当前学界普遍认定李商隐的无题诗以"无题"二字命名，是他有意为之的一种命题取向，但就文献而言，当一首诗在流传过程中亡佚了题目，有时也会以"无题"二字为题。《全唐诗》中存在大量标题为"失题""阙题""缺题"等诗歌，多数情况下的确属于本有题而后亡佚的情况。从"失""缺"等字样中可以看出，其丢失题目的性质是十分明显的，但一首诗被标注为"无题"，就现有古代文献而言，于李商隐之前或许可以将其归为裸题或者失题一类，而于李商隐乃至李商隐之后，便很难贸然断定其性质了。"无题"标明的是一种客观的文献情况，即没有题目，但没有题目的原因是自身便是裸题，还是原来有题目后来丢失了，抑或是故意被标注为"无题"，在作者没有明确标注拟题想法的情况下是难以判断的。在李商隐的诸多无题诗中，七律"万里风波一叶舟"、五律"幽人不倦赏"两首，多被古今学者质疑，认定其为"失去本题而编录者署曰无题"（纪昀语）② 的情况。通过诗歌意义的比较可知，李商隐的十四首无题诗与这两首诗在主旨与风格上存在较大的差异。它们在与无题诗的比较中，存在明显的个性特征。因为古籍中的文本情况决定

---

① 刘学伦：《李商隐〈无题〉诗新论》，《哈尔滨学院学报》2017年第9期。

② 刘学锴、余恕诚：《李商隐诗歌集解》（增订重排本），中华书局2004年版，第1406页。

了在讨论无题诗的时候，必然要正视它们的存在。故此，本研究将这两首诗作认定在争议中的无题之作的范畴加以探讨。

一 "万里风波一叶舟"评析

七律"万里风波一叶舟"这首诗在所有的古籍版本中都被题为"无题"，但这首诗与其他无题诗相比较，存在较大的差异。

李商隐的无题诗多以诗面意义传达男女爱情或女性思绪为主，而抽象意义多以表现抽象情感为主要特征。很明显，这首诗完全不符合以上两大条件。刘若愚认为，李商隐的诗歌中，"与恋爱有关的诗（如《无题》诸篇、《燕台》四首等）引喻大多采自传奇、神话或早期的文学作品"，而"咏史诗的作品（如《龙池》、《马嵬》二首、《北齐》二首等），引喻多半源于历史"[1]，并根据无题诗多引喻传奇、神话或早期的文学作品的特征，认定在诗中多次引用历史典故的"万里风波一叶舟"一诗不属于无题诗，其说可信无疑。此外，刘学锴也将这首诗划为失题之作，并对其加以编年。

"万里风波一叶舟"，刻画的是抒情主人公乘船在风浪中赶路，触景生情，抒发感慨的情景。"万"和"一"相对，突出风波的广袤和抒情主人公所乘船只的渺小，而身在小船上的抒情主人公较之小船则更为渺小。一句情景，七个字，流露出的信息量却是若干层的。首先，或可从"风波"这一大环境中，读出抒情主人公所处的背景较为险恶，而抒情主人公乘于小船之上，只能随着小船起起伏伏，或许暗示着风浪一类的背景予以小船沉浮之威胁，而小船的沉浮直接决定了抒情主人公的生死，大有附着于小船，明知风浪危险而无可奈何的深层意味。此外，在万里风波之中飘飘荡荡的小船，也映衬着抒情主人公飘飘荡荡的心，进而展现出抒情主人公的漂泊之感。在这种千丝万缕的思绪当中，抒情主人公开始思念家乡，但这种思念没有持续多久，他的心中便充斥起一片茫然与彷徨，正所谓"忆归初罢更夷犹"。紧接着，抒情主人公的思绪由内

---

① ［美］刘若愚：《李商隐诗的用语》，方瑜译，转引自台湾中山大学中文学会编《李商隐诗研究论文集》，台湾天工书局1984年版，第600页。

心转入实景。江水旖旎，远远流向地平线的另一端。身边的黄鹤也振翅高飞，在沙滩旁稍作停留之后，便又一次振翅飞向远方。诗歌的景色描绘到这里，又一次牵涉了抒情主人公"思乡"的思绪。黄鹤在沙滩边仅短暂停留，便又向远处飞去，大概是急于回乡吧？抒情主人公触景生情更是思乡心切。紧接着，诗歌引入两个典故。"益德冤魂终报主"是关于张飞的一个典故，因材料缺乏，所本之事今不详，以文意推测，其情节当与关汉卿《西蜀梦》类似；"阿童高义镇横秋"用了王濬于蜀中活民数千人的典故。从张飞为三国时期蜀国人，可推知两个典故都与蜀地有关。其主旨意义通常认为是生而惠民，死而报主。于本诗而言，结合当时时政，或许有暗指李德裕在蜀中的政绩之意。诗歌最后明确点题，一是怀古，二是思乡。就诗歌前六句而言，前四句酝酿了思乡，后两句酝酿了怀古。其题旨明确无疑。

我们可以将这首诗的主要意义与李商隐的诸多无题诗做一比较。首先，无题诗诗面意义所应出现的女子心理、女子情怀、男女相思等一系列因素，在这首诗中并不存在，而无题诗的意义相对朦胧或题旨高度概括的特征，在这首诗中表现得也不明显。相反，诗歌所表现的羁旅在外的漂泊之感却淋漓尽致而又显而易见。显然，这首诗的题旨并无争议，即"怀古"与"思乡"。在无题诗中，几乎没有将诗歌主旨在诗歌内容中点明的。刘学锴缘于此，将这首"无题"列在无题诗之外，认定其为原本有题目而后来遗失。这首诗在文献流传过程中，也是被编入集外诗的[①]，可见其流传方式与其他诗歌有别。无题诗惯有的注重色彩、声情等方面的描绘与刻画，在这首诗中表现得也不是十分明显。诗歌中的整体性原则体现得较为疏散，集中分散在"怀古"与"思乡"两种思绪情感的融合上。诗的"阻隔"艺术单纯表现在游子与家乡之间的间隔以及历史与现实的间隔中，与无题诗借助男女之间情感不相通的抽象思绪也有一定的差异。可以说贯穿这首诗歌的"阻隔"情结并不十分明显，但确实暗含在整首诗的思绪之中。本诗"阻隔"思绪的艺术表现，源于"夷犹"二字。诗中"怀古"之意韵，很难与古人建功立业，做出轰轰

---

① 刘学锴、余恕诚：《李商隐诗歌集解》（增订重排本），中华书局2004年版，第1398页。

烈烈的有益于人民和国家的事情分开。从这个层面上讲，抒情主人公的怀古在一定程度上是歆羡古人的卓越成就，而这一切却与李商隐个人的际遇形成了鲜明的对比，反衬出他作为个体在生活上的漂泊，在事业上的无所成就。作为一个漂泊在外的游子，有着浓重的思乡情绪是再正常不过的事情了。李商隐的内心深处是矛盾的，他可以选择回归家乡，但是他没有张飞和王濬那样闻名于世的功业，衣锦还乡的荣耀感成为他一直希望实现却又无法实现的梦想。他可以"怀古"，期待有与古人一样的功业，却一无所成；他同样可以因"思乡"而返乡，但等待他的却是碌碌无为的人生。"怀古"与"思乡"的矛盾充斥在抒情主人公心间，成为一个无法解开的心结，其不可通融性和不可协调性也逐渐形成了一种坚不可摧的"阻隔"艺术。这种"阻隔"艺术在无题诗中虽然极其常见，但多在诗面意义上冠之以心上人可望而不可即，相互思慕的双方因重重阻隔而无法相见等与恋情相关的偏重于私人情感的思绪之中。这与无题诗的"阻隔"艺术是近乎两种形式的艺术处理。

就"万里风波一叶舟"这首诗的文本内容与文献流传情况而言，目前没有任何证据证明因原来的题目亡佚而被标为无题，只能推测题目亡佚的可能性很大。由此，本研究对这首以"无题"命名的诗作认定如下：它的性质当与无题诗有着本质的区别，它的题目或许亡佚或许本就是一首裸题诗。总之，这首"无题"的诗作不该归为"无题诗"之列。

二 "幽人不倦赏"评析

五律"幽人不倦赏"这首诗在三卷本李商隐诗集中，多与"八岁偷照镜"一诗相连并位于其后，二者合题为"无题二首"。纪昀认为这首诗应当是遗失了题目后与"八岁偷照镜"误合为一题，汤翼海认为这种观点"可信无疑"①，其说可取。秉持这一观点的学者，其根据也多为这首诗的意义与风格。五律"幽人不倦赏"表达的是一种略带意识流性质

---

① 汤翼海：《李义山无题诗十五首考释》，转引自台湾中山大学中文学会编《李商隐诗研究论文集》，台湾天工书局 1984 年版，第 886 页。

的思绪，是一种百无聊赖情绪的抒写，这种情绪似乎与李商隐的无题诗有很大的区别。

诗歌开篇描绘的是抒情主人公"不倦赏"的审美状态，接着明确点出，"不倦赏"的对象是"秋暑"之时的景色。可见，此时抒情主人公的心境还是处在十分惬意地欣赏景色的状态之中，但是通过颔联和颈联四句的描绘，抒情主人公的情绪很快由惬意欣喜转向了百无聊赖。碧绿的青竹、青青的色彩，之前是那样令人惬意；池塘里的清水，前一刻还清澈得令人欣喜，可是，转瞬即逝，萦绕在抒情主人公心间的，是怅然若失的空虚与寂寥之感。本来，露珠滴在花瓣上，呈现的是一片生机勃勃的景象，但这露珠转瞬之间却因为时间的停留而沾湿了整朵花瓣，就连伴着风飞来的蝴蝶所做出的妖娆动作，似乎也有故作姿态之嫌。抒情主人公在这种心态下发出了慨叹，进行了推想：如果邀请友人到这里，看到这样的景色，恐怕不仅是自己百无聊赖，就连与自己同游的友人也会感到寂寥无趣。这首诗的内在情感思绪处在一种情绪转化中，这种思绪促使抒情主人公由"贵招邀"向"不自聊"转换。这一情感脉络，似乎就是抒情主人公因各种追求可望而不可即而生成的百无聊赖的潜在思想情绪。这种情绪在诗歌的开篇被隐匿了起来，却在抒情的过程中逐渐充满了作者的思绪，进而占据了抒情主人公的情绪，从而使抒情主人公将这种情绪寄托在中间两联的景物描绘之中，进而导致诗歌最后以"不自聊"的情绪收尾。一种低靡的情绪，促成了惬意悠然心态与百无聊赖情绪之间的矛盾，促使这首诗的思想情绪由积极向消极转变。虽然本诗暗含的这层矛盾处于隐性状态中，但其中的作用则成为诗歌情绪转变的重要关节点。

五律"幽人不倦赏"这首诗，其情感特质与无题诗有很大的区别。从内容上，这首诗无关乎男女婚恋或女子思绪；从情感格调上，缺乏冲破阻隔、执着追求等无题诗一贯固有的情感线索，取而代之的是一种近乎意识流变的百无聊赖的心境与情绪的变化。这首诗所表现的是抒情主人公的一种略有波折的、生活中常见的思绪，因情感性质趋于平淡而没有激烈起伏的情绪波动。毫无疑问，这类诗歌客观而细腻地把控了人们的一种普遍思绪，但这种思绪与真情、执着、时政乃至家国情怀无碍。

在深入内心，细致刻画内心变化的同时，也呈现出深度与张力不够的客观情况。李商隐诗集中，这类诗歌还有很多。如七言绝句闺怨诗《日射》，对闺中女子的心理思绪的刻画，与此诗百无聊赖的心理描绘比较相似，其性质也基本相同。

综合以上对诗歌意义及诗歌所表达的情绪的分析可知，五律"幽人不倦赏"与李商隐无题诗的性质有着本质的区别。古今学者多认定其原本有题目后来遗失符合客观事实的可能性比较大。就目前李商隐诗集流传的诸多版本而言，这首诗都是附在"八岁偷照镜"一诗后面的，在没有更多可供参照的文献之前，这种结论只能是一种推测，但这首诗显然与无题诗的风格有别，这一点是毋庸置疑的。在讨论无题诗的相关问题时，为了科学严谨，当对此诗做单独处理。

第三节 "无题"中的"误合"之作

"长眉画了绣帘开""寿阳公主嫁时妆""待得郎来月已低""户外重阴黯不开"四首七绝与无题诗的关系也是十分复杂。

一 "无题"与"蝶"

因为"长眉画了绣帘开""寿阳公主嫁时妆"两首七绝多列于《蝶》之后，合称为《蝶三首》，所以在研究这两首诗的时候，我们应当从李商隐的这首《蝶》谈起。

李商隐诗集中以"蝶"为题的诗作一共有四首，都为五言诗，其中五律有"初来小苑中""飞来绣户阴""叶叶复翻翻"三首，五绝仅"孤蝶小徘徊"一首。在诸多文献中，五律《蝶》"初来小苑中"① 一首都与"长眉画了绣帘开""寿阳公主嫁时妆"两首七绝合题为《蝶三首》，仅《唐音戊签》中，"长眉画了绣帘开""寿阳公主嫁时妆"两首七绝与《蝶》"初来小苑中"一首分列，单独题为"无题"。

---

① 全诗为："初来小苑中，稍与琐闱通。远恐芳尘断，轻忧艳雪融。只知防皓露，不觉逆尖风。回首双飞燕，乘时入绮栊。"

　　根据清代纪昀以及现代学者刘学锴的观点，"长眉画了绣帘开""寿阳公主嫁时妆"两首七绝分别列于《蝶三首》的其二、其三，其原因是失去了原有的题目，与题为《蝶》的五律"初来小苑中"以裸题的形式连在一起，后又被误认为是三首连在一起的作品而题为"蝶"的"其二""其三"，故刘学锴、余恕诚《李商隐诗歌集解》将"其二""其三"定为《失题二首》。① 而黄世中《类纂李商隐诗笺注疏解》则从《唐音戊签》，将"长眉画了绣帘开""寿阳公主嫁时妆"归入无题诗一类，标题为"无题二首"②。

　　《蝶》"初来小苑中"，有"琐闱""芳尘"的字眼，似隐喻宫中之事，作者以蝶入苑来写自己初入秘书省的意图十分明显。显然，《蝶》的主题较为明晰，其风格特征与无题诗有着较大的差异。而被标记为《蝶》的其二、其三两首七绝则不同，这两首诗在《李商隐诗歌集解》中被认定为"赠妓"之作，而在《类纂李商隐诗笺注疏解》中被认定为描写婢妾或小家女子的诗作，但无论作何解读，诗歌描绘对象为女子无疑。诗歌中又有"长眉""钗上凤""公主"等无题诗中常描绘或涉及的细节。虽然诗歌中并无无题诗经常出现的"阻隔"情结。可望而不可即的痛苦之感，以及无悔与执着的追求，但其囿于女子闺情的特征较为明显，且与无题诗的某些特征极为相似。李商隐的无题诗，以七律的艺术特征较为醇熟③，以五言诗以及七绝的艺术特征较为浅白，"长眉画了绣帘开""寿阳公主嫁时妆"两首诗，无疑与后者的艺术风格更为相似。《唐音戊签》将这两首诗题为"无题"，虽然无任何版本依据，但其做法或本于这两首诗与无题诗有着诸多共通之处——其根本性特征便是写女子之情思。或许"长眉画了绣帘开""寿阳公主嫁时妆"两首七绝就诗面意义来看，并无七律无题诗那样浓郁而执着的情感，相比较而言，在格调上要略逊一筹，但对于女子情思的描绘，本就是李商隐五言无题诗与七绝无题诗中普遍具备的情绪特征。因为缺乏版本依据，不可贸然将

　　① 刘学锴、余恕诚：《李商隐诗歌集解》（增订重排本），中华书局 2004 年版，第 2001 页。
　　② 黄世中：《类纂李商隐诗笺注疏解》，黄山书社 2009 年版，第 115 页。
　　③ 王蒙：《通境与通情——也谈李商隐的〈无题〉七律》，转引自《心有灵犀》，人民文学出版社 2002 年版，第 194—205 页。

其认定为无题诗，但其与无题诗有诸多相似之处，是毋庸置疑的。相较于七律"万里风波一叶舟"、五律"幽人不倦赏"而言，这两首七绝与无题诗的关联更大。

二 "无题"与"留赠畏之"

因为"待得郎来月已低""户外重阴黯不开"两首七绝多列于《留赠畏之》之后，命名为《留赠畏之》其二、其三，所以在研究这两首诗的时候，我们首先要从李商隐的这首《留赠畏之》其一谈起。

畏之是韩瞻的字。《留赠畏之》这个题目功用性十分明显，明指这首诗是写给韩瞻的。[①] 从全诗的意旨来看，这首诗属于赠答诗，但《留赠畏之》其二、其三显然和赠与韩瞻的这首诗毫不相干。从文献角度看，后两首原本看似也属于无题诗、裸题诗或别有题目后亡佚的诗作，后与之"误合"在一起。在诸多版本的李商隐诗集中，"待得郎来月已低""户外重阴黯不开"两首七言绝句多附在《留赠畏之》之后，以《留赠畏之》其二、其三存在。这种文本现象与《蝶三首》较为相似。其实，李商隐诗集中这类现象比较常见，类似的还有《楚宫二首》《咏史二首》等。[②]

七绝"待得郎来月已低"[③]"户外重阴黯不开"[④] 是两首叙事色彩很浓的诗作。抒情主人公都是女子，是描绘女子心理的诗作，这一点与无题诗的性质较为相似。两首诗都是写女子深夜等待男子归来，但具体情节有所不同。前一首主要说的是，女子等到男子回来的时候，月亮早已落下，左等右盼回来的男子，却烂醉如泥，一句寒暄的话也没有。没过多久，这位烂醉如泥的男子又要出门，而女主人公却不知道他要往何处去。男子骑马出门，女子却只听到乌鸦的啼叫声。显然，这首诗是写女子期待男子回家，却只盼来烂醉如泥的男子回家后停留片刻，没有一句

---

① 全诗为："清时无事奏明光，不遣当关报早霜。中禁词臣寻引领，左川归客自回肠。郎君下笔惊鹦鹉，侍女吹笙弄凤凰。空记大罗天上事，众仙同日咏霓裳。"

② 刘学锴：《李商隐传论》（增订本），黄山书社 2013 年版，第 539 页。

③ 全诗为："待得郎来月已低，寒暄不道醉如泥。五更又欲向何处，骑马出门乌夜啼。"

④ 全诗为："户外重阴黯不开，含羞迎夜复临台。潇湘浪上有烟景，安得好风吹汝来。"

语言交流。从题材来看，与无题诗有一定相似性；就其叙事性明显的特征来看，似乎与"含情春晼晚"一诗更相似；就其颇具民歌风格的特征来看，似乎又与"八岁偷照镜"一诗相似；而相对浅显流畅的语言以及诗意风格则与几首七绝无题诗较为相似。后一首的构思与前一首基本相似。在一个光线暗淡的夜晚，户外重阴，女主人公独自在门外等候情郎的到来。第三句，视角由室外转向室内——房间内，竹席上的水状纹如潇湘之水的波浪映射出一片烟波之景般美丽。根据第四句的句意，可知在第二、第三句所叙之事的某个时间点，女主人公等待的人早已到来，于是才有了"安得好风吹汝来"之句。类似语句在现代汉语口语中还经常使用，与"是什么风把你吹来了"之类的俗语较为相近，足见这首诗具有明显的口语化、通俗性特征，同时也表现了其民歌的特征。这些特点与李商隐早期无题诗，尤其是五言无题诗和七绝无题诗有诸多相似之处。当然，二者之间还有微妙的差别——这两首七绝的抽象性与概括性情感的表达与无题诗相比较可谓迥异，但依旧具有无题诗的诸多特征。

通过以上分析基本可以认定，"阙题"之作，即七律"万里风波一叶舟"与五律"幽人不倦赏"在内容上与无题诗的关联度并不是很大，甚至风格特征上也是迥异于诸多无题之作的。但"长眉画了绣帘开""寿阳公主嫁时妆""待得郎来月已低""户外重阴黯不开"四首七绝，无论在内容上还是风格特征上，都与无题诗有着诸多共性。这是一个值得深究的问题。

根据这些诗作所呈现的文本特征，可以基本认定，"阙题"之作与无题诗风格相去甚远。五律"幽人不倦赏"写的是诗人百无聊赖的心境，七律"万里风波一叶舟"写的是诗人怀古思乡的情怀。这两首诗通常被划在无题诗之外，而"误合"之作与无题诗风格相似。不可否认，"长眉画了绣帘开""寿阳公主嫁时妆""待得郎来月已低""户外重阴黯不开"四首七绝有诸多无题诗的特征，与无题诗之间的关系十分复杂，甚至在有的学者眼中被排除在无题诗之外，但它们所呈现的类似无题诗的特征，或可与无题诗的相关细节联系起来加以观照。

第四节　李商隐无题诗界定范围的争议

如果历代学者在研究李商隐无题诗的时候，能以李商隐诗集中以"无题"二字为题的诗作为对象，很多问题就会迎刃而解，但现实情况复杂得多。

有学者把《诗经》中的许多取首句前若干字为题目的诗作、汉乐府里面的诗作以及"古诗十九首"一类的诗作统称为"无题诗"，并以此类推，主张李商隐诗集中诸如《锦瑟》《一片》《碧城》等诗作也归为"无题"一类①，而这种命题方式同样见于唐代其他诗人的别集之中。在李商隐之前，杜甫、元稹等诗人的相关创作较为典型，但上古歌谣、《诗经》时代的所谓无题诗，似又与李商隐的无题诗有着本质的不同。基于这种思路，无题诗的讨论范围往往被扩大：部分学者将李商隐诗集中大量"首句命题诗"和"抽象类题目诗作"并入"无题诗"一起进行讨论；在与"首句命题诗"和"抽象类题目诗作"相似性的引导下，将李商隐诗集以外的具有相同性质的诗作放在李商隐无题诗中加以对比讨论。

其实，对李商隐无题诗的界定需要考虑两个层面的问题。第一，无题诗必须具有以"无题"为题目的特点，即诗歌题目不具备"显内容"的功能，诗意含蓄抽象。第二，无题诗在内容上必须具有抽象性特征，即题目不体现诗歌内容，正文所表达的内容原本便是抽象性意义或情感，这种情感多数以男女爱情或女子相思的形式表现出来，但其深层意义必然带有十分明显的抽象情绪。如果诗歌不同时具备以上两个层面的抽象性特征，就不能将其归于"无题"一类诗作。以往有学者将所有的"首句命题诗"和"抽象类题目诗作"都定义为无题诗，往往是只见其一不见其二的结果。

李商隐诗集中除了以"无题"为题目的诗作外，很多诗作都带有明

---

① 持此观点的如清代学者纪昀、现代作家施蛰存、现代学者杨柳等。其中以杨柳在《李商隐评传》所列举的最为详尽，有七十九首之多。

显的无题诗的性质，刘学锴认为这类"准无题诗"与无题诗放在一起讨论会掩盖事情的真相，主张将二者分开讨论。但李商隐诗集中究竟存在多少"准无题诗"至今仍是一个争议较大的问题。

在讨论李商隐诗集中"准无题诗"的界定问题之前，须明确以下五个术语。

（1）裸题诗：指诗歌创作之初便没有题目只有正文的诗作。

（2）首句命题诗：截取诗歌正文中的某一句（通常为首句）或某一句（通常为首句）中的几个字（通常为前两个字）为题目的诗作。

（3）抽象类题目诗作：诗歌题目不直接揭示诗歌内容，或题目与内容无直接关联的诗作，即"有题等于无题"。

（4）准无题诗：从首句命题诗或抽象类题目诗作中发展过来、具有无题诗性质的诗作，与无题诗合称为"无题"一类诗作。首句命题诗或抽象类题目诗作成为"准无题诗"需要同时具备两个条件：一是诗歌题目的抽象性；二是诗歌正文内容的抽象性。[①]

（5）无题诗：明确以"无题"为题目的诗作。

李商隐诗集中的诸多诗作，与这些概念之间存在着复杂关系。这些关系的纷繁不清，是导致李商隐无题诗界定存在争议的根源。

我们认为，无题诗绝不可与"首句命题诗"以及"抽象类题目诗作"同日而语。即使后两者中的部分诗作与无题诗的性质相似，且符合无题诗的两重抽象性特征，也不可贸然将三者等同视之。将三者等同的观点，已经使之前诸多学者的相关讨论饱受争议。

有的学者将李商隐的无题诗与"准无题诗"等同视之，认为"准无题诗"也是无题诗。例如郑振铎曾明确指出：李商隐的《锦瑟》《为有》《一片》《日射》《摇落》《如有》等诗作，"都与诗意毫不相干，只是随意采用了诗中的头二字为题而已。有的时候，简直连这种题目也不用，只是干脆地写上'无题'二字"[②]。杨柳在《李商隐评传》中根据以

---

① "准无题诗"这一名词见于刘学锴《李商隐传论》，本研究认同并借用。因刘学锴提出此名词时并未明确其概念及范围，此处为说明本研究观点对其进行了全新的界定，故而这里"准无题诗"的界定范围一定程度上是本研究特有的结论。

② 郑振铎：《插图本中国文学史》，北京出版社1999年版，第400页。

"无题"为题和取字命题的"首句命题诗"以及虽有题实亦无题等标准，将现存李商隐诗集中的无题诗的范围界定为九十九首。首先，包括无题诗二十首：将《全唐诗》中的十六首以"无题"为题的诗歌全部列入其中，并将《留赠畏之》三首中的第二、第三两首及《蝶三首》中的第二、第三两首也列入无题诗的范畴。其次，将直接取首句中前若干字为题的《锦瑟》等诗列入其中。再次，将随意取篇中某些字为题的，如《景阳井》等诗也列入无题诗的范畴。此外，还将《漫成五章》《偶题二首》以及《鸾凤》（"旧镜鸾何处，衰桐凤不栖"）等八首诗歌也列入其中。① 黄世中《类纂李商隐诗笺注疏解》一书，对李商隐的这类诗作也有谈及。书中将李商隐现存所有诗作分类进行编排，其中列出"无题编"共六十八首。以"无题"为题的诗作界定与杨柳《李商隐评传》中二十首的观点一致。又将取首句前两字为题的《碧瓦（碧瓦衔珠树）》等十六首，虽有题实亦无题的《日高》等二十五首，玉阳恋诗《月夜重寄宋华阳姊妹》等七首也列入"无题编"之中。② 这些学者在讨论无题诗的特征时，通常将许多本来属于"准无题诗"的诗作作为艺术分析的实例加以探讨。

对于"准无题诗"的研究，刘学锴、余恕诚等专家也有过一个循序渐进的过程。他们在 1980 年出版的《李商隐》中曾指出："在李商隐的作品中，有一部分以'无题'命篇的诗，后世一般称它们为无题诗。另有一些诗篇，截取首句头两字作为题目，而题目与诗的内容又基本上没有联系（如《一片》《锦瑟》），也可以看成无题诗。"③ 同时也认定，魏晋以来"述怀言志的组诗往往冠以'杂诗''咏怀''拟古''感遇''古风'一类标题，不妨说也是'无题'诗"④。但 21 世纪初，刘学锴在其著作《李商隐传论》中，明确表示不应该将无题诗与首句命题诗混为一谈，认为这种做法会掩盖事实真相，指出："只有极少数取诗中数字为题，但题目与诗的内容毫无关涉，或题目本身毫无意义者可以列为

---

① 杨柳：《李商隐评传》，江苏人民出版社 1981 年版，第 411—421 页。
② 黄世中：《类纂李商隐诗笺注疏解》，黄山书社 2009 年版，第 1—520 页。
③ 刘学锴、余恕诚：《李商隐》，中华书局 1980 年版，第 90 页。
④ 刘学锴、余恕诚：《李商隐》，中华书局 1980 年版，第 91 页。

'准无题诗'，如《一片》（一片琼英）、《一片》（一片非烟）《为有》《如有》《日射》《银河吹笙》《人欲》《池边》《相思》（一作《相思树上》），一共不过九首。"① 刘学锴所举之诗作与黄世中"无题编"中所举诗作略有出入，其中《一片（一片琼英）》《人欲》《银河吹笙》《池边》《相思（相思树上）》等诗作黄世中并未列入"无题编"中。刘学锴在其著作《李商隐诗歌研究》中所列出的"准无题诗"与上述几首相同，但他认为这类诗的总数为十首左右。② 由此可见，对于"准无题诗"的准确界定依然存在诸多不确定因素。

第五节　李商隐"准无题诗"的界定

本节将从李商隐诗集中的"首句命题诗"和"抽象类题目诗作"中筛选出与无题诗性质相似的，即具备两层抽象性特征的诗作，从而认定李商隐诗集"首句命题诗"和"抽象类题目诗作"中可归为"准无题诗"的诗作。为方便研究，分别称其为首句命题式"准无题诗"和抽象类题目式"准无题诗"。

一　首句命题式"准无题诗"

题目主要有七大功能：显内容，便稽检，免错乱，防散佚，考分合，辨真伪，便辑佚。③ 其中，便稽检、免错乱两大功能，是将若干篇编纂成书册的时候才能够表现出来的，而防散佚、考分合、辨真伪、便辑佚等四大功能，则是在文献流传的过程中才能够表现出来的。从文学创作的角度来说，题目的功能真正意义上仅有"显内容"一种。

我们发现，在现存许多古籍中，并不是所有文章的题目都是"显内容"的。儒家经典著作《论语》共二十章，每一章都是取该章正文中前两字或者前三字作为题目，其功能近似于便稽检和免错乱，并不能准确

---

① 刘学锴：《李商隐传论》（增订本），黄山书社 2013 年版，第 540—541 页。
② 刘学锴：《李商隐诗歌研究》，安徽大学出版社 1998 年版，第 35 页。
③ 程千帆、徐有富：《校雠广义·目录编》，齐鲁书社 1998 年版，第 13—19 页。

彰显每一章的具体内容。"《孟子》的篇名和《论语》一样，不过是摘取每篇开头的几个重要字眼来命名，并没有别的意义"①。可见，同为儒家经典的《孟子》也是如此，而《诗经》中的绝大多数诗歌，更是"大率而成，取其中一字、二字、三四字以名篇"，所以清代学者顾炎武指出："十五国风并无一题。"② 清代学者袁枚称："《三百篇》《古诗十九首》，皆无题之作，后人取其诗中首面之一二字为题，遂独绝千古。"③ 近代学者王国维指出："诗之三百篇、十九首，词之五代、北宋，皆无题也。"④如"关雎"取首句"关关雎鸠"中"关""雎"二字；"硕鼠"取首句"硕鼠硕鼠"中的"硕鼠"二字；"采薇"取首句"采薇采薇"中的"采薇"二字，等等。如果说《诗经》中的作品，在未被结集前是靠口耳相传的，那么它们起初的性质多数当被划为"裸题诗"，但这些口耳相传的作品落在纸张上或是结集之后，便有了题目方面的需要。为了"便稽检，免错乱，防散佚"等，不得不为诗歌取一个题目。故此，在诗歌正文中（通常是首句）取某几个字为题目的方式应运而生。为方便与其他命题方式相区别，本研究拟以"首句命题诗"来定义用这种命题方式标题的诗歌。

"首句命题诗"的题目明显是结集时为了便稽检、免错乱而加上去的，很少有篇目可以显示诗篇的内容和主题，所以这一类题目没有"显内容"的功能。随着诗歌艺术的发展，其命题方式也随之趋于成熟。"首句命题诗"的题目便有了有意为之的趋向。直到唐代诗人的别集中，这一类诗作尚有相当可观的数量。杜甫的诗歌中即有许多这类情况。如《能画》，取首句"能画毛延寿"中"能画"二字为题；《一室》，取首句"一室他乡远"中"一室"二字为题；《孟氏》，取首句"孟氏好兄弟"中"孟氏"二字为题；《吾宗》，取首句"吾宗老孙子"中"吾宗"二字为题；《往在》，取首句"往在西京日"中"往在"二字为题……而在唐代，这种命题方式其实质是一种刻意的复古，寻求《诗经》的传统

① 杨伯峻：《孟子译注》，中华书局 2010 年版，第 1 页。
② （清）顾炎武：《日知录》，甘肃民族出版社 1997 年版，第 907 页。
③ （清）袁枚：《随园诗话》，人民文学出版社 1982 年版，第 228 页。
④ 王国维：《人间词话》，人民文学出版社 1960 年版，第 218 页。

命题观念所致。① 在李商隐的诗集中，大量首句命题诗存在的现象，似乎也是这种命题观念所致。

值得注意的是，"首句命题诗"有时直接截取整个首句作为题目。这类诗作多在结集之前都如《古诗十九首》一般，属于"裸题诗"，而这种命题方式在汉代以后，多存在于拟乐府诗中，如李世民所作《执契静三边》即选取首句"执契静三边"为题；白居易《丘中有一士二首》，取首句"丘中有一士"为题。这种命题方式在现存李商隐的诗集中并不存在。有时候，被"首句命题诗"取为题目的并不是诗歌正文首句中的字，而是如《诗经》中《巧言》一样，取篇中除首句外的其他诗句中的某些字为题。这种命题方式在李商隐诗集中较为常见，如七绝《江东》取第二句"独自江东上钓船"中"江东"为题；七绝《嫦娥》取第三句"嫦娥应悔偷灵药"中"嫦娥"为题；七律《宋玉》取第二句"惟教宋玉擅才华"中"宋玉"为题，等等。②

以上所提到的"首句命题诗"，仅说明它们的题目不具备"显内容"的特征，但绝非所有的"首句命题诗"都可与"无题"诗等同视之。

"首句命题诗"与无题诗严格来说并无直接联系。它们是完全不同的两类诗歌，但二者往往又被牵连在一起。这是因为部分"首句命题诗"与无题诗有一个共同的特点，即诗歌中所谓的题目不涉及诗歌内容，也不显示诗歌的功用。"首句命题诗"在命题方式上具有一定的偶然性，它通常随意取一首诗歌的第一句中前两字为题，这种命题方式甚至有些千篇一律的机械性，而被选为题目的几个字于主旨来说，要么仅仅起到临时起兴的作用，要么则是与内容主题毫不相关。这些诗歌的题目明显是在结集时为了"便稽检"而随意取首二字为题目在文本上留下来的最鲜明的痕迹。

李商隐是唐代文学史乃至中国古代诗歌史上第一位在诗集中有多首诗歌以"无题"命名的诗人，而他的诗集中恰恰也同时存在大量的"首句命题诗"。因为"首句命题诗"与无题诗之间的共性，人们在关注李

---

① 吴承学：《论古诗制题制序史》，《文学遗产》1996 年第 5 期。
② 这类诗作的题目与"首句命题诗"的题目之间有着微妙的差别，详见本节末段。

商隐无题诗的过程中，自然而然地会将其与"首句命题诗"联系在一起，而单纯以"首句命题诗"这种形式，很难将其与无题诗画上等号。"句题"的形式所取的句中的字，或许能够与诗歌正文乃至主旨相联系。这种情况并不仅仅见于李商隐的"首句命题诗"中，其传统可以追溯到先秦时期，如《诗经》中的《公刘》。首句为"笃公刘"，篇名为《公刘》，是取首句后两字为题的，但是整篇诗作是一部史诗性质的作品，其主人公即谓"公刘"。如果按照现代传记文学的逻辑，这首诗歌或许会被命名为《公刘传》。因而，这样的"首句命题诗"不可以与无题诗画等号，如果一味地将"首句命题诗"与无题诗的关系彻底切断，也是不科学的。刘学锴认为"首句命题"这一类诗作当与无题诗区别对待，从严格意义上说是具有一定的合理性的，但我们不可否认，李商隐诗集中诸如《残花》《如有》《银河吹笙》等诗歌的题目并不能直接说明诗歌内容或暗指诗歌功用，而这一类诗歌又大量集中出现在李商隐的诗集中。它们与同样不能直接说明诗歌内容或暗指诗歌功用的无题诗之间究竟存在什么样的关系，是我们在研究李商隐无题诗时不得不面对的问题。

　　无论是对李商隐诗歌而言还是对整个古代诗歌而言，"首句命题诗"与"无题诗"都是两个概念。"首句命题诗"所包含的范围显然比无题诗大得多。成为"准无题诗"的"首句命题诗"，严格来说与纯粹的无题诗是有区别的。

　　"首句命题诗"成为"准无题诗"是必须具备双层抽象性。首先，题目不可以显示诗歌的内容。很多诗文的主旨是可以用正文中的关键词来概括或统摄的。短短的一首诗，倘若被截取的用以作为题目的文字恰巧为诗歌的关键所在，那么这首"首句命题诗"的题目，便具有了显示诗歌内容的特质。这样的诗歌不应划入"准无题诗"的范畴之内。其次，诗歌正文内容的抽象性。在考虑"首句命题诗"的时候，要想明确界定哪些可以归于"准无题诗"，就必须考虑它们在内容上的共性特征——表达抽象性情绪或意义。据《李商隐诗歌集解》，李商隐现存诗歌中，"首句命题诗"即取首句中前若干字为题的有四十余首。其中仅有《锦瑟》《促漏》《昨日》《残花》《如有》《碧瓦》《镜槛》《碧城三首》《东南》① 这些诗②符合"准无题诗"的标准。

在这里有一个细节问题需要强调，那就是以诗句中间词语命题的诗作不可归为"准无题诗"。依据文本的客观情况，有些"首句命题诗"并不是单一地截取诗歌首句中的前几个字为题目，而是截取诗歌首句中的后几个字，或者首句中间几个字。除"首句命题诗"外，有些诗歌是截取非首句中的个别词语，或者截取尾句中的词语为题目。杨柳在《李商隐评传》中将这些情况一一列了出来。③ 其实，这类诗作并不属于"准无题诗"的范畴。认为一首"首句命题诗"是"准无题诗"或者说与无题诗有某种共同之处，往往承认这类诗作有着"有题等于无题"的性质。既然说它们"有题等于无题"，那么便是间接承认了这类"首句命题诗"的题目是随意摘取的，并没有经过仔细思考。从命题的心理习惯的角度看，取首句前两个字为题、取前三个字为题，或者取整句诗为题，都有可能是随意摘取。但是如果从这首诗首句以外的其他地方截取某些词语作为题目，那么则可以说多数情况下在命题的过程中是经历过思考的。既然经历过思考，必然会有一个斟酌的过程。斟酌的内容便是哪一个词语更适合作诗歌的题目。由此可认定，无论这种命题方式的诗作客观上是否具有展现出表现内容的性质，其主观上便没有了表现内容的意愿。

---

① 在本人博士学位论文关于"准无题诗"的相关论述中，以为《东南》一诗是借"日出东南隅"写实事且民歌性质明显，但与《无题"八岁偷照镜"》相比写实的成分更大，所以没有将其归于"准无题诗"一类，但经过仔细分析，这首诗在诗意上与《无题"含情春晼晚"》中"多羞钗上燕，真愧镜中鸾"两句所描绘的细微心理十分相似，故而这里做一下修正，将其归于"准无题诗"一类。

② 本人曾将《一片（一片非烟隔九枝）》《石城》两首诗作界定为"准无题诗"。刘学锴认为，《一片》"显系无题之属"，但细味此诗，似与无题诗的许多内容有别。在博士学位论文中，本人以"表现的人间沧桑，恐佳期不再的抽象情绪与无题诗较为类似"为由将其列入"准无题诗"的范畴，但从诗歌整体意义角度仔细参考，这种"类似"性的表述并不十分准确，这里做一下修正。人间沧桑，恐佳期不再的情绪似与无题诗的抽象情绪相比，抽象程度并不高，且其中没有阻隔、可望而不可即等无题诗抽象情绪中惯有的因素，故而此处将《一片》列于"准无题诗"之外。以为《石城》属于"准无题诗"，主要根据是它在内容上书写相思，并根据"帘烘不隐钩"句将其与《无题"含情春晼晚"》中"帘烘欲过难"连看，但细味此诗，男女主人公是相聚的，其中并无离别、阻隔、可望而不可即乃至愿望无法达成的意义，与无题诗显然有别，故而也将其列于"准无题诗"之外。

③ 杨柳：《李商隐评传》，江苏人民出版社1981年版，第411—421页。

二　抽象类题目式"准无题诗"

中国古代诗歌的制题方式随着诗歌的发展不断成熟，在不同的历史时期，其题目所表现出的形态具有不同的特征。王士禛曾说："予尝谓古人诗，且未论时代，但开卷看其题目，即可望而知之；今人诗且未论雅俗，但开卷看其题目，即可望而辨之。如魏晋人制诗，题是一样，宋、齐、梁、陈人是一样，初、盛唐人是一样，元和以后又是一样，北宋人是一样，苏、黄又是一样；明人制题泛滥，渐失古意；近则年伯、年丈、公祖、父母，俚俗之谈尽窜入矣，诗之雅俗又何论乎！"① 中国古代诗歌题目的总趋势是一个由抽象向具象发展的过程，诗歌题目的地位也经历了一个由次要逐渐上升为主要的过程。经过从先秦到两汉再到魏晋时期的发展，诗歌的题目"已经成为诗歌整体形式的不可或缺的有机部分"。西晋以后的诗人已经开始"有意识地利用诗题来阐释其创作宗旨、创作缘起、歌咏对象，标明作诗的场合、对象……"与此同时，"诗题创作逐渐走向规范化，到初唐、盛唐时期，古诗制题已经完全规范化。诗题成为诗歌内容的准确而高度的概括，成为诗歌的面目"②。

在中国古代诗歌发展历程中，出现过这样一种类型的诗歌：题目不直接揭示诗歌内容或不暗示诗歌功能，但又不属于"裸题诗"和"首句命题诗"的范畴。这类题目或为某种诗歌类型，或为某种笼统的诗歌题材，通常具有极大的抽象性。例如"咏史"之"史"，"即事"之"事"，"感怀""咏怀""抒怀"之"怀"，"即兴"之"兴"，在题目没有标明其他因素的前提下，其所指的内容是很模糊的，甚至只能通过题目判断诗歌的题材——所咏的是什么"史"，所感的是什么"怀"，所即的是什么"兴"，在题目中是无法明确的，最大程度上仅仅可以限定诗歌内容的一个相对抽象的范围。这一类诗歌的题目依旧无法具备绝对准确地"显内容"的功能。从某种程度上说，它们与无题诗具有某些相似

① （清）王士禛：《带经堂诗话》，人民文学出版社 1963 年版，第 761 页。
② 吴承学：《论古诗制题制序史》，《文学遗产》1996 年第 5 期。

之处。这里值得注意的是，有的诗歌会在这一类题目前面加上一些具体的限定，诸如"春日即兴""旅夜书怀"等。因为类似"春日""旅夜"等限定性词语也能反映出诗歌的一些内容，所以这样的题目具有相当鲜明的"显内容"的功能，便不再具有类似"无题"的性质。

在中国古代诗歌史上，咏怀诗中极具典型意义的是阮籍的八十二首抒情诗。这八十二首诗整体风格较为统一，但没有明确的主旨，非一时一地所作。由于其中抒发的都是阮籍心中复杂的思绪，故统称为"咏怀"。正如前文所述，这类题目所指的内容具有抽象性的特征，因题目所指内容不明，故此与"无题"的功能从某种程度上说具有一定的相似性。唐代的咏怀诗继承了魏晋以来的传统，也有很多类似的创作，而"咏怀""感怀""咏史""即事""偶题"一类的题目，便与此相类似。此外，部分在题目上仅标注诗歌创作具体时间和地点或题写媒介的诗作，其题目也具有一定的抽象性，从某种程度上说，与"无题"的功能也具有一定的相似性。这一类诗作题目中所特指的时间、地点，或者题写媒介，是与诗歌内容无直接关系的。如唐太宗的《于北平作》，在题目上仅仅标明了写作地点，于整首诗的内容并无直接关联，并不具有"显内容"的作用。

施蛰存曾指出："李商隐的诗，有许多题作《无题》《有感》《读史》的，这些诗题，并不像历来诗人那样，用以说明诗的内容。为了记录他的恋爱生活，或者发泄他的单相思情绪，他写了一首隐隐约约的诗，并不要求读者完全明白，于是加上一个题目：'无题'。"① 将李商隐诗集中此类命题的诗作与无题诗相联系，其原因便基于二者都具有不直接揭示诗歌内容并且不表明诗歌功用的特征。

这里所提及的抽象类题目，指的是诗歌虽然取了题目，但它的题目无法直接有效地反映诗歌内容。根据中国古代诗歌普遍的题目性质，通常可以将抽象类题目分成全抽象题目和半抽象题目。全抽象题目包括"咏怀""感怀""即事""偶题""杂诗"一类。诗歌作为文学作品，其所传达的内容无非是抒发一种情怀或者记录一件事情。这一类

① 施蛰存：《唐诗百话》，上海古籍出版社1987年版，第579页。

题目实质上抽象到了诗歌功用的本质。如果这样的诗作同时又具备诗歌内容上表现抽象情绪或意义的特征，则当被划入"准无题诗"的行列。

在古代诗歌中，还有很多诗歌的题目处于抽象与具象之间，我们姑且称之为半抽象题目。这类题目当然包括《旅夜书怀》《春日即兴》一类在全抽象题目前面加上一些相对具象的限定词一类的题目，但同时也包括诸如"咏史"一类的题目。"咏史"之"史"与"即事"之"事"、"感怀"之"怀"等全抽象的词有着本质区别，它本身便具有把语意限定在"史"的范畴之内的功能。虽然我们无法通过"咏史"这样的题目来判定诗歌究竟咏了什么"史"，是正咏还是反咏，但这样的题目至少透露了诗歌内容的一种相对于全抽象题目来说较为具体的信息，被标以这样题目的诗作，严格来说并不应该归于"准无题诗"之列。

"抽象类题目诗作"与"首句命题诗"在题目特征上既有区别又有联系。第一，"首句命题诗"如果不是以首句第一个词作为起兴对象或者吟咏对象，只是偶然随意摘取首句中前几个字为题目，那么这些题目就带有符号性意义。这种符号性意义本身便是抽象性意义的一种。第二，某种带有"首句命题诗"样式的题目，如果直接反映了诗歌的内容，比如某首咏物诗，开篇第一字为题目，而这个字又恰巧是该诗所吟咏的对象，则这种诗歌的"首句命题"属性便值得推敲。因为它并不是随意取诗题的前几个字为题目，而是有意为之。这类诗作与抽象类题目无直接关联。第三，抽象类题目与"首句命题诗"的题目在文本上的区别是，抽象类题目在诗歌正文中找不到与之相同或相似的字样，而"首句命题诗"的题目必然存在于诗歌的正文之中。抽象类题目与"首句命题诗"的题目在本质上的区别是：抽象类题目是经过思考后的有意为之，有一定的必然性，而"首句命题诗"的题目则是在随意摘取的情况下偶然形成的。

与"首句命题诗"并不完全可以归为"准无题诗"相似，"抽象类题目诗作"也不能完全归入"准无题诗"之列。经过对李商隐诗集中具有这类性质题目诗作的分析，可划定《当句有对》《拟意》《寓怀》《可叹》《代赠"杨柳路尽处"》《代赠"楼上黄昏欲望休"》《代赠"东南日出照高楼"》《代应"本来银汉是红墙"》《银河吹笙》《代应"沟水分流西复东"》①十首诗为抽象类题目式"准无题诗"。

---

① 在本人博士学位论文关于"准无题诗"的相关论述中,《代应"沟水分流西复东"》一诗被认定为"不是站在切身体会者的角度去感同身受,而是以历史的客观者的身份和俯视者的角度去描绘别情",进而以"与无题诗风格有别"论之。经过反复斟酌,这种认识似乎太过苛刻与狭隘,现从宽界定,将其归入"准无题诗"一类。此外,李商隐《偶题二首》似也写男女会面。本人博士学位论文中因考虑《无题"昨夜星辰昨夜风"》也是写男女宴会场面,故而将其归为"准无题诗",但仔细体味诗意,这两首诗中并无涉"离别""阻隔"一类情结,也没有《可叹》中明显转向愁绪的诗意,更没有《无题"昨夜星辰昨夜风"》中"心有灵犀"一类的真挚情感的表述。故不将其归于"准无题诗"一类。

第二章　李商隐无题诗的形成

就现存唐代诗歌而言，无题诗的创作并不算繁荣，如果将李商隐算在内，以"无题"为题目创作诗歌的不超过十人；若将李商隐的无题诗算在内，明确以"无题"为题的诗作不超过四十首，这些诗作的具体情况似乎又有不同。虽然在数量上并不占优势，但李商隐的无题诗在整个唐代无题诗发展历程中具有标志性意义和显著性特征。当时文学风尚的影响、李商隐个人的创作追求以及他人生的缺失性童年经验，促成了风格独特的无题诗的最终形成。

第一节　李商隐个性、经历、观念对
无题诗形成的影响

叶嘉莹认为，李商隐"有些悲哀痛苦不是用一个具体的题目来叙写的，这一点也可以说是对人生综合性的体认以后的痛苦和感觉，不是针对某人某事而发，不能以一个题目限定它，所以是无题"①。其实，"不是针对某人某事而发"不仅仅是以"无题"为题目的成因，也可以认定为李商隐无题诗文本抽象性特征的成因。李商隐"一生遭遇辛酸凄凉之事……偶有感触，辄万绪交集，汹涌而出……故一诗之成，非纯然代表一单纯之心情，实含万种心情也"②。李商隐的无题诗通常"以一往情深的性格，面对不堪闻问的国事、迭遭挫折的事业、繁复隐微的感情。自

---

① 叶嘉莹：《略谈李义山的诗》，《幼狮文艺》卷31第6期。
② 汤翼海：《李义山无题诗十五首考释（一）》，《民主评论》卷14。

是感受多端，难以用单纯的意旨去表达"①，所以，李商隐无题诗的形成，是多方面综合作用的结果。其中任何一种因素，都不能单独对李商隐无题诗的形成产生决定性、主导性的影响。无题诗所表现的抽象性特征是多种人生经验和人生环境在李商隐意识中交织、融合、提炼后，附着在抽象情绪之中，借以无题诗的形式进行传达的结果。

李商隐无题诗的形成"与他的人生遭际和时代风气有着很大关系"②。李商隐个人的生存状况，"通过影响他们的生命感觉，进而影响他们对文化传统的理解阐释、对时代信息的选择和接收。"③ 无题诗的产生，有李商隐个人的原因，同时也有社会原因。"悲剧生活的铸就"是李商隐无题诗朦胧美形成的原因之一。④ 从社会原因的角度看，"晚唐社会黑暗，政局动荡，身为正直的朝廷官员，孤立无援"⑤，其心志无从诉说，李商隐的无题诗便是在这样一个特定时代和社会背景下的必然产物。无题诗的风格特征也与李商隐的独特个性⑥密切相关，他文学创作的道路上经受过佛道思想的影响，善于创新，喜欢在写作上进行新的尝试⑦，并逐渐形成了"以七律为主要形式，多写主人公内心独白，抒情深细婉曲，意象和情感扑朔迷离，在审美视角上呈现出朦胧含蓄、凄艳哀婉和色彩浓郁的审美内涵"⑧ 的全新诗歌模式——无题诗。可以说，"李商隐政治上的坎坷，家庭中的不幸，人生里的悲苦，像地狱的烈火炼就了他的诗情。"⑨

一 内心纯粹是李商隐创作的原动力

"李商隐的诗也是对文艺心理学的一种挑战"⑩，"李商隐的内心世界

---

① 黄盛雄：《李义山诗研究》，台湾文史哲出版社 1987 年版，第 190 页。

② 张建军：《李商隐无题诗的艺术美》，《企业家天地》2014 年第 7 期。

③ 徐猛、展跃：《义山无题诗与叔原令词的自然意象》，《哈尔滨商业大学学报》2014 年第 6 期。

④ 韩司南：《李商隐无题诗的朦胧美》，《黑龙江社会科学》2012 年第 6 期。

⑤ 张晓芝：《无题诗发覆及李商隐无题诗的产生》，《忻州师范学院学报》2010 年第 3 期。

⑥ 安萍：《浅析李商隐无题诗的感伤情调及其形成原因》，《沧桑》2008 年第 4 期。

⑦ 陈作行：《论李商隐无题诗的创作原由》，《中北大学学报》2007 年增刊。

⑧ 张建军：《李商隐无题诗的审美内涵及成因》，《重庆科技学院学报》2014 年第 5 期。

⑨ 刘琦：《李商隐诗选注》，吉林文史出版社 2000 年版，第 120 页。

⑩ 王蒙：《李商隐的挑战》，转引自《心有灵犀》，人民文学出版社 2002 年版，第 175 页。

异常敏感，异常丰富，就像灵敏度极高的测试仪器，任何生活的微风都可以引起它的波动，在它的刻度盘上留下痕迹。同时，李商隐又是一位语言大师、一位诗歌韵律大师，因此可以准确而精彩地把心灵的波动转换成一系列语象。"① 有时候，这一系列语象又"不便于通过题目直接显露出来，所以出现了'无题'为题的诗篇"②。或许从传达心灵抒写的角度来讲，无题诗即是这样产生的，而从创作动机的角度来看，这些无题诗无疑是李商隐个人心灵感悟的记录，是李商隐"感时兴事时的一些思想碎片"③，所以，李商隐的无题诗是一种深入内心刻画，抒写真情实感的非功利性诗作。

深受儒家思想熏陶的中国古代知识分子，在纯粹的学业向功利仕途的过渡中，总会面临理想与现实之间的落差。诗人之所以伟大，是因为他们在社会角色转型的过程中，依然选择保持初心。保持初心、坚守纯粹，往往成为现实生活中诗人的一种伤痛和矛盾。生活在世俗社会的诗人，为了这份初心，可能活得并不快乐，甚至十分凄楚。或因不平则鸣，或因诗穷而后工，他们的诗歌往往呈现出不同程度的张力。在晚唐社会中，李商隐是一个极具典型的代表。诗人的心灵是纯粹的。纯粹、真挚的心灵是诗歌生命的原动力，是诗歌的根本意义所在。李商隐本人是具备这样的纯粹心灵的。某种意义上说，纯粹的心灵是与世俗的功利相对的。无题诗或许并非李商隐带有一定目的的创作，"大概作者的初衷并非刻意要写一组以'无题'为统称的诗，不过日积月累，所为多了，其中不少篇章又确有特点，遂成了一种现象，为人所关注罢了。"④ 所以说，李商隐无题诗的创作倾向是非功利性的。⑤

① 董乃斌：《李商隐的心灵世界》，上海古籍出版社2012年版，第98页。
② 王欢欢：《浅析李商隐的无题诗》，《长春教育学院学报》2013年第20期。
③ 刘伟民：《反弹琵琶——写作学视野下李商隐的"无题诗"论》，《电影评介》2006年第24期。
④ 曹渊：《李商隐〈无题〉诗中女性角色的情感隐痛及其比兴意义》，《武汉理工大学学报》（社会科学版）2018年第1期。
⑤ 黄晨璐：《看似无题，实则有意——论李商隐无题诗的创作倾向》，《大众文艺（理论）》2009年第19期。

二　"诗心"阻碍仕途，坎坷成就诗风

李商隐一生结识的权贵并不少，但其所涉的官位却不是很高，究其原因，古人多归为李商隐"背恩"。在通识的认知中，多认为其夹在牛李两党之间而受到两方的倾轧，这种观点影响颇深。从大的时代和社会背景来考察，牛李两党的相互倾轧是晚唐的一大重要政治环境，这一普遍性的政治环境对李商隐个人不能说不会造成影响。牛李两党之间的斗争，或多或少会对李商隐的仕途产生影响，但就李商隐个人而言，因为他所涉官位较低，其政治活动与思想传达甚至不会对牛李两党相互斗争的主流产生影响，反过来，牛李党争对其仕途的影响也不是决定性的。李商隐在两党斗争中艰难生存，终身不得解脱，乃至直接造成了其仕途的坎坷，更多地归于他个人的性格原因。这种进退两难的境地和拿得起放不下的个性特征，更多地诱发了他抒情方式中的优柔寡断，甚至是纠结的悲情意识。

李商隐曾经任过弘农县尉，虽然是一个品阶并不高的九品官员，任期也不是很长，但他在职期间发生的一件事却能明晰地表现出他作为一个诗人的人格魅力，同时也说明了他作为一名政客的天真和稚嫩。"节使杀亭吏，捕之恐无因"（李商隐《行次西郊作一百韵》），在李商隐生活的晚唐时期，社会风气已经呈现不可逆转的衰落之势，政治不再清明。许多下层官吏为了博取上层的嘉奖，开始肆意捕捉囚徒，有些被徒甚至是以"莫须有"的罪名补捕捉来的，成为官吏赢得嘉奖的筹码。李商隐当时的工作就是清点和审讯这些被捉来的囚徒。李商隐怀着一颗公正善良的心，不时地为囚徒辩解几句。原本善意的行为却引发了与上级不可调和的矛盾，李商隐坚决辞官，发出了"一生无复没阶趋"（《任弘农尉献州刺史乞假归京》）的慨叹。这时的李商隐，创作了很多表现自己志趣高洁的诗作，甚至以陶渊明自况："谁将五斗米，拟换北窗风"（《自况》）。李商隐能够为冤屈者鸣不平，表明他心中仍存留着诗人本该具有的纯粹和高洁品性。他没有像当时大多数读书人一样，踏入官场后被官场的污浊之气所污染，而是尚存没有泯灭的纯真之心，这是诗人应该拥有的，但这也从侧面说明了一个问题——李商隐的政治经验是极度缺乏

的，这种耿直的性格是不能够完全融于官场生态的。诗心——一颗纯粹的心灵，是李商隐作为诗人的可贵之处，也是李商隐作为一名政治家的最大障碍。

在政治上，李商隐将自己当作大唐的臣子，却不能很好地理解自己是令狐楚家"家臣"的角色，错误地认识了自己的政治地位，甚至在令狐绹"仕益达"的情况下，依旧给他写信，声称希望和对方能够像伯夷与叔齐那样友好，并与世俗的党派斗争相抵制。① 对于一位从政者来说，这无疑是天真的。李商隐一边在《钧天》中讥讽令狐绹是不懂音乐而平步青云的赵简子，自己是精通音乐而无法听到钧天广乐的伶伦，一边却在《寄令狐学士》中以同一典故成诗以求其引荐。李德裕被贬去世后，会昌中兴戛然而止，李商隐未因李党的失势而落井下石，反而称李德裕"成万古之良相，为一代之高士，系尔来者，景山仰之"②，表现出高尚的政治节操。几年后，李商隐在幕府中给牛党人员杜悰写了《五言述德抒情诗一首四十韵献上杜七兄仆射相公》一诗，其中有"恶草虽当路，寒松实挺生"之句。诗中将李德裕比作"恶草"，杜悰又成了他心中的"寒松"。几年的时间，他对李德裕的评价判若两人。刘学锴认为，李商隐在其诗文中所表现出的对令狐绹、李德裕等人的态度有时截然相反，从侧面表现出他性格中不是特别完美的一面。③ 史书中以"诡薄无行"评价他，或本于此，但究其深层原因，与其心中保持着天真与纯粹的品性而又迫于无奈不得不想方设法在险恶的政治环境中博得一席之地的矛盾心理是分不开的。

李商隐拥有"诗心"，但无法悟透政治仕途上的是与非，他肯定会昌中兴时期国运的回升，这是他对李德裕政绩的赞许，是站在国家前途与命运的角度做出的正确判断。那个时候李商隐或许并不知道，几年之后他还需要牛党中的人来给予他赖以生存的机遇。在夸赞李德裕的那一

---

① （唐）李商隐：《别令狐拾遗书》，转引自刘学锴、余恕诚《李商隐文编年校注》，中华书局 2002 年版，第 94—102 页。

② （唐）李商隐：《太尉卫公会昌一品集序》，转引自刘学锴、余恕诚《李商隐文编年校注》，中华书局 2002 年版，第 1666 页。

③ 刘学锴：《李商隐传论》（增订本），黄山书社 2013 年版，第 473—478 页。

刻，他甚至不知道自己的生活可以困窘到需要投靠牛党中人的地步。李商隐的政治仕途是失败的，"十年京师寒且饿"的困窘与他怀有一颗天真的"诗心"不无关系。他不懂政治，在政治上是一个失势者，甚至到了穷困潦倒的地步。当然，他也同样无法做出伯夷叔齐"义不食周粟"那样的大义凛然之举。当困窘到无法生存的地步，所谓的底线、操守和政治立场，在李商隐的心中都成为妥协的对象。他的人格似乎是分裂的，为了生存，他不得不离开家、离开妻子，远赴他乡当幕僚。刘学锴认为，李商隐"在新故去就之间的矛盾和心理上的苦闷、压抑，加深了他内心与表面的矛盾，从而使他陷入长时间的精神痛苦之中。他的悲剧性格、心理的形成与此有很深的关系"①。从更深一层的角度讲，李商隐无题诗抽象情绪中所展现的离别、阻隔、可望而不可即等一系列情绪，正是这种精神痛苦的反映。

这种现象，恰恰说明了李商隐性格背后的一对主要矛盾，即心中恃才清高与向现实生活妥协之间的矛盾。这是他作为一名文人的优势，也是他作为一位政客的劣势。李商隐仕途的不顺，除了他性格上的原因之外，运气也没能很好地眷顾他。几入秘书省都没能做长久，而其母的去世又使他不得不以丁忧为由暂时放下孜孜以求而来的且并不高的官位。李商隐对仕途的态度是矛盾的。从现有诗歌编年情况可以看出，他丁母忧赋闲在家的时候，诗歌多表现的是一种轻松、恬淡、自然的风格；而重新回到官场，其诗风便转向了忧郁、低沉、哀怨、纠结。这或许是他性格中某一方面的反映：既汲汲于官位厚禄，却又苦于对官场上人际、琐事等应酬。"嗟余听鼓应官去，走马兰台类转蓬""岂能抛断梦，听鼓事朝珂"，这些诗句足以印证他为官的矛盾心理。

或许是李商隐心中汲汲于官位却又无心应酬仕途上颇具潜规则的人际关系这一矛盾心理的引导，又或许是李商隐一生漂泊不定、为生计所迫的辛酸影响了他，心中难以排遣的悲情意识，都被他巧妙地通过语言展现在诗歌的字里行间。李商隐的无题诗中充满了执着的追求和无悔的等候，这不仅是他纯粹心灵的集中体现，也是他因秉持"诗心"而在仕

---

① 刘学锴：《李商隐传论》（增订本），黄山书社 2013 年版，第 477—478 页。

途上始终无法遂愿，从而处于精神折磨中的一种本质反映。于他来说，似乎放下一切便可以超脱于尘世之外，但他却偏偏放不下，非但放不下，反而继续保持着执着的精神追求。"春蚕到死丝方尽，蜡炬成灰泪始干"，"直道相思了无益，未妨惆怅是清狂"，这一系列执着追求的背后，是一种对纯真的心灵底线的维护。从某种意义上说，这种执着的追求，这种底线的维护，也是李商隐无题诗具有耐人寻味的艺术魅力的主要原因。"李商隐的'无题'诗以追求至真至谐的审美境界为其审美理想。它抒发本真的情感，写出了人性深处双重欲求的拼搏和由此引起的情感波澜及人性中非意识层次的情感内容，它以'艺术典型'的形式对本真的情感进行审美的表现，使'无题'诗的各种审美因素有机组合，形成内在血脉贯通的和谐整体。"①

三　充满悲剧色彩的恋爱

李商隐生命中，有确切记载、并对他产生重大影响的女人共有三位——宋华阳、柳枝、王氏。据《祭小侄女寄寄文》中的"别娶"二字，可知李商隐在迎娶王茂元之女以前，应该另有一段婚姻，但这段婚姻的女方身份不详，据现有材料无法确切考证。有学者认为这个早于王氏被迎娶的女人即是柳枝②，仅一家之言，难以令人确信。李商隐与宋华阳、柳枝、王氏三个女人的相处经历，对李商隐诗歌风格，尤其是无题诗的风格产生了重要影响。但由于李商隐无题诗的抽象属性所致，绝不可贸然断定某一首无题诗或"准无题诗"是为某个女人所作，或是对某一女人的特定描绘，否则无疑会陷入把抽象问题具体化的主观思维方式。

李商隐和柳枝的故事，见于《柳枝五首》序言中。有学者认为，李商隐因为行李被同行者带走而失去了与柳枝约会的机会只是托词，真正的原因是李商隐对柳枝身份有所质疑和芥蒂。③ 无论这些推断是否合理，

---

① 包绍亮：《至真至谐：李商隐无题诗的审美理想》，《理论界》2007 年第 8 期。
② 顾翊群：《李商隐评论》，中华诗苑 1958 年版，第 85—86 页。
③ 向思鑫、黄涛：《李商隐无题诗编年疏辨》，崇文书局 2021 年版，第 513—515 页。

李商隐既然能够将这件事写进诗歌的题序之中，想必即便是有所隐匿，他对柳枝这件事情印象之深和对柳枝这个人的情感之深则是不言而喻的。李商隐早期的诗歌，尤其是古体无题诗和绝句无题诗，很多都带有明显的民歌特征，这种活泼、清新、自然又不乏深情的诗风，反映的正是李商隐早年倾心于柳枝一类纯情女人的一种综合性审美追求。

李商隐在华阳观修道时，与宋华阳姐妹之间的恋情虽不如许多学者所描述的那样深刻、曲折、离奇，但这段客观存在的感情，甚至是单相思式的恋情，对李商隐的文学创作尤其是对无题诗诗风的形成，同样产生了重要影响。李商隐的诗歌以爱情诗见长，这些爱情诗多写女子相思或男女之间极具阻隔性质的并不顺利的恋情。无论李商隐的无题诗传达的抽象意义如何认定，就诗面意义而言，大致与爱情相关当无疑义。如果说修道经历中，道教思想与思维方式影响了李商隐无题诗深入表达抽象情绪或细腻情感的话，那么这些诗作诗面意义多写女子相思与男女苦恋的特征，或与其修道过程中的恋爱经历有关。在诸多学者对这一问题的相关论述中，主观臆测的成分较大，其中吴慧的观点似乎更切合实际，即李商隐与宋华阳（甚至包括其姐妹）之间的感情，多源于李商隐的一厢情愿。李商隐对宋华阳姐妹单相思一类的情感，或是诱发其无题诗充斥着重重阻隔的苦恋情结的现实动因之一。在李商隐的诗集中，包括无题诗在内的许多诗作都具有浓厚的道教印记。诸如"安得薄雾起缃裙，手接云耕呼太君""直教银汉堕怀中，未遣星妃镇来去"（《燕台四首》）；"十八年来堕世间，瑶池归梦碧桃闲。如何汉殿穿针夜，又向窗中觑阿环"（《曼倩辞》）；"偷桃窃药事难兼"（《月夜重寄宋华阳姊妹》）；"玉桃偷得怜方朔"（《茂陵》）；"惟应碧桃下，方朔是狂夫"（《圣女祠》），等等，都能看出明显地征引道教典故及鲜明的道教思想文化的痕迹。李商隐的修道经历至少令其了解到一系列的道教思想、道教观念，这些多多少少对其诗歌创作乃至诗歌风格产生了一定的影响。李商隐的无题诗，有"紫府仙人号宝灯"一首，其中的道教色彩极其浓厚。不可否认，道教思想对李商隐无题诗的形成起到了一定的积极作用，但如果就此断定他的部分无题诗就是传播道教思想的诗作，未免难以让人信服。本研究对这一问题的认定采取一种折中的态度——李商隐无题诗风格特征的形成与其早年修道的经历以及所接受的道教思想有关，但不可贸然断定李商隐的无题诗就是在传播道教思想，直接认定李商隐无题诗是描绘他与女冠恋情的说法更不可取。我们不否认，道教思想中的瑰丽、奇异等颇具仙境般的神仙境地，为其后期诗作，尤其是讲求辞藻、色彩的一类诗作，产生了很大的影响，甚至使得这些诗作不同程度上都带有道教所宣传的瑰丽奇特的风格。

李商隐与王氏结婚之后，便开始陷入政治旋涡之中。李商隐少有仕途上的红运，终究难以高升。他并没有因为娶了王茂元的女儿而飞黄腾达，反而因此背上了"背恩"和"诡薄无行"的骂名。迫于生计，李商隐奔波于幕府之间，以致与王氏生育较晚。有学者认为，无题诗中的多首诗都是反映李商隐与王氏婚恋关系的，其实这种解读思路也是受抽象问题具体化的固定思维模式的影响。因无题诗反映情绪的抽象性，认定无题诗所传达的内容与李商隐及其妻子关系密切的说法，并不能完全令人信服。王氏对李商隐诗风的影响，估计多是日常的一些琐事或是其死亡。李商隐后期以真挚的情感甚至血泪写成的文章，与其妻王氏的早逝有着很大关系。那是一种只有真真切切经历过某种特定的人生之后才能体悟出的一种莫可名状的情感，这种情感被李商隐融入个人的情感抒发中，熔铸在诗歌的字里行间。

四　道教"内丹"思想的影响

李商隐无题诗风格的形成与道教思想文化有关。这一点在与宋华阳之间的恋情对无题诗形成的影响中已有论及。除了与恋爱相关的影响之外，道教"内丹"的思想也对无题诗风格的形成产生了重要影响。

早年学道的经历，使李商隐的思想不同程度上受到了道教思想文化的影响。道教思想与审美水准，在李商隐诗歌艺术风格形成中不可或缺。道教追求升仙和超脱的思想观念与追求安静、崇高而宁谧的精神境界，直接促使李商隐诗歌乃至无题诗艺术风格的形成。李商隐无题诗独特的艺术风格，与他早年学道时所浸染的宗教风气，以及他对道教思想和艺术审美追求有着密切联系。

李商隐并不是极度排斥道教的。他对道家乃至道教的思想较之儒家思想更为推崇。有学者根据李商隐的一系列反对帝王求仙的诗作认定其具备反道思想是不客观的。诸如"八骏日行三万里，穆王何事不重来"（《瑶池》）；"莫恨名姬中夜没，君王犹自不长生"（《华岳下题西王母庙》）；"王母西归方朔去，更须重见李夫人"（《汉宫》）；"俱是苍生留不得，鼎湖何异魏西陵"（《过景陵》）等诗作，多是对晚唐诸多帝王学道不得法的一种批判，并非是对道教自身的批判。李商隐的思想深处是崇尚道家思想、尊崇道教的。这一点与他崇尚自然、崇尚本性的文学观念是相通的。甚至可以说，李商隐自身对儒家的礼教、仁义等理论具有鞭挞和否定的倾向，这些观念集中表现在《上崔华州书》《断非圣人事》《容州经略使元结文集后序》《让非贤人事》《刘叉传》等文章中。① 此外，李商隐诗歌重视真性情的抒写，极力刻画内心的微妙变化，与其崇尚道家、道教思想，摒弃儒家礼教有着深刻的关系。

李商隐无题诗的抽象性特征，与道教思想中的"内丹"或有某种因果关系。无题诗的抽象性情绪表达，是一种深入心理、极尽形而上的思绪反映。这一过程中，外界的、具体的事物对其的促成作用是次要的，但形而上的、抽象的、思绪上乃至情绪上的因素占据着主导的地位。李商隐重视内心世界抽象情绪的描绘，与其崇尚道教上清派"内丹"法有着深厚的渊源。李商隐所修之道派乃当时流行的上清道派，这一道派的思想特征便是提倡"内丹"法。所谓"内丹"法是与"外丹"相对而言的一种修道方式，其思想内容的核心包括导引、内观、守一及存想诸术。"内丹"法特别注重存想方术，简而言之，就是把自己的身体当炉灶，把自己的精、气、神当成药物，通过保气凝神等方法，使之在体内结成丹，丹成则人可羽化成仙。② 李商隐的诗作中，也有许多集中表现道教思想或暗中体现道教思维的作品，诸如《戊辰会静中出贻同志二十韵》等都是这方面的典型代表。主张内修冥想等思维，在道教思想中有着较为典型的特征，这种思维方式也在无形之中影响着李商隐的行为方式及价值观念，甚至影响着他的文学创作。李商隐的诗歌向来以深入细致的

① 李珺平：《李商隐"非儒"思想及原因》，《湛江师范学院学报》2010 年第 5 期。
② 梁桂芳：《李商隐与道教》，《延安大学学报》（社会科学版）2005 年第 5 期。

笔法刻画内心抽象的情感流变，其中以他的无题诗最为典型。这种细腻、微妙的情感流变的刻画，与道教内修的思维方式有异曲同工之妙。或者说，这类诗歌风格的形成过程中，道教"内丹"法的思维方式，以及对待外界事物的处理方式在其中起到了积极的导向作用。

李商隐修道的经历，或者说是上清派道教"内丹"法的思维方式，客观上对其思考问题、文学创作等方面产生了影响，使得无题诗传达出与上清派道教"内丹"法相似的，注重主观思考及抽象思维的领悟、深入内心细致刻画的一系列特征。加之前文提及的，其修道过程中对宋华阳姐妹的单相思，也多少奠定了无题诗诗面意义多以男女苦恋或女子爱情为主要描绘对象的创作基调。综上所述，道教思想文化对李商隐无题诗的形成产生了重要影响，但这类诗作的成因或风格的形成是多方面综合作用的结果，李商隐的无题诗与道教思想是有关系的，但这种关系并不密切。无题诗不是传播道教思想的文本载体，不可以用"道教无题诗"① 来直接认定其性质。

五　细化、深入、尚真、尚俗的观念

从李商隐个人的角度看，聚焦于细微事物，深入心灵的描绘，主张尚真、任情的文风以及对通俗风尚的追求，也是促成无题诗风格形成的重要因素。

李商隐无题诗的形成还受晚唐社会审美风尚和李商隐个人文学审美追求的影响。晚唐时期的诗词文学，描写对象多集中在日常琐事上。用词精练，辞藻华丽，擅于描绘细腻情感……这种诗词风格统一的风尚突破了传统诗歌偏重儒家诗教的界限，使得诗与词两种文体一度分界模糊。李商隐的无题诗与同时代词人所写的词在艺术风格上如此相近，与当时的社会风尚和文学审美追求有着密不可分的联系。

李商隐的无题诗将诗歌的意境集中在闺房之内，集中在人的心灵深处，集中在平时生活中极其常见的物象与意象上。这些物象与意象对于普通人更有亲和力，因为这是他们生活中常见的。闺房、香炉、蜡烛、

---

① 刘光磊：《论李商隐的道教无题诗》，《宁波大学学报》（人文社会科学版）2001 年第 2 期。

笔墨、蚕丝、辘轳……在李商隐的无题诗中，摒弃了儒道的说教，隐匿了家国情怀，在普通的、常见的、具有普遍意义的意象和物象之中传达出更具普遍意义的朦胧美和更具抽象性的人生感慨。这或许是李商隐无题诗在后世的文学接受中能够引起读者和研究者共鸣的重要原因。

李商隐诗歌与词的风格十分相似，显然是受当时审美风尚的影响。这种以书写女子心理或男女情爱，夹杂细腻情感的题材，无论是以诗表现，还是以词表现，都是晚唐时期十分普遍的文学现象。虽然李商隐的无题诗与晚唐其他文人的词作相比，在情感的真挚程度上有着很大的区别，但题材的相近、审美取向的相似，已经无法将二者的关系断然分开。这一现象背后也揭露出另一个问题——虽然中国古代诗歌有着浓厚的"载道"传统，在李商隐所处年代之前，又近乎"雅"，但无题诗这一题材特征，昭示着这一时代的诗歌已经具有向通俗文学靠拢的趋向。

"混溶性"是李商隐诗歌体现出的重要特征之一，它贯穿李商隐诗歌创作的始终，表现在李商隐诗歌的诸多方面。在"必有咏叹，以通性灵"的思想指导下形成的诗歌形式上和内容上的"混溶性"特征，是李商隐诗歌得以突破前代的关键因素，也是李商隐诗歌区别于唐代其他诗人作品的显著特征。这种"混溶性"表现在文体上，则包括诗歌创作与骈文创作手法的互通性特征以及诗歌的"词化"现象；表现在题材内容上，则包括风格上的雅俗兼备和主题上抽象与具象情绪的高度统一。李商隐的诗歌创作，已经与他的骈文创作在手法上、风格上、观念上形成了相互影响、相互渗透的密切关系①，他的诗作本身体现出很多"词化"的特征，这就是李商隐在文学创作上文体"混溶性"的具体表现。

李商隐诗歌具有明显的"发乎情而不大止乎礼义"②的特点，与儒家传统"乐而不淫，哀而不伤"的中正平和之美略有相悖之处。正因如

---

① 余恕诚：《樊南文与玉溪诗——论李商隐四六文对其诗歌的影响》，转引自《中国诗学研究第 2 辑，李商隐研究专辑》，上海古籍出版社 2003 年版，第 150—168 页。

② 刘学锴：《李商隐诗歌接受史》，安徽大学出版社 2004 年版，弁言第 1 页。

此，李商隐诗歌在传统儒家诗教观的笼罩下得以呈现出异于其他诗人的风格特征。李商隐的文学观念中，带有明显的"元气自然"①的思想，主张"人禀五行之秀，备七情之动，必有咏叹，以通性灵"②（《献相国京兆公启》）。在诗歌创作上，李商隐并不是泥古不化的，他主张在因袭传统的同时有所变通，所以李商隐诗作中的典故总是远离其本意，又与其所指之意有很大的同构性。③他曾在《上崔华州书》中说：

> 始闻长老言，学道必求古，为文必有师法，常悒悒不快。退自思曰：夫所谓道，岂古所谓周公、孔子者独能耶？盖愚与周、孔俱身之耳。是以有行道不系今古，直挥笔为文，不爱攘取经史，讳忌时世。百经万书，异品殊流，又岂能意分出其下哉！④

李商隐在承袭前人的基础上，不是厚古薄今，而是对当代文风持肯定态度，从中可以看出，他是主张在文章中融入个人元素及自主意识的。这种"反传统"是在继承前人诗作基础之上的创新。李商隐不满于"学道必求古，为文必有师法"的传统，突破了文体上的界限，采用有利于"性灵"抒写的创作方式，这是李商隐的文学作品体现出的"混溶性"特征得以实现的具体手段。

如果从文学观念出发，更容易表现"元气自然"思想的、更适合"备七情之动""以通性灵"的新兴通俗文体——词，李商隐是不会不支持、不加以努力尝试的。建立在这样一个大的前提基础之上，"以词为诗"的一系列做法，发生在李商隐身上，也就不显得奇怪了。这也解释了李商隐的无题诗为什么风格与词作相近，也是李商隐无题诗更加具备与词相近的世俗化特征的原因。

---

① 刘青海：《李商隐"元气自然论"及其尚真、任情的诗歌思想》，《文学评论》2017年第6期。
② 刘学锴、余恕诚：《李商隐文编年校注》，中华书局2002年版，第1911页。
③ 关于李商隐无题诗中运用典故的这一系列特征，将在后文谈及无题诗的阻隔艺术以及从格式塔文艺心理学的角度分析李商隐无题诗整体性结构中续有论述，可参看。
④ 刘学锴、余恕诚：《李商隐文编年校注》，中华书局2002年版，第108页。

　　从李商隐本人的文学观念来看，他对词作并不会持反对甚至反感的态度，而就李商隐诗集中现有作品来看，没有为文人所重视的词的创作。我们无法考证李商隐是否有大量的词作亡佚于文学史的长河中，但就其无题诗的艺术风格与词作十分相似来看，李商隐的无题诗当是在晚唐这种社会风尚中形成的一种特殊的诗歌样式。从诗歌内容的角度看，它是诗与词这两种文体用于承载言情这一题材的创作手法在风格过渡当中一种举足轻重的重要文本现象。李商隐无题诗的产生，是当时社会风尚与文学审美风尚综合作用的结果。

　　晚唐时期，中央政治趋于崩溃，使得儒家思想的统治地位逐渐受到不同程度的威胁。标本"文以载道""文以明道"思想的诗作，已经在不同程度上受到了挑战。雅文学的"文以载道"思想，已经不能满足作家对心灵的抒写以及对客观世界的反映。文学观念由"文以载道"转向对抒情主人公内心深处的描绘，其背后所隐含的趋向，便是一种由雅文学向俗文学过渡的趋向。这一时期，抒情主人公再也不是才子佳人或英雄人物，而是转向了普普通通的女性，甚至是相貌不明，角色、身份一向朦胧的女性。虽然这些女性依旧带有高贵身份的特征，但其心中的情思早已趋于平民化和普通化，这便是由雅文学转向俗文学的一种潜在趋向。李商隐的无题诗便在这样一种客观环境下应运而生。

　　就李商隐的文学思想而言，他是不排斥，并且喜欢接受通俗文学的。①

　　李商隐《骄儿诗》有"或谑张飞胡，或笑邓艾吃"等句，说明李商隐是了解并且接受娱乐性很强的通俗文学的。龚鹏程曾指出：

　　　　义山传统的悲剧形象，使得大家忽略了他喜欢开玩笑，特别是以文字开玩笑的事实。其实义山集中戏谑之作颇多，如《饮席戏赠同舍》《谑柳》《题二首后重有戏赠任秀才》《韩同年新居饯韩西迎家室戏赠》《寄恼》……②

━━━━━━━━━━

① 参见《李商隐无题诗的文化意义》一章中相关内容。
② 龚鹏程：《中国文学史》上册，东方出版社2015年版，第457—463页。

可见，李商隐是喜好通俗文学的，甚至也创作过"戏谑"之类的作品。李商隐在创作上，有娱乐化的倾向；在思想上，主张突破古人而力求创新。在李商隐的无题诗中，有一部分具有娱乐性质的痕迹。在现存的无题诗中，有很多诗句体现了这类特征。"莫近弹棋局，中心最不平"中的"弹棋"就是一种娱乐活动；"隔座送钩春酒暖，分曹射覆蜡灯红"中的"送钩""射覆"都是娱乐活动。近年来有研究者指出，李商隐无题诗中的名句"身无彩凤双飞翼，心有灵犀一点通"是暗写"博戏"之类的游戏场景。其中，前一句描写的是一种叫作"凤翼"的博戏，后一句的"灵犀"指的是用犀牛角制成的一种骰子。① 按本首无题诗之意韵，从李商隐诗歌艺术的多义性角度考虑，即使本诗描绘的确实是游戏之类的场景，其内涵也远远不止表层的那些娱乐之类的含义，但这至少可以证明，李商隐对娱乐性很强的一些事物不是特别排斥，很有可能是抱着喜爱的态度。

李商隐的无题诗隐含着通俗文学价值观，这或许也是他本人在诗歌创作过程中的艺术追求。在无题诗中，我们看不到气壮山河的祖国风景，也找不到建功立业的宏伟气概，甚至看不到一丝一缕的家国情怀。从李商隐的人生轨迹来看，他本人并不是毫无家国情怀的。从长安是他一生中苦苦追求而向往的地方这一细节可以得知，他至少是具备传统儒家知识分子"修齐治平"的出世理念的。但是，中唐后期、晚唐前期的时代背景以及李商隐所处的中下层文人的身份地位，早已注定了他心中所有的合理追求都难以实现，而无题诗中所传达的，多是一些细小的、抽象的、微妙的情绪，这种情绪几乎都是基于个人愿望而抒发，即便映射到家国情怀之中，也难以"以小见大"。李商隐的无题诗中蕴含的情绪，不再是单纯的精英的情绪、英雄的情绪，而是普通人也经常具备的情绪。这些情绪令无题诗所传达的思想内容带有一些世俗化或普世化的特征，而从李商隐的文学创作倾向来看，恰恰也印证了他所向往的通俗文学风尚。

---

① 唐小华：《宴饮博戏之风与李商隐无题诗"昨夜星辰"新解》，《烟台大学学报》（哲学社会科学版）2017 年第 2 期。

李商隐的无题诗是他个人诗歌创作的一种尝试，他将诗歌从"载道"的神坛上拉了下来，让诗歌走向人间，走进人的心灵。作为生活在世俗社会的普通大众，可能看不到石壕村里夫妻的生离死别，也看不到天长地久有时尽的李杨爱情，更难以见到金铜仙人与汉武帝分别的潸然泪下，但却可以真切地体会到那种求而不得的心酸、可望而不可即的惆怅，感受到面对所仰慕之人或所追求之事时的那种念念不忘、无法轻易放下的心理。

第二节　童年缺失性经验对李商隐
无题诗风格的促成

李商隐无题诗风格的形成，与其童年时期的缺失性人生经验不无关系。亲人的早逝以及童年命运的坎坷，使李商隐逐渐形成了伤感细腻的文艺气质，其中几位姐姐的早逝，更增加了他对女性悲剧命运的同情与思考。李商隐诗作中传达的情感虽然具有一定的抽象性，但其基调是相对明晰的——这些诗歌绝不是单纯的游戏之作，而是自始至终贯穿着严肃认真的情感态度和对心中意念的执着追求。即便是"昨夜星辰昨夜风"这样单纯描摹宴饮博戏的作品，所传达的抽象情绪依旧是认真的、严肃的。这些情绪是合理的，但是却在客观环境中受到阻挠。抒情主人公被阻挠后的情感态度依旧是忠诚的、执着的。虽然目前文献材料很难考证李商隐无题诗的创作过程，但经过这种倾向明晰的抽象情感线索，或可探知李商隐无题诗形成过程中的诸多诱导因素。其中，有家道中落后李商隐心中光耀门楣的使命，也有因亲人早逝而流露出的对生命无常的思考。

一　家道中落折射的悲剧形象
李商隐曾不止一次在诗作中说明自己与大唐皇族同宗："公先真帝子，我系本王孙"（《哭遂州萧侍郎二十四韵》）。"君家在河北，我家在山西。百岁本无业，阴阴仙李枝"（《戏题枢言草阁三十二韵》）。这当然不是自夸之词。李商隐的远祖确实与大唐皇族有血缘关系，但到了李商隐这一支，已十分疏远了。中国古代政治权力的亲疏是以宗法制血缘关系为纽带的，所以这样的皇族旁支血统，"自然不可能给他带来任何政治、经济上的实际利益"①。从李商隐的曾祖父李叔恒开始，到祖父李俌、父亲李嗣，基本上都担任品衔十分低的官职，对于他们来说。"阴阴仙李枝"或许仅仅是一个关于追忆祖先尊贵身份的梦，一个希望有朝一日振兴家族或李家这一支脉的梦。也许这个梦到了李商隐这一代依旧在绵延着，乃至在他幼小的心灵里，不自觉地要承担起振兴家族的使命。"振兴家族"是以承受"家道中落"这个残酷的现实为前提的，虽然李家的衰落与年幼的李商隐并无直接关系，但作为家中的长子，李商隐不得不接受这样一个十分残酷的现实，而这一切，对于年幼的李商隐来说，是一个十分沉重的包袱。他无权选择，也没有资格放弃这个与生俱来的包袱，所以说，李商隐的家族"非但没有什么能够让他感到幸慰和自豪的地方，相反倒颇带有点悲剧色彩"②。这种悲剧色彩一定程度上是由于实现梦想的难度巨大与实现者自身能力渺小的客观事实决定的。

　　家族振兴的责任迫使李商隐"早慧"。在同族一个堂叔的培养下，李商隐很早就开始了系统的文化教育。早年的李商隐，是一个积极入世的文艺青年，虽然他也有"不知身世自悠悠"的彷徨，但更多的是"永忆江湖归白发，欲回天地入扁舟"的人生理想。在还未经历太多封建科举和官场摧残的年轻的李商隐心中，更多的是振兴家族的愿望。这种积极入世，求取功名的心态，虽说也是诸如杜甫等中国古代多数诗人所向往的，但在李商隐身上无疑多了一层含义——从小担负在他肩头的振兴家族的使命。振兴家族和实现个人价值的双重使命肩负在李商隐身上，让年轻的李商隐自踏入仕途那天起，便颇有一番"任重而道远"的意味。或许这颗年轻的心灵，早已感受到了这份沉重，所以这个时候的李商隐，似乎对自己的归宿抱着"欲回天地入扁舟"的理想结局。李商隐以范蠡为楷模，是希望自己在完成这一切使命后，可以回归自然，寻找自童年开始因责任和包袱而失去的"性灵式"的人生。这种思想，无疑

---

① 刘学锴：《李商隐传论》，安徽大学出版社 2002 年版，第 13 页。
② 刘学锴、余恕诚：《李商隐》，中华书局 1980 年版，第 9 页。

是其幼小心灵承载巨大压力后在成年的人生观上的一种反向的印证。

　　某种程度上来说，李商隐成年后热衷于追求功名，并因此陷入政治旋涡，一生不得志，与其急于完成自童年以来就担负着的振兴家族的使命有着密切的关系。① 这种从童年起就肩负家庭未来希望的思想，一直影响着李商隐，让他的人格中多了一份"心系家庭"的魅力。面对丛生的芦叶，他顿生漂泊羁旅之感，状"思子台边风自急"（《出关宿盘豆馆对丛芦有感》）之景，来抒发母子之情，寄托对家乡的思念。② 面对万里风波，他百感交集，高吟"怀古思乡共白头"（《无题》）来缓解淤积在心中的苦闷。李商隐的一生是落魄的，他虽然在年少时就已经显露出自己的才华，但他的才华并没有给他带来任何好处。李商隐因"早慧"而展现出的才华与步入仕途后的不得志，和他那个本是大唐皇族的"仙李枝"而又几代落魄的家庭背景颇有几分相似。对于他来说，自己是落魄的，家族也是落魄的，用一个落魄的自己去振兴一个落魄的家族，其结果似乎也只能是"刘郎已恨蓬山远，更隔蓬山一万重"（《无题》）了，而这一切悲剧的根源，就是他不幸的早年经历——家道中落、父亲早亡给他带来的缺失性童年经验。

　　李商隐曾在《十一月中旬至扶风界见梅花》一诗中慨叹道："为谁成早秀，不待作年芳。"这里的梅花，当然是他个人"早慧"却不得重用的真实写照，其生不逢时的感慨溢于言表。梅花本应该开在腊月，而作者到了扶风，看到了十一月中旬开的梅花，正是所谓的"所开非时"。本来在腊月盛开的梅花，是向芸芸众生通报春季即将到来的使者——由于盛开在腊月和正月的交汇点上，梅花可以当作前一年最后盛开的花，也可以当作新一年率先盛开的花，但十一月中旬盛开的梅花，由于盛开得过早，其凋谢的时刻也会随之提前，这样，在新一年到来之前就会凋谢。在这里，李商隐无疑是借梅花隐喻自己生不逢时。然而，这种生不逢时之感，虽说直接原因是仕途上的挫折导致，但在他童年时期就已经孕育在潜意识中了。前文已经提及，李商隐出生时李家已经家道中落，

---

　　① 董乃斌：《李商隐传》，上海古籍出版社 2012 年版，第 17 页。
　　② 刘学锴、余恕诚：《李商隐诗选》，人民文学出版社 1986 年版，第 66 页。

面对父亲以及姐姐们的离世，李商隐不得不担负起振兴家族的使命。在他幼小的心灵里，或许会有这样一种假设——如果我不是生在家道中落的时候，我的命运是不是会被改写？或许年幼的李商隐已经向上天询问过多次了。对于李商隐来说，早开的梅花，也喻示着他那个曾经是"仙李枝"的家族的衰败。也许在李商隐看来，"今年"的李家是需要那梅花的香气来庇佑的，然而专为李家盛开的梅花却开在"去年"——一个李商隐并不需要它盛开的年份——早早地盛开过了。李商隐对梅花早开的慨叹，并不仅限于这一次，他在梓幕后期创作的《忆梅》有"寒梅最堪恨，常作去年花"之句，再一次道出了相似的心境——一个"恨"字贯穿全篇。如果说"为谁成早秀，不待作年芳"仅仅是怨，那么，"常作去年花"已经由"怨"而生"恨"了。李商隐因"早梅"而起兴，"早梅"激发了他生在家道中落之时的童年缺失性经验，唤起了他的失落感，进而联及自己的"早慧"与壮志难酬。这一复杂的情感，在相隔多年创作的两首诗中性质恒定未变，强烈程度却一度递增，足见这样的情感在李商隐心中占据多么重要的地位。故此，李商隐许多感慨生不逢时的作品，其情绪体验的来源，依旧是他那不幸的童年缺失性经验。

二 亲人早逝对李商隐诗风的影响

与振兴家族这一远大而沉重的责任比起来，李商隐年幼时身边众多亲人的过世则是另一个不小的精神负担。

根据李商隐《祭裴氏姊文》《祭徐氏姊文》可推知，他有三位姐姐，其中最年长的一位姐姐或许在他很小的时候，甚至他还没有出生的时候就已经过世。李商隐的第二位姐姐，曾嫁与裴氏家族，但出嫁不久便因"遇人不淑"而被迫返回李家，在李商隐两岁的时候，不幸撒手人寰。同年，李商隐的父亲因工作的变动不得不举家迁移到浙江。与李商隐英年早逝的曾祖父、祖父一样，父亲李嗣在他年仅十岁的时候因病去世。父亲的去世，给李商隐幼小的心灵带来沉重的打击①，这对于经济窘迫的李家来说，无异于雪上加霜。李商隐后来回忆起那段时光，用了"浙

---

① 杨柳：《李商隐评传》，江苏人民出版社 1981 年版，第 41 页。

水东西，半纪漂泊""生人穷困，闻见所无"① 十六个字来形容，足见其生活的凄苦与艰辛。祸不单行，不幸似乎早已将魔爪伸向了本已千疮百孔的李家——宝历二年（826），李商隐的徐氏姐也去世了②。这一年，李商隐才十五岁。如果说裴氏姐和父亲去世时，李商隐还算是儿童或者是少年，那么这时的李商隐已经接近成年了，对于一个遭遇多重不幸的家庭来说，作为长子的李商隐必须早日承担起家中的责任。"哀哀天地，云胡不仁！默默神祇，其何可诉！"③ 对这位徐氏姐的去世，李商隐的哀痛程度显然更为深刻。诸位姐姐和父亲的去世，给了本已家道中落的李家一次又一次沉重的打击，"从而使商隐的感伤情绪和气质在早岁就已形成"④。这接踵而至的不幸经历，使李商隐幼小的心灵"长期地罩上阴影"，"对没落家族的嗟叹和对死去亲人的缅忆，几乎成为他青少年时期沉重的精神负担"⑤。综合李商隐一生的轨迹及其诗文创作不难看出，李商隐在会昌年间为数位已故亲人迁坟安葬，以及为祭奠他们而写的数篇动人文章，其实"不仅是安慰死者，也是安慰自己因家族不幸而受创伤的心灵"⑥。

幽怨的女性形象，是李商隐在诗歌创作中，尤其是无题诗中经常涉及的。从这些形象中不难看出他几位姐姐的影子，其中以裴氏姐最为典型。刘学锴认为，李商隐裴氏姐的去世或许与不满所嫁丈夫的品行有关。⑦ 李商隐后来在诗歌中尤其是无题诗中，有一个惯有的逻辑——抒情主人公自命不凡，却因得不到自己所追求的美好事物而郁郁寡欢。这一抽象情绪在无题诗中通常表现为"对美好事物的发现或追求—认定自己有资格追求美好事物—追求过程中因受阻而失落"，是无题诗所表现的抽象情绪脉络中前三个阶段的重要表现。他的裴氏姐的命运，或许是这种抽象逻辑形成的一条重要线索。

---

① 刘学锴、余恕诚：《李商隐文编年校注》，中华书局 2002 年版，第 830 页。
② 刘学锴：《李商隐传论》，安徽大学出版社 2002 年版，第 18 页。
③ 刘学锴、余恕诚：《李商隐文编年校注》，中华书局 2002 年版，第 690 页。
④ 刘学锴：《李商隐传论》，安徽大学出版社 2002 年版，第 19 页。
⑤ 吴调公：《李商隐研究》，上海古籍出版社 1982 年版，第 7 页。
⑥ 刘学锴、余恕诚：《李商隐》，中华书局 1980 年版，第 24 页。
⑦ 刘学锴：《李商隐传论》，安徽大学出版社 2002 年版，第 17 页。

裴氏姐的去世、长者口述中的"伯姊"的早逝和随后徐氏姐的去世，为李商隐深切同情女性悲惨命运的思想奠定了一种定向的思维基础。李商隐笔下的女性形象，或是"十五泣春风，背面秋千下"[《无题（八岁偷照镜）》]，或是"衣带无情有宽窄"（《燕台四首·春》），或是"楼上黄昏欲望休"（《代赠二首·其一》），或是"楼上离人唱石州"（《代赠二首·其二》），或是"碧海青天夜夜心"（《嫦娥》），或是"神女生涯原是梦"[《无题（重帷深下莫愁堂）》]，无不蕴含终生思念而不能遂愿的愁苦与付出一切情感尽成空的悔恨之情。无题诗抽象情绪中，"追求失败后的愤愤不平以及绝望而难以排遣的凄楚情绪"这一阶段的情感线索便由此产生了。这种情绪也许是仕途不顺等多重情绪综合作用的结果，但不难看出其中多少带有李商隐三位姐姐，尤其是裴氏姐的影子。所以说，"李商隐对于女子不能自主婚姻和前途命运的深切同情，与他对裴氏姊婚姻悲剧的痛切感受不能说没有关系"①。

在李商隐的诗作中，涉及女性形象的较多。之前，学界探讨的多是诗作有无寄托的问题。其实，无论这些诗作有无寄托，它们都有一个共同的特点——引导李商隐这类创作的最初启迪式的思维，是深伏在李商隐记忆中的三位姐姐英年早逝这样一个残酷的童年经历，是一个幼小心灵在成长过程中的辛酸历程。随着李商隐年龄的增长、学识的渊博、视野见闻的拓展、宦海沉浮的经历，这些诗作似乎具有各自的写作指向，但其最初的启迪与李商隐的童年经历密切相关。

三　李商隐童年缺失性经验与诗境的开拓

李商隐早年的经历，使他形成了敏锐、忧郁、伤感、细腻的心理。这种心理倾向促使他更多地思考生命的意义与自身的价值。因此，李商隐即使拥有"忍剪凌云一寸心"的雄心壮志，也不得不将自己的思绪回归于心灵的抚慰。将诗歌创作重点转向心灵深处的挖掘，是他诗作风格形成的一个必然结果。他追求理想，但又深感理想的虚幻，明知理想与现实是一对不可调和的矛盾，却又不得不为此痛苦。这一切心灵的写照，

---

① 刘学锴：《李商隐传论》，安徽大学出版社 2002 年版，第 19 页。

虽说是李商隐在坎坷的仕途经历中磨炼后的反映，但在他经历那些坎坷而痛苦的童年生活的时候，就已经奠定了基调，而这种深入内心、细致入微的刻画，表现在诗歌情感的传达中，通常使诗歌形成一种独特的抽象性特征。其中的关键因素，便是追求对象受到阻隔可望而不可即，但抒情主体依旧怀着一颗执着的心默默期待，永不言弃。明知不可期待而依旧期待的执着追求，最后便如蜡烛一般，直到自己燃烧成灰烬，才会停止因期待不得而流下的泪。

从抽象情绪这一角度来看，作者内心相对抽象的思绪较容易用诗歌来表达，而相对细腻的思绪用诗歌来表达，对于创作者来说无疑增加了创作难度。就文学体裁来说，似乎散文与小说更容易对细腻的内心思绪加以刻画。然而"叙事性作品在古代文学中主要是情节小说，而非性格和心理小说"，这种特定的文化现象无疑"限制了作家自我内心情感的充分呈现"①。这种"限制"显然不是主张"性灵"文学、不满"为文必有师法"的李商隐所能臣服的。当然，李商隐并没有打破故事情节和性格心理的界限，而是独辟蹊径，将关于性格和心理的描绘融入诗歌的创作中。李商隐在诗歌中对心灵世界的革命性开拓就在这样一个背景下应运而生了。

李商隐的无题诗之所以难解，是因为他所抒发的是一种抽象情绪，这种情绪多数情况下是有层次的、具有哲学意义的。李商隐这一类诗作的解读往往众说纷纭，其最佳的解读方式，就是"在主要异说的基础上概括提升，从更高层加以统摄"②。李商隐诗歌的本事在其许多诗作中，尤其是在无题诗中已经显得不那么重要了。这一类抽象的情绪，对外可以理解为家道中落、父亲早亡给作为长子的李商隐从小带来的一种莫大的压力感和这种压力感所激发出的家族责任感和社会责任感，其中当然也包括由这些压力感和责任感所触发的情感；对内可以理解为李商隐三位姐姐的早逝，尤其是裴氏姐的不幸遭遇给他幼小心灵带来的创伤和从这种创伤中感受到的一种悲痛感，进而由这种悲痛感所触发的情感，以

---

① 翟瑞青：《童年经验与现代作家审美情感基调的生成》，《理论学刊》2013 年第 1 期。
② 刘学锴：《李商隐诗歌接受史》，安徽大学出版社 2004 年版，第 271 页。

及由自家姐姐们的悲剧命运抽象出来的对女性悲剧命运的同情。当李商隐在所追求的仕途功名上遇见相关的情感境遇或心境时，沉睡在他心底的这一系列不幸的缺失性童年经验，便会以相关的情感境遇或者心境为中介，通过其诗歌创作，以抽象情绪表达的形式展现在作品之中。[①] 然而，诗歌本就具有朦胧多义的特点，李商隐将自己多层次的富有哲理性的思想寄托于诗歌，自然使得诗歌的内涵在多义的基础上变得更加复杂，在朦胧的基础上变得更加朦胧，从而形成了一种朦胧多义、深情绵邈、富丽精工的难解诗风。可以说，复杂而多维度的抽象因素，从李商隐不幸的童年经历中抽象出来，深深地镌刻在他的脑海中，成为主导其诗歌创作风格的必要因素。这或许就是李商隐诗歌乃至颇具代表性的无题诗，多以女性形象传达空间阻隔、传达所追求之美好事物的稍纵即逝的伤感和可望而不可即的企盼的悲剧根源所在。

李商隐的无题诗处处充斥着悲情。这种悲情不仅表现在诗歌所传达的合理的、美好的、积极的愿望或理想因受"阻隔"而无法实现，而且表现在抒情主人公在主观上的一种执着的情思——明知个体所追求的是一种近乎渺茫的理想，但依旧愿意为此执着。这便是"春蚕到死丝方尽，蜡炬成灰泪始干""直道相思了无益，未妨惆怅是清狂"一类诗句所传达的悲剧追求。

李商隐的人生处处充斥着"缺失性经验"，这是李商隐诗歌尤其是无题诗充斥着悲情的主要原因。此外，他执拗的性格和恃才傲物的性格又使得他的仕途屡遭坎坷。李商隐虽然曾修道，并且他的思想中多少带有一些反传统的因素，但他毕竟是在儒家主流思想的大环境下成长起来的中国古代知识分子，很难完全摆脱儒家思想的影响甚至束缚。成年以后，作为家中长子，理所当然地承担起家中的职责。李商隐的一生似乎与死亡有着解不开的渊源，这不仅表现在他年幼时父亲与姐姐离世，也表现在他青年居母丧、为早逝的亲人迁坟、祭奠自己的侄女寄寄以及徒然面对妻子王氏的病逝。如果说，亲人相继辞世加深了李商隐对生命无常的感悟，那么他游走于并不适合生存的官场和幕府之间，历经千辛万

---

① 童庆炳：《作家的童年经验及其对创作的影响》，《文学评论》1993 年第 4 期。

苦和宦海沉浮的仕途经历，则加深了他对人生的感慨与反思。"李商隐一生坎坷不幸，襟抱未开，写下了许多情调抑郁、感时伤世的诗歌，与他所处的这一具体历史环境是有密切关系的。"他的一生，思想中始终充斥着一对矛盾：一边是身处底层社会，同情下层百姓疾苦；另一边则是希望成就功名，攀附有权势的人。① 作为一个没落的知识分子，无论他如何努力，始终无法跨越阶层，只能与许多同病相怜的文人一样，客观地描述这一现象，控诉或直抒自己的辛酸历程。因为他找不到任何可行的解决途径。敏感而细腻的他，不难发现这其中的原因是千头万绪、错综复杂的。他虽然说不清，但是却可以感觉到。他的心情是低落的，他的情绪是消极的，他无法直接地表述是导致他心情低落乃至消极的原因，但是可以肯定，他人生中所经历的一切都是导致这种情绪的诱因。故此，他的很多诗作所表现的内容是无法简简单单用一个题目加以概括的，而且诗歌正文那些简简单单的文字也无法完整地传达他的思绪。李商隐的无题诗可以称为"混沌诗"②，"是他以爱情生活为主要依据，而又融会了全部人生经验，以感伤身世为基本主题的作品"③。

李商隐的无题诗极具跳跃性和抽象性，这种跳跃性和抽象性直接导致了李商隐诗歌的难解与难懂。这或许是由于李商隐所要传达的情绪过于错综复杂，乃至无法在诗歌中简简单单、完完整整地陈述，但就多数无题诗的字面意义来看，这些诗作的主人公多以女性为主，按以往普遍的观点，李商隐无题诗中即便是有所寄托，也多是借用女性的形象来展开的。在以往的无题诗研究中，将无题诗有无寄托作为研究的焦点，虽与李商隐诗歌朦胧的艺术特征不无关系，但更重要的是中国古代诗歌具有以男女寓仕途或以男女关系隐喻政治关系的创作习惯。由于这种深层的文化心理，在缺乏相当可信的材料之前，我们很难否定李商隐无题诗在创作意图上存在这种动机。但可以肯定这样一个问题——李商隐无题诗所抒发的是一种偏感情化的情绪，其中以女性角色、女性情感为基础，

---

① 刘学锴、余恕诚：《李商隐》，中华书局1980年版，第8—11页。
② 王蒙：《混沌的心灵场——谈李商隐〈无题〉诗的结构》，转引自《心有灵犀》，人民文学出版社2002年版，第215页。
③ 董乃斌：《李商隐的心灵世界》，上海古籍出版社2012年版，第100—188页。

或许囊括了以男女寓君臣在内的多层抽象含义。这种多层含义的朦胧性，其根本原因在于李商隐细腻、复杂、委婉、多情的极具个性的性格因素。

李商隐无题诗中充满了感伤愁苦、忧虑怨愤、抑郁悲愤和悲伤慨叹等因素。[①] 这与李商隐自身命运及家族命运以及他所处的社会环境是密切相关的。可以说，李商隐的家族状况、亲属的命运及其所处的社会环境为无题诗的创作乃至风格的形成提供了广阔的背景空间。我们视这种作用为间接作用，即这些因素或多或少作为形成李商隐无题诗风格的子因素，对无题诗产生的是诸多间接的复杂的综合影响。

由此，我们从无题诗的抽象情绪脉络，即"对美好事物的发现或追求—认定自己有资格追求美好事物—追求过程中因受阻而失落—追求失败后的愤愤不平以及绝望而难以排遣的凄楚情绪—受阻后继续执着无悔地追求"这一情绪链条中，大致找到了李商隐因童年缺失性经验而产生的不同阶段的抽象情绪与各个阶段的对应关系。李商隐的童年缺失性经验，是促成这一抽象情绪链条的最初诱因，而无题诗正是这一系列抽象情绪线索的某一个或某几个阶段的情绪表达。

---

① 牛敏：《浅析李商隐的心灵世界与无题诗》，《太原城市职业技术学院学报》2004 年第 5 期。

第三章　李商隐无题诗的抽象性特征

从内容上看，李商隐无题诗的抽象性至少表现在两个层面。第一个层面是题目的抽象性。我们已经明确，诗歌的无题属性可以巧妙地回避诗歌题目"显内容"的功能，从而使读者在阅读诗歌的过程中，不会因为题目所提示的主题思想而简单概括诗歌内容，进而避免了读者先入为主地、有意无意地忽略了诗歌正文文本中隐含的许多与主题无关的信息。第二个层面是诗歌文本的抽象性，即"无题"一类诗作在内容上所表现出来的抽象性。这个层面的抽象性可以集中概括为一种抽象情绪的表达，其实质可用"对美好事物的发现或追求—认定自己有资格追求美好事物—追求过程中因受阻而失落—追求失败后的愤愤不平以及绝望而难以排遣的凄楚情绪—受阻后继续执着无悔地追求"这样一条情感线索来贯穿。这两个层面的抽象性实际上是高度统一的，有了题目上的抽象性作为前提，才使内容上的抽象性得以实现；有了内容上的抽象性，才使题目上的抽象性有了存在的意义。抽象性是李商隐无题诗的最大特征，以往对李商隐无题诗朦胧、多义、含蓄的特征及王蒙所提出的"通境""通情"的说法，都是这种抽象性的集中表现。李商隐无题诗的这些特征，是由内容所传达的抽象情绪决定的。李商隐无题诗的抽象性是这一类诗作在解读上产生争议的根本原因，也是无题诗的特殊意义所在。

第一节　诗歌的有题、无题及抽象性

通常情况下，诗歌的朦胧性是抽象性的表现形式之一，而诗歌的多义性则是抽象性表达的必然结果。这一点与音乐艺术是相通的。与诗歌艺术相比，音乐艺术似乎更容易达到"不着一字，尽得风流"的境界。因为音乐本身是不需要以任何语意为前提的抒情方式。正因为音乐是以一系列表述情感的抽象音符联合而成的一种抒情方式，其抽象性的意义往往更容易与所要传达的目标情绪契合，并且可以不拘泥于文字转换后所表达的情绪背后的损耗程度。诗歌艺术性的优劣，从现代意义上"纯诗"的角度来看，可以这样认定：它与音乐背后的抽象性越相似，其艺术性便越强，也越接近艺术的真谛。李商隐的无题诗能够在艺术上获得不朽的生命力，与其在艺术上近乎完美地呈现其抽象性特征有着直接关系。李商隐在无题诗的创作中，采用了曲折委婉的表达方式以及比兴、象征等表现手法，呈现出无题诗言不尽意的朦胧美。① 但随之而来的则是另一个问题，它是否能够像音乐一样无限定地传达情感所触发的每一个抽象因素呢？诗歌是语言的艺术，音乐是声音的艺术。语言是人们约定俗成的一种符号系统。因为语言具有逻辑性，代表的意义是被人类整理、加工过的。每一种逻辑关系的背后都有一个概念，而概念是对客观事物的一种概括。这一切决定了语言的声音（或者说语言的语音层面）不可能如音符的声音一样仅仅凭借其旋律属性去传达情感。所以，相比于本身即为抽象性的音乐情绪，诗歌的抽象性更多地需要纯熟的语言与构思技巧去传达，这一过程也是诗歌创作的必经之路。

一　诗歌题目与言意之间的关系

"有题之诗"背后蕴含一对不可调和的矛盾——诗歌艺术抽象性与诗歌题目具象性的矛盾。诗歌题目最主要的功用是"显内容"，多选用简洁的词语或语句，所以必须择其要者而取之。在择要和概括的过程中，势必会将诗作中的许多信息忽略，而一首诗在其流传和接受的过程中，读者很容易借助题目先入为主，有选择地进行解读，这对读者获取被题目掩盖的诗歌信息是极为不利的。古代学者早已认识到诗歌题目与诗歌

① 刘瑞娟：《试论"言不尽意"——以李商隐朦胧多义美的无题诗为例》，《濮阳职业技术学院学报》2012 年第 2 期。

内容之间的这种微妙关系，并开始有意识地设法避免这一矛盾。清代学者方南堂说："立题最是要紧事，总当以简为主，所以留诗地也。"①"以简为主"是为了让诗歌题目不过多地流露出诗歌内涵，这便是"留诗地"，就是为诗歌营造多义的境界。即便是这样，诗歌题目与诗歌内容之间的矛盾依旧是无法调和的。在表现多义性这一方面，诗歌题目似乎对诗歌的内容表达起到了一定的消极作用。

从文学创作的角度来看，诗歌的题目通常是"显内容"的，题目体现在文本上是"文字"，体现在"言"与"意"的关系上则属于"言"的范畴。而作为"言"的题目，是否能够完整准确地传达出诗歌的"意"，需要讨论的是两个层次的关系问题。

首先，诗歌的"言"与"意"是一对矛盾。这里的"言"指的是诗歌的正文内容。诗歌所传达的"言"与诗歌所要传达的"意"是第一对矛盾。如果我们承认"言"能够尽"意"，即承认诗歌的正文内容能够很好地传达出诗歌背后所要传达的"意"，而诗歌中的许多理论，诸如"弦外之音""画外之景""文外曲致""不着一字，尽得风流"等，都主张"意在言外"。优秀的诗歌作品，通常是那些我们认为"言"所不能尽"意"的一类诗作。在这一矛盾中，即使承认"言"能够尽"意"，也要尽量做到"言"不要尽"意"，这种理论与绘画中的"留白"艺术是相通的。在这样一个前提下，诗歌题目的存在本身便是与这种艺术手法的对立。诗歌中的"言"能够尽意，而刻意不尽其"意"，但题目的文学性功能是"显内容"，这就促使题目必须尽"意"。于是，题目便与诗歌创作时故意"留白"的艺术手法，产生了不可调和的对立关系。从创作构思的源起角度，"言"又似乎不能够完全尽"意"。诗歌创作之初，因灵感的激发而欲抒发的情，当落在纸上时，就会减弱大半，这便是陆机所说的"恒患意不称物，文不逮意"（陆机《文赋》）。如果从"意"与诗歌内容之"言"的角度看，处于这种情况的"言"已经无法完整表达"意"了，而作为题目的"言"是对诗歌内容的概括，这种情

---

① （清）方南堂：《辍锻录》，转引自郭绍虞《清诗话续编》，上海古籍出版社 1983 年版，第 1942 页。

况下的题目距离诗歌构思之初的"意"已经相去甚远，因而对诗歌艺术创作与表现也具有一定的消极影响。

其次，诗歌正文内容之"言"与诗歌题目所表现之"言"是另一对矛盾。题目"显内容"的作用，势必要求对诗歌正文内容之"言"加以概括，而概括的逻辑成立的前提是舍弃次要的，保留主要的。在被舍弃的次要因素中，有的本就是"意不称物，文不逮意"之"言"，而这些所谓的"言"，在诗歌题目所代表之"言"的概括后，蕴含的内容进一步压缩，使其距离诗歌所传达的"意"相去甚远。在这种条件下，题目对诗歌"意"的还原起到的依旧是一种消极作用。如果我们承认，题目之"言"能够完整地概括诗歌内容中"言"的所有因素，这就是我们通常所说的"切题"。而"切题"一类的诗作之所以难工，与这一矛盾无法调和有着直接关系。退一步说，即使"切题"，题目依然是对诗歌正文的一种概括，诗歌正文与题目之间的矛盾并不会因"切题"而得到解决。

无题诗传达的是一系列抽象情绪，这种情绪可以概括为这样一条线索：对美好事物的发现或追求—认定自己有资格追求美好事物—追求过程中因受阻而失落—追求失败后的愤愤不平以及绝望而难以排遣的凄楚情绪—受阻后继续执着无悔地追求。从言与意的辩证关系中可以得知：这种抽象情绪的外在表现，便是"意"大于"言"的普遍规律。如果说李商隐无题诗背后有着深层的意蕴，那么这种意蕴似乎已经被虚化成一种抽象情绪了。这种情绪具有普遍性，如果无题诗没有寄托，那么它完全可以存在于单纯的爱情关系之中；如果无题诗有寄托，那么无论它所寄托的是什么，似乎都可以存在于所寄托的事物之中。因此，简单地认定李商隐无题诗有无寄托是无法准确解读这类诗歌的。我们可以认定这类诗歌是有深意之作，其背后传达的是一种抽象情绪，而不是指向这种情绪所衍生的具体事物，更不是根据诗歌所传达的抽象情绪具象化后所对应的本事。这就是李商隐无题诗的抽象性特征。

二 有题之诗的"循乎物"与无题之诗的"本乎情"

清代学者讨论"有题之诗"与"无题之诗"① 时，往往牵涉的是另一对矛盾，即"本乎情与循乎物"。"本乎情"的特征被直接与"无题之诗"相关联，成为评价无题之诗优于有题之诗的主要依据。中国古代的许多学者曾认定"无题之诗"在传达天籁之音时有自身的优势。"三百篇之诗何尝有题，汉魏之诗亦然，要有以感人之性，移人之情而已。未尝高悬一题以为标准，矜矜刻画之也。"② 而自《诗经》时代开始的一系列"无题之诗"（其中多数指的是"首句命题诗"和"抽象类题目诗作"），可进一步印证这种形式本身便是符合诗歌即兴而作、不论诗题的创作习惯的产物。《诗经》中的诗歌，因成集较早，流传时间久远，并且自汉以来便被儒家奉为经典，对其题目的解读，难免有穿凿附会之嫌。如《毛诗序》中对《诗经》的题解，多是站在儒家王道的立场进行解说，很多情况下是不符合诗文本意的。由于《诗经》的经学地位，《毛诗序》的解读在中国古代很长的一段时间里一直占据主导，但这些解读方式在历史的流传中曾受到许多学者的质疑。朱熹指出：

> 今欲观《诗》，不若且置《小序》及旧说，只将元诗虚心熟读，徐徐玩味。候仿佛见个诗人本意，却从此推寻将去，方有感发。如人拾得一个无题目诗，再三熟看，亦须辨得出来。若被旧说一局局定，便看不出。③

跳过《毛诗序》的内容先不读，可见朱熹的观点分明已经倾向于重新回归文本。朱熹对《诗经》的解读方法虽然有追本溯源的倾向，但是在具体解释《诗经》篇目的时候，也难免会有穿凿附会之意。这一思想倾向一直到清代依旧有人沿用，乃至出现了专以探寻《诗经》中诗歌原

---

① 清代学者所论的"无题之诗"范围甚广，且无准确的概念和界定范围，多数情况下包含以"无题"为题的诗作和取首句数字为题的诗作，个别学者也会论及抽象类题目的诗作。

② （宋）严羽著，郭绍虞校释：《沧浪诗话校释》，人民文学出版社1961年版，第115页。

③ （宋）黎靖德编：《朱子语类》，中华书局1986年版，第2085页。

本意义为意图的著作《诗经原始》。

在诗歌题目早已成熟的西晋之后，取诗歌首句中若干字为题目的做法并没有因为命题观念的成熟而淡出文学史的舞台，而是作为一种古朴的方式继续存在于诸多诗人的创作之中，甚至还有一种向其靠拢的倾向。无疑，诗歌未成而先有主题的创作方法，有时确实会因过于"着题"而使诗歌过分黏滞于既定思路，或因过于离题而导致诗歌内容不着边际。"咏物诗最难工，太切题则粘皮带骨，不切题则捕风捉影，须在不即不离之间"①。的确，题目给出、主题先定的做法会在不同程度上限制诗歌创作者的思路。倘若对所定之题并无真情实感而强制成诗，诗歌作品势必会少几分"真情"多几分"矫情"。

"咏物词，最忌说出题字"②，"作诗必句句着题，失之远矣"③，"依题阄帖，气必至于庸俗；离题高腾，致每见其超佚"④，"题详尽，则诗味浅薄无余韵"⑤……对于依题作诗的弊端，古人早有公论。古代的很多诗文评论家，将命意在先、主题先行、有为而作等看作诗歌情感抒发中不真实的表现，甚至将其与诗歌的"有题"与"无题"联系到一起。他们通常对"为情造文"的创作方法大加赞赏，而对"为文造情"的创作方法则略含贬义。南朝刘勰指出：

> 昔诗人什篇，为情而造文；辞人赋颂，为文而造情。何以明其然？盖风雅之兴，志思蓄愤，而吟咏情性，以讽其上，此为情而造文也；诸子之徒，心非郁陶，苟驰夸饰，鬻声钓世，此为文而造情也。故为情者要约而写真，为文者淫丽而烦滥。而后之作者，采滥

---

① （清）钱泳：《履园谈诗》，转引自郭绍虞《清诗话续编》，上海古籍出版社1983年版，第889页。

② （宋）沈义父：《乐府指迷》，转引自唐圭璋《词话丛编》，中华书局2005年版，第284页。

③ （清）贺贻孙：《诗筏》，转引自郭绍虞《清诗话续编》，上海古籍出版社1983年版，第168页。

④ （清）厉志：《白华山人诗说》，转引自郭绍虞《清诗话续编》，上海古籍出版社1983年版，第2281页。

⑤ （清）乔亿：《剑溪说诗》，转引自郭绍虞《清诗话续编》，上海古籍出版社1983年版，第1103页。

忽真，远弃风雅，近师辞赋，故体情之制，逐文之篇愈盛。①

　　有学者认识到诗歌题目与"为情造文"的关系。明代许学夷称："汉人五言，唯十九首触物兴怀，未尝先立题而为之，故兴象玲珑，无端倪可执。此外因题命词则渐有行迹可求也。"② 明代"后七子"之一的谢榛主张"忽然有得，意随笔生"③，认为"作诗有相因之法，出于偶然。因所见而得句，转其思而为文。先作而后命题，乃笔下之权衡也"，主张"有激而作"，甚至认为"为情造文"（"辞前意"）是评价唐诗优于宋诗的重要标准。④

　　其实，诗人创作诗歌的过程中，很多时候并不是依题而作，而是有感而发，如李贺创作诗歌的时候是"未始先立题然后为诗，如他人牵合程课者"⑤。这种创作模式，更多为诗文评论家所赞赏，而有题之诗，因为与"为文造情"之间有一种"题在意先""主题先行"的联系，而被诸多评论家所否定。

　　无题之诗与有题之诗之间的区别，在诸多诗文评论家眼中是"本乎情"与"循乎物"的矛盾。"本乎情"抒发的是真情实感，"循乎物"则多半具有矫揉造作之嫌。很多情况下，其争论的本源确实是——相对的，但在众多诗歌的具体实践中，却又有很多复杂的问题。

三　诗歌的抽象性理论

　　诗歌这一文体自身带有一定的抽象性，这一抽象性使得它较之其他文学体裁更容易具备朦胧、多义、含蓄的特征。但无论是从历时与共时的角度看，还是从文化与区域的角度看，诗歌题材与风格的多样使得任

---

　　① （南朝梁）刘勰著，黄叔琳、李详、杨明照注：《增订文心雕龙校注》，中华书局2017年版，第412页。
　　② （明）许学夷著，杜维沫校点：《诗源辩体》，人民文学出版社1987年版，第57页。
　　③ （明）谢榛：《四溟诗话》，转引自丁福保《历代诗话续编》，中华书局1983年版，第1219页。
　　④ （明）谢榛：《四溟诗话》，转引自丁福保《历代诗话续编》，中华书局1983年版，第1149页。
　　⑤ （宋）魏庆之：《诗人玉屑》，上海古籍出版社1978年版，第127页。

何一个以其为对象的研究都不能将其抽象性简单视之。作为文学创作中一种较为常见的以抒情为主的文学体裁，诗歌所传达的内容较之叙事类文本必然要抽象得多。这由其体裁特征所致。即便是篇幅较长、叙事性特征较为明显的诗歌，较之单纯的叙事类文体依然会表现出抽象性的显著特征——虽然这种抽象性更多是因篇幅与韵律对字句限制令叙述内容不得不以简洁的形式表达所致。从另一个方面来看，诗歌作为一种以抒情为主的文学体裁，多数情况下追求的是一种情感的抒发，表达的重点也是情绪一类偏向思想意识层面的内容，这就必然使其表达的内容多半是与"实事"相对应的，但在不同的诗作中，其表达情感的抽象性程度是不同的。李商隐的无题诗，在抽象性这一特征上表现的是一种类似甚至高于抽象情感表达诗作的抽象性，即与抽象抒情类诗歌相比，李商隐无题诗的抽象性特征显然更明确一些。

诗歌抽象性的第一个层面表现在它作为一种抒情类文体的抽象性。这种抽象性是相较于叙事类文本而言的。叙事类文本因其性质特征所致，在多数情况下需要有明确的时间、地点、人物的交代以及起因、经过、结果的阐述。这些必要的、详尽的因素使得叙事类文本在情节上较之抒情类文本更为具体，而在传达信息方面，叙事类文本较之抒情类文本更容易提供较多详细的、具体的、能够落到实处的因素。所以，同样的内容，叙事类文本较之抒情类文本表达得更具体、更确切。作为以诗歌、抒情式散文为主要代表的抒情类文本，其所表现的抽象性特征自然比以小说、叙事式散文为主要代表的叙事类文本要明显得多。诗歌具有朦胧性、跳跃性和多义性特征，作为一种文学体裁，其自身便具有与生俱来的抽象性。

诗歌抽象性的第二个层面表现在它作为一种体裁之内的抽象性，这种抽象性或可理解为与第一层抽象性不同程度、不同层次的表现。诗歌的抽象性是其文体所决定的，但诗歌抽象性所表现的程度则在不同类型的诗歌中、不同诗人的作品中，甚至是同一诗人的不同作品中有所不同。从诗歌的篇幅来看，篇幅越长，其所涵盖的信息越多，其抽象性程度就相对弱一些；从诗歌的题材来看，叙事诗所涵盖的信息往往比抒情诗更为具体、实际，而在诸多类型的诗歌中，表现内心活动，以抒发情感为主要目的的诗作无疑容易产生更大程度的抽象性。李商隐的无题诗便属于这一类型，并且其抽象程度在这一类诗歌中极具典型性特征。以上便是以无题诗为代表的一类诗歌表现出的在更深层面意义上的抽象性，即诗歌第二层面的抽象性。

由诗歌抽象性的第二个层面可展开这样一个问题：诗歌的抽象性在不同类型的诗歌中表现的程度是不同的，那些抽象性相对较弱的诗歌，所表现出的文本特征较之抽象性较强的诗歌更为具体。由此，在同为具有抽象性特征的诗歌中，便存在抽象性诗意与具象性诗意的区别。李商隐的无题诗较之其他类型的诗作，最为显著的特征是其抽象性特征更为明显、抽象性的程度更高，这也是区别李商隐无题诗与其他类型诗作的明显特征。

第二节　无题诗的意在言外

作家"使用语言的同时，也被语言所使用"。现代语言学认为，语言并不是简简单单交流的工具，而是在书写与表达的过程中，具有某种程度的主导作用。从符号到语言再到意义，文本所传达的意义其实质是在一种有损的转换中形成的。在这个微妙的、有损的转换过程中，也会生成某些意义。这些生成的意义往往是作者在创作中未曾注意到的。

一　当词进入意境

每一个词，都有其所代表的特定意义，而词进入诗歌构成诗境并形成新的意境之后，便成为这首诗或者诗背后所构成的整体意境中的一个因素。诗歌或者诗境是多种因素综合作用的结果，这些因素构成的整体乃至各因素之间的关联，会使这个词的潜在意义得到前所未有的激发。与此同时，这个词与其他诸要素乃至诗歌或诗境整体相互作用产生的新意义，也会由此产生。这就是词进入意境时的积极功能。

下面以"烛"为例，阐述其在李商隐无题诗中的作用。

"烛"是生活中的一种常见物品，它通常具备以下特征。

（1）概念：一种用石蜡（古代通常为动物油脂）制成的照明工具。

（2）形状：通常为长条形状，油脂的中间夹有一根芯。

（3）颜色：未染色为白色，通常染为红色。特殊需要时会染成其他颜色。

（4）燃烧时，从烛头开始引燃，火光居中，随着燃烧的时间增长，凝固的油脂被融化成液体，顺着蜡烛的主体向下流淌。

（5）燃烧时，蜡烛的主体不断缩短，直至完全燃尽。

当我们提及"蜡烛"这个概念时，主要涉及以上五个方面的基本信息。蜡烛是一种照明工具，它的功能仅仅是燃烧以便照明，它的基本形态则包含了未燃烧时的特征（1）（2）（3）以及燃烧后的特征（4）和（5）。

蜡烛介入文化意义时，通常具有以下引申义。

（6）未染色的蜡烛为白色，多在丧仪上使用，使人产生肃穆、伤痛等一系列联想。

（7）蜡烛在燃烧时因融化而流出的液态油脂，给人以类似流泪的感觉，染红后的蜡烛，流的是红色的液体，有血泪的形态，其背后蕴含伤痛或哀怨。

（8）蜡烛燃烧时有火光，火光给人以明亮、温暖的感觉。

（9）燃烧自身，为他人照明——一种牺牲和奉献精神。

（10）以燃烧为代价的奉献直至自身燃尽方才停止，其中具有某种执着的精神。

（11）随着蜡烛之火的燃烧，蜡烛逐渐燃烧殆尽，与生命时长逐渐减少具有同构性。

（12）一面奉献光明，一面燃烧殆尽，蜡烛燃烧的过程蕴含悲剧色彩。

以上列出的基本信息和引申信息，包含蜡烛本身的形态及其所牵连的一系列人文意象。

"烛"字本身是一个符号，在汉语中，它与"照明工具"这一概念形成了一种对应关系。当蜡烛作为一种意象进入诗歌创作时，它便连带着这个基本概念进入诗歌文本中，成为众多具有意义性符号中的一个。当"烛"的意象进入诗歌之中，其背后所包蕴的一切信息都有可能连带着进入诗歌的意境之中。这些信息，有的是确定进入的，有的则是潜在进入的。

以李商隐无题诗中三联带有蜡烛意象的诗句加以分析。

（一）"隔座送钩春酒暖，分曹射覆蜡灯红"

这里的蜡烛意象出现在宴饮博戏中。"红"字点明了整个环境的颜色特征。本句侧重于蜡烛所照出的光的颜色，以及由通感与环境共同营造的暖意。文本确定含义有以下几点。

（1）蜡烛的基本形状：长条，中间有烛芯。可基本确定被带入诗歌的意象之中。

（2）蜡烛的颜色：无法确定，但依照原文所说"蜡灯红"，可见烛光是被罩在红色的灯笼内的。故此，蜡烛自身的特征被笼罩于灯笼内，其所照射出的光辉当以红色为主要形态，但蜡烛本身是白色还是被染成的红色，则很难准确揣摩。就欣赏习惯而言，为红色的可能性稍大。

（3）以"隔座"对"分曹"，以"送钩"对"射覆"，以"春酒暖"与"蜡灯红"，这三对词，两两之间意义也是相互对应的。红色为暖色调。整联之中，李商隐所描绘的整体环境都在一片红色灯笼的笼罩之下，所以"蜡灯红"绝非是在射覆之时才有的环境状态，当是笼罩在整首诗歌，至少是在中间两联之间的一种环境状态。"春酒暖"与"蜡灯红"，一个是触觉，一个是视觉，二者相得益彰，将整首诗的环境布置在一片温馨与温暖之中。

如果将以上三点信息与前文提及的十二条信息相对照，不难发现这两句诗更侧重于表现（8）中所传达的信息。其中（1）至（5）蜡烛的基本形态是没有争议并且可默许融入诗境的，但（6）至（12）七条派生出来的信息，似乎只有（8）明确为诗境所取用，其余六条倘若与本诗意境相联系，多少具有矫揉造作之嫌。

（二）"春蚕到死丝方尽，蜡炬成灰泪始干"

这里的蜡烛意象是一种形态的泛指，侧重于蜡烛燃烧、融化、变短、成灰的状态。文本的确定含义有以下几点。

（1）蜡烛的基本形状：依旧是长条，中间有烛芯。仍可基本确定并被带入诗歌的意象之中。

（2）蜡烛的颜色：没有点明颜色的"红"字，蜡烛的颜色比"蜡灯红"一联更加难以确定。

（3）蜡烛熔化，油脂呈液态状，好似人的眼泪。

（4）眼泪般的蜡烛在燃烧殆尽之后，方才停止了哭泣。

如果将以上四点信息与前文提及的十二条信息相对照，不难发现，这两句诗更侧重于表现（4）（5）（7）（9）（10）（11）（12）中所传达的信息。其中（2）（6）（8）在本句诗中没有集中表现，（1）与（3）是蜡烛的基本特征连带的信息。

（三）"蜡照半笼金翡翠，麝熏微度绣芙蓉"

这里的蜡烛意象，侧重表现的是它的光照特点。文本的确定含义有以下几点。

（1）蜡烛的基本形状：依旧是长条，中间有烛芯。仍可基本确定并被带入诗歌的意象之中。

（2）蜡烛的颜色：依旧无法确定颜色，但依文本环境理解，是红色的可能性略大。

（3）这里的蜡烛，突出其"半笼"的特征。侧重的是一种光的映射。

在这两句诗中，所表现的依旧是蜡烛引申信息中的第（8）条，并且除了前五条的整体信息，其余信息在本诗中并无直接体现。

蜡烛意象，至少包含了前文所列举的一系列信息。因为蜡烛本身带有这一系列信息，所以当它进入文本时，便会像携带基因一样将这些信息带入整首诗中。这些信息，与诗歌整体意象并无抵触，反而会对整体意象起到巩固和加深的作用。与诗歌整体意境相协调的那部分信息，无疑在诗歌意境和多义营造方面起到了积极的推进作用。

二　无题诗意象的零碎性特征

受"诗言志"传统的影响，中国古代诗歌的境界往往带有实化、具象的特征。无论是农事诗、怨刺诗还是咏史诗、咏怀诗，或托物言志，或借景抒情，或针砭时弊，或以古讽今，诸多的诗歌创作手段，多半都是在外在的、社会作用的刺激下产生的情绪抒发，即便如咏怀一类作品，也与特定的、明确的社会环境有着相对密切的映射关系。无题诗较之中国古代其他诗作而言，具有明显的意在言外、言发于内而指向于心的特征。受心灵感悟的细微化、片段化特点的影响，无题诗境界对前代诗作的超越集中表现在它看似零碎实则以心灵体验贯穿始终的诗歌内在逻辑之中。其中最为突出的特征是无题诗组织片段的零碎化。这些零碎的片段极具跳跃性，连贯性不足，整体上带有蒙太奇的效果。几个零碎的片段融合在一起，虽然彼此之间的跳跃性使得相串联的部分带有某种不确定的因素，但从另一个角度讲，这一系列不确定因素，却是虚实相生的重要源泉所在，也是无题诗多义性、朦胧性的重要促进因素。"无题诗所包含的内容是异常丰富的，是作者的生活际遇和探索追求过程中的艺术再现，是他一生中成功与失败、欢愉与忧愁、希望与绝望的真实记录"①。"高度概括的感情、多重的主题思想是李商隐这类无题诗的精妙之处"②。"这种含蓄美，并非仰赖于'文约辞微'，而在于诗人任思绪自由纷飞，'独抒性灵'，在笔端留下了极为多元、跳跃、流动的意象意涵"③。

《无题相见时难别亦难》一诗，有"相见时难别亦难""东风无力百花残""春蚕到死丝方尽，蜡炬成灰泪始干""晓镜但愁云鬓改""夜吟应觉月光寒""蓬山此去无多路，青鸟殷勤为探看"六个片段构成。细核原诗不难发现，这六个片段并不是依照诗歌结构形成的。

片段一：无具体的场景描绘，只是发出了抽象的慨叹：两个人之间，或因外力的阻隔，见一面总是那么困难，而相见之后，注定要分别。因为彼此预料到再次相见会很困难，所以分别的时候难舍难分。

片段二：暮春时节，各种盛开的花朵都已经凋谢。微微的春风吹拂过来，似乎是那样无力而柔弱。花朵凋残是凄凉的落寞，而无力的春风似乎暗示着抒情主人公精神的萎靡。

片段三：表现出一种极富悲剧意义的执着精神。无论是春蚕还是蜡

---

① 宋惠萍：《楚雨含情皆有托——李商隐无题诗解读》，《汉字文化》2019年第19期。

② 宋惠萍：《楚雨含情皆有托——李商隐无题诗解读》，《汉字文化》2019年第19期。

③ 陆弈思：《从"含蓄无垠"到"审美无限"——论李商隐无题诗美学意味的生成》，《湖北科技学院学报》2019年第3期。

炬，无论是活动的生灵还是静态的物品，它们都被一种思绪和哀怨笼罩着，且深陷其中，明知结局是"到死""成灰"，却依旧无怨无悔。

片段四：早晨照镜子，担心两鬓斑白继而白发丛生——这是惶恐岁月流逝，年华老去的心理。

片段五：夜里，月光普照，银色的月光表现的是偏冷色调的特征，似乎诱发了深夜因思绪万千而生成的心理上的寒冷情绪。

片段六：好像所追求的蓬山离这里并不遥远，青鸟在前面，似乎在为抒情主人公引路。

这六个片段之间似乎都没有必然的联系。先是一句难分难舍的感慨，随后是春风无力、百花凋零的景色，接着是对一件事物极富悲剧色彩的执着，然后是对岁月流逝、青春不再的恐惧，然后是因环境的冷色调而衬托出内心的低落，最后则笔锋一转，将整个低落抑郁的情绪转向了青鸟引领抒情主人公走向所追求蓬山的希望中。

这首无题诗从头到尾都充满了断裂感。从情绪的角度看，前三联较为抑郁，而后一联很容易让读者着到其中的希望，并且在行文的过程中，二者之间并没有过渡，即便是情绪性质较为统一的前三联所描绘的五个片段中，彼此之间也并无直接联系。难舍难分，难以相见——春风无力，百花凋谢——对事物的悲剧性的执着——青春易逝，年华易老——寒夜中凄冷的环境。这一系列逻辑线条单凭字面意义很难构成一幅完整的故事或画面。如果一定要将这几个场景串联起来，势必要在诸多场景之间搭建一系列的联系。这些联系的搭建需要诗歌在接受的过程中进行重构。在这个重构的过程中，多义性和朦胧性就此呈现出来。

《无题·来是空言去绝踪》一诗，也有类似的情况。李商隐的许多诗歌，虽然本事已不可尽考，但其中传达的情绪则是极其细腻、形象的。这首诗描绘的是：在一天深夜，主人公已经进入梦乡，就在天快要亮的那一刻，他做了一个梦，梦见他所思念的人和他作别，并且越走越远……他拼命地呼唤着对方，但对方似乎对他的呼唤无动于衷。就在这一刻，主人公在惊慌与绝望中，走出了梦境。梦是那样凄楚，现实情况也没好到哪里。就在上次分别的那一刻，主人公所思念之人，明明和自己承诺过，还会再"来"相见，却没有履行承诺。这一"来"，成了一句"空言"。因为对方这一"去"，便没有了踪迹。这时已经是五更时分，天快要亮了。月亮逐渐西斜，正好停在阁楼的上方。远处打更的声音响个不停——或许，刚刚主人公的梦境，就是被这五更时的打更声唤醒的。主人公回忆起梦境中的一切，又想起所思念之人早已没了踪迹，他当时承诺的"来"已经成了一句"空言"，于是鼓起勇气，开始研墨。因为思念之情已经占据了主人公的整个思绪，墨还未研浓，便迫不及待地开始在信中向对方倾诉。伴着昏暗的烛光，主人公在信中动情地诉说着对对方的思念。一部分烛光轻轻照射在帷帐上，隐约可以看到帷帐上用金丝线绣的翡翠鸟图案。室内的芳香，轻轻笼罩在绣着芙蓉花图案的被子上。帷帐后面，被子底下，酝酿着主人公与所思念之人的爱情，也只能像未被研浓的墨一样，"半笼""微度"着。或许，两人之间远隔的不仅仅是万水千山，还有那无法摆脱的精神阻碍。此时的主人公，已经被重重的阻隔折磨得心力交瘁，但是更大的悲剧还在等着他——那重重的阻隔背后，还有更多重阻隔。

这首诗的前三联描写环境，后一联描写感慨。前三联描绘了做梦的起因、做梦的内容以及做梦之后房间的环境，其连贯性要比"相见时难别亦难"一首的前三联融洽得多，但最后一联与前一联的断裂感，直接导致了此诗的多义性，使得此诗所描绘的对象，由因食言而生的梦境中的男女相思之情，扩展到了对"蓬山"追求的重重阻隔。这种断裂感，虽然隔开了环境的描绘，却将相似的可望而不可即的情绪扩展到了更广阔的空间之中，形成了无题诗所传达的艰辛与希望落空一类抽象情绪的宏观系统。这种方式使得无题诗的主题逐渐扩展到男女爱情以外的其他境界，甚至扩展到抽象境界。虽不能确指是李商隐经历的哪个具体事件，但可以断定是诸多因素综合在一起形成的具有同构性的人生感悟的总和。从某种程度上说，这种特征直接导致李商隐无题诗寄托说，并造成因主张寄托之本事不同而形成的分歧。

无题诗中的零碎片段是造成诗歌多义性与朦胧性的重要原因，也是李商隐无题诗区别于其他诗作的本质特征。李商隐无题诗的零碎性特征，在其早期无题诗创作中具有较为鲜明的痕迹。

《无题·八岁偷照镜》一诗中，李商隐在描绘那位女孩从童年到少年的心路历程时，虽然是依时间顺序逐渐展开，但只是选取了八岁、十岁、十二岁、十四岁、十五岁五个较具代表性的时间点来叙述。八岁那年，选取了窥镜和画眉两个细节；十岁那年，选取了踏青和以芙蓉修饰裙子两个细节；十二岁那年，仅选取了勤奋学弹筝这一个细节；十四岁那年，选择了聪慧少女的一个心理细节加以刻画：知道家里人有意让自己回避男性亲属的原因是自己还没有出嫁。十五岁这一年，选取了一个细节：这位少女在徐徐吹来的春风中，背对着秋千哭泣。在一年的成长过程中，这位少女定然会经历很多事情，同时也会有很多细节在她逐渐成熟的心路历程中留下印迹。无论是单纯地刻画一位少女形象，还是以少女的心路历程来自喻，李商隐所选取的几个片段想必因诗歌篇幅的原因而做过极力的简化。一年中选取一个片段，虽也起到了以点带面的效果，但在选取片段的时候需要做极大的加工和取舍；点到即止的几个片段相对于漫长的一年岁月来说，已经是极大的零碎了。从文本所呈现出来的另一个信息不难发现，除了十四岁与十五岁这两年是相连的，八岁到十四岁则是每隔一年选取一个片段，前者所选取的片段之间，间隔更久。本诗在刻画这位少女的成长经历时，似乎也淡化了她许多具体的形象特征，如她的样貌、衣着等，面容上仅仅选取了长眉一个细节，而衣着上仅仅将"芙蓉作裙衩"的行为写入诗中。少女的具体形象是抽象的、模糊的，而描述的仅仅是她成长的心路历程。

无题诗形象的抽象性，在李商隐早期作品中，仅仅是一个开端。

当无题诗托以七律的形式进行创作时，其零碎性特征表现得更为明显。如《无题·昨夜星辰昨夜风》一诗，在交代了时间和地点之后，直接进入主客双方的心灵交会以及夜宴游戏时的场景描写，最后转入"听鼓"后无奈离去的主观体验的描绘。所写的是何人，"画楼之西畔""桂堂之东方"之间究竟是何处？宴会是何人举办？李商隐缘何参加这次宴会？李商隐是作为亲历者参与这一切还是作为旁观者观看这一切？诗中并没有任何信息能够为我们提供佐证。在这个事件的叙述中，我们得到的仅仅是一系列片段，甚至不清楚主人公的性格与形象。我们能够洞悉到的是四联中的四个片段：时间与地点—两人身心的交会—夜宴游戏的场景—意犹未尽被迫离开的无奈。四个片段虽然隐隐约约能勾勒出抒情主人公夜晚到白天的大致轨迹，但他们之间的联系则是模糊而零碎的。

因为诗歌所传达的诸多意境中带有零碎性的特征，所以在读者接受的过程中，这些零碎的片段必然要进行串联，但无题诗本身的抽象性又决定了能够串联起诗歌中这些片段的因素在读者那里只能依靠个人的审美经验来完成。因此，这些建立在抽象基础之上的串联势必对无题诗的解读造成更大的分歧。

由于篇幅、行数、韵律节奏等因素的限制，诗歌所抒发的情感或所叙述的事物，往往需要作者在创作时对其进行剪裁和加工。这个裁剪和加工过程虽然在小说或散文中也会出现，但由于篇幅和格式不同，相较而言，诗歌对原始素材的加工力度会更大。这一过程中，所叙述的内容或所抒发的情感会因篇幅或形式的不同得到有损耗的转换。作者在裁剪或加工的过程中，对所要传达的信息的取舍标准不是统一的。或许某一因素在作者眼中并不重要，但在读者眼中却是沟通诗歌本事的重要桥梁。

李商隐有《柳枝五首》，在序中详细介绍了一位叫作柳枝的女子与自己的爱情故事。《柳枝五首》的题序无疑是我们探求《柳枝五首》本事的最为直接的素材，它让读者了解到这五首诗的本事，同时也为读者提供了最为重要的信息，使其明确了诗歌的情感所指、抒情性质和写作目的。李商隐在创作《柳枝五首》时，对本事的取舍与裁剪，通过诗序保留了一系列重要线索，这些线索在读者与本事之间架起了一座沟通的桥梁。虽然一些琐碎的细节在这类诗歌创作中也经过了裁剪，但其中的关键部分已于文中有所交代。李商隐《柳枝五首》一类的诗作，与无题诗的本质区别便由此而生。

李商隐的无题诗所指的本事当前已经没有可供确考的任何信息。最能点明诗歌本事与主旨的题目，被"无题"二字取而代之。我们再也没有办法像解读《柳枝五首》那样依靠题序的方式，完整、准确地了解事情的来龙去脉，进而详尽解读，将无题诗背后所传达的信息落到实处。而被李商隐选取加工之后，作为创作的文字写到诗中的那一部分内容，是跳跃性极大的某些片段。或许我们可以从这些片段中解读到某些信息，但却很难将这些信息串联成完整的、具体的链条。因为信息是抽象的、断裂的，其中的联系必定要依靠接受文本的读者去串联。审美经验和人生经历的差异，必然导致在串联过程中对这些抽象和零碎的片段加以整合所产生的千差万别的联系。这些在接受文本过程中，为串联抽象情绪而生成的链条，在不同的接受者中，形成了不同的形态——对李商隐无题诗解读的分歧便由此而生。

李商隐的无题诗"写的不是一时一地一人一事而是自己的整个心境，或是虽有一时一地一人一事的触动，着力处仍在于去写深藏的内心"，它们"把一切用散文、用议论、用解注能表达的非纯诗的东西全部洗濯干净了"[1]。可以说，意象多重、具有跳跃性、诗歌主体的空缺、诗歌的非写实性、客观叙述中的主观色彩、否定疑问句的多次使用是李商隐无题诗难解的主要原因。[2] 例如"蓬山"的意象，在李商隐的无题诗中多次出现，而其本事则关乎刘彻、刘晨两个典故[3]，解读时虽然可根据文意揣摩其倾向性，但蓬山的典故从本事的角度便产生了多重意象的作用。在艺术手段上，"蓬山"指的或是一种希望，或是一种追求，抑或是一种阻隔，无论如何，其多重意义的作用是显而易见的。因为李商隐的无题诗大多是对心灵世界的描绘，能够将心中感悟的细微变化融入诗歌的字里行间。这类诗歌往往带有浓郁的主观色彩，并不是对外界事物的具体、客观的描绘，所以，李商隐的无题诗从来不是纪实类作品。对于读者来说，在接受这类诗歌的过程中，只有与作者心灵契合，才能产生共鸣，这种以感觉为中心的抒情方式，主观色彩是极其强烈的。因为诗歌将重点放在了主观感受的表达上，弱化甚至忽略了许多具体细节，所以很难根据诗歌文本确切地、肯定地揣摩到抒情主人公的具体情况，甚至是性别、年龄与社会角色。而在句式上，多重否定句的运用虽然增强了情感传达的强烈程度，更多地却为读者传达了一种不确定的信息——了解了李商隐所描绘的心理世界或态度情感"不是"什么，却不

---

① 王蒙：《混沌的心灵场——谈李商隐〈无题〉诗的结构》，转引自《心有灵犀》，人民文学出版社 2002 年版，第 209 页。

② 李娜：《李商隐〈无题〉诗的情感表达》，《山西煤炭管理干部学院学报》2016 年第 3 期。

③ 可参见本书副编中的相关解读。

清楚他所表达的究竟"是"什么。李商隐无题诗的创作本事是不可知的，仅能揣摩到的作者创作初衷的文本信息又是断裂的、抽象的，这决定了对李商隐无题诗解读产生分歧的必然性。

第三节　李商隐诗歌的抽象性与具象性

在现存李商隐的诗集中，无题诗是一种有别于其他类型诗作的存在，这一特殊性使得李商隐成为一个有别于唐代其他诗人的存在。抽象性是李商隐无题诗区别于其他类型诗歌的最为显著的特征，所以对抽象性的理解与分析，是我们准确认识李商隐无题诗的最有效的手段。与李商隐无题诗的抽象性相比，他的其他诗作表现出的是相对明显的具象性。这些具象性特点在唐代其他诗人的诗作中多多少少都有所表现。当然，李商隐带有具象性特征的一类诗作也不乏诗歌史上的经典，但在他的诗歌中具有个性化和开拓性的，无疑当属抽象性极其明显的无题诗了。从内容上讲，诗歌的抽象性主要体现在两个方面：题目不点明诗歌内容，或不表示诗歌用途；内容上传达的是一种抽象情绪。从艺术手法上讲，诗歌的抽象性同样表现在使用带有抽象性表达的艺术手段去实现诗歌艺术的构建。这些特征也多为无题诗所有。

虽然抽象性是无题诗典型的特征，但无题诗的抽象性并不是高度抽象，而是抽象中包含具象的成分，这意味着对其解读并不是无路可通。

李商隐无题诗的抽象性是由其片段的零碎性直接导致的，但其零碎片段抽象性的背后，蕴含着某些具体的因素。如"八岁偷照镜"一诗，抽象化了少女的具体形态，却具象化了少女的心路历程；"紫府仙人号宝灯"一诗，抽象化了具体的人和事，却具象化了偏白色甚至是冷色调的高冷意境；"相见时难别亦难"一诗，抽象化了所描绘的对象，却具象化了执着无悔的感情……

董乃斌曾指出，"为了说明这些诗究竟写了什么人物、什么故事"，许多前人"做了许多考证，甚至不惜牵强附会、无中生有地编排出一些与诗人有关的轶事来。可是，不管历代研究者如何用功，到底无法将诗中所叙之事真正复原并落实下来"。所以我们应该"承认这类诗性质具有独特的模糊性，从而把研究的注意力主要放在探讨这类诗所表现的诗人心灵波动上，而不必孜孜以求地去考证它们所可能包含的真实故事"①。针对李商隐无题诗抽象性的总体特征，或可认定为一种相对客观、准确与合理的无题诗的解读方式。对于李商隐的无题诗而言，就诗论诗，是研究这类诗作的良策。② "我们不去评价哪一种阐释似乎是对的，而应该回到不确定的文本，去看文本如何使得各种附加于它的阐释成为可能。"③ 正如学者林宏作所说："虽然我们不敢也不能说李商隐的诗中绝对没有寄托或本事，但是在没有完全确切的证据下，宁缺毋滥地抱着欣赏纯文学的心情，又何不可？"④ 由此，我们不得不对传统的笺注与考评，甚至对"附会爱情说"一类的解读，提出质疑。王国维称：

> 有唐一代，惟玉溪生诗词旨最为微晦。遗山论诗，已有"无人作郑笺"之叹。三百年来，治之者近十家，盖未尝不以论世为逆志之具。然唐自大中以后，史失其官，《武宗实录》亦亡于五季，故《新》《旧》二书于会昌后事，动多疏舛。后世注玉溪诗者，仅求之于二书，宜其于玉溪之志，多所扞格也。⑤

"这些笺注家的解释多数偏向比附的方法，过分依靠传记史料，企图援引诗外的本事来指实诗中的意思，所以明明白白的情诗竟成为当时政局和仕途的影射了。实则，对诗人说的话断章取义再强加比附，是这个系统最大的谬误，结果是造成刻意以'事'解诗的缺憾。"⑥ 而"有些诗固然有事可循，但有些诗在绚烂而又朦胧的色调中，所含蕴的却是一种

---

① 董乃斌：《李商隐的心灵世界》，上海古籍出版社 2012 年版，第 100—101 页。
② 黄盛雄：《李义山诗研究》，台湾文史哲出版社 1987 年版，第 194 页。
③ [美] 宇文所安：《晚唐：九世纪中叶的中国诗歌（827—860）》，贾晋华、钱彦译，生活·读书·新知三联书店 2011 年版，第 342 页。
④ 林宏作：《读李商隐"无题"诗》，转引自台湾中山大学中文学会编《李商隐诗研究论文集》，台湾天工书局 1984 年版，第 944 页。
⑤ 王国维：《玉溪生诗年谱会笺序》，转引自《观堂集林》，河北教育出版社 2001 年版，第 717 页。
⑥ 方莲华：《李商隐"不圆满"诗境探微》，文津出版社 2006 年版，第 102 页。

对大我的世界，以及对个我生命的抽象感受。这些感受固然是因某些事而发，但这些事经过诗人内在心灵的关照，已从有象可循事迹，提升为一种全心灵、全生命、全感情的抽象境界。"① 所以，在解读李商隐无题诗的时候，仅仅依赖笺注与考评，已经不能合理地对其进行阐释，但对于传统的笺注与考评，完全对其忽略也不是正确解读李商隐无题诗的良策。在对李商隐无题诗的解读过程中，虽然不能将其诗意与传记资料一一映射，但我们并不否认李商隐个人的人生经历对其无题诗艺术风格的形成，起到了间接的作用。因此，科学把握笺注与考评资料的使用，以抽象意义解读李商隐无题诗，才是科学准确解读的正确手段。

在现存李商隐的诗集中，除无题诗以外的其他诗作，是在继承前代诗人诗歌创作传统的基础上的发展，其诗意上的具象性十分明显。如咏史诗《马嵬二首（其二）》，对李隆基与杨玉环的爱情进行了讽刺，其中有慨叹，也有遗憾；《龙池》一诗，借"薛王沉醉寿王醒"来讽刺李隆基强娶自己的儿媳做妃子的历史事实；《隋宫》一诗用极具暗喻的讽刺手法，道出了历史无奈轮换的沧桑之感。类似的情况也表现在李商隐的咏怀诗中。《安定城楼》一诗不仅借贾谊、王粲来写自己的怀才不遇，还表现出自己希望功成身退的理想境界，同时也对自我清高、讥讽庸俗者等内心观念做出了深刻而明确的表达。李商隐咏怀诗的情绪通常是明确的，甚至直接以"忍剪凌云一寸心"的诗句来阐明自己内心的想法。李商隐在咏早梅、咏樱桃等咏物诗作中，赋予所咏之物人格化的意义，使其更具典型性和明确性。在李商隐的咏物诗中，这种处理方式也经常使咏物带有咏怀的成分。我们不难看出，李商隐除无题诗以外的其他诗作，其抽象性是相对较弱的，甚至与无题一类诗作相比，它们是相对具象的，题旨是相对明确的。

如果说李商隐诗集中除无题诗以外的其他诗歌是在前代诗歌基础上的继承与发展，那么他的无题诗可以说是他在诗歌写作上的艺术独创。其中，抽象性意义、传达抽象性情绪的特征使李商隐的无题诗明显地与

---

① 颜昆阳：《沧海月明珠有泪——李商隐诗赏析》，台湾伟文图书出版社 1978 年版，第7—8 页。

他其他方面的诗作区分开来。抽象性情绪，或者说高度的抽象意义是李商隐无题诗的显著特征。第一，李商隐诸多无题诗在诗面意义上似乎都是表示女子相思与男女感情，但因为跳跃性极大，所叙述的背景不详，这些看似描绘爱情的诗是否有本事已经难以确考；第二，香草美人及以男女寓君臣传统的影响，使李商隐的无题诗是否同样存在这一类寄托成为一个饱受争议的问题；第三，由以上两点所致，加之中国诗学解读的知人论世的传统，在对李商隐无题诗意义做出解读时，古今学者多数有意或无意、直接或间接采用抽象意义具象化的方式，将无题诗的抽象意义落到实处，导致对李商隐无题诗多种角度、多种意义的解读。

前文曾论述过，在无题诗的界定过程中，从诗歌内容上讲，无题诗的抽象性主要表现在两个方面：第一，题目不具备"显内容"的功能，使诗歌的主旨无法通过题目表现；第二，正文文本内容上所表现的抽象情绪。这两个方面，不仅是确定无题诗与"准无题诗"的必要条件，也是理解无题诗的抽象性诗意或者说其中所传达的抽象性情绪的前提。李商隐无题诗在以往学界多被冠以"朦胧""多义""含蓄"的特征。无论从诗歌内容上看还是从诗歌艺术上看，"朦胧""多义""含蓄"这些词都恰当地概括了李商隐无题诗的最鲜明的属性。这些特征的形成，也是李商隐无题诗抽象性的表现方式或必然结果。

李商隐无题诗的抽象性在内容上的两层表现，其中最为重要的是第二层，即抽象情绪的表达。因为抽象情绪自身带有诸多的、复杂的、具有共性的因素，所以在抽象情绪引导下产生的多义性便油然而生。刘郎"更隔蓬山一万重"的背后，或许蕴含包括爱情坎坷、仕途不顺在内的多种因素，而诸多因素都作用于"受阻"这一抽象意义或由此产生的抑郁情绪之中，则被概括为一种抽象的情绪。情绪是抽象的，而包括爱情坎坷、仕途不顺在内的多种因素则是这种抽象情绪作用于读者理解之后的多义性表现。这种多义性上升到更高层次上理解，便与王蒙提出的"通境"与"通情"的观点相类似。从这一层面上来讲，李商隐无题诗中的"通境"与"通情"现象，也是由其抽象性所引发的。

抽象性同样是导致李商隐无题诗具有朦胧性特征的重要原因。从诗歌内容的角度看，抽象性相对于具象性而言，而朦胧性则相对清晰性而言。从诗歌意义层面理解，诗歌内容的具象性特征越明显，其诗歌意义便越清晰，反之则越朦胧。故此，无题诗的抽象性特征也是其朦胧性的诱因。无题诗的抽象性是导致其含蓄特征的根源。因为抽象性特征鲜明，许多具象要素无法在诗歌中展现，从而使得在同一个层次的诗歌意义中，许多具体要素得不到充分的描绘，在不同层次的诗歌意义中，许多次要的诗歌层次因为抽象性的需要，在描述的过程中被省略。得不到充分描绘的因素以及被省略的层次，通常会经过作者的艺术表现手段作艺术化的处理，经过艺术省略之后，剩下的诸多元素，在诗歌中便更容易表现为一种具有含蓄特征的表达。值得一提的是，朦胧性和含蓄性多用于形容李商隐无题诗的艺术特征，而抽象性不仅表现在李商隐诗歌内容上的两个层面上，也表现在其艺术表现中。在艺术表现手法运用的过程中，无题诗抽象性特征依然是其朦胧、含蓄等特征的诱导因素。

第四章　李商隐无题诗的色彩艺术

在色彩的布局上，李商隐的无题诗格外注重色彩的基本特性与通感效果，注重色彩的组合与搭配，使色彩与抽象情绪的传达得到巧妙的配合。在表达情感的作用中，色彩自身便是一系列抽象的传达。这种抽象传达包括颜色的对比、颜色的铺垫、色彩环境的营造、内外色彩的组合、色彩的通感作用、色彩的补偿作用等，这些手段在李商隐无题诗中都有鲜明的体现。这一系列抽象性的颜色表现与李商隐无题诗中的抽象情绪相互配合、相互勾连，使无题诗在抽象情绪表达的过程中彰显出别样的艺术魅力。

"诗是情绪搂着音节在图画的地板上跳舞的"，"情绪是诗的生命，它的重要性谁也不能否认"，诗歌可以"找到听觉和视觉，而且可因视听二觉而唤起味嗅温触等觉"，而音乐"无疑是利用听觉来波动我们的情绪，图画则利用视觉来激起我们的意境。至于诗是兼有音乐性和图画性的"[1]。李商隐的无题诗在视觉艺术的构建方面有着独具特色的风格特征，这些视觉艺术因素与其他知觉因素相配合，往往达到水乳交融的艺术效果。李商隐无题诗中色彩的组合作用、色彩的补偿作用、色彩的通感作用等都极尽特色地呈现出李商隐诗歌创作独有的艺术构思和艺术技巧，反映出极具特色的色彩艺术魅力，成为李商隐无题诗抽象艺术表现和抽象情绪表达的重要实现途径。

---

① 何蟠飞：《李义山诗的作风》，转引自《李商隐和他的诗》，台湾学生书局 1976 年版，第 129 页。

第一节　色彩的环境铺垫

色彩的环境铺垫，指的是诗歌所描绘的环境中，涉及色彩方面的因素，给予整首诗色调上的影响，以及由此而凸显出的艺术效果。李商隐的无题诗惯用色彩来铺垫环境，这与绘画中的颜色搭配手法有异曲同工之妙。在绘画中，画面的背景通常决定了画面环境的基本色调，也就自然而然地奠定了整幅画卷的整体风格。由于抒情类艺术中颜色的背后通常也蕴含着情绪，所以画面的基本颜色也是画家在抒情中的主要表现手段。诗歌与绘画具有共通性，诗人极力营造的具有画面色彩意义的整体环境，不仅在意境的营造上起到重要作用，而且在辅助诗歌抒情方面也有着重要的意义。"诗人对色彩的解释，却往往采取主观化的态度，是妙想的迁入，情感的投射"，这种情感带有浓厚的主观性特征，"诗人的色彩印象更多地受心的支配，更多地反射出自己，带有强烈的自我意识。"① 这种自我意识往往带有共通性，表现在抒情手段上，则成为一种极易产生共鸣的通融性。

李商隐的无题诗中，较为典型的色彩环境有三种类型：晚霞中的色彩环境，其主要色调为红色；夜里室内的灯烛色彩环境，其主要色调为黄色与红色；室外在星月照耀下的夜晚环境，其主要色调为白色。色彩环境在诗歌中具有独特的艺术效果。它们或许仅仅出现在诗歌的一句或两句之中，但在整首诗中所起的作用则是一以贯之的。在诗歌中，色彩环境的铺展，会使整首诗为此而着墨。通常情况下，由于抒情和叙述的连贯性，诗歌所交代之场景环境相对稳定，而交代色彩环境的诗句，往往可以贯穿到诗歌中的几句甚至全篇，从而奠定这首诗作绝大部分甚至全部的色彩环境基调。

一　晚霞的色彩环境

在李商隐的诗歌中，曾多次描绘晚霞场景。晚霞中的景色是李商隐

---

① 蔡良骥：《诗的色彩学》，《文艺理论研究》1988 年第 3 期。

诗歌中不可或缺的惯用意象。在其无题诗中,以描绘晚霞环境为主要背景的,集中表现在七言绝句"白道萦回入暮霞"以及五言律诗"含情春晼晚"两首作品中,均有烘托全诗的作用。根据光的散射原理,红橙黄绿蓝靛紫七种色彩中,波长依次递减,红色的波长最长,在散射时容易在上空呈现;蓝靛紫这些颜色,因为波长较短而在晚霞形成的环境中几乎看不到。因此,自然界中的晚霞颜色,多数情况下以红橙黄三种为主,其中以红色最为常见。

在《无题·白道萦回入暮霞》一诗中,作者极力描绘的是晚霞中古道的空旷场景。这一场景被晚霞中的红色渲染得壮丽而博大,其主要色调当为晚霞映衬中的红色。无论是"斑骓嘶断七香车"中马车疾驰而过的场景,还是"春风自共何人笑"中美女的如花而羞涩的面容,都是在这火红的夕阳下映衬出的画面。甚至那"枉破阳城十万家"的议论和感叹,也是发自这样一个火红的环境中。晚霞中的红色在多数情况下显得耀眼异常,使得这些诗歌的色彩感似乎也从头至尾贯穿着红色的霞光,从色彩的角度将原本平淡的景物镀了一层霞光的红色,便有了浓墨重彩的效果。此外,霞光的象征意义在诗作中运用得也较为巧妙,这与诗歌的抒情内容以及所要传达的深层意蕴有着密切联系。火红的暮霞,贯穿了整个诗歌环境,使其承载着别样的风韵,加深了抒情中的伤感色彩与无奈心态。晚霞有几大特征:第一,色彩因红色调的衬托而异常绚丽。因面积宏大,景色通常显得尤其壮观。第二,维持的时间较短。即使在晚霞产生于日落天黑之间的这短短的一段时间,天空中色彩以及云的形状的变化也是瞬息万变,难以恒定。在没有摄像、摄影技术的古代,对晚霞影像的保存是一件根本无法实现的事情。李商隐《乐游原》有"夕阳无限好,只是近黄昏"之句,所抒发的情绪当与此类似。第三,因为出现在日暮时分,晚霞通常给人的感觉是事物已经发展到了尽头,再美好的东西也不会有很长的寿命。如果再次分析这首七言绝句的主旨,不难发现这种情感与红色晚霞映衬下的世界给予人们的情绪是相通的。那回眸一笑的美人,无论笑得如何灿烂,似乎都是徒劳。即使她的美貌能够让阳城十万户人家为之倾倒迷醉,也是枉然,因为她根本没有机会让这么多人一睹她的真容。她只能将这一丝甜甜的微笑连同她的美貌与青春，献给春风，献给这一片绚丽的晚霞。这个女子的美貌好比这绚丽的晚霞。青春短暂，也许在她嫣然一笑的瞬间，她浓艳而高贵的迷人气息，她青春的美丽，就像这绚丽的霞光一样，稍纵即逝。红色的晚霞无人观赏，美丽的容貌更是无人目睹。于是，伤感的情思，便随着美女的嫣然一笑，融入晚霞中，也融入这片广袤的红色中。在这首无题诗中，还有一个表示颜色的词，那便是"白道"的"白"。这个"白"字，在诗歌本义上当然不是指颜色，但正如张若虚在《春江花月夜》中，以"青枫浦上不胜愁"中地名"青枫浦"之"青"与上句"白云一片去悠悠"中之表颜色的"白"相对一样，"白道"之"白"，是李商隐在创作这首无题诗时"艺术思维运动中的一种主动的选择"①。

以晚霞环境展开的还有《无题·含情春晼晚》一诗。这首诗与"白道萦回入暮霞"一诗的不同在于，情节发展到诗歌的结尾处，按时间顺序已经度过了一个漫长的夜晚，即将第二天黎明了。在晚霞中，抒情主人公思念起所歆慕之人，迅速到了对方的住处，但是却没有勇气进门与之相见，而是仅仅在思绪中幻想自己还不如对方身边的贴身之物，能够时刻伴随着对方，进而徘徊于横塘周围直到天亮。在此处，晚霞的作用虽也有类似的情况存在，但仅仅是作为引起诗歌的起点环境而言。这种作用突出表现在与其他环境色调相互衬托时所突出的环境对比之中。抒情主人公在晚霞即将消失时，选择到所思慕之人的居所拜访，或许是在看到红色晚霞时，心中顿时兴起了关乎晚霞之时光瞬息即逝的感慨，故而才能鼓起勇气赶往对方的住处。整首诗，便是在这种驱动力的作用下铺展开来的。可以说，没有这瞬息即逝的红色晚霞，就没有抒情主人公后面的一系列动作，也就没有整首诗所描绘的行为及心理历程。这一片红得耀眼且短暂的晚霞，是这首诗创作的根本动因。

二　灯烛的色彩环境

李商隐的诗歌惯用灯烛意象。在无题诗中，他曾三次用到"蜡"。分别是"来是空言去绝踪"中的"蜡照半笼金翡翠"；"相见时难别亦

---

① 蔡良骥：《诗的色彩学》，《文艺理论研究》1988 年第 3 期。

难"中的"蜡炬成灰泪始干";"昨夜星辰昨夜风"中的"分曹射覆蜡灯红"。这三次使用，每一次都有其独到之处。刘若愚认为，"蜡照半笼金翡翠，麝熏微度绣芙蓉"，此处蜡烛代表爱人，"未免太过深求了"。"蜡炬成灰泪始干"中的"蜡炬"则是一个复合意象，代表了诗人自己，似乎也缺乏更多的依据。① 无题诗传达的情绪是抽象的，具有普遍概括性的意义。一味地将蜡烛映射到爱人或者诗人自己身上的解读未免过分拘泥具体的人或事物。但不否认，灯烛在李商隐无题诗的艺术营造中，尤其是在画面色彩的营造中起到了十分重要的作用。这些作用大多表现在象征意义及抽象意义上。

蜡烛的光，通常情况下偏黄色。如无特殊说明，烛光出现在诗作中，单从光的颜色看，基本以黄色为主。上文三句诗中，前两句似乎没有对烛光的颜色做出明确的交代，第三句则指出了"蜡灯红"。按蜡烛的光通常为黄色的常理推断，这里的"蜡灯红"很可能形容的是蜡烛罩在红色的灯笼里发出的光。对于蜡烛本体的颜色，诗作中并无交代，我们无法确定分析，但蜡烛光的颜色，或许在这三句诗中各有侧重："蜡照半笼金翡翠"侧重夜晚蜡烛黄色的光照射罗罩时的状态；"蜡炬成灰泪始干"侧重的不是蜡烛的光，而是蜡烛本身燃烧自己，融化油脂，油脂一滴一滴向下流的状态；"分曹射覆蜡灯红"，侧重蜡烛笼罩在灯笼里，折射出红色的光，照亮了整个屋子，使整个屋子充满了红光的状态。其中仅有"蜡炬成灰泪始干"依靠蜡烛熔化的状态产生象征意义，是对诗中本句的环境渲染，而其余两句则都是贯穿整个环境的色彩预设。

"蜡照半笼金翡翠"的情态，是对夜晚室内的细节描绘，这个细节并不是从描绘的那一刻开始的，也就是说"来是空言去绝踪"一诗，从第二句"月斜楼上五更钟"开始描绘的片段，是具有一定的逻辑性的。"梦为远别啼难唤"与"书被催成墨未浓"两句当有一个先后的顺序，是先梦到了自己所思念的人远远离去，哭着呼唤他，他却并未回来，因此才有起来之后的墨水还没有研浓便急于提笔写信的描绘；而"月斜楼

---

① ［美］刘若愚：《李商隐诗的用语》，方瑜译，转引自台湾中山大学中文学会编《李商隐诗研究论文集》，台湾天工书局 1984 年版，第 585 页。

上五更钟"与"蜡照半笼金翡翠""麝熏微度绣芙蓉"则是贯穿整个环境描写的诗句。月亮自始至终处于斜在楼上的状态，而蜡烛和熏香也是一直发着光，透着香。

这里需要分析一个细节：诗中所描绘的蜡烛是主人公梦醒后还是梦醒前点燃的。看似无关乎主题的两种解读方式，却隐含不同的艺术效果。如果蜡烛是一直点燃的，香也是一直点燃的，那么这两处细节，便与"月斜楼上五更钟"一起营造了一个相对稳定的环境。也就是说，主人公是在五更时分，月亮西斜经过楼上，在灰暗的烛光和淡淡的熏香气息中，有了做梦、起床、研墨、写信等一系列动作。在这些动作完成的过程中，主人公所处的环境没有发生变化，如果蜡烛是主人公在"梦为远别啼难唤"之后，或者说是惊醒之后点燃的，那么周围的环境则在诗中有一个变化：原本只有楼上西斜的月亮，后来形成月亮、烛光、熏香三者共存的环境状态。诗中在微弱烛光下的环境，究竟是在主人公梦醒前已经存在还是主人公梦醒后因点燃蜡烛才出现的呢？首先，蜡烛与熏香出现在颈联，相对的两种事物当为同时存在。如果抒情主人公被梦惊醒之前，尚处于熟睡状态，蜡烛就已经点燃了，那么这时熏香应该也在燃烧。古时候晚间照明基本全靠灯烛，百姓家中因经济条件等原因，睡觉之后会将所有灯烛都熄灭，但不排除经济条件相对优越的人家，会因为灯烛全部熄灭后环境显得太暗而在睡后保留一盏灯烛。如果参考该诗的主人公使用熏香，使用绣着翡翠鸟的罗帐等细节，其身份显然不是普通百姓，因此睡觉后留一盏灯烛合情合理。此外，如果蜡烛是梦醒后点燃的，那么无疑是为了写信。蜡烛与熏香相对，是同时存在的。点燃蜡烛是为了写信，而主人公心急到墨都没有研浓便下笔，说明他没有时间也没有心思在点蜡烛与研墨之时再去点燃熏香，这表明熏香与蜡烛在主人公熟睡之时已处于点燃的状态。

三　星月的色彩环境

星光与月光的颜色通常为白色。李商隐诗歌中的星与月，是极具艺术特色的两种意象，尤其是月意象，"不但是唐诗中一轮应变无穷的明月，更具有了超形象的象征意味，因而丰富且深刻化了月亮的内容之外，且更因骚体悲剧精神的再现，而使我们体认或反省到生命本质中的某种真实"①。

在李商隐的无题诗中，星月意象的作用着重表现在它们背后所传达的色彩形象上。在这些无题诗中，提及"月"的，主要有"紫府仙人号宝灯"一诗中"如何雪月交光夜"一句；"来是空言去绝踪"一诗中"月斜楼上五更钟"一句；"相见时难别亦难"一诗中"夜吟应觉月光寒"一句。提及"星"的有"昨夜星辰昨夜风"一诗中的首句，"含情春晼晚"一诗中的末句"归去横塘晓，华星送宝鞍"两句。

"如何雪月交光夜"，以雪之白和月光之白相交融的状态来衬托环境。孙康映雪的故事中，借助月光在雪地中反射的白光读书，便与此同理。在"紫府仙人号宝灯"一诗中，与此同在的还有一系列为"白色"的景物，一同构成了在夜晚主色调为白色的环境。"月斜楼上五更钟"则为月光照耀在楼上泛着白光，楼上的月光连同夜晚的天空，一起构成了夜晚室外的环境。与此相比，"夜吟应觉月光寒"当为相对抽象的环境，带有"寒"的生理感受，是环境中通感色彩的集中表现。"昨夜星辰昨夜风"，铺垫了繁星点点夜空下的室外环境，这种环境与"月斜楼上五更钟"所描绘的环境大致相同，是一种宁谧的室外夜空场景。"归去横塘晓，华星送宝鞍"也为夜景，当与"五更钟"一句类似。为黎明时分或稍早于黎明时分横塘周围的景色，同样是一片宁谧与寂静。

星月的色彩环境，在李商隐的无题诗中多有出现，但在这些无题诗中，星与月似乎都是分别出现的，这或许是对夜空现象的客观描述。月亮极其明亮的夜晚，星星的亮光大多会被月亮的光辉所掩盖。无题诗中这种星星或月亮照耀下的夜间室外环境，应该也是在对客观的夜间环境观察的基础上进行描绘的。星与月在光线色彩上具有相通性，在无题诗中，它们在表现诗歌隐含意义的时候并无明显的区别。无题诗星月夜空环境的基调是，以白色光为主的暗淡光线，是环境寂静甚至宁谧的一种背景图案和声响环境的描绘。其背后所透露的多是夜深人静，所怀之事

---

① 陈器文：《自月意象的嬗变论李义山诗的月世界》，转引自台湾中山大学中文学会编《李商隐诗研究论文集》，台湾天工书局1984年版，第616页。

与所思之人占据了心理，微妙的心理活动或可在这种环境下滋生细微的暗示信息。这种信息对于无题诗的接受者来说，依然是抽象的。

无论是在室内灯烛或红或黄的光线映照下形成的环境，还是室外黄昏时分晚霞渲染的红色世界，或者是从深夜到黎明，在昏暗的光线下，月光和星光笼罩下的白色环境，在李商隐的无题诗中都成为极具个性的艺术环境，它们本身就可以充当一种包含诸多信息的诗歌意象，这种意象与其他意象以及其他环境相结合，营造出一种新的环境。但无论如何，这种色彩所渲染的环境，在诗歌传达情感信息中，起到了举足轻重的作用，使其能够产生更大的艺术感染力。

第二节　色彩的组合作用

李商隐的无题诗中，同一首诗所呈现的环境或者同一种环境里的不同元素，在色彩运用上通常不止一种。这些色彩相互调配，或正衬，或反衬，在色彩的环境组合中，产生了不同程度的艺术感染力。色彩的组合作用，以极度抽象的隐喻意义，与李商隐无题诗中的抽象隐喻意义相得益彰，达到更加完美的艺术表现效果。这种组合效果，往往比单一色彩所渲染的环境更具艺术表现力。

一　色彩内外的组合作用

李商隐的无题诗，特别善用室内外不同的色调进行对比，形成鲜明突出的艺术效果。

在李商隐的无题诗"白道萦回入暮霞"，全诗所描绘的环境和红色的晚霞所渲染的艺术境界并没有发生特别大的变化，更多的是通过不同色调的场景变化，通过变换和对比环境中的色彩来突出诗歌所传达的意境与思绪。

《无题·昨夜星辰昨夜风》一诗，首先将视角聚焦于室外，描绘出一个映衬在银色星光下的夜间室外环境。这个环境是静谧的、和谐的。星光的照耀使得整个室外环境迅速镀了一层白色，同时平添了一份冷清，而"风"似乎在这里起到了调和剂的作用，使得在白色光线笼罩下带有

静谧、肃穆的环境多了几分"动"的韵味。星辰是静止的，星辰所渲染
环境的白色的光也是静止的，而这个被白色的光笼罩着的环境也是静止
的。"昨夜星辰"四字，暗示了以白色星光为主导环境色调的一个静止
的画面。其中的风，便将这种凝固的画面转向了动态的画面，风是使得
这种银白色的肃穆画面得以流动的重要因素。从整体的环境考虑，"昨
夜星辰昨夜风"这句诗所描绘的是一个在黑暗中被白色星光笼罩着、又
因风的存在而略显灵动的环境，这种环境下的场景则经历了一个由外向
内的转换过程。由于环境与场景的变化，聚焦点由室外的星空转向了室
内的灯烛，进而连带环境的主色调也发生了变化，乃至环境的色调由星
辰所代表的白色转向了蜡灯所代表的红色。

　　"蜡灯红"，可以认为是暖色调的代名词，它所描绘的是室内因蜡烛
在红色灯笼内照射，进而反射出红色而温馨的光。这种光所烘托得环境
当与"身无彩凤双飞翼，心有灵犀一点通"相关。也就是说，在火红而
温暖的灯光下进行的，有包含众人在内的诸如"送钩""射覆"等一系
列活动，红色光渲染下的是室内人一系列活动的颜色背景。外面的银白
色星光属于偏向冷色调的色彩，而室内的红色烛光则属于偏向暖色调的
色彩。首联环境向颈联环境转换的过程，是一个由室外转向室内的过程，
是由冷色调转向暖色调的过程，也是一种由外在环境描绘转向内在人物
心理刻画的过程。代表环境主色调的冷暖之间的强烈对比，则是反衬出
双方环境色调差距，形成鲜明对比之艺术特色的重要手法。外面星光的
环境是黑暗、冷清而有银光；室内灯烛的环境则是明亮、热闹而红光普
照。两者之间的组合极具代表性，是两种不同环境中、不同色调笼罩下
的不同世界，其反衬性极大，进而产生了突出而鲜明的艺术效果。

二　色彩的明暗组合作用

　　李商隐的无题诗中，有时善于运用色彩的明暗变化来传达抒情主人
公内心的微妙变化。这也是抽象艺术表达的一种形式。从心理刻画的角
度看，既细致入微，又能以细节带动整体，以微妙的明暗变化鲜明地反
映出抒情主人公心中的感情起伏。

　　"曾是寂寥金烬暗，断无消息石榴红"便是其中较为典型的代表。

"金烬暗"中，表颜色的词为"金"，表明暗的词为"暗"。在单纯依靠诗歌文本意义的条件下，我们似乎对"金烬"一词无法确切解读。从"烬"字，或许能够洞悉到这是一种被用于燃烧的物品。撇开"金烬"为灯烛的灰烬这一释义，该词是否为"燃烧中的熏香"的代名词呢？如果按这种方式来解读，那么"金"字无非是表示熏香物体的颜色了，而"金烬暗"则偏向于解读为"熏香燃烧后，变成香灰，熏香燃尽，香上的火头因熏香的燃尽而逐渐熄灭"。"金"与"暗"的表现对象是不同的。"暗"是香上的火因熄灭而变暗的意思。"金烬暗"这半句诗当属于主谓结构，而"金烬"是主语，"暗"是谓语，表示"金烬"的状态。

如果按一贯的解读，"金烬暗"的主语是"熏香"。这里是以"金"这种颜色代本体的典型借代用法。从语法结构来看，"金烬"是偏正结构，"金"与"烬"是定语与中心语的关系，"金"是来修饰"烬"的。所以，发出"暗"这一状态的当是"烬"，而熏香的灰烬有一大特征，被火烧过之后会直接变成灰。于熏香本身而言，火一直是存在于未燃烧之熏香的一端的，并不与成灰的一端相连，所以熏香的灰烬是没有任何条件变暗的。按诗文的本意，似乎这里的"金烬暗"带有一点炭火燃烧时的状态，即化成的灰烬与燃烧的火焰杂糅在一起，只有这样才能称为"金烬暗"。所以，"金烬"一词几乎不可能指的是燃烧中的熏香。"金烬"在古代诗歌中一般指灯烛的灰烬①，这一解释与诗文本意几乎相近，但由于诗歌刻画的是极小的一个细节，这样粗略的解释依旧没有阐明诗歌描绘场景的本来意义。在现实生活中不难发现，油灯或蜡烛熄灭后，灯芯或蜡烛芯的顶端会有一处明显亮于灯芯底部的火星，甚至在灯烛刚刚熄灭的几秒钟，在氧气充足的情况下，这一火星会在风的吹动下变明亮，风越急，小火星越亮，然后才逐渐变暗熄灭。其实，"金烬暗"应当指的是灯烛熄灭后，顶端的小火星，由明亮、呈金色，到逐渐暗下来的状态。其中表颜色的"金"当指灯芯上火苗最后一亮的颜色，而此句点明与"寂寥"心态相关，此处的"金"由亮变暗，暗指心中的期待，由火焰逐渐熄灭成火星，熄灭后仅存的一丝温度，也随着灯芯上"金"

---

① 罗竹风等编：《汉语大词典》卷11，汉语大词典出版社1993年版，第1191页。

的变暗而变暗。

在这句诗中，灯芯、烛芯的细节描写，以极细微的"特写镜头"刻画了抒情主人公内心的微妙感觉。金色光线由明变暗而消失，而外面石榴花的红色恰恰已有反衬。金色的消失，反衬出红色的出现，这一反衬，是为了衬托出"红"，或许"金烬"越"暗"，石榴花就越"红"，而石榴花红的背后，依旧是一种期待成灰的怅惘，也是一种寂寥的、反向的情绪补充。因"断无消息"而"寂寥"，因无限期待而热情已如灯芯一般耗尽，哪怕剩下了芯头最后一星火，最终也是归于暗淡无光。在这两句诗中，一个是灯芯熄灭后，由明变暗，另一个是石榴花开，由暗变明。两处颜色的反衬搭配将抒情主人公的心理变化通过"金"与"红"两种颜色尽情地表现了出来，在色彩艺术的范畴内发挥出别样效果的同时，不难看出李商隐独特而巧妙的抽象艺术手法以及精湛的艺术表现功力。

三 色彩的串联组合作用

李商隐无题诗的色彩运用，不仅表现在色彩的组合作用上，有时在两种色彩甚至是多种色彩的组合上，能够运用内在关系将诸多因素串联起来，从而通过色彩来呈现诗歌内部暗含的情感脉络。

《无题·含情春晼晚》一诗中有"多羞钗上燕，真愧镜中鸾"二句。乍一看，两句似乎与颜色毫不相干，其实表颜色的因素早已嵌入典故之中。"钗上燕"指的是玉燕钗上的燕子。从常识的角度看，玉的颜色以白、绿较为常见，但也有红色等相对稀有的颜色，而玉燕钗上的燕子究竟是什么颜色，似乎凭借玉的质地很难确定，但在玉燕钗的典故中则有据可查。玉燕钗的典故，见于《汉武洞冥记》。典故中明确指出，从匣中飞出的燕子为白色，所以"多羞钗上燕"一句所暗含的颜色为"白色"。"真愧镜中鸾"中，因为鸾鸟是刻在铜镜背后的，而古镜多以黄铜为质地，由此可推知这句诗暗含的颜色为金色，或可概称为黄色。白色为玉的颜色，而黄色为金的颜色。两种颜色色调一冷一暖，分别隐含了金与玉的一系列象征意义。李商隐的无题诗中还有"金蟾啮锁烧香入，玉虎牵丝汲井回"之句，其中"金蟾"与"玉虎"对举，其色彩意义当也有这一层信息蕴含其中。值得注意的是，李商隐在使用金与玉两种颜色对举之时，通常是虚化了颜色所承载的物体所表现的原本意义，而冠之以颜色背后的深刻内涵。"金蟾"并不是蟾蜍，而蟾蜍也不是金色的，它名义上是香炉，实际上暗含"金"色的某种修辞意味；"玉虎"并不是老虎，而老虎也不是玉所通常呈现的绿白相间的颜色，它名义上是辘轳，实际上暗含"玉"的颜色背后的某种修辞意味；真实的燕子也绝非玉燕钗上的颜色，其背后依旧突出的是一种异于平常所见燕子的喻意；真实的鸾鸟不是黄铜颜色，其背后同样也彰显异于真实鸾鸟的修辞颜色。综合以上李商隐在无题诗中使用"金""玉"两种颜色的情况可知，在无题诗中，金玉颜色通常是异于所承载的实物的本真颜色的，这种颜色的运用手段其目的是营造一种人工之美，突出所描绘对象异于平常的手法。

广为传颂的"春蚕到死丝方尽，蜡炬成灰泪始干。晓镜但愁云鬓改，夜吟应觉月光寒"四句诗中，也是以颜色贯穿全诗的典型例证。在这四句诗中，有一种颜色贯穿始终，那便是白色。另外还出现了几种颜色。之所以不能完全确定，是因为这里蜡炬的颜色无法确考。我们在讨论李商隐诗歌抽象性特征时就已经说明，蜡烛的油脂本为白色，而油脂做成蜡烛之后，经常被染成红色。从艺术效果来看，如果此处的蜡炬为红色，那么它所流的眼泪便有血泪的象征，其抒发艺术情感的强烈程度更大，这便与白居易《琵琶行》"梦啼妆泪红阑干"之句有异曲同工之妙。白居易将"红"字点出，较为确定，而此处并没有说明蜡炬的颜色，如果蜡炬没有染色，保持白色，似乎也并不有悖于诗歌意境。白色的蜡烛在诗词中有一个极具诗意的名字，叫作银烛。在古代诗词中，"银烛"的意象十分常见。杜牧《秋夕》便有"银烛秋光冷画屏"之句，个别版本也写作"红烛秋光冷画屏"，可见白色蜡烛与红色蜡烛在诗作中是并行不悖的。如果将本诗中的蜡烛认定为白色，则该诗这四句中，仅"镜"字中透露了一个金色的信息，贯穿诗歌始终的都是白色。春蚕吐的丝是白的，白蜡炬流的泪是白的，早晨照镜子，双鬓的毛发是白的，晚上对着夜色吟唱，月光的颜色也是白的。一系列的白色贯穿组合于这首无题诗的中间两联，形成了一种苍白无力的艺术效果。与此同时，白色背后所代表的苍凉、无奈、飘零与寒冷，通过这一系列颜色串联深深融入了这首无题诗的字里行间。

第三节　色彩的通感作用

在李商隐的无题诗中，其色彩作用发挥到极致的，莫过于色彩在诗歌环境中所起到的通感作用。"在生活中我们看到，有些颜色（例如红色、橙色、赭色）会让人产生近、暖、动、膨胀等感觉，而另一些颜色（如青色、蓝色、紫色等）则让人感受到远、冷、静、收缩。这就是不同色彩所体现出来的特性，人们称之为色彩的性格。"[①] 色彩本是一个属于视觉范畴的概念，但它却能与人的触觉产生某种联系，进而在文学作品中影响抒情主人公乃至接受者的情绪。这种通过色彩的视觉与触觉感受来表达人物情绪，是诗歌创作中最为重要的也是较为常用的一种艺术表现方式，表现这种方式的惯用手法则是诗歌文本中的通感修辞。通感这种修辞手法对诗歌艺术氛围的营造具有鲜明的效果，它表现在各种知觉之间的转换，可达到一种囊括诸多感觉系统的综合式、立体化的艺术效果。本节所分析的内容，以色彩为主体，主要探讨李商隐无题诗中以色彩为代表的视觉系统与触觉系统之间的联系。

李商隐无题诗中的色彩通感，主要表现在冷暖色背后所传达的环境、所构成的意境以及所寄托的情思之中。色彩的冷暖，是已经被心理学所公认的科学理论。每一种颜色在理论上都具有给人以心理冷热的感觉。红、橙、黄等颜色通常给人以炽热、温和、兴奋、奔放、热情等心理感觉；绿、蓝、紫等颜色往往给人以清新、宁静、凉爽、神秘、优雅等心理感觉。色彩可以生动地描绘出各种类型的艺术形象，而"运用色彩词对艺术形象进行具体描绘，不但使艺术形象具有间接可视性，而且由于色彩在人们心灵深处长期积淀，人们对它有一种共性的感悟，以致什么颜色一出现，便能体味出它象征着什么"[②]。在李商隐的无题诗中，无论

---

① 龙健才、龙丹：《论色彩的统一与和谐之美》，《湘南学院学报》（人文社会科学版）2012 年第 4 期。

② 李直：《唐诗色彩词的附加意义说略》，《当代修辞学》1994 年第 1 期。

使用的是冷色调还是暖色调，都是通过视觉颜色和触觉冷暖的转化、挪移来增强艺术效果的通感修辞手段。

一　暖色调的通感效果

在李商隐的无题诗中，暖色调环境通常于夜晚灯烛意象之中出现。灯烛的光，或红或黄，都是李商隐无题诗中夜里室内暖色调构成与刻画的重要实现途径。"隔座送钩春酒暖，分曹射覆蜡灯红"一联中，描绘的是众人在做"送钩"与"射覆"游戏时的场景，这一系列娱乐活动是在一个室内大环境下进行的，这便是"蜡灯红"三个字简单勾勒出的被火红色的灯笼所发出的光笼罩着的室内环境。室内充满了红色调的光，而红色的感官偏向于暖色调的触觉转换。从视觉向触觉转化的角度来看，这种以红色为主色调的视觉环境，是转化为温暖的触觉。实际上，"灯红"二字，本来就蕴含着"温暖"义。与"蜡灯红"相对的是"春酒暖"，喝酒能够加快血液循环，可以暖身，"暖"是酒的基本特性。"红"所"通感"的是大环境中的"暖"，"暖"所点明的是酒给人以味觉的感受。对于身处"暖"的环境中的人来说，春酒之暖为内在之暖，灯红之暖为外在之暖。视觉颜色与触觉温度"通感"，在色彩环境的营造上产生了强烈的艺术感染力。我们可以这样理解"隔座送钩春酒暖"这一联的诗境：描绘的是一种充满暖意的环境，这种暖意由酒引起，在红色烛光的笼罩与通感作用下，在这种以"暖"为主导的室内环境中，双方开始了一系列诸如"隔座送钩""分曹射覆"等文娱活动。"暖"的游戏环境的整体搭建是通过红色的通感作用达成的。

正如前文所论，"昨夜星辰昨夜风"这首无题诗有着室内与室外两种环境。室内环境便是上文谈到的，以"红色"贯穿整个环境的暖色调；而以"昨夜星辰"为环境描绘的室外环境，则是夜间以深蓝色夜空为主导的冷色调和以银白色星辰为主导的中色调，此处白色的中色调也在环境的衬托下有着偏向冷色调的倾向。室外以蓝色夜空和白色星辰为主要环境的冷色调便与室内以"蜡灯红"为主导的暖色调形成了强烈的对比。可以说，暖色调突出地存在于整个空间的室内小环境与夜晚室外大环境的对比中，能够起到以小对大、以暖对冷的突出效果，从而使环境在色彩的冷暖作用下形成了独具特色的艺术魅力。

二 冷色调的通感效果

有学者指出，李白在创作诗歌时，惯于描写白色透明发光体。① 这一艺术特点在李商隐的诗作中也较为常见。在无题诗中，这种具有白色特征的意象经常成为被描绘的对象，诸如"云""雪""月"等意象，成为构成冷色调意象的重要元素。白色本属于中性色调，但其本身蕴含着诸多冷色调的因素，而"用黑、白、金、银等'中性色'衬底或勾勒线条，可使杂乱繁多的色彩和谐地统摄于其中；画面上的大块面或者强烈的颜色，可以成为众多颜色中的主体之'一'，以之为统率可使画面达到多样统一"②。这种多样的统一在李商隐的无题诗中得到了很好的印证。

首先，白色与冰、雪、霜等性质偏寒的物质很容易相联系，自然对其偏冷的性质形成一定的影响。其次，白色很容易与月亮的颜色联系起来，而月亮通常出现在夜晚，夜晚的气温通常低于白天，故此也给白色这一中性色调在环境中增添了几分寒意。最后，正如前文分析中已经提到的，夜晚的天空通常是墨蓝色的，属于冷色调，倘若雪、月等白色物质出现在以墨蓝色为背景的大环境中，也会连同墨蓝色的色调一起，产生一系列"寒性"因素。

《无题·相见时难别亦难》一诗中的"夜吟应觉月光寒"之句，描绘了白色月光下的寒冷。夜间，墨蓝色的天空为冷色调环境做了铺垫，"月光"的白色充当了冰与雪之颜色的代名词。这句诗在环境的描绘中，使用了通感手法，将夜间偏向寒冷色调的环境简单而准确地勾勒出。被"通感"之后的"月光"变成了"寒"的代名词，而"夜"本身便是"寒"的代名词。这就使得抒情主人公的一个动作"吟"包围在"寒"的环境下。这个动作"吟"，便是心中情绪低落的一种表现，"吟"的内

---

① 袁行霈等：《中国文学史》卷2，高等教育出版社2014年版，第229页。
② 龙健才、龙丹：《论色彩的统一与和谐之美》，《湘南学院学报》（人文社会科学版）2012年第4期。

容，与心中之"寒"有着千丝万缕的联系。视觉意象"夜"和"月光"，与触觉温度"寒"互通，增强了诗句的表达效果。

在李商隐无题诗中，"紫府仙人号宝灯"一诗，是运用冷色调，以通感修辞手法描写环境的典型作品。这首诗领首的"紫"字虽然是与"紫府"相连表示一个场所并非实指紫色，却在文字上给接受者造成了一种直观的感受——紫属于冷色系，以冷色系的"紫"开篇，在颜色、色温等方面的基调已用开门见山的方式奠定。接着，诗歌展开细节描写。"云浆"之"云"为白色，白色与"冰"相连、相通，故"云"中之白色增加了环境之寒意，而"结成冰"三字，直接点明了环境的寒冷。"冰"字贯穿诗歌首尾，是本诗在环境描写方面的诗眼所在。"雪月交光"四字是以白色为主导光线颜色的补充。"月"为白色，月光亦为白色，这白色的月光也与一层寒意相通，而雪也是白色，雪本身就是冷的。从颜色的通感和本身的属性来看，雪透露的依旧是一层寒意。雪本身不发光，"雪月交光"当针对白色的月光洒到白色的雪上，营造得更大面积、更为广阔的白色环境而言。本诗中视觉"白色"与触觉"寒""通感"。"雪月交光"的艺术效果当是以雪和月亮反射出的光之"白"，渲染环境的寒冷，表现寒冷的程度大大加深。尾句"瑶台"在通感过程中的作用与"紫府"大抵相同，以"瑶"字做结，当与"瑶"字背后美玉意义所暗指的白色有关。白色，在这首无题诗中是贯穿整个环境的主色调，而白色"通感"的寒冷的环境也由一"冰"字引领、贯穿了诗歌的始终。可以说，这首诗所刻画的环境便是寒冷的夜间以白色为主色调的室外景物，而白色背后所"通感"的寒冷，则是这首诗得以深刻、形象、立体地构成环境因素的重要途径和巧妙手段。

第四节 色彩的补偿作用

诗歌文本中的色彩，由本身的文化意义以及通感作用所致，已经不是一种单纯的色彩现象。诗歌是一种以抒情为主的文学体裁，色彩融入诗歌文本中，便在不同程度上具有了协助抒情表达的功能。正所谓字字有情、句句有情，颜色背后所承载的，已经不仅仅是一种单纯的色彩，而是情绪的一种导向，甚至在特殊的条件下，可以作为情感浓度的写照、心灵世界的补偿。

一　色彩在情感中的浓度

通常情况下，由于诗歌不是直接的视觉艺术，色彩的浓度是很难通过诗歌中的文字表现出来的。比如"云浆未饮结成冰"，我们只能从"云"或"冰"中找到以白色为主的相关颜色信息，却无法得知其中白色的浓度究竟有多大，或者说作者在勾画这一颜色时，所预设的"白"的程度究竟有多大。又如"分曹射覆蜡灯红"中的"红"，究竟是怎样的一种红，或者说"蜡灯"究竟有多少盏，所谓的红灯笼笼罩下的蜡烛究竟有多少支，每盏灯究竟有多亮，所要描绘的环境有多红。这个问题是很难通过语言描绘清楚的。色彩的浓度就是这种抽象性的存在，也是诗歌抽象意义的重要表现之一。色彩浓度的这种抽象性给予了读者在接受诗歌色彩因素与审美的无限空间。这便是色彩在程度上，或者说在浓度上的"留白"。

诗歌作为抒情类文学作品，所抒之情一直是文本所传达的最重要的信息，而所叙述的情感的浓度往往在文字中是有所表现的。这种表现有的较为直接，可以在文本中直接获取。如李商隐无题诗"万里风波一叶舟"中，其主题用尾联"人生岂得长无谓，怀古思乡共白头"两句点明，但许多诗作，因为自身文本特征所致，字里行间所要传达的情感浓度，很难用文字表面所传达的意义表现出来。不可否认，这样的诗作所传达的情感也是有浓度的，这种情感的浓度需要借助诸如"炼字"之类的手段来传达。在这种条件下，声音的强弱与色彩的浓淡扮演了不可或缺的角色。由于色彩在诗歌抒情达意的过程中扮演着极其重要的桥梁作用，色彩的变化则在某种程度上暗指了情感的变化。追溯诗歌色彩变化与组合的过程，其本质就是体味诗歌情感流变的过程。色彩的浓度似乎也在不同程度上昭示着情感的浓度。

当色彩的浓度不是很大的时候，其表现的情感也相对平淡。在这种情况下，诗歌通常在抒情方式上处于一种娓娓道来的状态。"来是空言去绝踪"中，颔联和颈联分别有两处表现颜色的焦点："书被催成墨未浓"，从细节上揭示了因着急书写一种黑色的墨，没有等到研浓便下笔的状态，其中暗含了一种浓度不大的黑色（甚至是灰色）墨汁的信息。在这里，抒情性质与颜色自身并无直接关系，而是墨汁的饱和度因这种书写的情态而与所传达的情感呈负相关。颜色越淡，情感越浓。因为颜色与情感之间，夹杂着一种抒情主人公焦急的情绪，促使这种负相关的形成。颈联中"蜡照半笼金翡翠"，表明蜡烛黄色的光线，并没有将整个罗帐照全，而是只将下半部分照亮，所以称为"半笼"。在蜡烛光亮照射的广度上，因"半笼"而面积有所收束，可见诗境中这种黄色的光辐射的范围并不是很广。颈联中的"半笼"与"微度"一个从视觉，一个从嗅觉，表现了程度上并不是很大的两个动作。虽然这两种动作的发出者，一个是蜡烛，一个是熏香，但其背后承载的是诗歌所传达的情感。这种情感，付之以"半笼""微度"，或许其本质是强烈的，但从表现程度来看则是平淡的。付之以情绪的行动来映射，似乎传达的是一种想要接近却又不能接近，企图窥探又不敢窥探的心理状态。蜡烛淡黄色的光，半笼着罗帐，使得颜色的分布面积折半的这种现象，是这种心理状态的直观反映。所以说，颜色在诗歌中传达或表现的浓度，直接影响诗歌的情感浓度。当然，色彩浓度的淡薄并不意味着情感本质的淡薄，这在某种程度上也是诗歌创作手法的需要。诗歌的抒情本质，使得其结构上具有严格的疏密相间的需要。这种结构的疏密，体现在诗歌内容、诗歌形式等多个方面。或许涉及包含色彩在内的许多方面的内容。"来是空言去绝踪"一诗中，从"书被催成墨未浓"以下三句，表达的似乎都是一种程度不深的色彩，或者是动作不大的状态。这与"梦为远别啼难唤"一句所表达的内容过于强烈有关。这个梦境，或可用凄惨来描述。当所思念之人远去，声嘶力竭的哭啼和呼唤，依旧无法挽回对方哪怕一次回眸的时候，抒情主人公心中之悲怆，可想而知，这一句作为梦境，所传达的情感又是非常强烈的。抒情主人公梦醒之后的一系列动作和周围的场景，需要一种常态写作手法去描绘，于是，"墨未浓""半笼""微度"等梦后环境或情态便在这种情况下产生了。而墨色的淡化和烛光颜色的淡化，便是在这种条件下产生的细节描绘与刻画。所以说，淡化后的颜色描写虽然传达出一种情感表达程度的弱化表现，但并不是对其强烈情感本质的抹杀与抵制。

二 色彩对心灵的补偿作用

就像有些人愿意以醉酒的方式消除心中的烦恼一样，色彩对诗歌抒情主人公的心灵也有强烈的补偿作用。"五花马，千金裘，呼儿将出换美酒，与尔同销万古愁""举杯消愁愁更愁"，诗人似乎总愿意以酒来消愁，除了酒可醉人进而麻痹神经之外，其中或许有酒中的烈性味道，可以打破水的平淡味道的原因。因为借酒消愁的情感主体，必然会因愁而产生诸多消极情绪，这些情绪甚至会蔓延开来，它属于阴性的、沉闷的、抑郁的，而酒在味觉中可以给予人强烈的口腔刺激，这种味觉上的刺激则是阳性的、高亢的、活泼的。很明显，平淡无味的水，是无法代替酒的这一功能的，所以，借酒消愁，从味觉层面理解，是以一种刺激上的阳性状态去中和心中的阴性状态，并试图达到情绪上平衡的一种方式。这种方式在诸多文学作品中都有体现，而诗歌中色彩的运用，也是这一种中和手段的印证。

色彩的视觉刺激，是对诗歌境界中本来以平静手法勾勒出的画卷的一种美感上的补偿。它好比烧菜时的调味品一样，能够突出和强调诗歌在品读时的"滋味"特征。色彩作为一种在素色基础之上的填充，是对平淡的一种补偿。简而言之，好比勾线后的绘画和上色后的绘画之间的对比一样，仅仅勾线后的绘画，即使形象栩栩如生，与着色之后的绘画相比，也会相对平淡很多，而色彩在诗歌中所起的补偿作用，或许可从这一实例中看出一些类似的道理。李商隐无题诗中使用的丰富的色彩，无疑是为了在抒情的过程中加大所抒情感浓度的筹码，这种手法使得色彩能够更好地为所传达的情感"调味"，从而达到超乎寻常的艺术效果。

色彩是一种视觉刺激。视觉刺激本身便是对失落、寂寥一类的消极情感的补偿。李商隐无题诗中惯用色彩来表现情绪，巧妙地运用色彩铺设的环境效果、组合效果、通感效果的作用，对所传达的思想情感进行铺展，以此达到锦上添花的效果，是一种积极修辞的典型表现。积极修辞的背后或暗含诗人所传达情绪的消极性质。消极情感的积极修辞，是李商隐无题诗频繁使用色彩的一大动机。在细致探讨了李商隐诸多无题诗之后，不难发现其所表达的情思在绝大多数状态下都暗含一种近乎消极的情绪，而李商隐以积极的修辞方式，以多样的色彩环境的营造，描摹与刻画一个又一个用来表达这一系列消极情绪的环境，无疑也是对消极情绪的一种形式上的反衬。在内容上是消极的，而在手法上又是积极的，这种一内一外形成的反衬，加深了对情感性质的描摹与刻画，是无题诗得以成为诗歌中杰作的最重要的艺术手段。

三 色彩的使用与文化环境

从晚唐开始，中国文学领域便形成了一种倾向于浓艳的创作风气。在这种风气的影响下，色彩的运用，在文学创作中得到了前所未有的关注。色彩的修辞作用，使得愿意创作浓艳风格作品的作者极力地描摹细微的事物，乃至这种文风在色彩的引导下趋向繁荣。在诗庄词媚的传统还没有完全定型的中唐后期、晚唐前期，这种风格还没有找到适合它承载的主导体裁。在李商隐生活的时代，无论是传统的诗歌，还是新兴的词作，似乎都有极力描摹色彩的倾向，这种倾向在李商隐"无题"一类诗作中，表现得尤为突出。

很多学者据此认识到李商隐的诗歌与唐五代词的关系。缪钺曾说："词之特质，在乎取之资于精美之事物，而造成要眇之意境。义山之诗，已有极近于词者。"点明了词所关注的内容与表现出的风格特征，直截了当地指出了李商隐的诗歌与词作的共通性：

> 盖中国诗发展之趋势，至晚唐之时，应产生一种细美幽约之作，故李义山以诗表现之，温庭筠则以词表现之，体裁虽异，意味相同，盖有不知其然而然者。长短句之词体，对于表达此种细美幽约之意境尤为适宜，历五代、北宋，日臻发达，此种意境，遂几为词体所专有。义山诗与词体意脉相通之一点。①

刘学锴《李商隐诗歌接受史》一书曾专门对李商隐诗作的"词化"

---

① 缪钺：《诗词散论》，上海古籍出版社1982年版，第33—34页。

现象加以分析。刘学锴认为，中晚唐时期主要诗人的诗作，很多都有"词化"现象，但往往只是表现在一个方面——绮艳而已，而鲜艳色彩的运用，则是绮艳类作品的直接表现形式。"从元稹、李贺到杜牧、温庭筠"，他们诗歌内容风格的绮艳"仅仅是诗歌趋于词化的一个条件或方面"，而"词化"的诗作还由题材、意象、意境、语言、表现手法及审美特点等多种因素决定。温庭筠虽然在词作的领域被称为"花间鼻祖"，但其诗作的词化程度未必比李商隐明显。① 学界的这一系列观点，从诗歌与词的文体区别上看，是十分正确的，但如果从李商隐"无题"一类诗作中细细品味，不难发现其背后有一层暗含的抽象意义是当时词作所不具备的，而从以色彩绮艳为主导的抒情作品的内容发展来看，它作为一种独立的文学风格，或许在唐代后期便开始了寻找所适合它的、足以附于其上的文学载体。以李商隐无题诗为代表的晚唐乃至以后的诗歌，只是这一风格的艺术作品所附于的体裁之一。从现存的中晚唐诗作及词作来看，它至少同时诉诸了诗和词两种文体，从而导致了诗作和词作在内容上的混融态势。这种倾向，在唐代后期一直存在并有所发展，直到五代后期乃至北宋初期，随着词这种文体的成熟而逐渐结束。我们不能否认，李商隐无题诗中惯用色彩的现象，是当时以色彩为主导的绮艳诗风流行的一种客观产物，而这种风格的流行，受一定的社会环境与风气的影响。

"故治世之音安以乐，其政和；乱世之音怨以怒，其政乖；亡国之音哀以思，其民困。声音之道，与政通矣。"② 前文已经明确，李商隐无题诗的色彩使用，对作者的心灵有一定的补偿作用。同样的道理，也发生在晚唐到五代的许多其他作家的作品中。注重色彩描绘的绮艳风格，是一种集体性的文学现象，而李商隐的诗作则是这种现象产生之初的一种表现。他在诗歌中所运用的色彩，其背后都蕴含着浓厚的情思，所有的这一切使得他的"无题"一类诗作，即便没有明确托寓政治抱负，也多

① 刘学锴：《李商隐诗歌接受史》，安徽大学出版社 2004 年版，第 475 页。
② （汉）郑玄注、（唐）孔颖达疏：《礼记》，转引自（清）阮元等《十三经注疏》，香港艺文印书馆 2001 年版，第 663 页。

少会具备一些抽象的理想与信念。这便是隐藏在李商隐无题诗浓艳色彩背后的一种另类情怀。这种通过声色表现深沉情感的方式早在初唐时期就有许多杰出的代表，但并不十分明显，到了韩愈、李贺等人的诗作中则有较为直接的体现。从文学流变的角度来说，李商隐无题诗中的色彩运用，是在韩愈尤其是李贺对诗歌色彩的凝练使用的基础上突破而成的一种别样的艺术手法，但李商隐对于色彩的把握，有别于韩愈、李贺等人。韩愈、李贺诗作中的色彩通常以奇丽瑰怪为主要特色，在雕章琢句中形成一种陌生化的效果，使读者在接受的过程中与文本之间形成一定的距离感，即加深文本的阻距性。李商隐是将这种阻距性重新打破的第一人，他的诗作中所使用的色彩，并不具备奇丽瑰怪的特征，而是更加注重运用平常色。在平凡颜色的描绘中，映射执着而深刻的感情，是李商隐以无题为代表的一类诗作惯有的手段与特征。所以，李商隐无题诗中对色彩的运用，虽然是在中唐后期乃至晚唐大环境所驱使下的一种艺术取向，却也包含李商隐个人对艺术个性的追求，这其中包含李商隐个人在创作时的一种动机趋向：对时代潮流中的艺术取向有选择地接受。

李商隐"无题"一类诗作中所使用的色彩，其本质是一种贯穿生命意识的萌动。无论这种色彩是单纯作为一种环境的铺垫，还是几种色彩在一起的组合，甚至是与其他感官相"通感"，色彩背后的生命意识都在这种情感的作用下，彰显出别样的韵味。晚霞中，通向远处的路闪着白光，一匹青白相间的骏马鸣叫着疾驰而过，抒情主人公遗憾的是面对春风露出甜美笑容的女子，除了自己以外，再无人能够欣赏其容貌；在纯白色的冰天雪地中，月光反射在雪地里泛着白光，抒情主人公遗憾的是仙人宴请的云浆还没有来得及喝掉就结成了冰，而所要相见的仙人却依旧可望而不可即；外面黑暗中的白月光，以及屋子里昏暗的蜡烛之黄光，笼罩下的是一位因梦中思念而迅速起身研墨写信的痴情人，而他所企及的对象则是"绝踪"了的，是一位杳无音信之人，这也是可望而不可即的思念；灯芯上的火星，挣扎着发出最后的光亮，很快又变暗，外面的石榴花早已红遍，却依旧没有所思念之人的消息，这又是一种可望而不可即的企盼；处在"春蚕""蜡烛""云鬓""月光"一系列环境衬托下的，是一个执着思念而无怨无悔的痴情之人……我们不难发现，无论是暖色调还是冷色调，无论多种颜色作用在一起达成的是什么样的效果，其背后传达的都是李商隐个人的一种看似消极，实则积极的具有普遍意义的抽象情思。那就是即便抒情主人公的光彩并不为他人所知，即便所追求的事物可望而不可即，甚至难以实现，抒情主人公依旧会怀着一种无尽的执着，期待这种难以实现的美好愿望。李商隐无题诗通过色彩艺术的运用，表达的主题是一种执着而无悔的追求，是偶尔感叹后的继续前行，是曲折道路上的韧劲和动力。这便是李商隐无题诗色彩艺术背后所涵盖的文化生命意识。

李商隐无题诗所使用的色彩，有着特定的文化背景。同时代的作家因为时代的局限性，心中或多或少存在一种阴性的消极情绪，而这种情绪又必须通过类似于色彩这样的积极修辞去补充，才能形成文学作品中内容与形式的平衡。虽然他的诗作与其他时代的作者在风格上有着鲜明的不同之处，但重视以色彩润色绮艳特征的做法却并没有突破他所处的那个时代的文人创作习惯。李商隐无题诗的色彩艺术蕴含一种无尽的艺术感染力与强大的生命意识。这种意识中，抒情主人公虽然表现得极其渺小，但其背后的精神力量却非常强大。

第五章　李商隐无题诗的整体性结构

　　李商隐无题诗的诸多构成因素看似支离破碎，实则是紧密相连的整体，各因素结合，形成了诸多意义完整而层次多样的"格式塔"，整体意义大于各部分意义组合的手法拓宽了抽象情绪的表达境界。李商隐无题诗的整体性结构，在格式塔理论中可以得到很好的印证。与此同时，组成无题诗整体结构的诸多部分之间的内部组合，也是极富艺术表现力的。无题诗表现出的背景与人物之关系、环境与图案之关系、典故的弱势文本性质、部分七律作品尾联与前三联之间的断裂性、结构的疏密关系、简化性原则、倾向性张力等诸多结构上的细节表现手段，无不对其抽象情感的传达起到了积极的作用。

第一节　无题诗中的"底"与"图"

　　底与图的关系，是格式塔理论中较为典型的一层辩证关系，是"各种造成绘画之完美的空间效果的种种复杂关系"①。严格来说，格式塔理论是一种视知觉理论，它经常被运用在舞台布景、色彩与灯光等具有视觉效果的艺术布局之中。通常意义上说，"底"与"图"被认定为一种可视图画的两个方面，借鉴到诗歌解读中，也可理解为整体性结构中的两个相互作用的部分——主图与背景。

　　一个完整的画面，通常具备"底"和"图"两部分，哪一部分为

---

　　① ［美］鲁道夫·阿恩海姆：《视觉思维》，滕守尧译，光明日报出版社 1987 年版，第 23—24 页。

"底"，哪一部分为"图"，因审美主体的知觉而有所不同。"图"通常指的是图像凸出来的部分，而"底"通常指的是图的背景。在格式塔理论中，被封闭的图形容易被看成是图，而相对开放的图形容易被看成是底；面积小的东西容易被看成是图，而面积大的则容易被看成是底；在同一幅图画中，与背景相比，区别大的容易被看成图，区别小的则容易被看成底；在具有立体感的图形中，凸起的部分容易被看成图，凹陷的部分容易被看成底。格式塔的"底"与"图"之间的关系理论，通常被现代艺术家所运用，但这一系列客观规律却一直蕴藏在从事各种艺术门类的艺术家的创作思维过程中。格式塔文艺理论，在中国古代诗歌中，尤其是在刻画心灵世界的一类作品中已经在作家的不知不觉中投入运用，甚至表现出十分精湛的艺术效果。

一 背景与人物之关系

李商隐无题诗中，描绘了许多具有画面感的画卷。这些画卷分为人物类画卷和图案类画卷。在人物类画卷中，"底"与"图"的关系是十分明晰的。李商隐无题诗所传达的情感已经深入到心灵深处，而在画卷中但凡涉及人物形象的，基本上都是以人物为"图"，以环境为"底"的。

《无题·白道萦回入暮霞》一诗中，描绘了一个画面：晚霞中，通向远处的道路闪着白光。"白路"周围之景物，是诗歌所铺设的"底"，在这个充满晚霞之光的"底"中，有两个相连续的动态画面青白花纹相间的骏马拉着七香车，一声嘶鸣，疾驰而过；七香车内的女子嫣然一笑。这两个动态画面便是这首诗的"图"，而点明这首诗的主题观念的则是"枉破阳城十万家"。这首诗"底"与"图"之间的关系，基于诗歌的主流基调。就诗面意义而言，该诗最终传达的是这位尊贵而貌美的女子的笑容无人欣赏，而其抽象意义或可概括为作者高贵的品格无人了解，满腔的抱负得不到施展，或是一身的才华得不到重用。如此，在晚霞笼罩下的两个连续的"图"便在一种动态环境下由"底"而生。从"图"的角度看，青白花纹相间的骏马嘶鸣着，在闪着白光的路上疾驰，是一个动态的描绘，也是为了七香车中女子的嫣然一笑做铺垫。貌美女子的笑无人欣赏则是这首诗抽象意义的载体。"图"中的美女透露的是一种青春易逝，韶华无人欣赏的遗憾，而"底"中的暮霞也承载着美景不长，难以挽留的遗憾。"底"与"图"构成了诗歌在抽象意义上的统一，二者结构完整，相得益彰。

《无题·紫府仙人号宝灯》一诗中，涉及一个画面——月光照在雪地上，雪地映衬出银白色世界。这个画面便是这首诗所描绘的"底"。在这一片银白色的世界中，女仙人"宝灯"与抒情主人公一起赴宴，他们相互畅饮的并不是普通酒，而是"云浆"。还没来得及饮用，因天气过于寒冷，云浆结成了冰块。在这一片雪光与月光交织的寒冷的环境中，抒情主人公还没有来得及顾暇，周围的一切便在转瞬间发生了巨大的变化——"紫府仙人"已与主人公相隔了十二层瑶台之远了。这首无题诗中，"底"是一个十分寒冷的、交织着白色月光的背景画面。冷色调本身就容易给人以寒冷的感觉。因寒意起到收束作用，使得这种环境有一些肃穆之感，又因寒意起到的拘谨作用，使得这种环境透露了一些"阻隔"之感，而"底"中的肃穆与阻隔之感在作为情节描述的"图"中有着一一映射。首先，无论该诗所描绘的紫府仙人的身份如何，以仙人身份相称便隐含了抒情主人公的仰慕之情。这种仰慕之情便与作为背景的"底"中的肃穆之感是一种暗中的呼应，而该诗因"更在瑶台十二层"所体现出的可望而不可即之感，则是作为背景的"底"中阻隔之感的一种暗中呼应。"底"与"图"的结合，使得这首诗在整体结构上、从内容到境界上，都清晰表达了抒情主人公的深层心理活动。

《无题·来是空言去绝踪》一诗中，深刻而生动地刻画了一位因梦见所思念之人而惊醒，旋即迅速起床，赶写书信的痴情人。他心中怀着急切的思念，甚至连墨还没有研浓便开始写信。起床写信的连贯性动作可作为这首诗其中一个"图"，而这个"图"的"底"，则是一个昏暗的室内房间的夜景——"蜡照半笼金翡翠，麝熏微度绣芙蓉"。在昏黄的烛光下，一排排字迹在信纸上跃然浮现。该"图"所衬之"底"则是昏暗的烛光斜照在罗帷上。即便是在如此昏暗的房间，依然笼罩着从香炉里散发着诱人的熏香气息。这一"底"烘托得是一种昏暗恍惚的环境，与"图"中抒情主人公刚刚醒来的神智状态是一致的。与此同时，"图"

中没有的信息可以从"底"中发现。通过诗歌中"图"的描述,很难确切了解到诗歌中写信的主人公究竟是男子还是女子,但是在"底"中所透露的"金翡翠""绣芙蓉"等信息中又可以断定背景环境具有十分明显的闺房特征,由此可推知,该诗所叙述的写信人为一女子的可能性较大。幽暗灯光下的写信人,从细节到环境,贯穿"底"与"图",刻画了夜深时分因梦而起,因牵挂而写信的女子情态,"底"中的昏暗与"图"中主人公意识的朦胧、"底"中的细节与主人公的闺秀身份等,都达到了巧妙地融合。在这首诗中,"底"与"图"的综合作用在整体性结构中起到了很好的搭配作用,各部分作用得到了极大的发挥,形成了巧妙而混融的艺术效果。

"凤尾香罗薄几重,碧文圆顶夜深缝"一联,描绘了一个在深夜缝制青帐的女子。这一句所传达的画面多是在描绘"图"的内容;只有"夜深"二字,是对"底"的点睛式的描绘。由此,这幅底与图的组合,便逐渐随着诗歌文本的展开而构建起一幅立体式的画卷:背景为深夜,灯光灰暗的室内,主题则是手持凤尾图案的罗帷来缝制青帐的女子。女子为动作的发出者,即为这幅画面的"图",而这里的"图"与"底"属于一种融合关系,即女子所在的环境与所做的动作之间的关系,但"底"与"图"的结合,从整体上突出了一种潜在的含义——在深夜缝制青罗帷帐,而不是在白天,这一细节突出的是一种对缝制罗帐甚至是对罗帐本身的一种忘我的投入与勤勉的追求。因罗帐为结婚时必备之物,可以推知女子对罗帐如此倾心的背后所承载的是对某一特定男子,甚至可以理解为对准夫婿的思念与执着,而"底"中所透露出的夜深,似乎是一个更容易勾起这一系列情思的时刻。"底"与"图",流露出的是深夜女子对缝制罗帐的情感投入,以及对期望嫁与男子的企盼与专情。

《无题·相见时难别亦难》中,描绘了一个"晓镜但愁云鬓改,夜吟应觉月光寒"的画面。这是由同一个主人公的两种行为串联而成的两个"底"的背景下的两个"图"组成的整体性结构。第一个"底"是早晨室内的大环境下,以铜镜为核心的静物,而在这一"底"上的"图"则是主人公照镜子的动作。这个动作隐含了一项担心自己双鬓斑白的心理活动。第二个"底"则是夜晚室外的景色。与"底"相关的"图",

是主人公"吟唱"这一动作，在这一动作的基础上引申的是一种因月光引起的寒冷之感。在这两组"底"与"图"的搭配中，都有主人公的心理活动。底与图的组合在整体结构上共同构成了心理活动阐发的背景，成为引发因年华老去而心里伤感，因期望无法实现而顿感心寒的一种铺垫。

李商隐的无题诗，善于运用"底"与"图"搭配的潜在关系，设置连续的几个场景（即连续的几个"底"），并在这几个连续的场景中设置相应的人物活动（即连续的几个"底"上对应的"图"），并将多个底与图的画面串联在一起，形成一个相对完整的故事。这种做法既兼顾了某一对"底""图"关系的特殊性，又牵涉多组"底""图"关系的完整性与关联性，是一种巧妙的组合手法。这种组合手法具有一定的"现代性"意义，其效果与现代电影中的"蒙太奇"有相似的地方。在不断转换的环境中叙述人物的连续性动作，是这种手法的突出特点。

《无题·含情春晼晚》这首诗一共八句，除了颈联"多羞钗上燕，真愧镜中鸾"为抒情主人公的心理活动之外，其余三联分别涉及了三个环境背景，也就是三个"底"。第一个"底"是一个充满春情的黄昏，晚霞洒满大地的环境，而不久后，瞬息万变的晚霞在夜幕来临的时候消失了。在这一个"底"中，"图"是隐含的，并没有抒情主人公作为"图"的唯一元素而出现，但依照诗歌的后文，不难洞悉这里的"图"也是存在的，它便是目测周围由黄昏到日落，环境逐渐暗下来的抒情主人公。紧接着，随着画面的跳跃性，诗歌开始描绘第二个"底"。这个"底"位于抒情主人公思慕之人所居住之地的门外，而抒情主人公所思慕的对象处在一种热闹的环境中，可作为这个"底"的一个具体的背景。在所思慕之人门前，面对所思慕之人的状态，抒情主人公想要靠近却不能，则是这一"底"所附着之"图"。附着在图上的，还有抒情主人公的微妙心理活动——因羞怯而无法鼓起勇气面见所思慕之人，自己的行动也因这种羞怯心理，在犹豫中变得十分困难。在颈联描述心理活动之后，诗歌进一步描绘了横塘周围天即将明朗的环境背景。作为该诗的第三个"底"，这个背景也描绘了抒情主人公的身影，他作为画面中唯一动态的"图"，是客观存在的。明亮的星辰可以照亮他的马鞍，同时也能照到抒情主人公本人，似乎也能在一定程度上反映出主人公因矛盾而整夜徘徊的心理。这首无题诗，运用了日落前、夜晚时、天亮前三个在时间上依次排列的场景作为"底"，将抒情主人公眼望黄昏而引发所思、骑马到所思慕之人门前因羞怯而不敢进门、在横塘周围徘徊至天明的三个相互连续的动作作为"图"嵌入"底"中，使三个"底"与"图"的结合画面串联在一起，深入细腻地叙述了抒情主人公从头一天黄昏到次日黎明时分的行为活动和心理状态。使得"底"与"图"相串联，在整首诗的范畴内构成了一个整体性结构，达到了流畅而自然的艺术效果。

二　环境与图案之关系

李商隐无题诗中的"图"，有时也由"图案"来充当，而无题诗所描绘的画卷中涉及的场景，往往也作为"底"而存在。其中的"底"与"图"有着鲜明的区分。鲜明的区分虽然使"底"与"图"泾渭分明，但能在二者组合成整体性结构时通过各种形式凸显出各自的作用，从而达到超出各个部分机械组合之和的整体艺术效果。

"菱枝"与"桂叶"，是"重帷深下莫愁堂"一诗中较为突出的一对图案。二者都是以"图"的身份而存在，却又恰恰都嵌入了代表背景的两个"底"之中。一个是水中的"风波"，一个是"月"下之"露"水，它们在这里是作为环境而存在的，是"底"的一种。这里的"底"与"图"的组合，把作为"图"的菱枝和桂叶投入作为"底"的环境中，使得菱枝与桂叶于环境中赋予了人格意义。作为环境的"风波"，是冲击柔弱菱枝的一种强有力的凶险环境，而"底"与"图"的结合产生了大于机械组合之后简单的环境意义的作用，那就是把菱枝所处于"底"的状态，扩展到了人处于凶险环境，随时受到攻击的状态之中；把桂叶所处于的"底"的状态，扩展到了别人受到恩惠因而得以绽放生命之清香，而唯独自己得不到呵护的人生情态之中。如果说"风波"与"月露"是"底"，那么这一"底"中已经包含了一种人生环境的缩影，实现理想的阻挠乃至得以升迁的旁人，都是这一"底"所映射的环境。而"图"中的菱枝是抒情主人公自指，"桂叶"则是抒情主人公身边之人的写照，抒情主人公自己则暗以"桂花"作喻。"底"与"图"相连，正是环境与人物相连的重要契合点。

前文曾分析过，"蜡照半笼金翡翠，麝熏微度绣芙蓉"作为整体的环境，是抒情主人公从梦中惊醒之后，迅速赶写书信这一"图"的"底"，二者相结合所构成的整体产生了突出别致的艺术效果，而这两句诗自身也存在一对"底""图"关系。单从背景之"底"而言，该诗所展开的是闺房内昏暗的烛光下的三大静物。这种夜晚室内灰暗的光线便是所谓的"底"。诗句中所呈现出的三大静物：一是被蜡烛之光照亮的翡翠帷帐，二是正在燃烧着熏香的香炉，三是距离香炉不远处的绣有芙蓉花图案的屏障。就这一联的景色看，三者都是以"图"的方式存在的。三处静物于环境中透露出时间信息、抒情主人公身份以及人物相对雅致的性格等特征。从整体性结构的角度看，"金翡翠""绣芙蓉"的图案在"底"中出现，暗指了主人公身份、性别、秉性等信息，是整个作品谋篇布局的关键。

"色彩艺术"一章中细致分析了"金烬暗"与"石榴红"在诗歌色彩艺术方面的特征与效果，而除了色彩艺术方面的功能之外，"金烬暗"与"石榴红"二者也是作为"图"出现在诗歌场景之中的。二者都包含着一种动态，前者是光线中的变"暗"，后者是色彩上的变"红"。前者的"底"是夜间室内闺房的场景，后者的"底"则是白天室外的石榴树。在"底"与"图"二者的结合中，前者所涉及的是一种向下的阴性状态，室内昏暗的闺房内，已经熄灭的灯芯中最明亮的一点火星随之变暗的过程，也是抒情主人公心中仅存的一点希望逐渐因"熄灭"而变冷的过程。后者所涉及的是一种向上的阳性状态，室外明媚的阳光下，石榴花开得那样艳丽。虽然是阳性向上的一种描绘，在诗歌中则是一种反衬。以石榴花早已红过而依然不被欣赏为意旨，反衬的是抒情主人公担心自己遥遥无期的等待即将落空的心理。在这里，"底"与"图"的结合便成为整首诗主题思想和抒情主人公微妙心理的间接暗示。

"金蟾"和"玉虎"是李商隐无题诗中极具特色的一对"图"。因为就文本意义而言，它们并不是字面意义上所指称的蟾蜍和老虎，而是做成这一类动物形状的两种特定的常见器具——香炉和辘轳。之所以这样称呼，是因为它们被制作成了相应的形状，而这两个"图"的背后，依旧是两种环境下的"底"。"金蟾"所对应的是"香炉"，它所处的环境是室内的闺房中，摆放着香炉的几案；"玉虎"所对应的是"辘轳"，它所处的环境是室外的水井旁边，辘轳的状态应该是全身缠满井绳。"底"与"图"的结合，构成了抒情主人公生活环境的两幅画面，其中"金""玉"等字透露出的是诗中所描绘女子住处的典雅与高贵。这种高贵的环境意义，便是这两对"底""图"关系相互联系形成大于两对关系机械组合之和的环境信息。

三 典故与弱势文本

在类似于戏仿的一系列文化重塑的文艺活动过程中，通常运用广泛流传的形象或家喻户晓的情节作为一种文化背景，形成一种潜在的弱势文本，并在这一弱势文本的基础上积极进行形象创新以及文化重构，进而形成一种强势文本。在这种文化现象中，依照原有文化背景而创作出的人物、故事等（通常指强势文本所牵涉的部分）往往被看作"图"，而原有的文化基础环境（通常指弱势文本所牵涉的部分）通常被当作"底"。这是格式塔理论在文艺与文化中的又一种实用性体现，在"底"的界定中，将整个大的文化背景和审美心理作为宏观的环境来看，而不是以某一特定的环境背景来作为"底"；在"图"的界定中，它将着重点集中在基于原有的或旧有形象的改造、创新或赋予新意古为今用上，而不是以某一特定的、突出的、活动的焦点作为"图"。这种类型的"底"与"图"的关系，在中国文化中有着较为深刻的体现。汉语中的成语、俗语、歇后语等，有以古代已有的、流传于民间的事例活用，形容语境中的人或事。比如，称呼某人为"诸葛再世"，只有针对了解诸葛亮形象特征的人才能够取得应有的效果，诸葛亮神机妙算的形象，是理解"诸葛再世"的必要的文化背景，通常称这种背景为"底"，而形容某人的语境，则属于具体环境，通常称之为"图"。这里的"图"只有作用于相对应的"底"，才能取得相应的表达效果，倘若撇开"底"而只讲"图"，其表达效果则会大大减弱，甚至失去表达的基本意义。当这种称呼在文化背景下发挥作用的时候，往往并不是与"底"中所涉及的所有元素都构成"底"与"图"的搭配，而是仅仅索取"底"中的某个要素或焦点与之搭配。"诸葛再世"通常用来赞美人聪明、未卜先知，所以在作为"底"的文化背景中，关于诸葛亮的其他一切复杂的因素则都会被隐去，专以他智慧卓群的这一特征与所对应的"图"相结合。这种情况，在文化重构的戏剧影视中，乃至许多小说的创作中，体现得尤为突出，但在李商隐无题诗创作中，集中体现为典故的运用和诗歌的主题。

陆鸣皋在解读李商隐《无题·飒飒东风细雨来》一诗时曾指出："义山用事，大半借意，如'贾氏'二语，只为一'少'字、'才'字，是属确解，而人舍此不求，徒以'窥帘''留枕'事实之，则失作者之意，而前后、上下，自成格塞，知此始可与读李也。"① 诗中，贾午和宓妃的事迹都是李商隐在颈联中使用的典故，而李商隐"无题"一类诗作，所征引的典故大多有这样的特征——不拘泥于典故实义，只取其神韵或某一细节。李商隐诗歌中所用的典故所牵涉的整个故事即成为这个格式塔现象的"底"，而诗歌所要表达的意义则充当了这个格式塔的"图"。典故的整个故事，作为这个格式塔的"底"，存在于文化前提和文化背景之中，故此典故的来龙去脉，对于诗歌的文本意义来说便成为一个"弱势文本"，诗歌的本意与语境意义则在这里构成了一个"强势文本"。依照陆鸣皋的观点，这首诗引用的典故，着重突出的是"少"与"才"两个字，即弱势文本中所牵涉的典故，只有韩寿的年少特征和曹植的才气特征得以进入强势文本中，突出所表达的意义，其说大致可信，但《无题·飒飒东风细雨来》一诗，其实是"香""火"与"水"几个要素贯穿其中的产物。作为强势文本的"图"所汲取的"底"中的元素当还有贾午与韩寿暗送香料中之"香"以及"宓妃留枕魏王才"的地点——洛水。

同样的现象，反复出现在李商隐无题诗的用典之中。如"东家老女"与"溧阳公主"的典故意义，便是作为弱势文本的"底"而存在

① （清）徐德泓、陆鸣皋：《李义山诗疏》卷上，转引自黄世中《类纂李商隐诗笺注疏解》，黄山书社 2009 年版，第 93 页。

的，而作为强势文本的"图"，选取的是普通百姓家的女子虽貌美却年老不得嫁与称心之人，而出身贵族的女子却能在盛年得到自己称心的郎君两层意义的对比。强势文本中，弱化了关于东家老女和溧阳公主典故中的其他焦点意义。"东家女"的典故，在另一首无题诗中的"枉破阳城十万家"一句也有所暗用，这里的强势文本，重在一个"枉"字，而从"底"中的弱势文本汲取的意义则是东家女的美丽形象。李商隐无题诗两次使用萧史与弄玉的典故，分别在"岂知一夜秦楼客，偷看吴王苑内花"与"身无彩凤双飞翼"中，一明用，一暗用。前者的强势文本是抒情主人公以萧史自比，典故中的萧史能够与弄玉结为连理，以门外人的身份接近女子；而后者的强势文本意义是抒情主人公与所思慕对象之间的心灵相通，典故中弱势文本的意义着重聚焦于凤凰的飞舞，即萧史与弄玉乘凤凰而飞离凤凰台。"小姑居处本无郎"征引了蒋小姑的典故，其强势文本的意义偏向于女子独处，本无男子与之沟通或相爱，但有一男子相见却又不得长久相守，最后沉溺于孤寂心境之中，而诗歌在作为"底"的弱势文本中选取的是赵文韶在青溪小姑庙中的奇异经历，或者说赵文韶与青溪小姑短暂相逢之后又缥缈相别，隐去不见，省去了这一典故中其他的诸多元素。"刘郎已恨蓬山远"中的"刘郎"为强势文本，代指抒情主人公，暗指他是一个对美好事物有所追求却又在追求的过程中受到重重阻隔的个体，这一强势文本在作为弱势文本的"底"中所选取的元素是汉武帝到蓬莱仙山求仙而不得之事，其中暗含了所追求之事物无法接近或虚无缥缈的意味。"黄金堪作屋"，暗用了"金屋藏娇"的典故。强势文本直接流露的是女子所处之地的尊贵，其在弱势文本的"底"中选取的是"金屋藏娇"典故中的两个元素，一是主人公陈氏地位的尊贵，二是处在"金屋"中的人本身的尊贵。值得一提的是"多羞钗上燕，真愧镜中鸾"所征引的两个典故。依照诗歌本意，强势文本中大致存在以下两个层面的意义。第一，玉燕钗是所描绘女子经常戴在头上的，而玉燕钗上的燕子，令抒情主人公十分羡慕，因为这玉燕可以常伴女子左右。同理，该女子经常使用背面雕刻有鸾鸟图案的镜子，而被刻在镜子背后的鸾鸟，因女子经常使用镜子而获得与女子情影相接近的机会，也得到了抒情主人公的羡慕。从这一层意义来讲，当是取弱势文本中两物都为女子拥有的细节并加以统摄的结果。第二，无论是玉燕还是鸾鸟，在典故中都有一个"配成双"的隐含意义，关于玉燕钗的典故中有"两股"字样，鸾鸟的典故中也有鸾鸟为求同伴而悲鸣的情节，而这层意义也是在作为"底"的弱势文本的典故中所摄取的。可见，无论是关于玉燕钗的典故还是关于鸾鸟的典故，其情节是纷繁复杂的，而这两层因素被强势文本所摄取，是"底"与"图"综合作用的结果。从以上实例中可以看出，李商隐"无题"一类诗作的用典情况，是基于这种思维处理"底"与"图"之间关系后形成的一种特殊的思维习惯。

李商隐"无题"一类诗作，好征引典故，但使用的典故意义相对较虚，即不拘泥于典故的具体事实，而是摄取典故中的某一具有代表性的元素作为强势文本，摄取弱势文本中最关键的因素而存在。典故的来龙去脉较为复杂，但李商隐在运用典故的时候，注意到典故是一种作为弱势文本的"底"的存在，选取诗歌中的典故不是以典故的整体意义而融入强势文本之中的，而是通过提炼、融合、虚化等手段，对诗歌本身的意义加以深化。有时，其着眼点仅仅在于典故中一个极其微小的细节，甚至是只言片语。在作为强势文本的诗文意义中，"图"永远是诗歌所表达意义的核心，"底"只是为"图"服务的一种手段，或者是一种创作的形式与手法。这种以弱势文本点缀强势文本，以"底"衬"图"的方式，是一种创新手法的运用，也是用典艺术的一种新开拓。能够做到不拘泥于典故本身，毫无旁征博引逞才之嫌疑，与心性乃至心灵相契合，使诗歌文意高度融合，是"底"与"图"相互作用下的最为巧妙的结合手段。

第二节　李商隐无题诗中的接近性与连续性①

格式塔心理学理论中，有一种接近性和连续性的原理。该原理认为，一组图画中，虽然其整体性结构十分重要，但整体性结构的作用是依靠

---

① 本节内容与第三章中的相关论述联系密切，可参见。

各个部分之间有序地搭配组合相联系的。相聚集或者相互接近的几种因素，容易被看成一个小整体，或者是在局部中具有连续性的事物；那些离得相对较远的因素，则容易被看成局部的、分散性的事物。作为一个个具有典型性意义的"格式塔"，李商隐诸多"无题"一类诗作，其各个因素之间也具有一定的排列方式，某些因素排列得相对稀疏。而某些因素排列得相对紧凑。在格式塔理论中，相接近的因素通常给人一定的紧凑感，人们通常认定这些相接近的因素具有连贯性，甚至是紧凑在一起的一个整体。这种现象在李商隐无题诗中，通常表现为场景的转换、话题的切换以及整首诗的节奏舒缓所表现出的诗句之间的疏密性。

一　李商隐无题诗中尾联的断裂性

李商隐的七律无题诗中，具有普遍性规律的是一种"断裂性"，这种断裂性并不是指断裂的两个部分没有丝毫联系，而是指一种相对的、在诗歌意义方面的一种聚集与分散情况，甚至是一种倾向。李商隐无题诗在结构上具有"形式离散"的特点，主要表现在内容上的离散和诗联的离散两个方面。[①] 在七律无题诗中，这种"断裂性"通常发生在第三联后、第四联前，即七律无题诗具有一种普遍的内在结构规律，前三联有着紧密的连续性，所描绘的诗歌境界和内容是高度接近与融合的，它们的这种接近与融合，更容易因连续性而产生一种局部的整体感。七律无题诗的最后一联，通常单独为一个场景，或转向议论，在接近性上与前三联有着一定的距离，在连续性上与前三联也有一定距离[②]，这种客观现象表现在格式塔理论上多体现在形式或者结构层面上。因其结构上所表现出的特征，可以将这种现象归为一种尾联的断裂性。

冯浩在解析《无题·昨夜星辰昨夜风》一诗时曾指出：

> 五、六正想象得之，与下章"偷看"相应，非义山身在其中

---

① 潘虹妃：《论"形式离散"与"神韵统一"在李商隐无题诗中的体现》，《鸡西大学学报》2017年第2期。

② 这种距离，我们在讨论李商隐无题诗的阻隔艺术之时也将部分涉及，而偏向于内容层面，此处分析更偏向于结构方面，可参见。

也，意味乃佳。①

这一观点为当代学者董乃斌所认同：

> 许多视此诗为写艳情者，都把作者与主角相重，从而把诗中情
> 事说成是作者的自述。这当然可以成立。但倘若不这样看，而认为
> 二、三联所描绘的内容并不包括第七句的"余"在内，作者只是取
> 旁观态度在描绘其见闻，似乎也不是没有道理。②

简单来说，持这一观点的学者一般主张"昨夜星辰昨夜风"这首无
题诗所描绘的是两个场景。前六句为第一个场景，描述的是男男女女在
夜里宴饮博戏时的宴会盛况。在这三联中描绘的情景是真实存在的，而
且描绘的内容不是李商隐本人，而是描绘了李商隐个人所观察到的场景。
李商隐在这三联中完全是以一个旁观者的身份存在，而最后一联是另一
个场景：将描绘的对象转向了李商隐自己，表达因为要去工作而无缘继
续以旁观者身份观察这一切的无奈。虽然这种解读方式仅可成为众多解
读方式的一种，但前代学者之所以能由此句悟出诗歌所描绘的对象以及
叙述视角的变化，是因为这首诗的最后一联和前三联之间存在着潜在的
割裂状态。从文本所描绘的内容来看，前两联描述的是宴饮博戏的时间
和地点，中间四联描述的是宴饮博戏的场景。其中颔联是一种心灵体
会③，颈联是实写博戏时的状态。可见，前三联是时间、地点、内容都
十分集中的井然有序的宴饮盛况的描绘，后一联则是不得不去应公事的
无奈心境。这二者之间，有一个明显的区分层次，是两种心境与环境的
分别书写。从格式塔理论的角度分析，这首无题诗的前三联之间是一种
由接近性导致的连续性的关系，尾联与前三联之间有阻隔，而与前三联
形成一种非连续性的关系。两者之间的断裂性便由此产生。

---

① （清）冯浩：《玉溪生诗集笺注》，上海古籍出版社 1979 年版，第 135 页。
② 董乃斌：《李商隐的心灵世界》，上海古籍出版社 2012 年版，第 178 页。
③ 如果依部分学者的观点，将"彩凤"与"灵犀"都当作博戏之一种的话，这首无题诗
的颈联便也是描绘博戏时的状态。

李商隐的无题诗，特别是在七律无题诗中，断裂性是一种较为普遍的现象，如果按诗歌语境及文意划分，那就是前三联由于接近性而形成连续性，又由连续性构成一个大的部分，乃至与最后一联所描绘的环境或者所传达的情绪之间形成一种相对分明的状态。为此，陈文华列举了许多无题诗中的实例，"说明了义山七律末联利用比较与翻案两种方法，而达到深一层效果"①，或可证明李商隐无题律诗中尾联的断裂性确实是客观存在的。"相见时难别亦难"一诗中，前三联先描绘了主客双方难舍难分的情感状态，又以春末时节百花凋零、绵风无力的状态抒发抒情主人公的情绪，然后以春蚕与蜡烛比喻执着追求的无怨无悔，进而刻画了在无悔的期待中年华衰老，幽居孤独的心境。三联之间的情感、基调统一，所叙的情感历程也是一以贯之，情感状态是连贯而接近的，而尾联对于蓬山距此不远，有青鸟来探的描绘，则与前三联属于两个诗境与情思。这首诗的前三联和后一联分属于两种不同的诗境，前三联因为诗歌意义的连续性与接近性形成一个大的诗境，从内容到意境都有别于尾联。"来是空言去绝踪"一诗中，前三联描绘的是三个连贯的画面。画面一，室外，月亮斜照在层楼之上，五更时分万籁俱寂。画面二，室内，抒情主人公思念着对方，怨恨对方允诺来相见而最终没能相见，反而一去不复返。当梦见对方离自己远去无论怎么呼唤都不回头的场景时，抒情主人公从梦中惊醒，急匆匆研墨，甚至由于急于给对方写信，连墨都没有研浓便动笔。画面三，在主人公提笔写信的时候，昏暗的烛光照着闺房的角落，香炉中的熏香隐隐地飘向了帷帐。室外的环境为月色，交代的时间是深夜，而一系列连贯的画面使得前三联在环境、时间、人物上达到了高度的统一。因为前三联的诸多因素都是紧紧围绕主人公展开的，所以相互具有了接近性与连续性。在格式塔理论中，便成为一个小整体。这个小整体与诗歌最后一联表议论的诗句，构成了格式塔的整体，也就是这一首完整的诗作。"刘郎已恨蓬山远，更隔蓬山一万重"的直接抒情，形成了尾联与前三联之间的断裂性，使得前三联因接近而形成

① 陈文华：《比较与翻案——论义山七律末联的深一层法》，转引自台湾中山大学中文学会编《李商隐诗研究论文集》，台湾天工书局1984年版，第664页。

的连续性更为紧密。

在传统的律诗结构中，通常有"起承转合"之说。尾联在文意上突然转变，或者突然转向抒发感情表达思想，是律诗创作中的"合"。虽然在连续性和接近性原则上，这一类诗作的最后一联与前三联之间形成了明显的断裂性，但这种断裂性是建立在诗歌完整的前提下，形成于诗歌结构内部的。每一首无题诗作为一个完整的格式塔，依然是作为一个整体存在的。前三联与尾联之间的断裂性，是承认诗歌的四联诗句作为一个整体的前提下，在诗歌内部结构的分析中得出的结论。它的形成基础是格式塔文艺理论中的接近性导致连续性的原理。这种断裂性是前三联诗歌的接近性与连续性在文本与文意方面的具体表现，其本质是将前三联和后一联分属于一个整体格式塔中的两个重要部分，而不是以这种断裂性否认格式塔作为一个整体而存在的意义与价值。

二 李商隐无题诗的结构疏密关系

李商隐无题诗中的接近性与连续性的体现，并不仅仅表现在部分诗作尾联与前文的断裂性之中，有时也隐藏在诗歌的深层文意里。

"八岁偷照镜"一诗中，在描绘女主人公八岁到十五岁成长过程中，除了十五岁那一年之外，八岁到十岁到十二岁到十四岁，期间的间隔都是两年，而十四到十五岁的描述，是唯一一次将时间由两年缩短到一年。如从时间的节奏来看，从室内偷偷照镜子到野外踏青，从踏青到学弹筝，从学弹筝到藏六亲，两年一间隔的事件发展，少女的成长历程也是在一种缓缓转变的节奏中进行的。但从藏六亲到泣春风则用了一年时间，时间间隔的迅速加快，改变了旧有的缓慢发展的节奏，突然将间隔的时间缩短一半，暗示了主人公急于出嫁而不得的心情。从疏与密的角度讲，八岁到十四岁的成长历程属于"疏"，从十四岁到十五岁的成长历程则属于"密"。由此可知，这首无题诗符合格式塔中的接近性与连续性原则，而在具体的时间间隔中，最后四句每两句之间间隔一年，其间隔性更小，其接近性与连续性的特征更为集中；前八句每两句之间间隔两年，其间隔性更大，其接近性与连续性的特征相对疏散。集中与疏散的特征仅仅是针对整首无题诗的一个完整的格式塔而言，是一个整体中的诸多部分，在接近性与连续性上所表现的是不同组别。

"李商隐在表现情境的视觉化中，有时组合了在习惯上不相关联的甚至根本无任何关联的事物，以引起丰富的感受性"[1]。在李商隐的诸多无题诗中，并不是每一首作品中的几个因素都能因接近性而产生连续性。许多作品中，诸多因素之间的分散性较强，甚至是若干的零碎片段的组合，而诸多组合结合在一起构成一个整体的"格式塔"之后，才具有了相对统一的逻辑与相对协调的情感思想。这种分散性主要由诗歌本身的内部结构所致。

《无题·凤尾香罗薄几重》一诗，共分四联，这四联中的每一联之间的关联度并不是特别大。首联描绘的是深夜期待出嫁的女子以凤尾图案的香罗缝制青帐的场景。颈联则转入女子与所思慕之人曾经会面时的羞涩以及彼此之间因语言难以沟通形成的阻隔。颔联进入两种琐碎事物的聚焦式描写，一为室内，刚刚熄灭的灯芯上的火星逐渐变暗的过程；二为室外的石榴花，逐渐开出红色花瓣的过程。尾联属于一个总结性的描述，先以斑骓系在垂满柳树枝条之岸边的景色填充了整个画面，后点明了诗歌的核心意义，即"佳人慕高义，求贤良独难"。这首无题诗的四联之间跳跃性很大，但这并不意味着四联之间是一种绝对松散的状态。实际上，四联之间的关系是由诗歌所描绘的女主人公的情思的线索一以贯之的。作为一个完整的格式塔，这首无题诗四联之间的联系，是以一种统一情思的条件下的若干片段串联起来的。如果之前我们所分析的诸如"相见时难别亦难""来是空言去绝踪"属于典型的"｜｜+｜"模式，那么这一类诸多元素相对分散的诗作可概括为"｜+｜+｜+｜"模式。在结构上，虽然这种类型的诗歌相对疏散，但作为一个完整的格式塔，在整体性结构的关照下却能够在组合后产生诸多复杂的叠加意义。相似的结构，在无题诗中还有"飒飒东风细雨来"及"重帏深下莫愁堂"两首。前者的首联描绘的是室外荷塘边的景象，荷塘旁边吹拂着东风，此时一阵阵雷声隐隐。颈联则描绘了以香炉为代表的室内布景及以

---

① 姚一苇：《李商隐诗中的视觉意象》，转引自台湾中山大学中文学会编《李商隐诗研究论文集》，台湾天工书局1984年版，第530页。

玉虎辘轳为代表的室外布景。颔联跳跃到贾午与宓妃的典故当中。尾联总结主人公的心情之低落，乃至灰心。如果将这首诗看成一个完整的格式塔，则四联之间并无直接的联系，联与联之间的跳跃性极大。一以贯之的是诗中所描绘女子的相思之情，以及诗歌中反复提及的具有"香"（芙蓉之香、烧香之香、贾午典故中的香料、花之香）、"水"（细雨所暗含的雨水、井中汲水、宓妃典故中的洛水）、"火"（雷电之火、烧香之火、火燃后的灰烬）等因素的象征物。后者的首联描绘的是女主人公居住之处的环境，颈联总结了女主人公的思念成为幻影，后悔与所思慕之人相逢的心理。颔联暗示环境险恶，美好的事物无法让自身受益，反倒对身边那些不如自己之人大有裨益。尾联则揭示了抒情主人公执着无悔的付出。四联之间在诗面上也无因果联系，却在整体上因主人公的思绪而串联，形成一种诗境断裂而情绪上一脉相承的"貌离神合"的状态。

整体来说，无论是"｜｜｜+｜"模式还是"｜+｜+｜+｜"模式，在无题诗中都有格式塔理论中明显的因接近性而导致连续性的规律暗含其中，这种原则作为无题诗内部的组合与分配规律，对诗歌整体结构甚至内容都产生了较为深刻的影响。

第三节　李商隐无题诗中的简化性

简化是格式塔心理学中认识事物的一种重要方式。格式塔心理学一般将知觉与思维紧密地联系在一起。在接受文艺作品的过程中，人们的感知就已经包含了思维。形成知觉的过程，就是形成知觉概念。人们在感受事物的时候，大脑首先会对事物极具特征的因素进行提炼，而不是将某一事物原原本本地复刻在大脑中。这就是格式塔心理学中较具代表性的"简化原则"，其中，知觉的抽象性是摄取文艺作品的基础。在主题允许的范围内，作品的形式被极力地简化，直至简化到形式与表现的意义达到"同形性"的状态。格式塔心理学的这种"简化性"原则，体现在李商隐的无题诗中，呈现为一种带有概括性、抽象性的意义表达。这种"简化性"原则，也是形成李商隐无题诗抽象性特征的根本原因之一。

一 李商隐无题诗中的知觉与思维

抽象性是李商隐无题诗的本质特征，它在内容上表现为诗歌意义的抽象不明，在艺术手法上表现为艺术手段的间接朦胧，对此，前文已有充分论述。李商隐无题诗在诗面意义上基本是以男女爱情为主题，但其中的思想情感多偏向单相思、无尽的牵挂、可望而不可即的心态、心灰意冷乃至依旧执着追求等略带阴性和抑郁悲情的特征。在诗面意义上，这种情绪多是由恋爱的不顺所致，但在抽象意义上，则可虚化为追求而不得。李商隐无题诗的共同性似乎不仅能从诗歌题材上加以简单定位，其抽象性所深化而出的悲情、执着、渴望与阻隔一类情绪，当为其在主题上或构思上乃至深刻意义上的基本特征。

李商隐无题诗的构思，偏向于知觉与思维层面，虽然反映的多是女子的情思与男女之间的恋情，但这些无题诗借助情思与男女之间的恋情，还表现了许多抽象性元素，这些抽象性元素组合在一起，成为一系列反映抽象含义或特定含义的载体。女子的情思与男女之间的爱情，是有一种内在结构的，其所承载的是一种特定的意义模式。这种意义模式也是具有抽象性的，究其根源，至少包含以下几点内容：首先是主体对于一种美好事物的执着渴求；其次是主客双方因某种原因存在一种"阻隔"，使主体的追求处于一种无法企及的状态之中；最后是主体在这种追求的阻隔中受到冲击后的矛盾、踌躇甚至是惆怅心理。在这种心灵历程中，始终贯穿着一对矛盾，就是因可望而不可即而产生的灰心和灰心之后的继续执着。这两种心理状态看似矛盾，其实质是统一的。作为艺术作品，无题诗所反映的生活内容，并不是客观事物的简单再现，而是依靠简化原则，将其抽象化之后，展现出诗歌在内容和形式方面的基本特征。其内在依据是作者作为艺术家所要表现的意义结构。因为这种意义结构，只有借助外在的若干具有某些相通或相近事物的结构特征才能显现，其中"同形性""异质同构"原理，是连接意义结构与事物外在结构的中介因素。通常情况下，我们在李商隐无题诗中看到的以情感为主线的诗歌内容或情绪抒发，是承载在无题诗意义结构所需要的事物外在结构之上的。我们把这种具体化到诗歌内容中，用来传达诗歌意义结构的因素，称为"同形性载体"。

李商隐的无题诗是一种偏向于知觉与思维表达的诗歌创作，也是一种以意义结构为发挥源头的诗歌创作，这与无题诗偏向于表达与刻画内心世界，勾勒与描绘细小事物焦点有关。在李商隐之前的时代，并不是所有诗人的诗作都能偏向于知觉与思维表达甚至以意义结构作为发挥源头的。许多偏向于议论史实或抒发情感偏于实质明确的诗作甚至在理解的过程中是更加聚焦于事物的外在结构之上的。在传统的诗学中，这种诗作的创作手法更接近于"赋"，而李商隐的无题诗中，虽然经常出现"赋"的手法，但所传达的情思更多地偏向于"兴"，其中或掺杂少量"比"的手法。李商隐无题诗中的这种偏向于内心的趋向，与"比""兴"等手法也存在一种微妙的区别。其中与"比"的差别远远大于"兴"。在"比"的手法中，本体与喻体之间的关系通常能够很容易地构成相互之间的联系，其关联度在读者接受的过程中较为确定与明晰。而"兴"的手法则不然，所咏之物与所言之物构成的联系往往较为抽象，需要在所咏之物与所言之物的共同特征因子下才能建立联系。格式塔心理学中所提及的意义内在结构与事物外在结构的关系与"比""兴"等中国古代传统诗歌手法还存在某种细微的差别。无论是"比"中经常提到的本体或喻体，还是"兴"中经常提到的"他物"与"所咏之词"，都是一种偏于思维之外的实质性诗歌的理解与接受概念。而作为格式塔心理学中所提及的意义结构层面，往往和与之对应的外在结构层面有着某种层次上的关系，这种层次关系在"比""兴"两种传统诗歌理论中表现得不甚明显。这种层次感表现在：从诗人创作的角度来看，先在意义结构上产生了抽象性意义，又将这种抽象性意义附着于有着同形性特征的具体事物，以对应的外在结构的形式表现出来；从读者接受或阅读的角度来看，则是先接触外在结构形式中具有同形性的具体事物，又在这种具体事物的基础上探索意义结构层面的抽象意义。二者在层次顺序角度是完全相反的两种思维方式。

二　李商隐无题诗中的同形性载体

李商隐无题诗中的同形性载体多为女子或爱情，但这一形式在中国古代以男女寓君臣的文化背景下，并不是一种独创。由于这种特殊的文化背景以及前代诗人的创作习惯，李商隐的无题诗被古今许多注释家和学者冠以有所寄托的创作观念进行解读。从格式塔心理学角度来理解，中国古代诗歌中的许多闺怨题材，都可以认定为以男女爱情关系为外在结构形式，并以君臣政治关系为内在意义形式的典范。李商隐自己表达过"一自高唐赋成后，楚天云雨尽堪疑"的文学观念，很多学者便据此认定李商隐的无题诗是有寄托的，并且托寓的都是与自己生活状态相关的政治事件和仕途经历，甚至将其具体到李商隐与令狐绹二人的关系上。从这个角度讨论李商隐的无题诗，其实是否定了李商隐诗歌的一种内在隐性的艺术创新。因为李商隐无题诗的根本创新之处并不在于是否以男女关系寓君臣关系，而在于以聚焦于外在结构形式向聚焦于内在意义形式的一种偏向于抽象意义表达与心理刻画的思路转变。

　　从格式塔心理学角度来看，除了"昨夜星辰昨夜风"一首是单纯地描绘夜间宴饮博戏又因公事而不得已离开的失落之外，其余诸首无题诗都符合以具体的形式结构表现抽象意义结构的特征。"八岁偷照镜"所描绘的意义结构其实是一种很早便具备了异于常人的能力而得不到施展的感叹，其所描绘的形式结构则是一位具备了各项优异条件的少女不得嫁与如意之人的伤感。"何处哀筝随急管"所描绘的意义结构与"八岁偷照镜"基本相同，是一种针对优点无处展示而表现出的慨叹，而其具体意义上的形式结构则是以东家老女虽美而不得嫁的长叹以及与溧阳公主之间的对比构成的。"白道萦回入暮霞"的意义结构也与之类似，而形式结构则偏向于女子的美貌无人欣赏。"紫府仙人号宝灯"的意义结构是描绘一种可望而不可即的追求，其所承载的具体的形式结构则诉诸与女仙人之间饮云浆而后经受"瑶台十二层"的重重阻隔。"闻道阊门萼绿华"的意义结构是企盼能够目睹所思慕之事物，而其形式结构则聚焦于一种自比萧史并窥视吴王院内女子的具体行为。"重帏深下莫愁堂"的意义结构是执着的期待、持之以恒的灰心，而其形式结构则诉诸女子的孤独、恋爱经历及对爱情的执着。"来是空言去绝踪"的意义结构偏向于一种可望而不可即的追求，其形式结构则聚焦于女子对远方之人的思慕与眷恋，因远隔千山万水音信全无而在梦醒后寄托于书信的细节。

"凤尾香罗薄几重"中的意义结构偏向于抒情主人公期待有好时机被自己赶上，而形式结构则以深夜缝制罗帐的女子为刻画对象，刻画其待嫁的心态。"飒飒东风细雨来"中的意义结构是期待落空后的伤心，其形式结构则聚焦于女子在空守爱情期待后的相思成灰。"相见时难别亦难"的意义结构侧重于心情的失落、对岁月流逝的恐惧与伤感、对事物的执着，以及对未来的一丝希望。其形式结构则具化到了男女双方难舍难分时的失落心态，因期待对方而年华渐渐老去的伤感，以及对待爱情的至死不渝。"近知名阿侯"的意义结构当与"紫府仙人号宝灯"相近，而形式意义则诉诸登楼之女。"照梁初有情"的意义结构侧重于心中的不平之鸣，而其形式结构中将这种情绪诉诸女子的愁怨与"弹棋游戏"中的不平。"含情春晼晚"的意义结构当为一种痴心于自己而又不敢直接争取的追求，在形式结构中这种抽象意义被诉诸一场抒情主人公趁夜色到所思慕对象居住之处，又不敢进门与之相见，直至徘徊到天亮的连贯性情节。

李商隐无题诗的创新之处在于将诗歌所抒之情的焦点落在了意义结构上，其焦点乃是意义结构上的抽象意义，并非形式结构上的具体意义。这一突破并不简单聚焦于其重点落在意义结构上，因为李商隐之前以男女寓君臣的诗作，其着重点往往也在"君臣"而不在男女，他们的着眼点似乎已经偏向于意义结构。李商隐无题诗的创新之处是，他们将这种意义结构上附着的意义，由明确的"君臣"抽象化到某一朦胧的情绪。抽象性原则在意义结构层面的体现，是古今诸多学者对李商隐无题诗产生穿凿附会理解的根本原因。这种意义结构上的抽象性，是李商隐无题诗区别于以往以男女寓君臣一类诗作的本质特征，而抽象性被具体化到某一政治事件或者某一具体的人身上的解读，显然是忽略了李商隐无题诗的这种创新性，将其与前代诗歌的传统解读方式生搬硬套在一起的错误方法。

三　李商隐无题诗中的倾向性张力

"倾向性张力"是格式塔心理学中较为重要的概念之一，多用于解释图像艺术规律。阿恩海姆认为，任何一个图像都可以分析出它本身存在的某种张力。绘画之所以吸引人，是因为它具有某种张力。尽管绘画艺术品多数是静止的，但是因为绘画本身的特殊形式结构，它们本身能够给人以朝着某个特定方向运动的心理感受。它是一种个体审美心理与审美对象相互作用后的产物，其根源在于人的大脑皮层的力场效应。这种倾向性张力，在李商隐的无题诗中也有体现，多表现在其所描绘的一系列场景之中。

在"莫近弹棋局，中心最不平"两句诗中，以"不平"简洁描绘了弹棋棋盘的状态。根据史料的记载，弹棋棋盘的形状有着中间高四边低的特征，以弹棋棋盘中间的"不平"来暗指心中之不平，是诸多注释家对李商隐这首无题诗解读时的惯用说法，并且较为可信。在"弹棋局"这个画面中，弹棋棋盘的形状构成了"照梁初有情"这首无题诗最后一联一个较为重要的画面。"弹棋局"中的弹棋棋盘，中间高四周低，形成了一个颇具斜度的画面。虽然我们并不清楚唐代中后期弹棋棋盘的具体形状，但其中央凸起的特征是可以确定的。在这样一个画面中，弹棋棋盘便充当了一个具有倾向性张力的画面。它的运动方向有一种自然向上凸起的趋势。这种倾向性张力便是弹棋棋盘中心向上运动的画面状态所致。

这种向上的倾向性张力，是李商隐心中郁积很长时间的一种情绪的爆发。虽然我们根据形式结构与意义结构的理论，无法将其落实到某一具体的事物中，但依照李商隐缺失性的心理经验以及仕途与爱情的坎坷可知，这是一种向上喷发的趋势，是其经历诸多阻隔、诸多失落之后，从心底深处迸发出的不平之鸣。从人生角度来看，这是一种挣扎与抗争；从生命本体的角度来看，这是一种生命力的体现。故此，从倾向性张力去理解弹棋向上运动的知觉趋势，是理解李商隐无题诗或其大部分诗歌的一个重要的切入点。因为弹棋在倾向性张力的作用下体现出的向上运动的趋势，就是李商隐情感深处的活力根源与生命动力所在。

李商隐无题诗中充满了各种"阻隔"。在李商隐无题诗诸多带有"阻隔"含义的画面中，有两个画面是极具倾向性张力的。第一个画面是"紫府仙人号宝灯"一首中"十二层"的"瑶台"，第二个画面是

"来是空言去绝踪"中"一万重"的"蓬山"。在"更隔瑶台十二层"中，我们似乎能够看到这样一幅画面：抒情主人公所指的紫府仙人，居住在离他更高、更远之处，二者之间，隔着一层又一层的瑶台。从诗歌抒情主人公所在的地点，一层又一层连接到了紫府仙人的居处。这幅画面，一层又一层的瑶台便是具有倾向性张力的图画，其运动方向是向上的，即从抒情主人公所在地向紫府仙人所在地运动，是一个由低处向高处运动的趋势，这与弹棋棋盘所描绘的倾向性运动有异曲同工之妙。其本质是抒情主人公的一种向高处攀爬的倾向，也是其极力追求可望而不可即的美好事物的生命意识的象征。与之相比，一万重蓬山的倾向性张力似乎更具潜在的柔韧力量。一万重的蓬山，可以抽象化为拥有无数波谷波峰的曲线。曲线的起点一端是抒情主人公，而终点一端则是抒情主人公所追求的事物。这幅画面中，倾向性运动从抒情主人公起，直至抒情主人公所追求的事物终止，期间的倾向性运动状态，便是抒情主人公心中奔向所追求事物的心理运动的过程。由"蓬山"抽象出的山峰及山谷，可抽象化为诗中所传达的追求中的起起落落。在这个极其困难的象征性运动中，抒情主人公的坚韧与执着是促使运动得以继续的根本动因。这一图画中所流露出的倾向性张力，依旧可以为诗歌意义结构的表达起到完美的辅助作用。倾向性张力不仅存在于图画艺术中，而且李商隐诗作中所描绘的画面也具有很多生命性的张力。

李商隐无题诗中"张力"的源头是其自身坚韧与执着的心理。诗歌所描绘的画面中产生的倾向性张力，表现出诗人在诗歌创作过程中有意无意注入诗歌思想内涵中的强大生命力。这种生命力是中国文人情感中不可磨灭的凛然之气，但李商隐无题诗中的这种张力，更多是内指的，即他指向的往往是自己甚至自己的内心。他的不平是鸣一己之不平，即使能够以小见大，也必须从自己的亲身感受出发，具有鲜明的自我体验性特征和强大的自我生命觉醒性质。李商隐的经历也是这种倾向性张力的阐释和说明。在李商隐所生活的那个黑暗的年代，他认清了空有才华而无门第背景必然无法立足于官场的现实。历经世态炎凉的他似乎已经清醒地看到自己前途的无望，却依旧满怀希望，在无题诗的创作中注入积极的生命力以驱动自己的理念，这便是李商隐无题诗倾向性张力的动力与源泉。李商隐的无题诗，以诸多具有运动性的图画描绘，展示了一种绵延不绝的、具有强大生命意识的倾向性张力，是其不朽的思想与艺术倾向，也是其能够成为中国古代诗歌中的经典之作的重要原因。

第六章　李商隐无题诗的
"阻隔"艺术

　　李商隐的无题诗自始至终贯穿着一种"阻隔"，这种"阻隔"也是李商隐无题诗所展现出的"对美好事物的发现或追求—认定自己有资格追求美好事物—追求过程中因受阻而失落—追求失败后的愤愤不平以及绝望而难以排遣的凄楚情绪—受阻后继续执着无悔地追求"。这一抽象情绪链条中起到转折性作用的关键一步，它有时也会生成抒情主人公的离别之苦，促成抒情主体的窥视行为，乃至产生可望而不可即之感以及执着无悔追求的根源所在。

　　"英国心理学家布洛遂于1912年提出心理距离说，其要义有四：（一）以超越实用之态度观赏形象，保持心理距离；（二）推远时间距离；（三）推远空间距离；（四）距离矛盾之安排。"① 简单来说，所谓心理距离，从文学意义上讲，是抒情主人公对另一个主体或群体的亲近接纳或者排斥交流的主观感受程度。具体表现在抒情主人公在感情、态度和行为上的疏密。李商隐无题诗中的阻隔情结，正是这种心理距离的表现。这种心理距离，是表现其阻隔艺术的直接动因，而对于李商隐的无题诗而言，虽然朦胧与多义的特征使得每一首诗的具体情况有所不同，但有一个共同特征是极其明显的——李商隐的无题诗都传达出不同程度的"阻隔"，构成了由心理距离产生的阻隔式的精湛艺术表现。

　　在李商隐无题诗五个阶段的抽象意义中，"阻隔"在其中起到了承

---

　　① 欧阳炯：《从美感经验说试探义山诗》，转引自台湾中山大学中文学会编《李商隐诗研究论文集》，台湾天工书局1984年版，第669—670页。

上启下的过渡作用，它是抒情主体与客观美好事物之间的桥梁，它的出现直接加大了无题诗情绪脉络的起伏，成为加深无题诗情感浓度与抒情张力的重要触媒。李商隐的无题诗虽然各有侧重，其风格也不尽相同，但这种"阻隔"却贯穿始终。可以说"阻隔"是李商隐无题诗所传达的抽象情绪中较具共性的一种，其背后充满了悲剧色彩，是李商隐无题诗独有的艺术魅力。

第一节　贯穿无题诗的"阻隔"

"阻隔"是李商隐无题诗在内容层面较为典型的特征，也是李商隐无题诗在抽象性意义的基础上概括提炼之后的主要共同情绪特征。"远隔孤独的流离心态，是李商隐诗中的基本情调"①，我们所说的李商隐无题诗的"阻隔"，则是基于这种"隔"的理论之上，经过文本分析而得出的一系列带有"阻隔"的细节因素，这些因素与"隔"的理论既有区别，又有联系。"阻隔"同时又是李商隐无题诗诸多抽象意义在表达过程中的一个重要阶段。

有学者指出，"时间的'晚'与空间的'远'是义山诗中常见的模式"②，这种抽象的意念在李商隐无题诗中经常出现。时空无法超越，便形成了一种"阻隔"。很明显，这一背后蕴含着现实无法改变的抽象含义，所以说，"时空的遥隔感乃是心态焦虑的反映"③，而"远隔心态是由孤独引起的心理疲劳"④。这种"隔"通常被传统笺注家理解为"怀才不遇者自怜自赏的反应"⑤，故此，"远隔而闭锁的心态"通常也被视作

① 黄永武：《李商隐的远隔心态》，转引自台湾中山大学中文学会编《李商隐诗研究论文集》，台湾天工书局1984年版，第58页。
② 黄永武：《李商隐的远隔心态》，转引自台湾中山大学中文学会编《李商隐诗研究论文集》，台湾天工书局1984年版，第59页。
③ 黄永武：《李商隐的远隔心态》，转引自台湾中山大学中文学会编《李商隐诗研究论文集》，台湾天工书局1984年版，第61页。
④ 黄永武：《李商隐的远隔心态》，转引自台湾中山大学中文学会编《李商隐诗研究论文集》，台湾天工书局1984年版，第65页。
⑤ 黄永武：《李商隐的远隔心态》，转引自台湾中山大学中文学会编《李商隐诗研究论文集》，台湾天工书局1984年版，第63页。

"由向外的攻击转向自己"① 的过程，"也可以视作由自我奋斗以完成自我的过程"②，乃至闭锁外界，虐待自己，使之成为自我升华的力量。这一切思绪的诱导因素便是贯穿李商隐无题诗抽象意义的"阻隔"。

李商隐无题诗中的"阻隔"艺术，是通过贯穿每一首无题诗的"阻隔"情结传达出来的。这种"阻隔"情结在前文相关的论述中已有所涉及。从系统化认识的角度看，"阻隔"在李商隐每一首无题诗中都能找到对应之处。"阻隔"在李商隐无题诗中的存在，显然不是一种偶然。

一　男女恋情中的阻隔情结

在李商隐诸多无题诗中，"阻隔"情结通常在诗面意义上表现在男女恋情之中。"在很能代表李商隐诗歌风格的诸多以女性为中心的情诗中，呈现了某种特殊的、颇为一致的面貌，即怨、离、别、恨的悲哀色调。换句话说，是一种对'不圆满'情境的普遍观照。无论有无寄托的问题解决与否，都不影响这个诗境存在的真确性。"③ 这种阻隔情结的诱发根源，通常是美好的愿望不能满足。

《无题·八岁偷照镜》一诗中，描绘了一位聪慧少女从八岁到十五岁的成长历程。她的成长历程并不是一帆风顺，而是充满曲折，充满"阻隔"。八岁的时候，她已经开始关注自己的容貌，并模仿成年女子画眉的方式装饰自己的眉毛，但或是由于羞涩，或是由于洞察到家人对进入青春期女子"芳心"所思之内容的三缄其口、讳莫如深，她只能将心中对于"美"的好奇与渴望诉诸一个充满隐含色彩的"偷照镜"的动作。可见，周围亲属对少女的这种渴求"美"的行为是不支持，甚至是加以阻止的。在这里，"芳心"对美的渴求与外界对"芳心"的阻拦，构成了本诗的第一层"阻隔"。主人公十四岁的时候，家中对她采取了一个颇具强制性的举措——"藏六亲"，即尽量与同辈中年龄相仿的男

---

① 黄永武：《李商隐的远隔心态》，转引自台湾中山大学中文学会编《李商隐诗研究论文集》，台湾天工书局 1984 年版，第 67 页。

② 黄永武：《李商隐的远隔心态》，转引自台湾中山大学中文学会编《李商隐诗研究论文集》，台湾天工书局 1984 年版，第 69 页。

③ 方莲华：《李商隐"不圆满"诗境探微》，文津出版社 2006 年版，第 104 页。

性亲属相隔离。在古代，未出嫁的女子，面容不能被男性甚至是男性亲属所见。进入青春期的女主人公，怀着对美的渴望，怀着对青春的幻想，怀着对男性的好奇与畏惧，再次体验了一种"阻隔"之感，这便是第二层的"阻隔"。此外，这首诗还有第三层的隐性"阻隔"。十五岁的时候，主人公在春风中哭泣。她为什么会在一片生机盎然的环境中如此伤心？或许在本句无法找到答案，但却可以通过对全诗的研读，找到其"症结"所在。其关键在于这个少女形象与曹植《美女篇》中的美女形象有异曲同工之妙。"佳人慕高义，求贤良独难""盛年处房室，中夜起长叹"或可概括千千万万秀外慧中的女子，因高尚的追求而不得的一种失落、无奈与烦闷。由此不难发现，隐藏在末两句的这一层"阻隔"，既响应了前两层的"阻隔"之感，又是本诗第三层"阻隔"的概括、提升与总结。"阻隔"情结，实为贯穿全诗的灵魂与线索。

《无题·照梁初有情》一诗，以女子恋情的不顺比附心中之怨，其"阻隔"情结即是通过这两层意义统一传达于诗歌情感表述之中的。这种"阻隔"表现在两个层次：第一层表现在"锦长书郑重"一句。"郑重"为反复之意。"锦书"则是暗用了苏蕙编织《璇玑图》的典故。从典故的内容中不难发现，这里暗藏一种类似于窦滔与苏蕙远隔千里的隐喻，而"郑重"正是抒情主人公试图通过反复以书信为载体的情绪表达，冲破"阻隔"的心理。第二层表现在"中心最不平"的解读上。弹棋这种游戏早在古代便已失传，但棋局的中央高高凸起则有史料可证。李商隐在诗歌中多次使用弹棋局中心的不平隐喻个人心中的不平之气。①正所谓不平则鸣，李商隐的这种抒情方式，是他人生中本应平坦的大道受到"阻隔"的结果，这一类诗作中处处暗含着"阻隔"。

《无题·凤尾香罗薄几重》一诗，描绘的是深夜一位细心缝制凤尾香罗的女子。这也是一首从头到尾贯穿着"阻隔"的诗作。"羞难掩"，着一"掩"字而"阻隔"尽出。可谓"扇裁月魄"无法遮住女子因与男子相见之羞涩。"语未通"，说明男女双方并没有言语的交流，暗指双方心意未通，双方的心思之间又存在着"阻隔"。"断无消息"，着一

---

① 李商隐另有《柳枝》诗五首，有"玉作弹棋局，中心亦不平"句，可参看。

"断"字再次将"阻隔"嵌入诗中。渴望得到对方消息而又无法得到的情况下，其心境是焦急而无可奈何的，"阻隔"是加深这种心境的最直接的诱导因素。"愿为西南风，长逝入君怀"，李商隐化用曹植《七哀诗》中的成句，意在说明希望能够像西南风一样，可以没有任何顾忌，不受任何"阻隔"，直扑所思慕之人的胸怀，与所思慕之人做最亲近的、无"阻隔"的接触。如果说本诗前三层意义上的"阻隔"都是直接描述，那么尾句则是对"阻隔"的反扑。本诗无疑是借男女思慕而不得之情反映抒情主人公可望而不可即之感，"阻隔"在主客体之间的莫可名状的抽象事物依旧存在。

《无题·重帷深下莫愁堂》一诗，字面意义上仍然是在描绘女子闺阁与相思，其"阻隔"在第一句的"重"与"深"字中便表露无遗。"重"与"深"说明该女子的居所较为隐蔽，抒情主人公与之隔着一道又一道帷帐、一层又一层房间。"阻隔"首先表现在抒情主人公与女子居所的距离上。"神女生涯原是梦"，是一种现实与虚幻的反衬，其中现实与虚幻之间存在一个界限，这个界限依然是"阻隔"的反映，而"小姑居处本无郎"，则是男女之间的一种隔阂，这种隔阂同样也是"阻隔"的反映。"风波"与"菱枝"之间，是"阻隔"着的，所以才有"不信"菱枝娇弱之说。"月露"与"桂叶"之间，也是"阻隔"着的，因此才有不知桂叶的香味之说。此句也有言外之意，桂叶的馨香暗指李商隐的才华横溢，而"谁叫"二字说明了其才华不得用而空有一腔自负之心，正如桂叶白白绽放着诱人的清香一样。愿望之不得，清香之无人嗅，无论诗歌描述的是哪一层意义，理想与现实之间依旧有一种"阻隔"。

《无题·何处哀筝随急管》一诗，以女子不能嫁与如意郎君，暗喻己之不得志。此类诗作，理想与现实之间矛盾的焦点集中在现实中"阻隔"理想实现的诸多因素之中，所以不可避免地具备一系列"阻隔"式情结。无论是"东家老女"，还是"溧阳公主"，她们都为未能嫁与如意之人而心中满布忧愁，其中的"阻隔"之感不言而喻。这种"阻隔"之感，甚至使抒情主人公辗转难眠，就连梁上的燕子也不免为其理想受"阻隔"而慨叹。

"闻道阊门萼绿华"一诗，包含两层"阻隔"。其一，"昔年相望抵天涯",已明确道出抒情主人公与所描述对象相见之难。"相望"可知双方相距遥远,而"抵天涯"则道出双方相望因遥远而变得更为艰难。其二,"偷看吴王苑内花",着一"偷"字将抒情主人公所期待见到的对象与相见的方式一并道出。既然是"偷看",抒情主人公与所见之对象之间,"阻隔"因素的存在便早已落到了实处。本诗通过两层"阻隔",即相忘于天涯的距离上的"阻隔",以"偷看"方式相见的行为上的"阻隔",形象传达出抒情主人公对跨越"阻隔"的渴望以及无法摆脱"阻隔"的无奈。

《无题·近知名阿侯》一诗,也蕴含着"阻隔"情结。诗歌仅六句,首二句点明了女子的姓名和住处,中间两句则描绘了该女子优美的舞姿和流露着哀愁的长眉,而这首诗的"阻隔"主要隐藏在最后两句。"黄金堪作屋,何不作重楼",引用了汉武帝刘彻"金屋藏娇"的典故。"若得阿娇为妻,当造金屋储之"的背后,隐匿了一个信息——被"储"的女子是贵族,并且为皇帝的妻子,是不可以轻易示人的。也就是说,诗中所描绘的被称为"阿侯"的女子,与抒情主人公之间存在一种因不可轻易相见的"阻隔"状态。"何不作重楼"则道出了抒情主人公对这种"阻隔"的态度,那就是希望造一座高高的阁楼,将这位集美貌、文艺才能于一身的女子储在高楼之上供人们瞻仰,但即便如此,这其中的"阻隔"也依旧存在。处在高楼上的女子,虽较之储于"黄金屋"内的女子更容易被人们赏识,却因为所处地理位置之高或身份之尊贵而无法与人们近距离接触。与"阿侯"之间的"阻隔",便在这首诗的末尾两句油然而生。

《无题·白道萦回入暮霞》一诗也暗藏着"阻隔"。旧注家认为本诗借女子的貌美暗喻抒情主人公才华卓著,即以女子貌美而无人赏识,暗指李商隐仕途不顺、怀才不遇。就诗论诗,李商隐的怀才不遇或与这首诗所传达的抽象情绪具有同构性,或许他的怀才不遇也是这首诗情绪形成的诸多诱因中的一个。"春风自共何人笑,枉破阳城十万家",暗喻七香车上的这位貌美女子的嫣然一笑。这一笑有着极为浓重的背景铺垫,其中傍晚时分晚霞洒满了远处反着白光的大道是这个画面的背景描绘,而青白花纹相间的骏马拉着七香车,经过时发出的嘶鸣声,则为该女子出场做了更好的铺垫。在一阵和煦的春风中,七香车内的美女露出了甜甜的笑容。这位美女的笑容是有目的的,她试图用笑容来引起正在关注她的人的注意,但她的努力注定是徒劳的,终将落得"枉破阳城十万家"一样无人欣赏的结局。美女试图用"笑"来博得欣赏,但她的目的因为无人欣赏这一客观条件而无法达成。其目的与效果之间形成了一种强烈的"阻隔",进而成为一种带有"阻隔"意味的情结。这种情结,同样表现在李商隐在仕途中展示自己的才华,因无人欣赏而遭"阻隔"的客观现实中。因此,"阻隔"情结也是构成本诗艺术魅力的直接动因,是构成本诗的主要情感线索。

《无题·紫府仙人号宝灯》一诗,蕴藏着的"阻隔"则相对明显。诗歌竭力描绘抒情主人公将要与一位女仙人宴饮,但期待中的宴饮似乎还没有开始,仙露与云浆便早已成冰,由此可以推知所描绘的环境是极其寒冷的。抒情主人公所追求的宴饮似乎有着更为深层的意蕴,其背后有着与所描绘的"紫府仙人"相近的动机所在,而云浆已然成冰,宴饮已不可成。抒情主人公所追求的与"紫府仙人"相近的想法已然化成泡影,这便造成了本诗情绪中所传达的第一层"阻隔"。既然抒情主人公无法借助宴饮的机会与"紫府仙人"接近,那么他的追求则进入下一个层面——是否能够借此机会与"紫府仙人"近距离接触呢?诗歌的最后以"更在瑶台十二层"作结,表示与"紫府仙人"接近的机会又隔了十二层瑶台的"阻隔",诗中的第二层"阻隔"便由此产生。本诗通常认为是在传达一种执着的追求,追求的过程中,重重的"阻隔"也已在诗歌抒情的过程中跃然纸上。"可望不可即"的感觉,其根本的艺术魅力,便在于"可望"与"不可即"之间的重重"阻隔"。

《无题·含情春晼晚》一诗,描绘了抒情主人公渴求与所思慕的女子相见,夜里到了女子门口,又徘徊不定,不敢前进,乃至离去后辗转反侧直到天明的一段情节。其中,抒情主人公与该女子会面之难,很大程度上取决于二人之间的一种"阻隔"。听到所思慕女子室内的声响,抒情主人公急忙登上楼去,却在关键时刻犹豫了起来。抒情主人公连夜到了所思慕的女子门前,却不敢登楼,足以解释他们之间存在一种强大的"阻隔"力。故此,他只能远远地看着所思慕的女子房间内一片温暖而又热闹的景象，却迟迟不敢进入楼内。这种"阻隔"力带来的反作用力是极其强大的，强大到鼓起勇气来到门前的抒情主人公无法进一步鼓起勇气进入所思慕女子所在的住所，只能一味地希望、幻想，希冀自己成为她头顶金钗上的燕子，或者是她所照的镜子背后用作修饰的鸾鸟。这便是针对"阻隔"情结的一种心理补偿。

二　复杂思绪中的"阻隔"

有时候，无题诗中的"阻隔"，在诗歌中呈现的是一种复杂而抽象的关系，其所赖以诱导的根源，也隐含在这一系列困境之中。

《无题·昨夜星辰昨夜风》一诗中，"阻隔"更为明显，并且贯穿整首诗。无论是"星辰"还是"风"，都是"昨夜"的存在。"昨夜"与"今天"本来就存在一种"阻隔"，它们之间隔着的是时间距离，而画楼的西边，桂堂的东边，则定位了事情所发生的具体地点——桂堂与画楼之间。桂堂，事情发生的具体地点，与画楼三点一线，从叙述所定位的视角来看，抒情主人公似乎是远远站在桂堂一线的前方或后方。在空间上，抒情主人公与所移情的对象和事情发生的具体地点之间也是有一定距离的。下面的两句诗可以串联起来分析。抒情主人公没有彩凤凰身上的那一双翅膀，难以飞到心之所向往的对象身边。首先可以明确，抒情主人公与其情感所投射的对象之间是有一定距离的，所以巴不得生出双翼，飞到对方身边。"心有灵犀"句看似是对上一句情感的逆转，意为虽然抒情主人公与所思念之人并不在一起，但他们心意相通，可谓二人物理距离相隔，心却离得很近。其实际意义则是前一句的补充。正因为有了物理距离上的"阻隔"，才有了心意相通之意味，乃至在精神上形成互补。颈联说的是两种游戏，但"隔座""分曹"一瞬间将"阻隔"清晰地表现出来。抒情主人公与所思念的对象在两场游戏中，有一次座位相距甚远，另一次则被分在不同的组。渴慕与思念之人接近却遥遥相隔的矛盾思绪，早已在无奈的"阻隔"中表露无遗。在诗歌的尾联，无论是从抒情主人公作为第三人观看他人意犹未尽而不得不离去的角度看，还是从李商隐本人沉浸在游戏的欢愉之中听到击鼓声不得不应付公事的角度看，都有一个抒情主人公离去的客观事实存在，而这一事实无疑使

抒情主人公与抒情对象之间的距离越来越远，进而导致一种空间上的
"阻隔"。可以说，"昨夜星辰昨夜风"一诗，"阻隔"是贯穿全诗的情
感线索。"阻隔"在这首无题诗中已经成为一种必不可少的因素。

《无题·飒飒东风细雨来》一诗，描绘的是一种执着而无果的相思。
贾氏的典故中，以一个"窥"字，道出了男主人公与女主人公之间的
"阻隔"。在原有的典故中，男女主人公之间的交流以"香"作为线索，
将所有相关的事情都串联起来，而宓妃与曹植的故事，也是二者历经坎
坷而不得双宿双栖，充满"阻隔"的经历。对于相思，无题诗中描绘的
大都是一种无果的爱情，并且是明知道没有结果却仍执着坚持下去的痴
情。因此，哪怕有了重重"阻隔"之后，所有的相思都因各种"阻隔"
化为乌有，但抒情主人公都能做到无怨无悔。从某种程度上说，是这一
类"阻隔"造就了执着爱情的悲剧，也正是这一系列具有悲剧意味的存
在，才使得无题诗中的情感能够在更深层次上打动人心，成就一种永恒
的、充满眷恋的主题。

《无题·相见时难别亦难》一诗，也是以"阻隔"贯穿全诗的。首
先，相见的"难"与离别的"难"构成了一种两难境地，而促使这种难
以见面、见面后又不忍分别的条件主要有两个方面的原因：第一，主客
双方的感情必须异常深厚；第二，主客双方能够见面这个愿望，在现实
中是很难实现的，也就是说两者之间的见面受到某种因素的"阻隔"。
故此，这首诗的首句就揭露了一种因"阻隔"而产生的难舍难分的情绪
状态，使得全诗笼罩在一种因"阻隔"而产生的悲凄情绪之中。无论是
"春蚕"吐尽生命中最后一根"丝"，还是蜡烛燃尽自己最后一滴泪珠般
的油脂，背后都包蕴着一种未了的心愿，这种心愿足以使它们以耗尽全
部生命为代价。抒情主人公与难以实现的心愿之间，必然有着一条无法
逾越的鸿沟，这条鸿沟便是诗歌复杂情绪中充满"阻隔"的源头。整首
诗，除却最后一联，都是笼罩在"阻隔"基础上的忧思与执着情绪之
中的。

"来是空言去绝踪"是无题诗中"阻隔"极为明显、强烈的一首。
抒情对象的"去绝踪"，使抒情主人公失去了与抒情对象的一切联系。
这便开门见山地在抒情对象与抒情主人公之间产生了一个"阻隔"情

结。由于抒情对象曾经允诺过还会再来相见，而这一允诺却成了空言，一别竟然再没相见，使得两者之间因"阻隔"而产生的思念进一步加深。抒情主人公在梦中依稀见到抒情对象，而抒情对象却离他越来越远，抒情主人公哭着喊着要他回来，抒情对象却始终不曾回头。梦中的情景，也充满了"阻隔"，扩大并加深了"阻隔"所产生的效果。这种"阻隔"在末尾两句达到了高潮，"刘郎已恨蓬山远，更隔蓬山一万重"，相见难上加难。蓬山乃"阻隔"之障碍，而"更隔蓬山一万重"，意指"阻隔"之外还有"阻隔"。诗歌以此作结，"阻隔"之感的程度次第加强，其表达"阻隔"之感连同抱怨"阻隔"之艰辛的主旨已十分明晰。

三 "阻隔"中的悲剧意味

李商隐无题诗的"阻隔"情结几乎贯穿了他所有的无题诗作，其间渗透着强烈的悲剧意味。换言之，这种"阻隔"情结也是李商隐无题诗悲剧意味形成的一个重要因素。纵观李商隐的一生，似乎都行进在实现愿望时所获得的"阻隔"的矛盾中。童年时父亲和几位姐姐的早逝、成年后数次坎坷的恋爱经历和因仕途不顺屡遭打击，使李商隐长期生活在一种"饥渴"的心理状态之中。造成这种"饥渴"的原因是李商隐一直希望实现，但又始终无法实现的种种追求。在遭受数次打击和幻想破灭后，对李商隐来说，导致其希望落空的一次又一次的"阻隔"便成为他心中永远无法抹去的伤痛。我们在无题诗中体味到的，则是一种抽象化后的"阻隔"情结。这种"阻隔"情结是李商隐无题诗的抒情动力，绝非某一次"阻隔"愿望实现的具体事件的直接反应，相反，它们是李商隐在经过多重人生挫折与美好而合理的愿望不能实现后的一种抽象的情绪反应。可以说，无题诗"阻隔"情结的背后，是李商隐美好而合理的愿望无法达成的悲剧的缩影。

李商隐无题诗中的"'间阻之慨'和他在现实生活中不遇的挫折感是相通的"①。李商隐的无题诗是经过亲身体验生命经历的产物，其中所表现出的"因受现实阻碍而受尽煎熬的痛苦和备受折磨却依然无怨无悔

---

① 刘青海：《晚唐文学变局中的"温李新声"研究》，中华书局 2018 年版，第 267 页。

的执着交织在一起，给读者以强烈的震撼"①。李商隐无题诗惯用残缺意象和距离意象②，且"多数意象组合错综跳跃，不受现实生活中时空与因果顺序限制"③，大大增强了意象之间的密度。在李商隐的无题诗中，"空间意象往往与时间意象对接"④，在诗歌文本中若隐若现。李商隐的无题诗充满了"阻隔"，这与诗歌创作时多用阻隔性的意象和情结有着直接的关系。因为在诗歌的抒情过程中，其情感线索被这些具有阻隔性质的意象所截断，"从而更好地表达了生的维艰与无奈、情的执着与迷惘"⑤。李商隐无题诗所呈现出的这类情感，是一种"阻隔"式艺术的表现，即通过一种由"阻隔"意象所传达的"阻隔"感生成的一种具有间阻性质的情绪的传达，为读者传达的直接感受便是"美好的东西被阻挡在遥远的地方了"⑥。

"阻隔"背后具有强大的精神魅力，这种精神魅力以抒情诗歌为载体，渗透在李商隐无题诗的字里行间，成为增加李商隐无题诗艺术感染力不可或缺的重要因素。李商隐在无题诗背后流露出的"阻隔"是他人生经历的抽象反应，是如实反映其内心世界的一面镜子。于此，我们不如用"可望而不可即"这样一个简短的名词加以概括。这种人生悲剧，或许不仅仅是因为李商隐生活在晚唐那个特定的社会环境。根据李商隐的性格分析，这是他性格与世俗社会相矛盾的必然结果。从"活狱"案⑦可知，这是他率真耿直内心的自然发挥，从他不断乞求令狐绹，希望自己得到提拔的事实，又显而易见地看出，一位空有抱负的底层士族

① 刘青海：《晚唐文学变局中的"温李新声"研究》，中华书局 2018 年版，第 264—266 页。
② 刘婧：《锦瑟之音谜千古，不尽之意在无题——李商隐无题诗专题教学谈》，《中学语文教学参考·高中》2018 年第 4 期。
③ 徐猛：《浅析李商隐无题诗的审美意象》，《哈尔滨学院学报》2011 年第 1 期。
④ 徐猛：《李商隐无题诗审美意象的时空特色》，《哈尔滨商业大学学报》（社会科学版）2010 年第 6 期。
⑤ 王全豫：《论李商隐"无题"诗的情感张力》，《黄石高等专科学校学报》2003 年第 4 期。
⑥ 王蒙：《通境与通情——也谈李商隐的〈无题〉七律》，转引自《心有灵犀》，人民文学出版社 2002 年版，第 175 页。
⑦ 关于"活狱"案的具体细节，详见《新唐书》李商隐本传、《唐才子传·姚合》。本研究第二章第一节也有相关论述，可参见。

向所处的环境妥协的过程，这种妥协最终使李商隐陷入无法摆脱的世俗悲剧之中。

第二节 "阻隔"与"窥视"在无题诗中的表现

"阻隔"，是贯穿李商隐无题诗的重要因素之一。李商隐的无题诗，其诗面意义多以男女情爱为主要描绘对象，这也直接决定了相思与爱情方面的"阻隔"成为李商隐无题诗中最为普遍的描绘内容。爱情是人类最普遍、最真挚的情感之一，当爱情受到"阻隔"后，抒情主人公势必会抗争乃至形成一种反作用力。这在李商隐无题诗中主要以两种方式呈现，其一是始终保持无悔执着的态度，其二是凭借一种潜在的心理或是细微的行动来表示抗争，这便是"窥视"。

一 李商隐无题诗中的窥视情结

李商隐无题诗中，涉及窥视情结的一共有四处。这四处又可细化为三个层次。第一种类型，全诗并不是侧重描写窥视情结，而是在叙述或抒情的过程中，涉及窥视动作的诗作。如"八岁偷照镜"中的"偷"字，便是诗中的女主人公在镜中窥视自己的容貌，对自己画眉的一种心理兼动作的刻画。"飒飒东风细雨来"一诗中，第五句"贾氏窥帘韩掾少"，引贾午心仪韩寿，在其父宴请宾客时，窥视韩寿的典故。在所征引的这个典故中，直到贾充闻到韩寿身上的香味之前，贾午与韩寿之间的行动都带有私下幽会，偷偷摸摸的性质，而窥视则是引起这一系列私下行动的开端。"窥"字并不是李商隐在诗中炼字所用，而是典故原文中已有"窥之"字样，而"窥帘"在诗中所起的作用是深刻流露出的，其所要表现的是贾午希望一睹所思慕之人的真容，却迫于种种"阻隔"无法相见的状态，是一种试探、不安与按捺不住心理的直观表述。第二种类型，以抒情主人公作为男人的口吻，试图窥视所思慕女子真容的情结。如"岂知一夜秦楼客，偷看吴王苑内花"，是抒情主人公以"秦楼客"萧史自指，表现了自己希望有机会窥见所思慕女子真容的愿望。第三种类型，集中体现在"含情春畹晚"一诗中。这首诗集中描绘了抒情主人公（当为一男子）在暮春傍晚，因思念所歆慕的对象，来到其住处，想要进门一见，却因听到屋内的声音而羞怯，最终也没勇气走进屋内的场景。在这一场窥视中，抒情主人公又顿生歆慕，他觉得自己不如所思慕对象钗头上的玉燕，不如所思慕对象所照铜镜背后的鸾鸟，甚至羡慕它们能够常伴所思慕对象左右。抒情主人公就在这样一种矛盾的窥视心态中徘徊着，直到天明。

在这三类带有窥视情结的无题诗中，可以明显地看出抒情主人公在窥视中因"阻隔"而产生的矛盾心理。抒情主人公所窥视的内容，是他个人（非所在群体）心中希望看到的。在某种"阻隔"的作用下，他不能敞开心扉地去进行或是大胆地去看，只能以"窥视"的方式看待这一切。其中带有"阻隔"性质的因素，以及诱发"阻隔"心理的深层原因是不明晰的。

从《无题·八岁偷照镜》一诗中可以看出，这种"阻隔"或许与青春期发育进而与两性关系有关。少女不希望被家人看到自己已经有关注自己容貌的举动，甚至她也不希望周围的人发现她有关注美的心理，但她已经偷偷地学会了画眉，心中的爱美之心无法抑制，所以才选择以窥镜这一隐秘的动作进行观看、审美。这一细节在表层意义上似乎刻画了女子刚进入青春期的羞涩心理，但从某种程度上讲也可以说是一种社会风气的反映。贾午窥帘韩寿的典故，也是如此。贾午心中暗恋韩寿，却迫于身份不能主动提出。这种"阻隔"，依旧来源于身边的人，甚至是一种舆论，依旧与男女关系乃至男女爱情相关。"八岁偷照镜"的女子，与"窥帘"的贾午在这里有着异曲同工之处，只不过前者是由懵懂少女思慕个人容颜之美的愿望所致，后者是由青年女子思嫁郎君的愿望所致，但究其根本，导致她们以窥视方式冲破这种阻碍的，是周围人的看法以及男女关系在当时社会的种种禁忌。与二者不同的是"偷看吴王苑内花"的抒情主人公，以及"含情春晼晚"一诗所塑造的抒情主人公。如果说前两个抒情主人公都是女性的话，这两首诗中的抒情主人公则转向了男性。"闻道阊门萼绿华"一诗中，从"秦楼客""吴王苑"等细节，可以推测出抒情主人公所窥视的女子身份尊贵。"秦楼客"典故中，女主弄玉为秦王之女，而吴王苑与阊门相对，暗指其身份非普通人可比。

所以，在这些诗作中，在抒情主人公意识中，"阻隔"使其不得不以窥视的方式去冲破禁忌，除了男女关系的禁忌外，可能还受双方地位悬殊或者单相思之类的影响。"昔年相望抵天涯"，或暗指抒情主人公与所思慕之人曾于昔年相逢、相识，而"含情春婉晚"中整个窥视的过程，则是着一"怯"字而全部涵盖。既然抒情主人公早已来到所思慕之人的家门口，应该是早已将世俗之"阻隔"因素抛于脑后。抒情主人公没有进门，只是徘徊在横塘周围直到天亮，当与"乘兴而来，败兴而归"的王徽之不同，也不是碍于周围人的眼光和男女之间的禁忌，更与身份悬殊没有特别大的关系，而是抒情主人公心中之"怯"所致。

从这四首无题诗中窥视的主体来看，"八岁偷照镜""贾氏窥帘韩掾少"为思慕自己之美或思慕所恋男人的女子，"偷看吴王苑内花"与"含情春婉晚"中的抒情主人公是期望目睹美女真容或者与所思慕女子相见的男子。从这四首无题诗中所窥视的对象来看，"八岁偷照镜"中所窥视的是少女自己的容颜，而"贾氏窥帘韩掾少"中窥视的对象则是贾午所思慕的男子韩寿，其中或可暗指抽象意义，即指女子心中所思慕的男子。"偷看吴王苑内花"的抒情对象为吴王苑中之花。其中"花"或指吴王苑中某一美女，或指某一身份高贵的女子。"含情春婉晚"所窥视的对象无疑是抒情主人公心中所思慕之人，所思慕之人性别虽未点明，但从女性装饰品"玉燕钗""镜中鸾"这一细节可知，这一对象为女子，其身份较为尊贵。

从无题诗中所窥视对象来看，其角色身份较为广泛，既有自己，也有所思慕之人；既有男子窥见女子，也有女子窥见男子。这些对象或多或少都与渴望婚恋相关。窥镜为自己画眉，是一种对自己美貌的肯定，或许其中也包含类似于"女为悦己者容"之意；贾午窥帘偷看韩寿，其渴望嫁与对方为妻的动机更直接、更明显；"秦楼客""偷看吴王苑内花"，是期望与所仰慕的女子，即"吴王苑内之人"一见，间接与婚恋相关；"含情春婉晚"中抒情主人公所窥见的对象是让他仰慕到希望成为对方钗头的燕子、镜上的鸾鸟，以便随时与其相伴。可见，引起这一系列窥视行为的"阻隔"因素，都与婚恋相关。其可望而不可即的抽象情绪也是建立在婚恋关系的基础之上。

二 无题诗窥视情结的潜在缘由

从李商隐无题诗窥视细节的分析中可以得知，导致这种窥视行为的直接原因是"阻隔"。

由于带有窥视情结的无题诗，或多或少都与婚恋相关，所以依照文本内容，我们可以将这些"阻隔"细化成以下几点。

第一，女子思慕男子，期待嫁人，却又恐于亲人知晓——因为男女关系在古代社会环境中有禁忌。

第二，女子渴望"为悦己者容"，却又不希望身边人知道自己的内心感受——同样因为男女关系在古代社会环境中有禁忌。

第三，男子歆慕所思念之美女，希望通过窥探以求一见。因为所思慕之人身份尊贵，无法与其结成连理——男女双方地位悬殊。

第四，男子渴望见到所思慕之美女，但由于心中的胆怯无法鼓起勇气与其相见——抒情主人公内心有芥蒂。

作为以男女爱情为诗面意义的无题诗，其中所呈现的"窥视"情结，或许具有更深层的渊源。弗洛伊德认为，"每个人的潜意识中都有窥探他人的欲望"①，而窥视他人的欲望也有深层的生物理论基础。钟安思认为，人类之所以能够产生窥视行为，是"由于前额叶区的压抑作用"②。"在人类演化的过程里，视觉已经渐渐地取其他的官觉而代之，终于成为我们接受外来印象的第一孔道"③。

心理学中通常认定窥视情结与两性之间的关系具有某种特定的联系。在文明社会，"从展示身体到掩饰身体的变化，应是社会发展到一定阶段，即在把性对象变为个人占有物后，为了排斥其对别的异性的诱惑，而逐步发生的。这种对视觉上性诱惑的排斥，在封建社会时达到了极端"④。窥视行为便是在这种社会文明发展的基础上产生的。这其中存在两种情况：第一，在某一性对象为一个所有者占有之后，这一性对

---

① [奥] 弗洛伊德：《释梦》，孙名之译，商务印书馆 2004 年版，第 243 页。
② 钟安思：《心理分析：人为什么会偷窥》，《健康天地》2006 年第 1 期。
③ [英] 霭理士：《性心理学》，潘光旦译，商务印书馆 2004 年版，第 243 页。
④ 陈建宪：《白水素女性禁忌与偷窥心理》，《民间文化论坛》1999 年第 1 期。

象在排除占有对象的其余异性的视觉中则变成了被掩盖者，第二，某一性对象在没有被任何所有者占有之前，他的所有者尚未确定，这一性对象则在所有异性的视觉中变成了被掩盖者。其中，第一种情况当为第二种情况发展到一定阶段的产物。在这两种情况，尤其是第一种情况下，异性对于被掩盖者的窥视欲更容易因社会伦理的"阻隔"而引发。"有一种现象叫作'性景恋'，就是喜欢窥探性的情景，而获取性的兴奋，或只是窥探异性的性器官而得到同样的反应"①。这种带有"性景恋"的偷窥癖，诱发了许多关于"窥视"行为的产生。

从诗面意义上来看，这些带有窥视情结的无题诗，内容似乎都与男女婚恋相关。不可否认，诗歌中虚拟主人公对异性的欲望，是促成这一系列窥视细节的根本原因。这些主人公之所以都选择以窥视的方式冲破这种"阻隔"，是因为男女关系在社会伦理层面存在不可逾越的禁忌。从更高层面的意义上讲，男女双方地位的悬殊，以及抒情主人公内心的芥蒂，都是这种禁忌的衍生品。受传统儒家道德规范的影响，李商隐无题诗中所表现的"窥视"情结，仅仅是蜻蜓点水，并没有成"癖"，更没有像现代心理学中所说的那样，成为一种变态心理。它或许与现代心理学中的窥视情结产生的原因趋于一致，但却并没有发展到变质的程度。"八岁偷照镜"中的女子，只是希望家人不要发现自己在画眉，而选择偷偷观赏自己的容貌；"偷看吴王苑内花"中的"秦楼客"也仅仅看到了自己希望看到的吴王苑内的女子，并无非分之想，也没有过分的举动。贾午窥视韩寿，与之私会，看似过分，最后却在贾充的默许下，将他们之间的关系合法化。在"含情春晼晚"一诗中，由于思念与仰慕，到女方家门口徘徊的男子，因怯懦，在听到人家屋里有动静便将探望之念头彻底打消而暗自徘徊的程度，更不要说他会冲破社会与伦理道德的规范，做出什么过分的举动了。无题诗的窥视情结从某种程度上说确实具有潜在的、深层的原因，它是在两性禁忌的伦理社会中，压抑和好奇心理的根本反映。导致其发生的根本原因在于"阻隔"，从诗面意义上说，是男女关系在社会中的禁忌，但文化背景的差异，时代与环境的限定，又

① ［英］霭理士：《性心理学》，潘光旦译，商务印书馆 2004 年版，第 74 页。

使得李商隐无题诗中的窥视情结，无任何变态倾向可言。从这一层意义来说，李商隐无题诗的主流基调还是符合儒家传统观念的。

窥视情结在李商隐的无题诗中似乎还有一个方面的表现，从抽象意义的角度看，窥视情结的诱因是李商隐对可望而不可即的美好事物的歆慕。

以往很多学者认为，李商隐一生充满坎坷，处处充斥着人生的"阻隔"，与他个人陷入"牛李党争"有直接关系，而无题诗中一系列所谓的"窥视"，也就自然而然地被戴上了窥视两党政局的帽子。其实，李商隐在两党之间的斗争中扮演的是一个极其次要的角色。① 李商隐十七岁的时候，结识了他的授业恩师、牛党的中坚力量令狐楚。按《旧唐书》记载，令狐楚"奇其才"，可见对李商隐的才华是很重视的，但令狐楚与李商隐之间仅仅是普通的师生关系，而这层关系并没有发展到仕途党羽之中。令狐楚去世后，李商隐结识了李党中的人物王茂元，王茂元也对李商隐的才华十分欣赏，甚至"以女妻之"。也许李商隐当时根本没有想到，这桩看似美好的婚姻背后却隐藏着影响他一生命运的大危机。自此之后，令狐绹开始嫉恨李商隐，认为李商隐"背恩"。后来，李商隐参加了博学鸿词科考试，本来已经考中，却因牛党中的一个中书长者说了一句"此人不堪"② 而被除名。自此之后，李商隐一生都陷于这场政治旋涡中无法自拔。

"牛李党争"这一政治环境，确实对李商隐的诗歌创作以及诗歌风格产生了不可否认的重要影响，但这种影响是间接的，渗透在经过普遍人生感慨之后、加以抽象化融合后的感悟之中。如果说李商隐"无题"一类诗作受李商隐身处"牛李党争"夹缝中的政治环境的直接影响，这是武断的、不科学的、不准确的，而在此基础上进一步附会李商隐无题诗中的"阻隔"因素，是歆羡王茂元之女王氏而迫于种种情形无法说出，甚至其窥探的对象也为王氏的说法，则更无直接依据。在李商隐生

---

① 吴调公：《李商隐研究》，上海古籍出版社1982年版，第43—48页。
② （唐）李商隐：《与陶进士书》，转引自刘学锴、余恕诚《李商隐文编年校注》，中华书局2002年版，第435页。

活的时代，正是"牛李党争"斗争此起彼伏愈演愈烈的时期，而以李商隐的地位，根本无力甚至是没有资格身处这种旋涡之中，但李商隐无题诗中所表现出的重重"阻隔"的背后，又不能不说隐含了诸多他人生经历中的坎坷与不顺在其中。从这一角度看，"牛李党争"对李商隐诗歌风格是有影响的。这样重大的客观事实，使得李商隐必须处在一个以悲剧而告终的、充满"阻隔"的坎坷人生之中，也许连他自己都无法理性地去思考他的悲剧命运的必然性。这种无法理解的必然性一定会对李商隐诗歌创作产生重要影响，这一点学界早有公论。无题诗中所呈现的"窥视"细节，则是李商隐潜意识中，对时代所给予他的重重"阻隔"的最微弱、最无力的抗争——它们甚至仅仅是以"窥视"作为结局，没有采取具体的实施性的行动。

与其说这些无题诗是在窥探一位异性对象，不如说是在窥探一种自己仰慕的美好事物。在李商隐无题诗的解读中，有无寄托一直是争论的焦点，以至于许多评论者走向了极端，将李商隐与令狐绹之间的关系，穿凿附会成具体事件，与李商隐的许多包括无题诗在内的诗作一一对应。我们不能简单地将李商隐的个人经历与无题诗所呈现的情感穿凿附会，但也不能否认，李商隐的无题诗中，至少蕴含着他自己历经坎坷的人生之后，在重重的"阻隔"中提炼出的抽象性情感，这一类情感包括徘徊、犹豫、伤感、胆怯、无奈与不舍等。我们不否认李商隐无题诗的诗面意义是在描绘爱情，但也不否认他在描绘爱情的同时，融入了抽象化的人生感慨。这种人生感慨是他在人生经历中屡遭"阻隔"后形成的。贯穿"阻隔"的情怀，与恋爱题旨中男女双方的"阻隔"在性质上有相似性。基于此，我们认为，李商隐无题诗中的窥视细节，是他心底愿望期待达成而又无法突破"阻隔"的一种窥探与渴望性动机。

第三节 因"离别"而"阻隔"

如果说窥视情结是被"阻隔"贯穿后的一种情绪反扑，那么离别情结则是引起一系列"阻隔"的诱因。因离别而饱受"阻隔"之苦，因"阻隔"而期待接近，又因期待接近而诱发窥视，这是李商隐诗歌，尤其是"无题"一类诗作中暗含的情感线索。

一 无题诗中"离别"的特征

李商隐无题诗中的别离情结，暗含在诸多作品中。相对明显的有"相见时难别亦难""梦为远别啼难唤"等句。在这些离别情结中，有的如前文提及的这两句一样，点明了离别属性，但更多的是描述一种因离别而导致的思念或在离别之后产生的一种忧郁、焦虑的情绪。这种情况或可理解为一种充斥着"阻隔"的现状反应。

这一情况集中表现在"含情春晼晚"一类诗作中。这首诗描绘的是抒情主体（一男子），日暮时分思念对方（一女子），骑马到对方家门口徘徊不敢进门直至天明，自己暗自离去的过程。这种主客或者说男女双方的"阻隔"，是迫于主观上的芥蒂而形成的，而主方，或者说男方的离别，是自我内心的勇气不足所致。造成这一类离别情结，进而形成"阻隔"的原因，多集中于主观方面。这一类情绪在李商隐的"无题"一类诗作中相对较少，但在他其他类似的诗作中却偶有体现。如"嫦娥应悔偷灵药，碧海青天夜夜心"（《嫦娥》），也是由于主观原因导致的别离，进而形成主客双方的"阻隔"。虽然《嫦娥》诗或可抽象为一种不知深浅的追求所导致的懊悔而无法自拔的心理状态，但就诗面意义而言，它借用了嫦娥瞒着丈夫偷吃丹药而奔月的故事，首先便隐含了因主观因素导致的离别进而受"阻隔"的信息。面对这一类因主观原因导致的离别乃至"阻隔"的情结，诗歌中的"悔"字可直接点明抒情主人公心中的感受。因主观原因而离别进而导致的"阻隔"在"无题"一类诗作中以及李商隐其他类型的诗作中都有体现，但前者所传达的意义较之后者更具抽象性。这种抽象性也是李商隐无题诗区别于其他类型诗作最显著的特征。

"无题"一类诗作中的离别情结更多地表现在因客观原因离别进而导致的"阻隔"之中。"昨夜星辰昨夜风"一诗中，前三联描绘了宴饮博戏的场景，而最后一联"嗟余听鼓应官去，走马兰台类转蓬"点明抒情主人公不得不因"应官"而与这个欢愉的场所暂作离别。这种抒情主人公与欢愉环境之间的"阻隔"也因离别而起。同样的情况还出现在

"准无题"之中。如古体诗《镜槛》①，前八句主要描摹的是女子弹奏的
乐器、女人的歌唱以及女人的身姿和外表。第九句到第十六句，描绘了
制作草药和编织花草等女性独自活动的样子，与"凤尾香罗薄几重，碧
文圆顶夜深缝"的意境相似。第十七句到第二十八句写女子与男子的偶
然相遇。其中描绘了男主人公两种心情与状态，第一种是写了信之后焦
急等待对方回信；第二种是幻想与对方再次见面。这段文字或可为"书
被催成墨未浓"一句做补充。诗歌的最后部分明显表现出抒情主体（或
可认定为男女恋情中的男主人公）不会因仕途原因而抛弃女主人公。
"岂能抛断梦，听鼓事朝珂"很容易让人联想到"嗟余听鼓应官去，走
马兰台类转蓬"。两种情节是相似的，都是因为客观原因离别而导致主
客双方的"阻隔"，不同的是，在二者孰轻孰重的问题上，"岂能抛断
梦，听鼓事朝珂"表明了男主人公把女主人公看得比"应官"重要；而
"嗟余听鼓应官去，走马兰台类转蓬"中，抒情主体即便心中对女主人
公有再多的不舍，他最终依旧选择了"应官"。与此类似的，在"无题"
一类诗作中仍有很多，在此不再一一列举。

二 "离别"隐含的作者心境

暗含于离别情结，并由离别情结导致的"阻隔"，是李商隐"无题"
一类诗作中间接显示作者心境的条件与诱因。这一类诗歌作品中，作者
心境主要表现在以下几种情绪之中。

焦虑与急切的一类情绪，以"黄金堪作屋，何不作重楼"这类情感
为代表。无题诗中有一类专门描绘男子渴望见到女子真容的细节，这一
类诗作的大意或可抽象化为抒情主体没有因得不到追求的美好事物而显
得沮丧，这是一种对于美好事物没有经过多次追求的初次欲念。在这种
心境的引导下，更多呈现出的是一种因企盼得到而显得焦虑甚至急切的

---

① 全诗为："镜槛芙蓉人，香台翡翠过。拨弦惊火凤，交扇拂天鹅。隐忍阳城笑，喧传郢
市歌。仙眉琼作叶，佛髻钿为螺。五里无因雾，三秋只见河。月中供药剩，海上得绡多。玉集
胡沙割，犀留圣水磨。斜门穿戏蝶，小阁锁飞蛾。骑襜侵鄣卷，车帷约幰铌。传书两行雁，取
酒一封驼。桥迥凉风压，沟横夕照和。待乌燕太子，驻马魏东阿。想像铺芳褥，依稀解醉罗。
散时帘隔露，卧后幕生波。梯稳从攀桂，弓调任射莎。岂能抛断梦，听鼓事朝珂。"

心境。这种心境当属于对美好事物初次追求中所表现出的情绪，它没有经过反复磨砺后的辛酸与丧气，没有饱经风霜与数次折磨后的凄艳与伤感，有的是一种对美好事物的无限遐想和企盼，以及因可能窥见或接触这类美好事物的欣喜心境。

失望与绝望一类情绪，以"春心莫共花争发，一寸相思一寸灰"这类情感为代表。与前一种类型的心境不同，这种心境往往是在追求受到极大创伤后所展现出来的相对消极的状态。因抒情主体的美好追求在现实中受到极大的阻挠，且受到阻挠的原因多不在于抒情主体一方，而是客观原因所致。在这样一系列情感线索中，抒情主体一方坚信的理念是，自我的修养与水准是与自己所追求的事物可以相匹配的，但从现实环境来看，抒情主体所期盼的美好事物，成为他本应得而得不到的东西。这种因"阻隔"而派生出的情绪，或可概括为合理的、美好的要求得不到满足后的失望与绝望。有时候，抒情主体会对这样一种绝望发出"刘郎已恨蓬山远，更隔蓬山一万重"的慨叹，这种颇具"屋漏偏逢连夜雨，船迟又遇打头风"的遭遇，极尽情绪地道出了抒情主体内心的失望与绝望，但同时又不能不承认，抒情主体的确没有因"阻隔"带来的绝望而放弃追求。

执着追求的一类情绪，以"直道相思了无益，未妨惆怅是清狂"这类情感为代表。在经过了纯真追求后的急切与焦虑，经历了合理的、美好的要求得不到满足后的失望与绝望之后，抒情主体本有两种选择：第一种是放弃追求，第二种是坚持追求。放弃追求，不是因为追求的不合理，而是因为现实的不合理导致抒情主体的合理要求得不到满足；坚持追求，想必后果是惨重的，因为根据现实环境，这种合理的要求，在现实的畸形情态下是无法得到满足的，其中"风波不信菱枝弱，月露谁教桂叶香"便是这种环境的真实写照。坚持追求的结果势必以悲剧收场，但对于饱含赤子之心的诗人来说，李商隐通过抒情主体传达出的信息，是要坚持后者。这种情绪颇有"知其不可为而为之"的风范，是一种坚持纯真心灵，保持个人美好愿望的可贵品性。在现实的重重"阻隔"下，在对合理的、美好的追求有过一种近乎绝望的现实认知之下，抒情主体依旧流露出坚持本心的执着追求，这在诸多无题诗中显得尤为可贵，这一因素也是李商隐诸多无题诗扩大情感张力，增强其艺术感染力的内在动力所在。

三　李商隐其他诗作中的"离别"

离别不仅表现在李商隐"无题"一类诗作中，与其他诗人的诗作类似，这一题材同样也表现在咏怀诗、咏史诗、咏物诗之中。

李商隐的诗歌似乎十分善于描绘离别情结或情绪。较为著名的是他的七言绝句《板桥晓别》。① 这首诗是对黎明时分与妓女离别场景的描绘，虽然从诗歌内容上来说，与"无题"一类诗作相似，都是写男女之间的感情，但是其所传达的情绪是相对明确的——分别时的不舍，女子在哭泣，泪水和着胭脂的形态栩栩如生地刻画了出来。相同的情况，经常出现在李商隐的咏史诗以及神话题材的诗作中。"穆王何事不重来"借神话中周穆王与西王母别后难以重逢，传达出祈求长生不老的愿望与无法实现长生不老的现实之间的"阻隔"；七言律诗《马嵬》，以李隆基和杨玉环阴阳两隔的死别为前提，进而描绘二人之间生与死的"阻隔"，无疑更具表现力。值得一提的是，七言律诗《马嵬》虽是讥讽李隆基和杨玉环的爱情，却于字里行间流露出同情，这也在矛盾的情感中彰显了艺术张力。离别情结，以及在离别情结基础上形成的主客双方的"阻隔"，是李商隐诗歌中常见的题材或惯有的切入因素，但相同类型的题材或因素，在李商隐"无题"一类诗作中的表现与在李商隐其他诗作中的表现，程度上有很大的不同。不可否认，李商隐"无题"一类诗作所描绘的离别情结，乃至因离别情结而诱发的"阻隔"，较之其他类型的诗作更具情感张力。

从诗歌意义上看，诸如《马嵬》一类咏史诗中的离别、"阻隔"，或是诸如《板桥晓别》一类爱情诗中的离别、"阻隔"，所传达的情感张力是较为有限的。其中较为明显的特征是，这一类诗歌的抽象性特征较之无题诗来说相对薄弱，即诗歌所"言"相对明确。咏史诗中所运用的典故，咏怀诗中所指的事件，甚至诸多咏物诗所咏的对象，在正文乃至题

① 全诗为："回望高城落晓河，长亭窗户压微波。水仙欲上鲤鱼去，一夜芙蓉红泪多。"

目中都有明确的表现。离别、"阻隔"并不是无题诗所独有的，但抽象性情感的抒发是无题诗极具特色的艺术形式，从而导致了无题诗中的离别、"阻隔"较之其他类似的诗作具有更明显的抽象性。因为具备了抽象性，这一类情感便更具广泛性，正如前文所论述的一样，这些特征使得"无题"一类诗作顺理成章地具备了穿越时空的艺术感染力和强大的艺术张力。我们可以从《隋宫（其二）》一类咏史诗中获得这样一种信息——"玉玺不缘归日角，锦帆应是到天涯"，这种"阻隔"源于隋朝的灭亡。这一联诗作可理解为：如果没有李渊对隋朝灭亡这一重大历史事件的"阻隔"，隋炀帝云游的帆船应该已经开到天边了吧？其实这是一种假设，即假设唐灭隋的历史事实不存在会有什么样的后果，但是，历史是不可以假设的。这种咏史诗中的假设也必然附着于具体的历史事实上方可生效。也就是说，对沧海桑田的慨叹，或是对隋炀帝的讽刺与同情，都必须建立在历史事实的"阻隔"的结果之上。这种因"阻隔"而展开的抒情方式，明显与"无题"一类诗作中那种纯抽象的离别与"阻隔"导致的情绪抒发有所不同。

第七章 李商隐无题诗解读观点辨析
——"传奇文说"和"李王婚恋说"商榷

李商隐无题诗所表现的抽象情绪以及艺术手段的抽象特征与传统的解诗思路存在一种潜在的矛盾，这种矛盾集中的表现是抽象性与具象性。无题诗的抽象性与解读诗歌的具象性之间的矛盾使读者在接受文本的过程中，不同程度地带有希望将抽象的意义或者抽象的情感具体化的倾向。这种思维模式直接导致了数百年来对李商隐无题诗的解读众说纷纭。随着学界对李商隐无题诗研究的逐渐深入，诸如"君臣寄托说"，"托寓令狐说"等解读方法已经逐渐被淘汰，但抽象情感以及抽象意义具体化的思路，似乎始终刺激着具有传统思维习惯的解读者，使他们继续从李商隐无题诗的只言片语中，向着新的方向做出自认为合理的具象化解读，甚至企图找到李商隐无题诗的本事。在这种解读思路的引导下，21世纪以来，学界曾对李商隐无题诗的解读提出了许多新的说法，其中以"李商隐无题诗出自他的传奇文"以及"李商隐无题诗都是他与王氏婚恋细节的刻画"这两种说法最具代表性。这些说法臆测性过于明显，与古代的"寄托说"相比，没有脱离抽象意义、抽象情绪具体化的解读思路，只不过具体化之后所具象的方向和所投射的具体事件有所不同罢了。

第一节 对无题诗出自传奇文观点的商榷

近年来，有学者指出，李商隐的无题诗有可能出自他曾经创作过并且早已亡佚的传奇文。其主要观点认为：《全唐诗》辑录的十六首无题诗，加上《锦瑟》一首，可以认定这十七首无题诗是有特定出处的，它们是李商隐创作的传奇文中的歌诗部分。① 2012 年,《中国诗学》第十六辑发表了聂时佳《李商隐〈无题〉诗与唐传奇关系新证》(以下简称聂文)一文,进一步肯定了叶玉华等三位学者的观点,在叶玉华、叶德林、丁淑梅:《李商隐无题诗和他的佚文传奇文》(以下简称叶文)的基础上又进行了大量论证,为叶文的观点提出了新的依据。② 倘若这一观点成立,无疑是李商隐无题诗研究史乃至接受史上的一个重大发现,对李商隐无题诗的解读以及文学史意义将要重新评估。然而事实果真如此吗?究其细节,不难发现,仅凭现有资料是不可以贸然断定李商隐无题诗出自传奇文的。

一 无题诗与"准无题诗"的混淆

首先,持这一观点的学者,对李商隐无题诗的考察范围有很多可供商榷之处。依照叶文的观点,除了《全唐诗》中所涉及的十六首无题诗外,也将《锦瑟》一诗列入无题诗的范畴,其界定范围便将无题诗与"准无题诗"的概念混淆了。

叶文探讨了李商隐无题诗的来源,将《全唐诗》中的无题诗作为目标对象,便是极大的不妥。《全唐诗》成书于清代康熙年间,距离李商隐所生活的年代约九百年的时间。在这九百年的时间里,李商隐的诗集流传情况是极其复杂的,而《全唐诗》中李商隐诗集的三卷本,实为李商隐诗集诸多版本中形成较晚的。叶文所要证实的乃是李商隐无题诗的来源问题,以《全唐诗》三卷本作为依据,似有失严谨。被叶文列出的十七首无题诗,实则分属两种类型:以《锦瑟》为代表的取诗歌首句前二字为题的首句命题诗式"准无题诗",现存并流传的李商隐诗集版本中都以"无题"命名的诗作。

关于《锦瑟》一诗的题旨,自古以来众说纷纭。"悼亡说""咏物说""自叹身世说""诗集题序说",至今莫衷一是。这一系列解读,被

---

① 叶玉华、叶德林、丁淑梅:《李商隐无题诗和他的佚失传奇文》,《华东师范大学学报》(哲学社会科学版) 2005 年第 6 期。

② 聂时佳:《李商隐〈无题〉诗与唐传奇关系新证》,转引自《中国诗学(第十六辑)》,人民文学出版社 2012 年版,第 140—152 页。

叶文简化甚至淡化，并将《锦瑟》的只言片语穿凿附会为一个传奇文的故事，其依据仅仅是诗歌语境与传奇文的情节之间在抽象情绪前提下的契合度，这种推断未免太过武断。仅就被叶文提及的十六首以"无题"为题的诗作，具体情况也有所不同。"万里风波一叶舟"一诗，最后一联明确指出"怀古思乡共白头"，点明该诗的题旨，一是怀古，二是思乡。纪昀认为这首诗"佚去本题而编录者署曰无题"，刘学锴表示赞同。① 其实，李商隐诗集中这类现象是很普遍的。据刘学锴考证，"幽人不倦赏""万里风波一叶舟"两首无题诗当归于失题一类。依据诗歌文本，"万里风波一叶舟"一诗显然与李商隐诗集中的其他无题诗在风格和诗意上有很大的不同，而将题旨十分明显的失题诗"万里风波一叶舟"列入传奇文中之诗的范畴，显然是不顾诸首无题诗的区别而将其统一划之的武断做法。与之相似的，还有"幽人不倦赏"。根据近年来学界的研究成果，"幽人不倦赏"应当也属于"别有题而后失之"的情况。② 一味地将其与其他无题诗混为一谈，实则有悖于探究无题诗起源的初衷。

二 李商隐无题诗独创性辨析

聂时佳认为，李商隐的无题诗出自传奇文，本是缺题的，依据主要在于：在北宋西昆派之前，尤其是晚唐这段时间内，许多诗人题为"无题"的诗作与李商隐的无题诗并不是在一种诗风的影响下完成的。据此推测，李商隐的无题诗并不属于晚唐无题诗的范畴。聂时佳同时指出，在南宋之前，李商隐的无题诗不见于涉及唐诗的诸多选本，也不见于诸多诗话笔记之中，怀疑在南宋之前的李商隐诗集版本中并无无题诗的存在。但这些依据并不能作为李商隐无题诗出自传奇文的有力证据。

若以《全唐诗》为据，在整个唐代，除李商隐的作品外，诗集中存有"无题"为题之诗作的尚有卢纶、李德裕、张籍、李溟、唐彦谦、韩

---

① 刘学锴：《李商隐传论》，安徽大学出版社 2002 年版，第 632 页。
② 以上诸首无题诗的归属问题，在本研究界定无题诗之时已有详细叙述，可参见。

偓、吴融、王周、李微等。仔细核查这些诗歌不难发现，在唐代其他诗人的无题诗中，其风格多与李商隐的无题诗有所不同。这些诗作在艺术成就上无法与李商隐的无题诗相提并论，在内容特征上也与同时期其他诗作并无明显差别，甚至在数量上也不占优势。故此，聂文中称不包括李商隐无题诗在内的"晚唐无题诗风"，是否足以成为一种"诗风"还有待进一步论证。

从文学接受的角度来看，如果关注对象没有李商隐的无题诗为前提，那么唐代其他诗人的无题诗能否作为一种独立的富有特性的诗歌体裁得到人们的关注，或许是一件还不能完全确定的事。就现有文本来看，唐代以"无题"为题目，成为包括李商隐在内的许多诗人的命题方式，似乎是一种较为流行的习惯。我们不能仅凭李商隐一个人的无题诗风格，就否认唐代其他诗人的无题诗风格，更不能根据李商隐一个人的无题诗特征，通过比较得出唐代其他诗人的无题诗与李商隐的无题诗不属于同一类型的结论。

在中国古代，咏史诗、咏怀诗、游仙诗、怨刺诗等诗歌类型，在每个诗人的笔下都表现出了不同的风格特征，那么无题诗作为一种新的诗歌类型，在唐代诸多诗人的笔下呈现出不同的风格，其实是一件再正常不过的事情。所以，在唐代，无题诗当为一种诗歌类型，不同的诗人，对此有着不同的尝试，而李商隐的无题诗，则是诸多诗人的无题诗中最能体现艺术个性的一种典型。如果说卢纶、李德裕的无题诗还存在一定的偶然性因素在其中，那么李商隐乃至李商隐之后大量出现的以"无题"为题的诗作，则是同一命题方式下的不同尝试的反映。在这一尝试中，李商隐是成功的。因为无论是在诗歌数量、表现技巧还是艺术成就上，李商隐的无题诗都彰显了无与伦比的魅力。所以，聂时佳根据李商隐无题诗的风格与晚唐其他诗人的无题诗不同，而将李商隐的无题诗排斥在众多诗人群体所创作的无题诗范畴之外，并臆断这些无题诗本来是出自传奇文的缺题之作的说法，很难成立。

李商隐的无题诗，在南宋以前几乎不见于任何选本及诗话笔记之中，这似乎是一个不争的事实，但聂文据此怀疑，在南宋之前流传的李商隐诗集版本中可能没有无题诗，未免太过武断。今天流传下来的李商隐诗集，其祖本当源于宋本，成书时间约在公元 1008 年前后，其来源当为杨亿与钱若水等人的搜集。① 《西昆酬唱集》中存在大量杨亿等人以"无题"为题的唱和之作，根据西昆派宗法李商隐的原则，足以证明在杨亿等人所搜集的李商隐诗作中包含了许多以"无题"为题的诗作。由此可以断定，成集于北宋时期的李商隐诗集，其中必然已有以"无题"为题的诗作。倘若在北宋，李商隐诗集的唐本依然存在，那么当时流传在世的李商隐诗集版本便有唐本和宋本两种。如果北宋诸多唐诗选家手中的李商隐诗集是宋本，那么他们不选无题诗的原因必然与主观上对无题诗的否定有关，因为无题诗已然在诗集中。如果北宋诸多唐诗选家手中的李商隐诗集是唐本，则情况又复杂很多。可能唐本中依然有无题诗的存在，与前一种情况相同，选诗者因为主观原因故意不选无题诗。另一种原因则是唐本中本来就不存在无题诗，选诗者无法对其进行筛选。聂文据此怀疑李商隐无题诗的流传情况与其他诗作有别，换言之，就是主张唐本李商隐诗集中没有无题诗的存在。

我们在认识事物的时候，可以根据一个整体中的某个局部特征，来认定这个整体具有某种特征。在这种情况下，我们不需要了解整体中的每一个局部，因为我们所了解的那个特定的局部特征，已经是整体中的诸多特征之一，但是如果我们要证明某个整体中不具有某种特征，就必须在充分了解每一个局部特征之后，才能得出相应的结论，而不能通过某一个或某几个局部特征来否定整体特征。在这个问题上，聂文的思维误区在于，在没有完全了解唐本李商隐诗集的完整面貌的前提下，根据北宋的许多选本没有选李商隐无题诗的局部文本特征，进而臆断出唐本李商隐诗集这一整体也不含无题诗的结论。因为李商隐无题诗的唐本早已不存，我们无法得知其整体面貌，其中是否当真不存在无题诗，现已无法考证。退一步分析，诸多北宋选家手中的李商隐诗集，也不一定是唐本，有可能是宋本，而宋本中必然存在无题诗。如果北宋诸选家手中的李商隐诗集是宋本，那么聂文的推测也就没有了合理之处。南宋之前

---

① 刘学锴：《李商隐诗集版本系统考略》，《安徽师范大学学报》（人文社会科学版）1997年第 4 期。

少有诗歌选集涉及李商隐的无题诗，诗话笔记几乎也不提李商隐的无题诗，并不能直接证明诸选家手中的李商隐诗集中没有无题诗，只能从侧面反映出他们并不十分肯定无题诗的艺术价值。

李商隐是第一个大量以"无题"命名自己诗歌的诗人，他的无题诗是唐代众多诗人尝试以"无题"命名的诗作中最为成功的。因为这些无题诗风格不同，所以不能断定晚唐时期存在过一种风格相对统一的"无题诗风"。这些无题诗与唐代其他诗人的无题诗风格不同，并不能证明它们不是无题诗，进而认为是出自传奇文的裸题诗。这些无题诗恰恰证明了它们是无题诗中的佼佼者，是李商隐以"无题"为题创作出的有别于其他诗人同题之作的成功尝试。在北宋西昆派之前，许多诗人题为"无题"的诗作，虽然不是仿李商隐而为之，也不是在李商隐无题诗的风格影响下创作的，但这只能说明"无题"这种命题风格下的诗作具有一定意义上的广泛性。据此得出李商隐的无题诗与唐代其他诗人的无题诗并不属于一类，进而否定李商隐的无题诗属于以"无题"为题目的诗作结论，是缺乏合理依据的。在南宋之前，李商隐的无题诗不见于涉及唐诗的诸多选本之中，也不见于诸多诗话笔记之中，或许与当时以儒家正统思想为主导的文艺观念导致对李商隐无题诗的评价较低有关，并不能直接证明在南宋以前李商隐诗集中没有无题诗的存在。

三　李商隐是否创作过传奇文

叶玉华等根据李商隐《义山杂纂》的诸多条目，得出李商隐关注小说的结论，并指出，因为中晚唐诗人有写作传奇的风气和需要，从而推断李商隐必定会有创作传奇小说的可能。又因为唐代传奇小说多有诗辞夹入散叙，所以李商隐所创作的传奇小说中应当有诗辞夹入散叙。聂时佳在此基础上进一步指出，李商隐无题诗中所写的爱情，具有一定的市民色彩，形式特点与小说叙事有某种程度的契合，其无题诗具备传奇文中主人公叙事抒情于一体的风格特征。

不可否认的是，李商隐具备创作传奇文的思想基础。

从李商隐的创作观念来看，他对通俗文学是有一定程度的热爱的，并且他主张文章应该抒发自己内心的真实情感，这与当时传奇文创作的观念并不相悖。无论是言情还是戏谑，在李商隐的文学观念中占有十分鲜明的地位。对于同样以"言情"为题材的叙事性传奇文小说而言，李商隐至少应不排斥对其进行创作。李商隐所处的时代，具有创作传奇文的社会环境。李商隐曾说："文尚不复作，况复能学人行卷耶?"① "居五年间，未曾衣袖文章，谒人求知，必待其恐不得识其面，恐不得读其书，然后乃出。"② 足可见在李商隐生活的年代，行卷风气依然十分流行。唐代行卷是科举考试的一个重要条件，而科举考试的举子赖以行卷的文本中，传奇即是极其重要的文体之一。对积极入仕的李商隐来说，多次参加科举考试的他，必定会进行行卷活动，而行卷时所带的文章，其中包括传奇文的可能性是相当大的。

我们需要明确这样一个问题——依据上述分析，仅仅能推测李商隐具备创作传奇文的可能，即便李商隐确实创作过传奇文，由李商隐创作的无题诗似乎也未必一定会出现在他所创作的传奇文中。

此外，聂时佳花大量篇幅论述李商隐的诗歌与小说在叙述和抒情上的相似性，认为李商隐的诗歌在构思上具有小说的某些思维特征，但诗歌的小说化特征早已在李商隐之前的叙事诗中得到了很好的印证，它们与小说并无直接关系，是诗歌发展必然呈现的规律。诗歌的小说化和诗歌出自小说，本不是一个可以等量齐观的问题。根据李商隐诗歌的创作手法有小说化的倾向而贸然认定李商隐的无题诗出自小说，未免过于武断。小说本身的特征与小说内穿插的诗歌的特征本属于两个问题，二者并无直接联系。就现有的可确定的李商隐的十四首无题诗而言，只有"含情春晼晚"一首叙述了抒情主人公从前一天傍晚到第二天黎明，因思念所歆慕的对象而来到其门外，却因"楼响将登怯"迟迟不敢进门，徘徊在横塘之外直到天明的过程，颇具小说的连贯叙事特征。其余十三首诗，场景的跳跃性、阻隔性、朦胧性，甚至主人公身份的隐秘性，造成了多种类似于"蒙太奇"的效果。表面断裂的片段得以一以贯之的，

① （唐）李商隐：《与陶进士书》，转引自刘学锴、余恕诚《李商隐文编年校注》，中华书局 2002 年版，第 434 页。

② （唐）李商隐：《上崔华州书》，转引自刘学锴、余恕诚《李商隐文编年校注》，中华书局 2002 年版，第 108 页。

是诗歌背后执着与凄美的情感，这与小说以人物形象和故事情节贯穿前后的手法有着本质的不同。聂文所谓的李商隐无题诗中的"市民色彩"，也是局限于李商隐无题诗所描绘的形象、爱情的一个角度而言。从另一个角度来看，李商隐无题诗笔下的女性形象，是具有高贵气息的。从"绣芙蓉""金翡翠""黄金屋""重楼"这些细节场景以及"金蟾"式的香炉、"玉虎"形的辘轳等许多陈设可以看出，无题诗所描绘的女子的住所绝非一般市民阶层所能拥有。在李商隐的无题诗中，即便是"莫愁""阿侯""东家老女"这样出身平凡的女子，也有一种"高贵"的精神气息，她们确乎出身于民间，但并不意味着一定要与市民色彩相联系。所以说，李商隐的多数无题诗，与小说之间的相似性并不如聂文所说的那样密切。

这里需要格外指出的是李商隐创作观念中诸多文体的混融性特征。李商隐在创作某一特定文体时，似乎并不是拘泥于这一特定的文体特征而进行的。首先，李商隐诗歌与其骈体文创作具有一定的互通性，其诗歌创作对骈文创作产生了深远的影响。李商隐的骈体文，从语言、诗情、诗境、诗心几个方面都具备诗歌的抒情特征。[①] 与此同时，李商隐的骈体文创作也对诗歌产生了重要影响。[②] 而李商隐的诗歌与骈体文的关系，似乎仅仅停留在创作手法的互通上。其次，李商隐的无题诗，在诗歌向词这一文体转换的过程中起到了重要作用[③]，无论是内容上还是形式上，都体现出与词这一文体的许多相似性特征。如果说李商隐的无题诗在文学史发展的过程中，在不同文体转换之间有着特殊的意义，那么它们在诗歌史或者词史上的地位明显具有更为重要的意义，而与传奇文或者小说的关系，似乎并不是那么密切。

综合以上分析，李商隐的艺术观念是崇尚通俗的，并且他也有创作过传奇文的可能，但这并不是李商隐无题诗出自传奇文的铁证。李商隐

---

① 刘学锴：《樊南文的诗情诗境》，转引自《唐代文学研究（第七辑）》，广西师范大学出版社 1996 年版，第 691—705 页。

② 余恕诚：《樊南文与玉溪诗——论李商隐四六对其诗歌的影响》，《中国诗学研究第 2 辑，李商隐研究专辑》，上海古籍出版社 2003 年版，第 150—168 页。

③ 参见拙文：《无题诗与唐五代词关系新论》，《广西社会科学》2020 年第 1 期。

的无题诗在叙述方式上，除"含情春晼晚"一首外，与小说的叙述方式相去甚远，与传奇文及小说的关系，并不如聂文所说的那样密切。即便李商隐的无题诗果真如"含情春晼晚"一首那样，具备小说的叙述方式特征，也只能说明它们具备叙事诗的某种特征，与它们是否出自传奇文并无直接关系。

四　穿凿性质明显的"传奇文说"

叶文根据"唐人运用同一题材，各自写作一篇传奇的事例，屡见不鲜"，在裴铏《传奇》中，选取了《裴航》这个故事，认为李商隐也可能写过同题材的传奇文，并将李商隐"来是空言去绝踪""飒飒东风细雨来""万里风波一叶舟""紫府仙人号宝灯"四首无题诗和《锦瑟》共计五首诗，与这个故事的情节相联系，认定这五首诗出自李商隐创作过的与《裴航》同题材的一篇传奇文，拟名为《蓝桥记》。在孟棨《本事诗》中选了一个仅存残篇的故事，同样认为李商隐可能也写过同题材的传奇文，并将李商隐"相见时难别亦难""白道萦回入暮霞""凤尾香罗薄几重""重帏深下莫愁堂""昨夜星辰昨夜风""闻道阊门萼绿华"六首《无题》与这个故事的情节相联系，认定这六首诗出自李商隐创作过的一篇拟名为《青鸟记》的传奇文。根据"元人杂剧，演唐人趣事，均取材于唐人所作之传奇"，选取乔孟符《金钱记》的故事，认定其故事情节出自唐人所作之传奇，并就此推测李商隐可能也创作过《金钱记》这个故事。同时将李商隐"八岁偷照镜""照梁初有情""何处哀筝随急管""含情春晼晚""幽人不倦赏""近知名阿侯"六首《无题》与这个故事的情节相联系，认定这六首诗也出自李商隐创作过的同题材的传奇文。其实，这是借助李商隐无题诗的抽象性，强硬地以小说、戏曲中的具体情节，使无题诗所表达的朦胧情感具体化的做法，是极缺乏严谨性的。

李商隐无题诗出自传奇文之说，带有浓厚的主观臆测性质，因为李商隐无题诗的朦胧多义性决定了它很容易被具体的事物穿凿附会。李商隐的无题诗在唐代出现，是一种特殊的文学现象，因为无题诗的出现不仅表明了一种极具影响力的诗歌体裁或者诗歌风格的形成，而且其背后所传达的题旨也成为千百年来诸多学者和评论家争论不休的话题。这种争论现象在中国古代文学发展历程中具有重要意义。李商隐的无题诗，大多写男女之情，这背后是否别有寄托，因其创作手法和文本风格的特殊性，似乎成为一个悬而未决的疑团。李商隐的无题诗究竟在传达什么，似乎是一个必须探讨而又永远无法阐明的话题。然而对于无题诗这样一种重要的诗歌类型，究竟应该如何去理解，也成为古代诗歌研究中一个无法回避的问题。李商隐无题诗的风格特征，使传统的笺注与考评的方法无法准确地切入其焦点所在，这虽然在某种程度上影响了对其确切题旨的解读，但从另一个层面来说，恰恰表现了古代诗歌在艺术上较高层次的追求。正因为有了这些特征，李商隐的无题诗才能传达出人类亘古不变的带有哲学意味的抽象情绪，这种情绪在跨越各个时代的过程中，更容易与每一个时代的读者产生心理共鸣，成为古代文学中极具时代意义的灵魂所在。

李商隐的无题诗的抽象性、朦胧性、高度的概括性，很容易在其接受与理解的过程中，被人们具体到某一特定的事件或者故事中。同样因为李商隐无题诗的抽象性、朦胧性、高度的概括性，让它们如哲学思想一样能够与相应的事件或者故事发生和谐的联系，乃至成为一种看似十分合理的对应关系。在古代甚至当代的很多故事中，依然可以找到许多与李商隐无题诗中所传达的抽象情感相契合的情节。所以，叶文这种将李商隐无题诗与一系列古代故事相联系的做法，是具有极大争议，并且缺乏科学依据的。

此外，叶文所使用的传奇文故事并非李商隐所作，将李商隐的无题诗与其相穿凿，其根据是唐传奇存在同题异作的现象，而其所使用的元杂剧的故事来反推唐传奇可能存在过同题材故事的做法，则是基于元杂剧的题材往往出自唐传奇。姑且不说李商隐是否与他人一起创作过同题异作的传奇文，即便是唐传奇中存在同题异作的现象，每个作者在行文的时候也会将诸多细节加以改变。倘若李商隐果真创作过类似《蓝桥记》《青鸟记》这样的故事，其情节也未必如叶文所穿凿的那样与所附会的作品一丝不差。将诸多无题诗与这些情节直接对应，未免太过主观，而对于元杂剧来说，它们确实在讲唐人故事的时候，多取材于唐传奇，但其情节会有比较大的改动。我们所熟知的元稹的《莺莺传》和王实甫的《西厢记》，二者情节和人物上的巨大差别，就是最鲜明的例子。倘若李商隐果真创作过与元杂剧同一题材的故事，那么内容可能已经不尽相同。用元杂剧《金钱记》的情节与李商隐的无题诗一一对应，并没有确凿可信的证据，只能作为一种推断或者猜想。

第二节　无题诗是表现李王婚恋 观点商榷

随着学界对李商隐无题诗研究的逐渐深入，有部分学者超越现有的关于无题诗的诸多解说，试图找出一个相对合理的关于无题诗的全新"本事"。2015 年，向思鑫、黄涛出版了《无题诗本事——李商隐、王氏婚恋之谜》一书，在对诗歌文本以及相关材料挖掘的基础上，对李商隐"八岁偷照镜""照梁初有情""近知名阿侯""昨夜星辰昨夜风""闻道阊门萼绿华"五首无题诗以及诸多相关诗作加以串联式的解读。其根本观点认为，这些诗作都与李商隐、王氏二人婚恋感情相关。此说摒弃了古代以来许多关于无题诗映射李商隐个人际遇及其所属政治环境的解读，从文本细读与文献结合的角度，为无题诗的解读注入了新的血液。由于无题诗文本的特征所致，加之目前对无题诗的解读还存在诸多不确定性，这一系列无题诗的解读方式虽然存在某些合理的成分，但依旧有诸多值得商榷的地方。

因本书在无题诗的界定上采取从宽处理的方式，与本研究从严处理的界定有很大的出入，故此书中涉及许多本研究认定中并不属于无题诗范畴的诗作。鉴于本研究对无题诗的界定范围，本节暂时仅对该书涉及的五首无题诗的解读加以辨析。

一　照镜女年龄虚实辨析

从"八岁偷照镜"一诗中，我们可读出诗面意义是一位少女八岁到十五岁的成长历程，而诗歌的落脚点，则是这位少女在"秋千下""泣春风"的举动。根据诗面意义可将其归为"美女愁嫁"一类题材，而此诗的抽象意义，其实可以深化为一种本应得到而实际又得不到的追求。少女所具备的品格，则可深化为主观上认为可以与所追求的美好事物相符的资本。旧解多认为这首诗的深层意义是借这位少女秀外慧中来写李商隐的才华横溢，以少女的伤春愁嫁来写李商隐渴望被重用而现实中又不得志的客观事实。其实这一类解读，是这首无题诗抽象意义具体化后的一种表达形式。如果严谨、准确地去理解这首诗，还是将其深层意义框定在它的抽象意义范围内较为妥当。

《无题诗本事——李商隐、王氏婚恋之谜》一书认为，这首诗蕴含无题诗第一谜。其核心观点指出，"十四藏六亲""十五泣春风"中的年龄都为实指，这首诗绝不是李商隐以这个少女自喻，而是实写李商隐妻子王氏的真实经历。

首先，《无题诗本事——李商隐、王氏婚恋之谜》一书认为，传统的笺注者往往没有走出"寄托"的桎梏，明确指出这首诗不是李商隐托寓自己生平的作品，对所谓的"自喻"之说展开了以下质疑：

一是冯浩、张采田等人在注解此诗时，曾引李商隐对自我生平的描绘："五年诵诗书，七年弄笔砚""十六著《才论》《圣论》"以为自喻说提供佐证。《无题诗本事——李商隐、王氏婚恋之谜》一书认为，因为李商隐提及自己具体经历的年龄为五岁、十岁、十六岁，而诗中提及那位少女成长经历的年龄是八岁、十岁、十二岁、十四岁与十五岁，严格来看，两者之间的年龄并不相符，但就常规接受与理解的角度看，这种看法似乎将诗歌的解读看得过实、过死。李商隐的这首无题诗或许不是他怀才不遇或自身经历的真实映射，而是一种间接反映。拘泥于李商隐个人在具体的某一年的经历与诗歌中少女某一年的具体行为的对应关系，或许不是诗歌解读的正确思路。

二是李商隐童年的家庭境况不是很好，而"八岁偷照镜"一诗所描绘的女子，又是学弹筝又是荡秋千，其略显尊贵的身份与李商隐的经历并不相符。这种解释似乎太过拘泥。既然诗歌中描绘的是一位女子，至少不是李商隐个人经历的实写。女子出身良好并能熟识乐器等细节或许表现的是一种良好的教育经历以及对美的细心感悟，并不是一定要投射在家庭状况之中。故此，以这位女子优越的教育环境和对美的敏锐洞察便认定这首诗不是传达李商隐的成长经历，或者说诗中没有表现李商隐的个人情绪而是客观描绘王氏的说法，与诗歌意义没有丝毫契合之处。诚然，这首诗的解读未必一定要与李商隐的成长经历绝对契合，但诗意与王氏的成长经历也未必有绝对的、确定的联系。

三是根据诗歌中"悬知"字样，认定诗歌是以旁观者的叙事角度去揣摩少女内心的，而"背面"也是站在观察者的角度对少女的动作进行描绘。这些带有旁观者角度的词汇昭示了诗歌并不是着意于李商隐本人，而是李商隐在描绘一个真实的对象。也就是说，诗歌中的这位少女是真实存在的，诗歌是在如实刻画一位活生生的人。我们知道，诗歌创作是文学创作，既然是文学创作，就必然具有一定程度的虚构成分。李商隐在这首无题诗中所写的少女，其实是一种形象的塑造。这种塑造可能在某种程度上符合一种代言体叙事诗的逻辑。① 如果诗歌的构思符合代言体的特征，那么"悬知""背面"这样的字眼便是作者在塑造角色时从这位女性的角度去抒写的一种方式。所以，凭借"悬知"和"背面"这样的字眼便将诗歌主人公的一切落实到一位女子身上，是不太准确的。况且该诗的作者是李商隐，即便是在客观描述一位女子，这些字眼也是由李商隐代言，体味角色后带有主观意味的情感着墨，并不能完全将其与李商隐的个人情绪、经历等完全撇清关系。

四是如果依照冯浩、张采田的观点，这首无题诗写于李商隐十六岁的时候，而李商隐虽然童年屡遭不幸，却在十六岁的时候尚未经历落第之痛，也没有经历腥风血雨的党争，所以诗歌中的少女，倘若影射在李商隐人生遭际上，似乎并不十分恰当。《无题诗本事——李商隐、王氏婚恋之谜》的作者也许没有注意到，诗歌中的女主人公是在十五岁的时候有了伤春的情怀，并不意味着一定要与李商隐在十六岁之前所遭遇的经历和心态在年龄上画等号。我们可以这样假设，如果李商隐在三十岁的某一天想起了自己希望得到而又得不到的美好事物，并因此而伤感，进而塑造了一位年少而富有才华的女子形象，在其十五岁的时候，也因得

---

① 龚鹏程：《中国文学史》上册，东方出版社 2015 年版，第 457—463 页。

不到自己希望得到的美好事物在春风中哭泣，或许也是完全符合逻辑的。① 故此，《无题诗本事——李商隐、王氏婚恋之谜》的推测显然还有很多细节无法做到自圆其说。

其次，《无题诗本事——李商隐、王氏婚恋之谜》一书，将这首"八岁偷照镜"与"近知名阿侯""照梁初有情"两首无题诗放在一起进行讨论，认为这三首无题诗都是李商隐早年之作，并就此断定三者之间存在某些联系。从一般学者认定"照梁初有情"一诗女主人公是李商隐妻子入手，进而推导出"八岁偷照镜""照梁初有情""近知名阿侯"三首诗作的女主人公都是李商隐妻子王氏，试图探讨李商隐诸多无题诗之间的联系。这种解读方法并非此书首创。早在20世纪90年代初期，罗元贞便试图通过诗意串联起"昨夜星辰昨夜风""凤尾香罗薄几重""重帏深下莫愁堂""相见时难别亦难""来是空言去绝踪"五首无题诗之间的内在联系。② 因为李商隐无题诗本来具有抽象性特征，而表面多写男女爱情与女子相思，这些诗很容易因为某些事件与恋爱的相似度而在抽象意义具体化的基础上和某种情节相关联。故此，这些无题诗之间关系的建立，似乎也在抽象问题的具体化中得到了可能，就目前的资料而言，很难确定这些无题诗的背后存在一种内在的逻辑关系。这样的解读方式，势必带来过分的穿凿。因为诗歌就是诗歌，与小说有着本质的区别。小说可以有完整的故事情节、合理的内在逻辑，而诗歌则不然，贯穿诗歌的不是情节，而是统一的情绪特征，尤其是李商隐"无题"一类诗作，更是如此。我们不能为了将无题诗的抽象性思绪具体化甚至落到实处，而强拉硬拽地串联其本事，强行以小说的逻辑思维去要求这些诗歌，去看待这些诗歌，甚至以这样的方式去解读这些诗歌，这是绝对不可取的，也是不科学的。

再次，根据李商隐文章中诸多涉及王茂元及其妻室的信息和相关史料推测，李商隐的妻子王氏为王茂元的小女儿，并由此断定，《无题·八岁偷照镜》一诗"十五泣春风"中的"十五"正是李商隐妻子王氏当

---

① 叶葱奇在《李商隐诗集疏注》中便持类似观点。
② 罗元贞：《李商隐五首无题诗之关系》，《晋阳学刊》1992年第6期。

时的真实年龄。《无题诗本事——李商隐、王氏婚恋之谜》所考究的王
茂元与李氏（王茂元的妾室）成婚的时间、李商隐所娶的王茂元七女儿
的时间以及七女儿的年龄是有其合理成分的，但就此武断地将十五岁与
王茂元的七女儿的年龄画等号，则是一种极其不科学的臆测行为，为严
谨起见，这一说法目前也只能持存疑态度。

　　最后，向思鑫、黄涛《无题诗本事——李商隐、王氏婚恋之谜》这
部书根据王茂元与郑注以及"甘露之变"的关系，认定王茂元在"甘露
之变"后处境危险，并由此断定王茂元曾将家眷寄养在亲戚处，而此时
李商隐的妻子王氏也一同被寄养在亲戚处，年龄正好为十四岁。这便解
释了"十四藏六亲"这句诗，否认了十四岁与家中同辈的男性亲属保持
距离的解释，将这句诗中"藏"字的意义做了颠覆性的解读。书中由此
推测，王茂元的女儿应该在被寄养的同时急于嫁人，李商隐则加入了王
茂元选婿的角逐之中，最后成功迎娶了王茂元的小女儿。与前文所谈论
的王氏十五岁的推测结论相似，王氏十四岁在亲戚家避祸这一推论似乎
也很难完全令人信服，其中王茂元在"甘露之变"后为保家人平安而疏
散家人并以散财的方式逃过一劫的推断是符合逻辑的。而就此认定"十
四藏六亲"的意思是王氏于十四岁的时候因王茂元为躲避"甘露之变"
引来的祸患而将其藏于亲戚家，这样的解释未免太过牵强。

二　阿侯之真实身份辨析

　　依据现有材料，我们可以将"近知名阿侯"一诗中提及的"阿侯"
认定为一个美女形象。这首诗依旧是以旁观者的角度进行创作的。通篇
来看，前四句是对"阿侯"的描述，后两句则是作者的感受。先交代的
是女子的名字、住所，其次是她那舞动的纤细的腰肢和长长的充满哀愁
的眉毛，最后两句则转向了观赏者的视角——既然肯为这位美女建造一
座黄金屋，为何不能为她建造一座重楼，让她登上楼，让我们一睹其真
容呢？这首诗的抽象意义，可以从最后两句分析出，是一种渴望目睹却
又因阻隔而无法目睹的心境。"近知"或许只是听说，而"阿侯"的住
处，以及她的舞姿，她的愁容，她的纤腰，她的长眉，甚至她现在被关
在金屋里，几乎是抒情主人公听说而来的。

《无题诗本事——李商隐、王氏婚恋之谜》一书对此诗的阐述偏向于一种新解。书中从社会风气、唐代的婚姻制度等角度证明了唐代男女关系的开放性以及唐代男子通常有再娶的可能，这是符合客观历史事实的。此书作者同时根据旧有的注解，认定此处的"阿侯"为女子，这一点也是符合情理的。

书中认为对此诗"戏为艳语"的解读并不能揭示诗歌的真实意义，这首诗的"阿侯"是李商隐对王茂元小女儿的戏称。认为在创作这首无题诗的时候，李商隐已经与王氏非常亲昵了。这种将诗中的"阿侯"与王氏等同的解读方式可谓无中生有。"阿侯"与王氏的完全等同，也是一种武断的关联，并无任何依据，难以令人信服。

"黄金堪作屋，何不作重楼"两句，书中也有了全新的解读。长期以来，因为李商隐《祭小侄女寄寄文》中的相关表述，学界一直推断李商隐与王茂元之女王氏的婚姻是李商隐的第二次婚姻，但李商隐第一次婚姻的对象是谁，至今仍是一个谜。《无题诗本事——李商隐、王氏婚恋之谜》一书则对李商隐的第一次婚姻有了进一步的考证，认为这首无题诗中，"黄金堪作屋"便是针对他的第一次婚姻而来，而"何不作重楼"则是他急于娶王氏的写照。书中根据唐代的社会风气以及相关制度证明，李商隐很有可能是为了娶王氏，而休了第一任妻子。甚至推断《祭小侄女寄寄文》中的"侄女"寄寄就是他的亲生女儿。我们可以肯定李商隐的第一任妻子应该不是王氏，有关第一任妻子的具体信息依照现有材料是无法确考的。李商隐已经有一位住在"金屋"的妻子，还要去"重楼"目睹王氏的风采，更是玄乎其玄，而认定寄寄是李商隐女儿的说法，更偏向于主观臆测。在没有任何资料佐证的前提下，将李商隐说成一个为了迎娶王氏而抛妻弃子的人，不仅是对李商隐人格的诋毁，也是对历史的一种不尊重。值得一提的是，主张寄寄不是李商隐侄女而是他亲生女儿的观点并非源于此书，早在 20 世纪中叶，学者顾翊群便持此说①，但其观点认定寄寄的母亲是李商隐在《柳枝五首序》中提到的柳枝，臆测性同样很大。综合目前资料来看，贸然断定寄寄是李商隐的亲

---

① 顾翊群：《李商隐评论》，中华诗苑 1958 年版，第 83—86 页。

生女儿，而寄寄母亲的身份更是无法确考。

所以，"阿侯"是李商隐在诗歌中塑造的一个虚拟形象。她或许可以抽象为一种美好的事物，令李商隐希望一睹其真容。我们不否认，"阿侯"的形象中也许包括王氏在内的李商隐认为的一切美好事物在其中，而将王氏与诗中的"阿侯"完全画等号，则是一种不科学的、武断的解读方式，这种解读势必使诗歌的艺术品位大大降低，使诗歌的抽象性内涵大大减弱，不利于对无题诗抽象意义做出准确而客观的把握。

三　昨夜窥视之对象辨析

"昨夜星辰昨夜风"与"闻道阊门萼绿华"两首诗在诸多古籍版本中都以"无题二首"并列。就其诗面意义而言，前者描绘了一场通宵达旦的宴饮集会，后者则侧重抒发个人的感慨。其实二者之间或许可以分别进行解读，由于在文献流传的过程中，这两首诗大多是并列的，仅在分体刊刻的版本中有所分离，故此诸多解家多合而解之。《无题诗本事——李商隐、王氏婚恋之谜》一书也不例外。

首先，书中否认了胡以梅等人关于艳遇、席妓的说法。先根据第二首七绝的"昔年"字样，推断出如果是歌妓，不会有如诗歌中所写的这种昔年之交，而后又根据第一首七律中"隔座"等动作中的忸怩之态，认定如果是写妓女，并不需要如此矜持。最后，书中指出，如果这两首诗所描绘的对象是妓女，那么李商隐完全可以改日再与其聚会，不会因"听鼓应官"而慨叹伤感。这种观点有其合理之处，但就诗意而言，这句还可做其他方向上的解读，即李商隐厌倦了"应官"的生活，一刻也不想离开当前的欢乐场景，因此谈不上改日再与其聚会，因为其情绪的侧重点不在不舍，而在厌倦公事。此外，书中还对李商隐同宴者的身份产生怀疑。该书作者依照诸多注释家的观点，认定这首诗写于李商隐入秘书省校书郎期间。如果这两首诗果真创作于这段时间，则同游者或许只有两种身份，一是李商隐的同事，一是还没有考取功名的文人狎客，但书中已对这两种身份予以明确的否定。其理由是，如果同游者为李商隐的同事，不可能只有李商隐一个人"听鼓应官"，在座的多数人应该都会"听鼓应官"。如果同游者为文人狎客，李商隐的官职再低，也比同游者高，自然不必"嗟叹"而自惭形秽。这些分析，总体看来十分中肯，比较符合实际情况。

其次，赵臣瑗、冯浩等人认为这首诗写的是李商隐窥视王茂元家中女眷，但《无题诗本事——李商隐、王氏婚恋之谜》一书认为，从时间和地点综合考虑，李商隐不具备任何窥视的条件。这一推断也较为科学。

再次，这部书对张采田的"秘书省说"也进行了否定，认为诗歌写的是贵族家庭的环境，不是宫中的环境，而"双飞翼"通常用于男女情感之间，鲜少用于同事之间。同游者如果是李商隐的同事，那么"听鼓应官去"的应该是一群人而不是李商隐自己，而秘书省在宫中也不会允许青年男女夜里宴饮博戏。其中的分析也颇有道理。

尽管在这首无题诗的解读中，《无题诗本事——李商隐、王氏婚恋之谜》一书所分析的诸多细节有颇多可取之处，但其对这首无题诗的解读最终归于主观猜想。这部书最后将这两首诗的解读归为臆测性很大的一个细节——在李商隐与王氏私订终身之后，经过百般努力，王家允诺李商隐婚事，而本诗描写的正是王家人将王氏送与李商隐成婚之时，李商隐为给王家人接风而特意设宴的场景。《无题诗本事——李商隐、王氏婚恋之谜》一书的观点，在质疑前人观点上具有颇多可取之处，但在确立这首无题诗的本事时，则充满了主观臆测之嫌，这一解读甚至比历朝历代解读者的说法都奇异。在构建无题诗意义与其所臆测的本事之间，这一解读方式依旧犯了抽象意义肆无忌惮地具体化的严重错误。

四 中心缘何最不平辨析

关于《无题·照梁初有情》一诗的解读，通常认为"中心最不平"是点题之句，心中有"不平"之气的主角被认定为李商隐的妻子王氏。《无题诗本事——李商隐、王氏婚恋之谜》一书，首先对程梦星认为的不平于长安时局的说法以及姜炳璋认为的慨叹党争的说法加以反驳。认为王氏作为一个女子未必会关注时事，这是一种颇有见地的观点，而诸多解释中，冯浩的解读最具特色。冯注认为此诗写的是李商隐博学鸿词科落第，寄家书给王氏，王氏为其鸣不平。此说影响甚大，张采田以及后世许多笺注者都持此说。

《无题诗本事——李商隐、王氏婚恋之谜》一书则对此持不同的看法，认为李商隐在博学鸿词科落第的前后，没有与王氏成婚的条件，也就不存在王氏收到李商隐的书信后为其鸣不平的情景了，而李商隐即便当时已经与王氏成婚，也不存在写书信的时间。从这首无题诗的语气来看，相对轻松一些，似乎不能与李商隐落第时的精神状态相呼应。其实从这首无题诗的文本来看，其关键点有二：一是塑造了一个女性形象，她有着迷人的外表和充满怨恨的情绪；二是一个点题之意——传达出一种"不平"的情绪。这一系列情绪是抽象的，因为缺乏本事目前是无法具体化的。此外，这一女子形象为实写还是虚写，依据现有资料是无法确定的。因为无题诗的抽象性决定了无题诗几乎不能准确系年，而这首无题诗究竟是写于李商隐婚后还是婚前，似乎已很难推测。故此，贸然断定这首诗写于李商隐婚后是不准确的。

基于对古今笺注家的一系列怀疑，这部书提出了一个虚构情节式的猜测——认为是王氏与李商隐成婚后，因回门在娘家遭遇了诸多不公平待遇，故而发出了"不平"之气，并给李商隐寄了一封信表述了内心的感受，而李商隐的这首无题诗则是以诗歌的方式给王氏的一封回信，字里行间都是对王氏的宽慰之语。基于此，这部书将"照梁初有情"这首诗的意义附会到李商隐对"岳家不公"的情绪发泄上。其中"不平"当有李商隐的"不平"，自然也有王氏的"不平"，但这样一个玄乎其玄的本事，其背后隐藏的是一系列凭借推测而推导出的情节链条。说这首诗是回信，其出发点当本于"锦长书郑重"中所用的苏蕙的典故，而以下系列臆测链条便由此毫无根据地展开：王氏回门以及回门遭受过娘家的不公正待遇，完全是《无题诗本事——李商隐、王氏婚恋之谜》一书的作者凭借诗作中的"恨"字主观发挥而成的小说式的情节；王氏因为"恨"积于心而给李商隐寄信的事情，是借助诗中的"书"字展开的一系列臆想；至于李商隐的回信，更不必说有什么可供参考的证据了。总而言之，作者在这部书中对这首无题诗的推测，完全是建立在主观猜想的联系上，目前很难认定为真实确考的解读方式。

综合以上《无题诗本事——李商隐、王氏婚恋之谜》一书对无题诗的解读来看，在诸多细节方面，这部书对李商隐无题诗的解读存在一些合理的突破，但这部书的主题与宗旨则是主张李商隐的无题诗（其中包含若干不在本研究范围之内的李商隐无题诗以外的其他诗作）所写的内容都与王茂元的女儿王氏的恋爱、婚姻有关。因为无题诗本身并无李商隐本人所作的注释为证，也没有更多的解读资料留传，这些与王氏相关的所谓"本事"多数情况下是研究者有意阐发并加以逻辑思考串联之后的产物。虽然作者的初衷是探求无题诗的本事，但这种衍生与发挥的做法与小说创作并无本质上的区别。虽然从具体细节上来看，这些与王氏相关的解释是无题诗阐释史上的一系列新说，但从本质上来说，这一系列对无题诗本事的解读与清代的托寓令狐、君臣寄托，民国时期苏雪林的恋爱事迹阐发等，在思路上并没有任何区别。它们都是在无题诗抽象意义的基础上加以具体化，进而对李商隐的无题诗进行解读的，其区别在于具体化的方向与角度不同。但无论何种情况，因为缺乏相对可靠的资料，无以为佐证，所以这些观点只能是李商隐无题诗阐释史上的一家之言，不能成为李商隐无题诗真正的、客观的解读。

第三节　21 世纪无题诗解读观点的文学史意义

关于李商隐无题诗诸多方面的解读，不同时代的研究者对其争论不休。对于李商隐无题诗有无寄托或者是否存在本事的说法更是吸引了许多学者对其加以研究、讨论，而"传奇文说"与"李王婚恋说"，便是在这种持续了千百年争论的学术背景下产生的。它们一个是对李商隐无题诗来源问题的探讨，另一个则是对李商隐无题诗内容方面的阐发。无论其中的观点是否符合客观真相，它们无疑都是李商隐无题诗研究的一种新的进展。无论是主张李商隐的无题诗出自传奇文的观点，还是《无题诗本事——李商隐、王氏婚恋之谜》中将李商隐的无题诗完全具体化到李商隐与王氏恋爱、结婚乃至婚后生活的细节中的做法，虽然在诸多细节中还有很多值得商榷之处，甚至其中的很多观点几乎不能成立，但是这些标新立异的说法，依旧具有一定的文学史价值。

一　无题诗抽象性具体化的必然结果

　　无论是在流传方面主张李商隐无题诗出自传奇文的说法，还是在解读方面主张李商隐无题诗写的都是诗人与王氏婚恋相关事情的说法，都是在李商隐无题诗抽象意义解读的基础上，对其加以具体化的做法的直接体现。即便是将焦点集中在无题诗的来源而非意义的传奇文说，其基本逻辑与例证也是建立在主观性极强的臆测本事或臆测所附情节的基础之上的。综合诸多解读，李商隐无题诗抽象意义具体化的现象几乎贯穿了这类诗歌的整个阐释史。这一现象有其必然性，在文学史与文化史上也具有相应的意义与价值。

　　诗歌的本事，是诗歌主题依据的故事情节，是了解中国古代抒情言志诗创作背景中必不可少的环节之一。从某种程度上来说，诗歌所谓“寄托”之事，正是建立在对本事相对了解的基础之上方可明了的。中国古代诗歌大多属于抒情言志之作，而诗歌盛行的时代，其创作者的身份大多是经过专门训练的文人。在古代，中国文人的主流价值观念又是在得志与不得志、入世与不入世之间徘徊的。因此，文人所创作的诗歌大多也对这些问题普遍地有所反映，而中国古代诗文评论，大致是建立在“知人论世”和“以意逆志”的前提下的，这就势必使诗歌的研究、评论与作家的人生经历产生密切的关系。所以，中国古代的诗文评注家大多采用注释典故、考证历史背景的方法对特定的诗文加以考评。由于中国古代诗歌创作的文化背景的影响，这一方法在解释古人抒情言志诗上取得了突出的效果。传统考释方法的集大成之手段便是“史诗互证”法。因为中国古代诗歌的特殊性，很多诗歌在“史”与“诗”的相互映衬中得到了恰到好处的解答，但同样的方法运用到李商隐的无题诗中，便出现了很大的不同。李商隐无题诗的本事隐约含蓄，而其背后所寄托之事物更是无法明确。本事、寄托的模糊性，极大地阻碍了李商隐无题诗创作背景的确考及其背后隐喻寄托的明确。这便是千百年来，对李商隐无题诗主旨争论不休的根本原因。李商隐无题诗的模糊性、抽象性、凝练性、普遍性，使得这些诗作在抒发情感的同时充满了高度概括性的情绪。这种情感已经不能囿于某一具体本事而言，而是对具体情感的一种概括和总结，具有十分显著的哲学特征。李商隐的无题诗，在审美艺术上具有抽象性，在心绪描摹上具有凝练性，在人生感悟上具有普遍性。可以说，李商隐无题诗独有的魅力便在于以抽象性的表达情感的手段，阐发人类亘古不变的一系列情绪。这一系列具有高度概括性的情绪，能够凌驾于具体本事之上，跨越千年的时空，得到各个时代读者的共鸣。这种现象，被王蒙称之为"通境与通情"①。然而，具备"通境与通情"一类传达抽象性情感的诗作，很容易被穿凿附会，并由此阐释出一系列有悖于诗歌自身思想内容的观点。

"传奇文说"和"李王婚恋说"，是李商隐无题诗阐释历程中两种近乎臆断的解读，也是李商隐无题诗抽象意义具体化的结果。李商隐无题诗的解读史，其实质是李商隐无题诗的阐释史。即便是清代李商隐诗歌笺注的繁荣期，诸多对李商隐诗歌做过笺注的学者，在其解读李商隐诗歌的时候，也大致是依靠文本以及自己所认定的相对科学的笺注资料进行阐释的。虽然他们在主观上是为了探求李商隐诗歌的原意，但其解读活动的实质，或许仅仅是文学接受与流传过程中一个或者几个较具代表性的阐释方式而已。不可否认，他们的笺注有相当一部分与李商隐所构想的诗歌意义多少是有些出入的。同时也应认识到，很多清代乃至现代的笺注者，对李商隐诗歌笺注的很多细节，还是较为中肯、准确的，并且就现在来看，是十分符合诗歌本意的。正是有了这些合乎逻辑，深见功力的解读，才使李商隐的无题诗在流传和接受的过程中，不至于被过度地误读，但我们又不得不注意到，由于李商隐无题诗的特殊性，其朦胧的诗歌意义加大了对诗歌的解读和疏通的难度，在资料极度缺乏的情况下，对其诗歌的阐释或许多少都会带有一些臆测的成分，这是李商隐无题诗的解读中无法避免的一种现象。20世纪以来产生的诸多关于李商隐无题诗的新说，较之之前的相关说法也表现出了不同的特征。他们的解读趋向多半也要落到实处，但基于考评与笺注的因素较之前代大为削弱，呈现出的是一连串基于诗歌意义而"广开言路"后的一系列无题诗

---

① 王蒙：《通境与通情——也谈李商隐的〈无题〉七律》，《中外文学》1990 年第 4 期。

阐释新说。这些解读大都凭借似有非有的解读，将李商隐的无题诗和一些可能有关又可能无关的资料建立起联系，从而基于这些似有非有的联系得出一系列新的结论。这些新的结论建立在一系列毫无实证或缺乏实证的联系之中，势必会造成进一步的歧义，其观点也难以令人信服。这一系列观点的阐释，其实质仍然是一种抽象问题具体化的过程。这些观点的形成以及由此而引起的分歧，同样也是抽象问题具体化之后的必然结果。

二　无题诗研究成果繁荣的外在表现

文学在流传的过程中，其价值在不同的时代表现出不同的特征，这其中有诗歌本身的原因，也与时代审美取向和传播力度息息相关。许多文学作品在创作之初，或者说在作者当世之时便已经有了极大的影响，但更多的文学作品，则是在历史的流传中不断被沉淀下来，并在接受与阐释的过程中逐渐被发掘的。李商隐的诗歌，无疑属于后者，对于这一类文学作品而言，其逐渐被发掘价值的过程也是有层次性的。通常情况下，人们对经典文学的解读，尤其是跨越时空式的经典文学的解读，初期都是要从字词解释、语句疏通等语言层面开始的。往后方可逐步上升到题旨、中心、本义、引申义、象征意义、创作背景、形成原因、流传与接受、影响等方方面面。纵观李商隐的诗歌，其价值从开始被挖掘，到逐渐深入研究，乃至流传广泛也暗含了这样的规律。当李商隐诗歌的价值被发掘的初期，涌现出的是诸多对其诗歌文本的整理、笺注与考评，久而久之形成了在此基础上诗歌文意的疏通及一系列具体情况不同的"寄托说"。在今天看来，虽然清代的许多"寄托说"带有明显的穿凿附会之嫌，但较之单纯的字句阐释，"寄托说"的涌现以及不同派别的争论，证明了对李商隐诗歌的接受，在学术领域和传播领域都已经逐渐走向繁荣。无论是学术阐释还是读者接受，只有在字词的注释、典故的解读以及诗面意义的疏通达到一定纯熟程度的时候，"寄托说"才有足够的形成条件和被传播、被认可的可能。简而言之，"寄托说"等一系列解读的出现，是字词、典故等注释趋于成熟和饱和的结果。正是因为字词、典故等注释趋于成熟和饱和，笺注者才逐渐不满足于这些琐碎的疏通，逐步走向"寄托说"的阐释领域。从读者的角度来看，正是由于在字词、典故等注释方面有了较为普遍的接受，才让他们不满足于这些注释方面所提供的信息，而笺注者倾向于"寄托说"的解读，其中或许也是以读者的需求与期待作为动力的。

20世纪以后，学界对李商隐无题诗的解读逐渐由"寄托说"走向分歧与通融并存的局面，与"寄托说"在学者研究领域和读者接受领域传播的日臻成熟有着密切的联系。"寄托说"也有其发展的轨迹。在经历了清代的繁荣之后，无论是在学者领域还是在读者领域，李商隐诗歌的"寄托说"都在逐步发展，并且趋于饱和。"寄托说"已经在各个领域、各个角度阐释得淋漓尽致，从学者阐释的角度已经没有进一步发展的空间。在众多读者的眼中，李商隐无题诗的"寄托说"已经成为耳熟能详的文化现象，这种现象得到了文化上的广泛普及，已失去了全新的、吸引人注意的优势。这是"寄托说"本身走向衰弱的表现，也是李商隐诗歌研究在寄托领域趋于成熟的表现。所以，从苏雪林开始，借助李商隐诗歌中的只言片语，以小说式虚构情节的方式去阐释无题诗本事的做法，其实质是"寄托说"的阐述趋于饱和所导致的一种结果。正因为传统的解读早已成熟到无可进展的程度，才会有学者从新的角度出发，得出全新的结论。这是对传统研究思路的反扑，也是李商隐诗歌研究进一步发展的表现。

诸如"传奇文说"与"李王婚恋说"等一系列关于李商隐无题诗的新说，其产生的条件，当与前文所述情况相似。无论它们的解释或阐述是否符合李商隐无题诗本意，都是李商隐无题诗研究成果的新进展，是在李商隐无题诗经历了传统的笺注、考评总结，西方文学、心理学等角度的一系列分析，综合大量资料形成了研究的新进展之后的学术产物。它们的产生，标志着李商隐无题诗研究的繁荣与成熟，为李商隐无题诗的理解提出了全新的思路与可能。尽管这一系列分析还不够准确，似乎还有懈可击，但这一系列全新的思路无疑会不断推动人们对李商隐无题诗的理解，不断巩固李商隐无题诗在中国古代文学史上的经典地位。这对于李商隐诗歌研究来说，无疑是一个好的趋势，而在未来相当长的一段时间里，类似这样的新说还会不断被提起，不断被讨论。无论新说是否符合客观情况，都是对李商隐诗歌研究的推进。对这样的新说，我们应该辩证地看待，准确吸取其中的合理因素。在对李商隐无题诗抽象意义具体化的解读中，切忌将诗歌阐释得过实、过死，避免误入主观臆断的歧途。

第八章　李商隐无题诗的文化意义

　　李商隐无题诗的文学价值是学界公认的。从内容和艺术的角度看，李商隐的无题诗是古代象征性、多义性诗歌的发展，以"无题"为题也是古代诗歌命题发展的一种突破①，它们是"李商隐诗集中最晶莹的明珠，可以说是义山诗艺术成就最高的代表作"②。它"摆脱了传统爱情诗歌中模式化和风格萎靡的倾向"，"为后人抒写幽微的心理体验提供了成功的范例"③。李商隐的无题诗具有"主观性与抒情性"，善于表达"微妙的心理状态"④，蕴含毫无痕迹的"象征化"手段⑤。在内容方面，李商隐的无题诗"把古代文人的爱情诗真正提升到纯粹感情的领域，实现了由欲到情的升华超越"，无题诗"是一种严格意义上的高品位的纯情诗"⑥。

第一节　因旨意朦胧而常被穿凿

　　李商隐的无题诗因其抽象性导致题旨朦胧，在众多笺注家的解读中很容易被穿凿附会。在李商隐无题诗的接受过程中，常被不同的内容相穿凿，其中颇具代表性的是清代的"托寓令狐说"与"君臣寄托说"，

---

① 牟维珍：《李商隐无题诗产生的文学史意义》，《甘肃社会科学》2007 年第 5 期。
② 陈永正：《李商隐诗选》，生活·读书·新知三联书店 1980 年版，第 14 页。
③ 陆婵娣：《李商隐无题诗的文体学探析》，《名作欣赏》2014 年第 12 期。
④ 刘学锴：《李商隐传论》（增订本），黄山书社 2013 年版，第 552—553 页。
⑤ 刘学锴：《李商隐传论》（增订本），黄山书社 2013 年版，第 554—556 页。
⑥ 刘学锴：《李商隐传论》（增订本），黄山书社 2013 年版，第 551 页。

民国时期的"女冠宫嫔恋爱说"等。

一 托寓令狐与君臣寄托

"托寓令狐说"与"君臣寄托说"对李商隐无题诗的解读影响很大，可以说整个清代基本都是托寓说的天下。① 但就这两种解读方式而言，无论主张哪一种，其实质都是认定无题诗是有寄托的。这种附会式的解读倾向与中国传统诗歌解读的审美习惯有着极大的关系。

中国传统诗歌解读讲求诗与史相结合，讲求文学的社会功用和教化意义。在这种思维倾向的引导下，将诗歌中相对抽象朦胧的意义实实在在地落实到作家的具体生活细节上乃至具体的历史事件中，是诸多解读者津津乐道的事情。因为受这种文化背景的影响，人们不仅把诗单独看成诗，而且倾向于看成一种具有社会意义的文化附属品。因此，诗歌中传达出越多的客观历史信息，就越容易产生社会历史价值，解读者也就越钟情于将这一系列相关的历史事件或作家经历与诗歌文本内容相联系。不可否认，一位作家的人生经历对其文学创作的影响是广泛而深刻的，但这种影响是不是直接的，因具体情况的不同而不同。就李商隐的无题诗而言，他童年的不幸经历，他的坎坷求仕过程，他饱经沧桑的宦海沉浮以及充满辛酸的爱情历程，都是无题诗创作及风格形成的诱因。但我们不能就此断定，这些人生经历的某一个特定环节就是他创作无题诗的具体背景甚至是无题诗的本事。否则，无疑等于将本来具有抽象性艺术价值的无题诗具体化了，是不利于客观掌握无题诗的艺术价值的。李商隐这一系列复杂的生活经历，对其无题诗创作的影响是间接的，而非一一对应的。无题诗风格的形成是这些生活经历综合作用的结果，而李商隐无题诗的抽象性，则为这种联系提供了便利条件。"托寓令狐说"便是在这样一种传统文化思维和历史思维的基础上逐渐形成的。这种思维的诱导因素是"诗经传统"，或者说是现实主义传统。中国诗学的思维中还有另一种传统，即以"香草美人""君臣寄托"为主要特征的"楚辞传统"。李商隐无题诗解读中的君臣寄托说与"楚辞传统"有着密切

① 刘学锴：《李商隐诗歌接受史》，安徽大学出版社 2004 年版，第 77—183 页。

关系。与"诗经传统"所引导的"托寓令狐说"不同，"君臣寄托说"不是直接基于李商隐所生活的社会环境和社会关系，而是着眼于传统社会君臣关系的思想。相较而言，"托寓令狐说"更局限于李商隐的人际关系与社会轨迹，而"君臣寄托说"则更侧重于通过李商隐的一些生活细节表现其诗中的社会责任、社会理想及执着追求以及因这种情绪受到阻隔产生的落寞心理和伤感情绪。其传达的抽象情感基调是准确的，但这些抽象情感基调被投射到具体事件中并与之建立必然联系，则是这一类解读的最大问题。

　　无论是"托寓令狐说"还是"君臣寄托说"，都是诸多笺注者从传统的史学与诗学的角度去审视李商隐诗作的倾向性思路，它们都是李商隐无题诗抽象性意义具体化后的表现。这种倾向的文化意义也从侧面表现了笺注者及接受群体对李商隐诗歌的重视。在古代社会文化背景下，具备了"诗经传统"和"楚辞传统"的解读，往往能够使李商隐的无题诗在某种程度上提升若干个层次。因为李商隐的无题诗无论是为爱情而作还是为抽象情绪而作，都无法在清代那样的社会历史背景下获得富有影响的文学地位。相反，如果它们有了托寓的内涵，那么无论是本于何种经典，都将有说不尽的价值和意义。从这个角度来看，"寄托说"虽然未必是诸多笺注家有意穿凿为之，但他们的解读却在古代的特定历史背景下，成为一种合理的文化现象，同时也是李商隐无题诗能够在当时的文坛上占有一席之地的重要原因。"托寓令狐说、君臣寄托说"虽然未必符合李商隐无题诗创作的本意，却在中国传统文化的特定背景下，成为李商隐无题诗解读与阐释乃至接受过程中的一大主流观念。在很长一段历史时期内，李商隐无题诗的"寄托说"成为特定环境下一种正确的真理性解读，这种略带过分穿凿的解读倾向，或许真的符合相应时期读者的审美取向和期待视野，而"寄托说"又似乎是笺注者为了抬高李商隐无题诗的价值，在有意无意间形成的一种思维导向。因为在清代学者的眼中，有寄托的诗作，必然要比单纯写男女爱情的诗作更容易登上大雅之堂。正如王蒙所言："写爱情，写男女之情的作品，它一般不可能有很高的教化价值，但注释家们往往要把它道德化，或者模拟化，似乎只有这样才有价值。"① 据此，李商隐无题诗的"寄托说"有其存在的必然价值，这种价值也是其文化意义所在。

二　曲折离奇的恋爱史

就当前学界的主要观点综合考察，李商隐的无题诗多数情况下是被当成爱情诗来看的。因为这些诗作的诗面意义多描绘女子之情思或男女之间的相思心理，说它们完全与爱情无关，似乎无论如何都讲不通，相反，因为诗面意义写的就是女子与爱情，说它们不是写恋情相思而是别有寄托，无论是从李商隐的创作观念来看，还是把问题放在无题诗的作品特征分析上去思考，都缺乏可靠依据。中国古代诗歌，自楚辞开始便具有以男女寓君臣的创作思路。在中国古代，男女关系与君臣关系具有一定的同构性，它们各自内部的矛盾、双方的地位和结构组织方式也具有很大的相似性。诗歌是抒情文学，至于它诗面意义上的男女之情是否同时映射了君臣关系，则需要诸多关联性证据。不可否认，这两层意义之间是有联系的，而建立起它们之间的联系，仅仅具有这种相似性的关联是远远不够的。可以说，难以寻觅、切实可靠的依据是建立在双方联系成立基础之上的最关键的一环。事实上，李商隐无题诗的"寄托说"便是在一系列似是而非的依据所建立的联系的基础上生成的。李商隐无题诗的抽象性和注释家们所征引的有限材料，无法确考清代以来诸多注本指称的所谓寄托说的准确性，所托寓的事实与诗面意义之间存在的其实是一系列稀疏的甚至是偶然的联系。这些联系已经无法满足接受者的阅读需要，也无法使李商隐无题诗的接受者在解读时达成共识。正如《毛诗序》对《诗三百》的解读在流行了千年之后在清代有了《诗经原始》一样，李商隐无题诗的解读在历经清代"寄托说"的热潮之后，也会有学者从探究它们本意的角度去重新讨论这些诗作的旨意。于是，倾向于"爱情诗"的解读便在这种背景下应运而生。

爱情诗的解说其实给李商隐无题诗的解读提供了一个可以做出全新

---

① 王蒙：《李商隐的挑战》，转引自《心有灵犀》，人民文学出版社 2002 年版，第 169—170 页。

阐释的新思路，但就"爱情说"所表现出的客观特征来看，它们所呈现出的解读方式，并不比"寄托说"中的任何一种更有说服力。李商隐的无题诗在诗面意义上都是以爱情题材为主，这为"爱情说"提供了一个可以安身立命的先决优势，但李商隐无题诗的基本特征——抽象性，又使得这些零碎的、宏观的爱情细节的解读无法满足接受者甚至阐释者的终极追求，于是，基于"爱情说"和诗面意义上的新一轮的阐释便由此产生了。因为李商隐在创作无题诗时并没有留下任何可供理解诗歌主旨的旁注或说明，无题诗的正文中几乎也不含什么本事，所以要想将李商隐无题诗的题旨落实，不得不走向新一轮的穿凿。苏雪林《李义山恋爱事迹考》便是在这种条件与背景下诞生的。其基本观点认为李商隐的许多诗作都是恋爱诗，其对象是女冠和宫嫔。苏雪林于 20 世纪 80 年代出版了《玉溪诗谜续编》，其观点基本维持旧说，并对反对者的观点提出反驳，但究其根本来看，苏雪林的观点只是在解读方向上发生了根本性的变化，其中根据诗歌细节与典故，将无题诗中的抽象意义落实化的手段方式与传统的诸多"寄托说"的思路或者说哲学方法论上的逻辑其实质是一致的。苏雪林的观点在 20 世纪影响很大，郁贤皓、朱易安合著的《李商隐》中可明显看出受苏氏观点的影响。[①] 陈贻焮《李商隐恋爱事迹考辨》也基本承此说。[②] 不可否认，对于清代"君臣寄托说"和"托寓令狐说"的历史环境的突破，是《李义山恋爱事迹考》的文学史贡献。刘学锴认为，这部著作具有小说一类的虚构性质，而它的文学史意义则是引导接受者把爱情诗单纯地当成爱情诗来看[③]，这种观点是十分中肯的。以苏雪林为代表的李商隐无题诗的爱情解读，其深层文化意义或许并不在于围绕这一观点的一系列诗歌的解读是否准确可信，而是昭示着这样一种思路——李商隐的无题诗可以当成爱情诗来读。故此，那些曲折离奇的爱情故事，或许也是李商隐无题诗抽象意义与零碎细节具象化解读的一个角度，它本身是一种认识事物的方式，但绝不会是认识事物

---

① 郁贤皓、朱易安：《李商隐》，上海古籍出版社 1985 年版，第 14—20 页。
② 陈贻焮：《李商隐恋爱事迹考辨》，转引自《文史（第六辑）》，中华书局 1979 年版，第 171—192 页。
③ 刘学锴：《李商隐诗歌接受史》，安徽大学出版社 2004 年版，第 190—196 页。

的唯一角度。

第二节　因深入心灵而易于共鸣

　　李商隐的无题诗无疑是中国古代文学的经典，但是在很长一段时间里，李商隐的诗歌，包括他极具代表性的无题诗，并不能与李白、杜甫等唐代大诗人的作品并驾齐驱。有学者指出，李商隐的无题诗"其艺术高度为后人难能企及"，但在思想内容上"反映重大题材的少，抒写个人情怀的多"，"对读者的教育意义不大"，从而得出李商隐虽然是"开宗立派的诗人"，却不可能与李杜齐名的结论。① 这一观点曾代表一定阶段内对李商隐诗歌的主流评价，也是中国传统文艺观念极其重视思想内容，轻视艺术技巧的鲜明表现。李商隐的诗歌在社会流传的广度上丝毫不逊于李杜的作品。在广为流传的著名唐诗选本《唐诗三百首》中，李商隐有二十二首诗入选，其数量仅次于杜甫的三十八首、王维的二十九首和李白的二十七首。其中能够代表李商隐诗歌特色的无题诗则有五首入选。李商隐无题诗广受读者欢迎的情况，于此略见一斑。从深层意义的角度看，李商隐无题诗能够赢得接受者的广泛认可，与其诗歌描绘的抽象性、心理刻画的深刻性有着直接关系。这种深刻的心理描摹，具有广泛统筹意义的抽象性情绪，使诗中所传达的内容更易于让不同时代的读者产生共鸣。

一　接受者审美价值的变化

　　受不同时代社会的主流风尚及个人生活环境、成长经历的影响，不同历史时期人们对同一类文学作品的评价是不同的。这种现象不仅表现在对同一文学作品的优劣评价上，也表现在对同一作品的某一个细节、某一点艺术特征优劣的看法上。李商隐的诗歌在不同时期所面对的接受者，从历史背景到审美价值观念等方面具有极大的差异，而李商隐"无题"一类诗作能够得到不同时期接受者的认可，绝不仅仅是局限于这些

---

　　① 吴寿林：《试析李商隐的〈无题〉诗》，《上海海运学院学报》1992 年第 4 期。

诗作的某一具体方面。这些诗作，从文化背景的角度考虑，在不同的方面有着不同的价值意义。简言之，它们在诸多方面的价值在不同时期得到不同程度的挖掘，促使不同时期的人们从不同角度对其进行接受。

接受者在不同的时期是在不同审美倾向的影响下对李商隐"无题"一类诗作加以接受的。李商隐"无题"一类诗作具备诸多特征，而不同的审美倾向是在不同的特征引导下形成的。例如在北宋初年，因为参与编纂《册府元龟》的文臣有饱览群书的需要，其形成的以唱和为主的西昆派对典故必然无限推崇，而李商隐的诗作惯用典故的特征恰恰符合了这些文臣的需求，于是，李商隐的诗作开始以被临摹的范本式的角色成为西昆派诗人争相临摹的对象，而在西昆派诗人的眼中，李商隐诗歌的用典艺术手法无疑成为他们接受李商隐诗作的主导审美价值。这种倾向一直发展到清代，接受倾向上形成了以用典审美取向为主导，反映在文献流传的角度上便是诸多笺注者的集大成之著作的问世。

挖掘李商隐无题诗背后的寄托意义，也是某一特定历史时期无题诗接受者的审美取向之一。李商隐无题诗的"寄托说"，无论是"君臣托寓说"还是"托寓令狐说"，与其说是笺注者肆无忌惮地落实典故和探求似有非有的本事的结果，不如说是李商隐无题诗的接受者在与笺注者同样的历史环境和社会背景的条件下抱有同样审美期待视野的结果。"寄托说"从表面现象的角度看是存在于诸多笺注者的著作中，其实质是存在于某一特定历史条件下的接受者的特定思维之中的。

到了明清时期，虽然这种用典为主导的审美价值依旧是李商隐诗作接受中的重要方面，但很多评论家已经开始注意到李商隐"无题"一类诗作在言情方面的价值，但言情为主导的审美价值，直到民国初年才得到根本意义上的有力倡导。苏雪林《玉溪诗谜》① 的出版，其根本的意义价值在于引导接受者对李商隐无题诗的看法向爱情诗转变。② 在改革开放后的四十年时间里，在李商隐"无题"一类诗作的接受者眼中，其主导的审美取向再一次发生了变化。李商隐无题诗的朦胧性、多义性，

① 一名为《李义山恋爱事迹考》。
② 刘学锴：《李商隐诗歌接受史》，安徽大学出版社 2004 年版，第 190—196 页。

使得它的接受者开始更细腻、更准确地去探求其抽象性背后所隐含的深入内心的情感线索，其主流的审美取向，已经由之前的主导"寄托说"和"爱情说"，逐渐向深入心理的抽象审美刻画转变。但无论对李商隐"无题"一类诗作的主导审美是哪一种取向，其本质都是由于李商隐的这些诗作具备形成这样的审美特征的条件。所以，无论主导的审美取向发生什么样的变化，都能在接受者的不断变化的审美取向中拥有一席之地。这也是李商隐无题诗具有亘古绵延的强大生命力和审美价值的原因所在。这在中国传统诗学的范畴中，绝对是一个独特而富有价值的存在。

纵观李商隐的无题诗，极具个性化的用典手法、执着无悔的浓烈感情、深入细致的心理刻画等，都是其迥异于其他诗人诗作的典型特征。这些特征构成了李商隐无题诗多样性的艺术风格。正因为诸多特征在李商隐无题诗中呈现出多样性的艺术风格，所以李商隐的无题诗才能满足不断变化着的接受者的审美需求。当西昆派诗人和清代注释者需要更多的典故来嵌入作品或加以解读时，李商隐的无题诗便为其提供诸多颇具技巧的典故使用的特征；当各个时代的接受者需要在诗歌中找到执着的信念与无悔的选择时，李商隐的无题诗便为其提供诸多情绪浓烈的无悔追求的心声；当不同角色的接受者试图在诗歌中找到能够与内心产生共鸣的情绪情感时，李商隐的无题诗便为其提供超越时空的心灵书写和抽象的审美意义。李商隐无题诗丰富的内涵和多样的信息，使得价值不同的因素在不同的时代、不同的接受者眼中此消彼长，从而造就了李商隐无题诗在不同意义上的艺术价值，也造就了李商隐无题诗在不同历史环境下、不同接受者眼中不同类型的存在意义。

二　无题诗的世俗特征[①]

李商隐无题诗自身带有一定的世俗特征。依今天的审美观念来看，世俗并不等于艳情，也与庸俗有着本质的区别，但这是一种与儒家诗教相差较大的创作取向。在李商隐的无题诗中，没有传统诗歌中所谓社会的反映，也没有所谓的家国情怀和教化功能，而是集

①　可同时参见第二章中相关内容。

中于一个片段的抒写，或一种情绪的抒发，抑或一种深入内心的表达。

李商隐无题诗的世俗特征表现在两个方面，一是内向性，二是平俗性。内向性主要表现在其情感抒发指向内心深处的意识或感受，而不是直接指向外部世界。在李商隐的无题诗中，社会责任感和历史使命感被隐匿起来，甚至消失得无影无踪，诗歌的焦点主要集中于内心的情绪和感受。这种感受的描绘通常又是抽象的，通过无题诗情感表现的抽象性传达出来。各个历史时期，在接受无题诗的读者中，无论其具体生活环境如何，带有普遍性情感的情绪线索很容易被接受者捕捉到，从而产生跨越时空的共鸣。这种深入内心的倾向，有时甚至达到了极其细微的程度。如"来是空言去绝踪"中，蜡烛、麝熏、金翡翠、绣芙蓉等房间内精致物品的精细描绘以及微度、半笼等细节的刻画；"相见时难别亦难"中，云鬓与月光同为白色以及白色背后流露出的情绪的刻画；"近知名阿侯"中，对女主人公"腰细"与"眉长"两个外貌上的细节描绘的点睛之笔；"照梁初有情"中，对女子"裙衩芙蓉小，钗茸翡翠轻"的局部形象描绘；"凤尾香罗薄几重"中，对视觉方面容貌的"羞难掩"和对听觉方面话音的"语未通"的描摹；"重帏深下莫愁堂"中，将风波、月露与菱枝、桂叶相对举，突出菱枝之弱与桂叶之香，等等，无不是这种细微化的典型表现。

此外，还有一点值得格外说明：这种细微性的主要表现内容、主要描绘的对象都是生活中常见的心态或是平凡人的心境。

李商隐的无题诗中，无论是女子的相思还是男子的追求，其个性都带有一定的人性化特征。他们的身份或许不是平常百姓，但是他们的心态则更接近于常人。他们可以感受到理想实现所面临的重重阻隔，可以持之以恒地执着于自己的信念而无怨无悔，但有时依旧会因为一份空虚的等待而失落、灰心。把这些无题诗所呈现出的情感脉络串联起来，能够塑造一个又一个具有立体化形象和普遍意义的有血有肉的人物形象，他们所构成的思想或形象便是"平俗"性的代表。如"昨夜星辰昨夜风"中，描绘的是抒情主人公在一个星光明媚、微风吹拂的夜晚，参与宴饮博戏的难忘经过。"春酒暖""蜡灯红"已经将氛围中的融洽、环境中的温馨以及内心深处的温暖生动传神地表现于诗作之中。这里，无论是抒情主人公，还是作者所描绘的那位女子，都具备贴近真实生活的"人态"，而不是"神态"。即便是"八岁偷照镜"一诗中所描绘的那位经历了七年成长期的少女，其"芙蓉作裙衩"的调皮举动已经将她与我们身边的邻家女子之间的距离拉得很近。虽然有人将这个想象与曹植《美女篇》中的女主人公相比，认为二者相似性很大，但这位少女的妆容，以及活泼清新的形象，较之"头上金雀钗，腰珮翠琅玕"的"美女"，更富有清新活泼的民间气息。再如"含情春晼晚"中，描绘了抒情主人公由傍晚思念爱慕之人，到对方门口徘徊不敢进门，再到他独自一人在横塘外待到天亮的心路历程，几乎是任何时代或者是任何地域的痴情男子都可能做出的事情。这些诗作所传达的世俗情感与世俗观念，是十分生动而富有情趣的。

　　无题诗中所描绘的主角，不是道教传说中的神仙，也不是儒家所宣扬的圣贤，他们是更为真实、更为立体化的人。他们没有"不为五斗米折腰"的骨气，没有"捐躯赴国难"的慷慨，没有"安得广厦千万间"的忧民，没有"我辈岂是蓬蒿人"的自信，甚至没有"四十年来家国"的沧海桑田之感。他们有的只是这一丝抽象的情绪，这种情绪又是大众化的，具有普遍性的，是很多人都经历过的，也是无论在古代还是在现代，抑或在异国，都很可能并且很容易产生的。所以我们才说李商隐的无题诗所传达的精神内核更容易使接受者产生共鸣。这些诗作所关注的是生活中的诸多细节，这些细节常见于任何阶层的生活中，所以诗歌所描绘的环境极易受到接受者的通境式的解读。诗歌所传达的情感也具有普遍性，并不是只有古代的上层社会或者士人群体才具备。也正因为如此，这些细节才会穿越各个阶层，让各种生存环境下生活的人产生共鸣。

三　无题诗产生共鸣的客观条件

　　"李商隐研究标识着我们文学观念的变化"①，对李商隐诗歌艺术的重视，也在不同程度上透露了中国文学意识的变迁。这从文化角度上来

---

① 王蒙：《李商隐的挑战》，转引自《心有灵犀》，人民文学出版社2002年版，第169页。

看，具有十分重要的意义。本节中，我们所阐述的问题，是一个关于李商隐无题诗在接受与阐释的过程中所展现出来的文化意义的问题。这一文化意义，有其内在的、本质的、必然的发展线索。

第一，中国传统文学注重作品的教化意义。因为李商隐的无题诗从诗面意义上说多表现的是男女之间的情思，而这一类作品很难从中找到教化意义，所以李商隐的无题诗在古代很长一段时间内受到了诸多诗文批评家的严厉指责。唐末五代时期，李涪在《刊误·释怪》中指出，"商隐词藻奇丽，为一时之最"，批判其无"君臣长幼之义"。北宋初年，太学体代表人物石介，在对杨亿等人诗歌的否定中兼及否定了李商隐的诗歌。《新唐书·艺文传》序以"谲怪"称李商隐的诗歌，综合《新唐书·李商隐传》等资料参看可见，北宋诗文革新运动的代表欧阳修对李商隐诗歌的评价也不是很高。南宋葛立方在《韵语阳秋》中甚至由对李商隐诗歌的评价转向了对其人品的攻讦，"然实商隐自取之也""商隐亦厚颜矣"等评价更是彻底从人格上否定了李商隐及其诗歌。南宋胡仔《苕溪渔隐丛话》认为李商隐的诗歌"浅近"，南宋范晞文《对床夜语》对李商隐的诗歌批评得更为严厉，指斥其"发乎情止乎礼义之意安在？"金代王若虚《滹南诗话》中对李商隐诗歌的评价也不是很高，认为其"必不能造老杜之浑全"。元代郝经在《与撒彦举论诗书》直指李商隐诗歌"病风丧心"。到了明代，宋濂、袁宏道、胡应麟等人的观点多少都对李商隐的诗歌持有否定色彩。中国学界对李商隐诗歌的重视，从清代之后才逐渐显出端倪。

第二，李商隐的无题诗具有多用典故、表意含蓄朦胧、注重个人心理描绘等特征。这些特征在不同时期，成为促使李商隐诗歌在接受中繁荣的主要诱因。

第三，对李商隐诗歌的解读到了清代以后才开始逐渐走向繁荣，究其根本，或因为李商隐诗歌用典多样，是一种比较适合清代注释家以旁征博引的方式对诗歌进行解读的诗歌类型。从大的背景的角度看，对李商隐诗歌的注释乃是清代学术繁荣的本质需要和必然结果，但由于清代学者依旧笼罩在传统的儒家道德观念之中，在解读李商隐诗歌的过程中难免对其深挖内心的纯诗性质的创作有所抵触和曲解，所以他们"往往

要把它道德化，或者模拟化，似乎只有这样才有价值"①。于是，"托寓
令狐说""托寓君臣说"便成为清代解释李商隐无题诗的主流。或许，
清代的注释家早已看到了李商隐无题诗不同于中国古代其他诗人的诗作
特征，而传统的道德观念，又不得不让他们将自己对李商隐无题诗的解
读道德化、索隐化，似乎只有这样，李商隐的无题诗才能真正与杜甫的
诗作成为反映历史的有力工具，成为那个年代里，符合主流价值观的诗
作。这些附庸式的解读在今天看来似乎是对李商隐无题诗的扭曲，但在
当时则是李商隐无题诗能够登上大雅之堂的必然条件。

　　第四，民国以后，李商隐的无题诗开始被纯粹地当成爱情诗来解读，
但这也只是给无题诗的解读带来了一种新的、相对正确的、就诗论诗的
思路。因为当李商隐的无题诗逐渐挣脱"寄托说"的束缚，迎来的依旧
是一系列穿凿附会式的解读。这些解读，有的是学术上的，如苏雪林对
李商隐恋爱细节的考释；更多的则是社会上的，甚至是政治上的，如将
李商隐的无题诗与儒法斗争结合在一起。究其根源，是由李商隐无题诗
表达情绪和意义上的抽象性决定的。在抽象的基础上加以具体化，从自
圆其说的角度来看，其实是一种再容易不过的附会方式，因为这些做法
只要证明诗歌中的抽象逻辑与具体事物的相似性即可。他们不会，也不
可能甚至无法去求真求实，而李商隐的无题诗，就是在这样一种特征的
促使下，一次又一次成为被穿凿的对象。

　　第五，李商隐无题诗在改革开放以后成为人们关注的焦点，与新时
代的思潮也有着较为密切的关系。随着市场经济在中国社会的逐渐确立，
中国社会的思潮逐渐朝着以市场经济为主导，以自由与流动为主要特征
的思想观念的方向发展。提倡自由与个性已经成为最重要的思潮之一。
从文艺观念和审美取向的角度看，市场经济主导下人们的审美思维已经
由理想主义转向实用主义。当代人在接受文学作品的过程中，更愿意接
受那些自己能平视，甚至俯视的人物形象乃至理性地去思考背后的人物
命运或情感线索；而不是去仰视，去欣赏人物形象乃至仰慕背后的人物

_____

　　① 王蒙：《李商隐的挑战》，转引自《心有灵犀》，人民文学出版社 2002 年版，第169—
170 页。

光环或理想激情。这种思潮使得人们更加关注自我，关注内心，关注小人物、普通人的生活境遇。刻意描绘内心世界的李商隐的无题诗，更容易在这样一个特定的时代，在人们心中产生共鸣。市场经济作为一种世俗观念，潜移默化地深入人心，使人们从仰视英雄和理想的神坛上走下来，开始关注自我、关注心灵，是李商隐无题诗在当下更受人们欢迎的重要原因。

李商隐的诗歌集中反映的是中下层文人试图通过跨越阶层实现自我价值与人生理想的心态，而其无题诗的"阻隔"与悲剧意味，则是这种心态在饱经挫折和理想幻灭之后的一种穿越时空的写照。在市场经济快速发展的当下，社会阶层结构逐渐分化，贫富差距也日渐明显。社会结构的分化使得处于中下层的人们在社会环境和个人理想等方面与李商隐较为接近。在当前唐代诗歌的部分读者群体中，李商隐的诗所描绘的内容与他们的生活状态和心理状态十分接近。从某种意义上来说，李商隐的无题诗在当前的接受热潮，便是李商隐所处的社会环境与个人心态穿越千年之后与当代读者产生共鸣的结果。李商隐无题诗的广为流传并得到不同时代读者的普遍接受，也是中国文学意识或文学观念变迁的集中反映。

第三节　李商隐无题诗的历史地位①

李商隐的无题诗在一千多年的流传中能够经久不衰，与其本身的思想与艺术价值所体现的人类共通的情感张力有着极其密切的关系。李商隐的无题诗在流传过程中，对中国文学乃至中国文化产生了不可低估的影响。这也使得李商隐的无题诗焕发着鲜明而强大的民族文化意义。

一　"本乎情"的题材在诗词转承中的关节

在文学史意义上，李商隐的无题诗是绮艳一类的作品由以诗为载体

---

① 参见拙文《无题诗与唐五代词关系新论》，《广西社会科学》2020 年第 1 期。

向以词为载体的过渡性诗歌艺术形式。诗与词的关系密切，二者产生初期都与音乐相关，依靠演唱流传的方式使得它们更容易具有显著的共同特征——"无题"①。诗与词都是抒情文体，情感是诗人内心的一种复杂情绪，以诗歌或者词作表现出来的情绪必然具有不同程度的复杂性、多义性和朦胧性，而这些特征的呈现似乎又与点明描述对象和直指主旨的题目有着不可调和的矛盾——诗或词的"无题"有助于复杂性、多义性和朦胧性的呈现，同时有助于诗人本真心性的抒发。诗歌的主导功能自宋代开始逐渐转向了说理，其抒情功能开始由词分担。在这一过程中，晚唐李商隐等人的无题诗起到了抒情题材由以诗承载向以词承载的过渡作用。晚唐的无题诗，与词有着诸多相似之处，便是这种过渡作用在文本上的客观反映。

诗歌和词作都是可以和乐演唱的。到了唐代，诗歌依旧可以用来演唱，而诗"无题"，与诗歌演唱有一定的关系。如王昌龄曾说："若诗入歌词之多者，则为优矣。"② 唐人诗作中，也有创作之初就是为了演唱的篇目，如李白的《清平调》。中唐诗人元稹曾说："休遣玲珑唱我诗，我诗多是别君词"；唐代大诗人白居易曾说："席上争飞使君酒，歌中多唱舍人诗"；李贺的乐府诗，更是"云韶诸工皆合之弦管"③。这些都是唐诗可用来演唱的佐证。与此同时，音乐家也特别喜欢诗人所写的新歌词，大历时期著名诗人李益的诗作即是"每一篇成，乐工争以赂求取之，被声歌供奉天子"④。从诗歌流传情况来看，诗歌在演唱中流传，诗歌题目的功能似乎在大多数情况下并不明显。诸如王维的名篇《送元二使安西》，据《乐府诗集》，"《渭城》，一曰《阳关》，王维之所作也。本送人使安西诗，后遂被于歌"⑤。这首诗有的版本题为"阳关曲"，或为"阳关三叠"，或为"渭城曲"。以题目论之，"阳关曲""阳关三叠""渭城曲"都为带有音乐性质的题目，严格来说它们都是音乐题目而不

---

① 这里"无题"二字的含义与第一章中所提出的"裸题"相近。
② （唐）薛用弱：《集异记》，中华书局 1980 年版，第 11 页。
③ （宋）王灼著，岳珍校正：《碧鸡漫志校正》，巴蜀书社 2000 年版，第 20 页。
④ （宋）王灼著，岳珍校正：《碧鸡漫志校正》，巴蜀书社 2000 年版，第 20 页。
⑤ （唐）王维撰，陈铁民校注：《王维集校注》，中华书局 2018 年版，第 448 页。

是诗歌题目。"送元二使安西"则是诗歌题目。在这一诗歌的题目中，以一个"送"字作引领，将"送别"这一主题准确而精当地概括了出来，而在音乐题目中，"渭城曲"之"渭城"当取首句"渭城朝雨浥轻尘"之"渭城"，"阳关三叠"或"阳关曲"之"阳关"，当取末句"西出阳关无故人"之"阳关"，至于"曲""三叠"等字样则是标明音乐性质的，并无提示诗歌意义方面的功能，而"阳关""渭城"一类的字样取为题目，无疑与《诗经》、乐府诗首句命题诗的情况较为类似。诗歌的这种命题方式，从其产生的根本原因来看，与演唱或者传唱有一定的关系。诗歌在谱曲传唱的过程中，其流传方式也基本依靠演唱。歌唱的词便是诗词的正文文本，少有将题目一并唱出。故此依靠演唱而流传的诗歌其题目的功能并不明显，甚至从某种程度上来说，题目也没有存在的必要。

　　唐五代词与无题诗的同构性表现在其和乐演唱的流传方式上，甚至在形式上也有诸多相似之处。就文学形式而言，唐宋时期的一些词牌与律诗在格律上的差别并不是很大。如《鹧鸪天》，除了两个三字句外，其余就是整齐的七字句。再如词牌《瑞鹧鸪》，掩盖住词牌，在格律上分明就是一首七律。据《苕溪渔隐词话》记载，"唐初歌辞，多是五言诗，或七言诗，初无长短句。……今所存，止《瑞鹧鸪》《小秦王》二阕，是七言八句诗，并七言绝句诗而已。《瑞鹧鸪》犹依字易歌，若《小秦王》必须杂以虚声，乃可歌耳。……"冯延巳的《瑞鹧鸪·才罢严妆怨晓风》一词，从平仄、格律、用韵、对仗等方面，都符合七律的特征。[1] 据《李商隐诗歌集解》，欧阳修的一首《瑞鹧鸪》，曾经被误认为是李商隐的诗。

　　　　楚王台上一神仙，眼色相看意已传。见了又休还似梦，坐来虽近远如天。陇禽有恨犹能说，江月无情也解圆。更被春风送惆怅，落花飞絮雨翩翩。[2]

---

　　① 刘学锴：《李商隐诗歌接受史》，安徽大学出版社 2004 年版，第 475 页。
　　② 唐圭璋编：《词话丛编》，中华书局 2005 年版，第 177 页。

　　《全宋词》将这首诗编入欧阳修存目词内，并指出，《草堂诗余续集·卷下》录《瑞鹧鸪》词一首，内容与此诗相同，并在调下注明"此词本李商隐诗"。据刘学锴、余恕诚《李商隐诗歌集解》，此诗非李商隐所作，但仅就形式上看，既可以把它看作一首七言律诗，又可以把它当作一首以《瑞鹧鸪》为词牌的词。虽然该作品并非李商隐所作，但这一文献的流传情况无疑向我们揭示了一种现象——七律无题诗与以《瑞鹧鸪》为词牌的词，其文本在形式上的相似度，已经到了可以将二者混淆的程度。虽然七律诗作在经过拗救、首句入韵等变换之后，部分格律会与《瑞鹧鸪》不符，但这种现象至少可以证明唐末宋初的时候，出现过结构与七律相近的词牌，所以李商隐现存诗集中大量的七律无题诗或"准无题诗"，与以类似《瑞鹧鸪》一类词牌创作的词作的相似度颇高。

　　抒情类文学在中国一直以诗歌为主要载体。到了宋代，虽然诗歌依旧承载着抒情的任务，但其主流的承载对象已经开始逐渐向议论与说理的方向发展。诗歌源自民间，其真情流露的内容使其充满活力与生机。这种强大的艺术生命力，是源自生命本真的抒情，是天然无邪的真情实感的流露，是纷繁复杂的内心思绪的真实描绘与揭示。诗"无题"，似乎为情感的真实抒发提供了许多便利的条件。唐宋两朝是格律诗发展的高峰，格律诗的创作规范，使得诗歌的雕琢和人工痕迹更加浓重，而无题诗一类的作品，似乎能够在自然、真醇等角度对这样一种现象加以不同程度的补救。这种条件下，在格律上大加雕琢而在主题上相对放宽束缚，则是诗人的一大尝试。与此同时，诗"无题"恰恰体现了主题的不确定性。诗歌有其自身的发展轨迹，这种轨迹便是由民间到文人、由传统到创新、由天然到人工、由简单到复杂的一种必然趋势。李商隐的无题诗与唐五代词的相似性，是晚唐社会风尚和审美追求在文学上的客观反映，也是李商隐个人经历和文学思想追求的必然结果。无题诗发展到李商隐之后的时代，性质发生了微妙的转变。晚唐韩偓、唐彦谦、吴融等人的无题之作，其诗歌风格与李商隐的无题诗相去甚远，与"本乎情"一类的诗歌传统风格更是大相径庭。无题诗甚至成为文人之间颇具功利性的唱和之作。无题诗的功利化自李商隐之后的时代逐渐开始，无题诗失去了原本能够承载朦胧性、多义性、复杂性的真实情感的优势地位。而就在这一历史时期，词作为一种新兴的格律形式迅速兴起，以其与无题诗共有的"裸题"性质特征，承载了原本该由无题诗承载的"本乎情"一类的抒情题材。自此，描述细微事物、刻画人物内心世界、表现柔美伤感特征的一类抒情作品由以诗歌为载体向以词为载体进行了主导方向上的转化。在这一转化的过程中，无题诗起到了关键的作用，而李商隐的无题诗成为抒情文体由以诗歌为主导载体向以词为主导载体转化过程中的一个重要关节点。

二　以"男女寓君臣"到以"男女寓情怀"

李商隐的无题诗是中国古代文学史上诗歌这一文学载体所抒发的深层意义由实转虚的标志。中国古代诗歌所体现出的以"男女寓君臣"的思维已是司空见惯。男女爱情为诗面意义，而政治抱负为引申义，这种双重的思维几乎已经成为一种固定的模式。在唐代，这一类诗作呈现出极具典型性的特征，较为明显的诗作为张籍的《节妇吟》①。诗歌在诗面意义和引申义上都具有十分明显的倾向性。在通常的思维下，已婚少妇得到丈夫以外男子的礼物会心动，但出于气节而将其物归原主和效忠于唐王朝的士人得到藩镇授予的官位心动与同样出于气节而不接受官位之间是两个极度相似的事件，但是这一类诗作的引申义与李商隐的无题诗有着本质的不同。李商隐无题诗的引申义通常为抽象的，其背后蕴含的深层意义有着虚指性或虚化性的本质特征——这就是李商隐无题诗的抽象性。李商隐无题诗通常指向人的内心世界，而不再把重心放在外部环境上，即不拘泥于外在的客观现实。诸如张籍《节妇吟》一类诗作，其引申义或者说深层意义本身便具有一定的具体性，其所指的对象是明确的，也是唯一的。在接受的过程中，只要明确男女与君臣之间的关系，便可一一将诗作所提及的诸多元素串联理解，并不会出现特别大的争议或是晦暗不明的现象。但李商隐的无题诗则不同，它们虽然多写女子相思或男女爱情，但其引申义往往是抽象的。因为抽象导致理解的差别、矛盾、争议、分歧源源不断。故此，这两类诗歌虽然诗面意义都是写男

---

① 全诗为："君知妾有夫，赠妾双明珠。感君缠绵意，系在红罗襦。妾家高楼连苑起，良人执戟明光里。知君用心如日月，事夫誓拟同生死。还君明珠双泪垂，何不相逢未嫁时。"

女爱情或男女关系，其引申义所指向的事物则完全不同。

李商隐"无题"一类诗作的突破性，是将以"男女寓君臣"的诗歌传统，转向以"男女寓情怀"的抽象手法。君臣关系依旧属于"史诗互证"中"史"的范畴，是传统儒家诗教观中直指的社会现实，也就是社会历史研究方法所直指的客观环境。这些因素都是具体的、细致的、确定的，在一定条件下甚至是准确的、不可更改的。以往诗歌所指的引申义则是在这样的条件下产生的。因为其具体性、细致性、确定性、准确性的特征，往往造成了诗歌在理解的过程中，只要准确地勾连了诗面意义与引申义之间的关系，那么对诗歌深层意义的理解就准确无误。但李商隐"无题"一类诗作，在同样的条件下所指向的是一种情怀，是一种抽象性质的感觉甚至是具有概括性、普遍性意义的人生感慨。以往诗歌中的具体性、细致性、确定性、准确性等特征在这里荡然无存。它们所指向的意义趋向于抽象性、粗略性、不定性、模糊性等一系列特征。这是李商隐"无题"一类诗作在诗歌引申义表达与表现中的一种潜在突破。

李商隐无题诗是中国古代诗歌开始以"男女寓君臣"向以"男女寓情怀"转变的一个节点。以往学界所注意到的，李商隐诗歌善于开拓内心世界，刻画细致入微的心理感受，便是这种转向的集中体现。正因为李商隐"无题"一类诗作并不是承载在具体的外在现实之中，而是承载在抽象的内心世界里，所以这一类诗作成为中国古代诗歌转型时期的重要诗歌类型，表现出极具特色的诗歌风格。李商隐的无题诗是中国古代诗歌史上，风格与内容双重转型时期的典范性作品，在中国古代诗歌史上具有重要的地位。同时，李商隐在这一方面诗歌创作的追求也不同程度地影响了后世的诗人，决定了北宋初年相当数量诗人的审美追求及创作导向，引导了后世性灵文学的主张与实践，是中国明清两代传统文学发展中性灵思想的一个隐性的、重要的源头。

三 中国诗索隐式解读的集中体现

因文化背景的影响，中国古代诗歌中许多作品的解读都有着索隐式的倾向。这种倾向是儒家诗教观注重诗歌创作背景甚至是历史环境的一种反映。诗歌本质上所要求的抽象性以及惯用简单的符号或简短的文字表达深刻而广泛意义的文化传统，为这种"索隐式"的倾向提供了可能。

诗歌追求抽象意义，使其不能同小说、散文一样，将深入细致的情节详尽地展现在读者面前，故此诗歌在抽象化之后，其表达的含义需要通过接受者在文化思维中进行补充，进而使抽象含义具体化。在这个具体化的过程中，接受者所补充的用以辅助理解的诸多因素，在不同接受者的意识中具有不同的表现。当这些补充的因素，与相应的一系列客观事物或历史文献相映射时，便形成了所谓的"索隐"解读方式。

构建似有非有的联系，是"索隐"解读方式的典型特征。由于某一事物，或许在某一方面或是某一角度体现出一种特征，这一特征很容易使人联想到某一种特定的情绪。所以，一些作者会将一己之情思与这种事物所表现的特征联系起来。其目的是引导读者也将这一特征或情绪与所描绘的事物特征联系起来，但由于文化背景、人生际遇、历史环境的不同，这种联系或许对一部分接受群体是准确的，对于另一部分接受群体或许会有不同程度的差别。

《易传》中有"圣人立象以尽意"之语。"意"与"象"之间的联系，在《易经》中早有酝酿。《易经》产生之初，是用来占卜解卦的。《易经》中，有固定的经文和解释经文的《传》文，这些固定的经文无法准确地指明世间百态，而求卜者的诉求又各有各的不同，所以解卦者在解释卦意的时候势必要在经文和求卜者所问的事物之间建立一种有规律性的联系。如卦文中显示"突如其来如，焚如死如弃如"，卦意是描绘征战或打猎时的场景，但并不是每一位卜问者都询问打仗的事宜，所以解释卦文的人就会以卦文中的抽象意义为卜问者解读求问之事。因此，在使用《易经》经文解卦时，一种潜在的联系，已经在酝酿了。"意"与"象"之间的联系便在这种极具民族特色的中华文化圈的思维中逐渐诞生、发展和壮大起来。《诗经》大序和小序，尤其是小序中诸多针对具体诗歌的解读已具备了这种倾向。在这种文化思维的影响下，中国的诗歌解读，开始有了"索隐"的倾向，并且由于宏观文化背景的影响，这种思维突破了文学文本解读的范围，成为生活在中华文化环境中的人们生活中的处事思维乃至认知事物的一种典型的思考方式。这种以抽象性去解读具体事物的思维方式甚至体现在许多带有宗教色彩的谶语与宿命的判词上。《推背图》《烧饼歌》《梅花诗》等具有神秘色彩的诗文解读，能够引起理解上的争议与分歧，其根本原因也与解读时的"索隐"现象有关。甚至在解读《红楼梦》时，对诸多诗词曲赋、词中隐语的理解也与这种"索隐本事"的文化思维习惯分不开。所以说，从文化意义的角度看，在解读李商隐无题诗时所产生的"索隐"现象，是中国传统思维综合作用的结果，是"象"与"兴"之间关系占主导地位的文化思维在诗歌解读中的集中体现。

在中国诗歌索隐式解读方式中，最难避免的现象便是穿凿附会。可以说，穿凿附会是抽象意义具体化之后的一种显著的、普遍的现象，而抽象意义具体化是索隐式解读的一贯方式。在李商隐无题诗千百年来的流传中，这种索隐式解读，时而轻，时而重，时而聚焦于"牛李党争"，时而聚焦于李商隐与令狐绹的关系。在这种似有非有的"索隐"式解读中，李商隐无题诗背后的抽象意义，便在一系列穿凿附会的解读中成为不同具体索隐方式的实物化体现。李商隐无题诗并不是拘泥于"实"的一类诗作，而过分索隐于"实"，将诗中的每一处细节都不假思索地落到实处，无疑会使诗歌距离它的本意越来越远。但我们又不得不承认，这一系列穿凿附会的解读，在李商隐无题诗乃至其所有诗歌的流传过程中，产生了巨大的影响，起到了巨大的推动作用。托寓令狐、君臣寄托的一系列解读，在李商隐诗歌的流传与接受中影响深远。在今天看来，虽然这些解读并不符合诗歌原文的意义，许多解读无非在"索隐"思维的引导下对史书与诗歌构建起似有非有的联系，甚至是明显错误的联系，但我们依旧不能否认，在这种"索隐"思维下的解读方式乃至流传的观点，是附着在李商隐无题诗流传的基础之上，并对李商隐无题诗的流传与接受起到积极作用的一种解读现象。这些索隐式的解读，连同李商隐的无题诗文本一起，成为李商隐无题诗流传与接受史上不可磨灭的重要篇章。李商隐的无题诗能够在流传中以"索隐"的方式加以解读，与其本身的诗歌特征有着密不可分的联系。可以说，历史上诸家对李商隐无题诗的解读都是中国诗歌"索隐"解读方式的集中体现，李商隐的无题诗便以这种承载文化现象之方式存在于中国古代文学史与文化史上，成为璀璨的文学明珠。

李商隐无题诗"索隐化"的解读方式，是中国文学或文学背景下滋生出的颇具民族特色的解读方式。与中国古代命理中习惯以颇具抽象意义的几句诗文预测占卜者前途或命运的思维习惯一样，以抽象意义具体化之后的情节去解读文学作品，也是中国传统诗学阐述中的一种极为普遍的逻辑方式。这种逻辑方式同样体现在中国古代小说一类叙事文本的领悟与解读之中，表现较为集中的则是《红楼梦》中诸多人物的判词以及谐音、隐喻和草蛇灰线的创作方法。时至今日，依旧有很多学者在探讨《红楼梦》与李商隐诗歌之间的关系，其实质或本于二者之间共同存在的抽象性，因为文学作品中的抽象意义更容易引导其向"索隐化"的方向解读。虽然"索隐化"的解读方式穿凿性质很明显，但它从另一个侧面突出表现了文学作品的争议性与多义性，而这些特征往往是传统经典文学的典型特征。"索隐化"的解读方式，在某种程度上也是李商隐"无题"一类诗作符合在意义上颇具争议性的经典文学特征的一种客观表现。

副 编

李商隐无题诗解读

——以抽象情绪为核心

对李商隐无题诗的解读，以往学界通常莫衷一是。从清代占据主流的"君臣寄托""托寓令狐"等解读方式，到 20 世纪以来逐渐偏向"爱情诗"的解读方式，不仅标志着学术观念的变化，也昭示着社会主流审美观念的变化。李商隐无题诗的本质特点，使这些解读方式在落实到具体细节的过程中大多有穿凿附会之嫌，有的甚至将这种误解与误读引向了极端。在今天看来，这些穿凿的解读，无论是趋向寄托还是单纯指向爱情，都已经无法准确解读李商隐的无题诗，或者说这一类解读已经无法满足对李商隐无题诗阐释的更高要求。也正是针对李商隐无题诗的抽象性特征，学界提出了有关"通境与通情"的说法，并进一步指出"把研究李商隐诗中的心灵景观与科学合理的笺释考证结合起来，将有利于推进李商隐诗歌研究的健康发展"①。在以往关于无题诗的解读中，要么侧重于笺释与考证，集中于某一种解读，如冯浩《玉溪生诗集笺注》、张采田《玉溪生年谱会笺》及叶葱奇《李商隐诗集疏注》；要么侧重于在诸多笺释中博采众长，取其合理性的要点加以整合，如刘学锴、余恕诚《李商隐诗歌集解》；要么着重偏向于字词、结构的美学分析，如张淑香《李义山诗析论》、吴振华《李商隐诗歌艺术研究》、林美清《想象的边疆——论李商隐诗歌中的否定词》；要么侧重于李商隐诗歌的艺术共性阐释，如方莲华《李商隐不圆满诗境探微》，而少有将诸多方面综合分析，对李商隐诗歌加以整体把握的。

李商隐的无题诗是李商隐诗歌的典型代表，艺术表达方式独特。如何准确、客观地对其诗歌意义及艺术水准进行分析与厘定，关乎李商隐诗歌在中国文学中的定位，和今后的流传以及解读方向。基于学界目前李商隐无题诗丰硕的研究成果，本研究根据无题诗文本意义将诸首无题诗的意义加以多层次、多角度地解析——主要为诗面意义和抽象意义的分析。所谓诗面意义，是诗歌文本所呈现出的意义，其阐述的过程不加任何引申义与过多的关联性猜想，是诗歌意义的最基层。所谓抽象意义，则是根据诗面意义引申出的带有哲理意味的深层含义。如果对李商隐无题诗的诗面意义和抽象意义加以分析，不难发现，以往关于李商隐无题

---

① 余恕诚：《李商隐诗歌的多义性及其对心灵世界的表现》，《文学遗产》1997 年第 2 期。

诗的君臣寄托、托寓令狐、男女艳情等说法都是诗面意义或抽象意义经过具体阐释甚至穿凿之后的结果。一些极度浮夸或穿凿附会的解读，往往是在抽象意义层面的理解上派生出来的，引导这些解读的方向，或由于传统诗教的影响，或由于审美理论的差异而千差万别，但这些穿凿附会的解读无一不是源自无题诗的抽象意义。关于无题诗的诸多穿凿附会的解读，包括部分合理的解读，都是在抽象意义具体化、实质化之后着意或拘泥于细节进行阐释的产物。

　　基于李商隐无题诗的多层意义，本研究将李商隐的无题诗划分为六种类型，并对每一种类型的诗作加以细致地分析。经过这一分析与整合可对李商隐的无题诗得出一个在现有资料范围内相对准确的解读，同时也可以对以往笺注与考评中相关的解读予以相对公允的评价，甚至可以解答出导致诸多解读方式发生穿凿附会的根源及其背后所表现出的思维方式。经过对李商隐无题诗的详细分析，这一类诗作所表现的抽象情绪可以归纳为"对美好事物的发现或追求—认定自己有资格追求美好事物—追求过程中因受阻而失落—追求失败后的愤愤不平以及绝望而难以排遣的凄楚情绪—受阻后继续执着无悔地追求"这一条线索，但这一线索的每一个阶段却在不同的无题诗中有所不同。通常来说，古体、五言、绝句无题诗集中表现的是这一情感线索的前几个阶段的内容，而艺术风格较为稳定成熟的七律无题诗，则集中表现的是后几个阶段的内容。无题诗的意义，恰恰在于这种抽象化情绪的释放。

一　无题"八岁偷照镜"

八岁偷照镜，长眉已能画。
十岁去踏青，芙蓉作裙衩。
十二学弹筝，银甲不曾卸。
十四藏六亲，悬知犹未嫁。
十五泣春风，背面秋千下。

《无题·八岁偷照镜》一诗通常被认为是李商隐早年所作，其语言和文体形式带有明显的民歌特色。《古诗为焦仲卿妻作》有"十三能织素，十四学裁衣，十五弹箜篌，十六诵诗书。十七为君妇，心中常苦悲"①之句，以年龄为线索，叙述女主人公的成长历程，与这首无题诗相比，无论是在创作思路上还是在文本形式上都十分相近。有学者指出，这首无题诗绝佳的艺术效果，与其从《古诗为焦仲卿妻作》"截体"②而来不无关系。冯班认为这首无题诗"只学得《焦仲卿妻》一段"③，周振甫认为这首诗是模仿《焦仲卿妻》而稍加变化④，当皆本于此。

（一）无题"八岁偷照镜"的民歌特质

这首诗不仅在形式上与《古诗为焦仲卿妻作》有相似之处，而且在

---

① （南朝陈）徐陵编，（清）吴兆宜注：《玉台新咏笺注》，中华书局1985年版，第43页。
② （清）纪昀：《玉溪生诗说》，转引自黄世中《类纂李商隐诗笺注疏解》，黄山书社2009年版，第57页。
③ （清）朱鹤龄笺注，（清）沈厚塽辑评：《李义山诗集》，台湾学生书局1967年影印本，第195页。
④ 周振甫：《李商隐选集》，上海古籍出版社2012年版，第11页。

风格上也体现出诸多民歌特征。纪昀认为这首诗"绝有古意"①，也注意到这首无题诗取民歌之长的特点。民歌的基本特征是口语化，且题旨鲜明。作为颇具民歌特征的诗作，这首无题诗也具备这样的属性。刘若愚把具有相似句型、包含重复字的两个或两个以上的句子称为平行句，②并指出"句型相类似的句子连贯而下，造成韵律的流利和结构的单纯，两者恰好与全诗所呈现的素朴魅力相呼应"③，这些平行句无疑是民歌常用的写作方式。此外，这首诗"浅白如流"④的艺术特征，也与诸多民歌的语言风格如出一辙。

贺裳给予这首诗很高的评价，明确指出李商隐创作古体诗是受杜甫的影响，同时也注意到这首诗的民歌性质，并把这首诗与《木兰诗》相对比，认为其"神魂固犹在铅黛"⑤。张谦宜也注意到这首诗有乐府风韵，并指出此诗乃"乐府高手"之作，"直作起结，更无枝语"⑥，对其民歌性质的爽朗直接特征有着较深刻的直观体会。与此同时，这首诗"每于结题见本意"，更是符合古乐府诗歌"高睨摩空"⑦的特征。

这首诗既然继承了民歌的特征，那么它的内容定然也如民歌一般浅显易懂。从诗面意义来看，这首诗确实更容易解读。

（二）"偷""芙蓉""银甲""悬知"所隐含的细节

在诗面意义上，这首无题诗描绘的是一位少女从八岁到十五岁的心

---

① （清）朱鹤龄笺注，（清）沈厚塽辑评：《李义山诗集》，台湾学生书局 1967 年影印本，第 195 页。

② ［美］刘若愚：《李商隐诗的用语》，方瑜译，转引自台湾中山大学中文学会编《李商隐诗研究论文集》，台湾天工书局 1984 年版，第 581 页。

③ ［美］刘若愚：《李商隐诗的用语》，方瑜译，转引自台湾中山大学中文学会编《李商隐诗研究论文集》，台湾天工书局 1984 年版，第 582 页。

④ ［美］刘若愚：《李商隐诗的用语》，方瑜译，转引自台湾中山大学中文学会编《李商隐诗研究论文集》，台湾天工书局 1984 年版，第 562 页。

⑤ （清）贺裳：《载酒园诗话》，转引自黄世中《类纂李商隐诗笺注疏解》，黄山书社 2009 年版，第 57 页。

⑥ （清）张谦宜：《絸斋诗谈》卷 5，转引自黄世中《类纂李商隐诗笺注疏解》，黄山书社 2009 年版，第 57 页。

⑦ （清）朱鹤龄笺注，（清）沈厚塽辑评：《李义山诗集》，台湾学生书局 1967 年影印本，第 195 页；清代《义山诗辑评》、刘学锴《李商隐诗歌集解》皆作"高题摩空"，疑误。

路历程。

"偷"字在诗歌中起到了十分重要的作用。诗歌中女主人公照镜子为何要"偷"着照呢？这一点似乎可以从"偷照镜"这一行为的动机去揣度。偷照镜子的背后蕴含着女主人公对青春期自己身体及容貌变化的关注，或者进一步可认定为是对美的关注。"偷"字刻画了该女子的两种心态：一是不希望身边的人发现自己身心的变化，不希望自己照镜子之类关注美的行为被发现；二是不希望家人注意到自己已经有刻意打扮、追求外貌美的行为，这其中包括第二句提到的为自己画眉的行为。[①]

诗中"芙蓉作裙衩"或暗指品格高洁之意，但作为一个十岁的小女孩，这种行为或许有淘气的因素。此外，因芙蓉花之美，而想采摘为自己的裙子做装饰，或者以芙蓉之美来衬托自己之美，这些解读似乎都不为过。另，根据花为植物的生殖器官，或许此句暗含该女子对两性意识的懵懂，后文"藏六亲"，或可为证。

"银甲"指弹筝的时候套在手指上用来保护手指的器具。"银甲不曾卸"说明两点：其一，诗歌中的女主人公已经开始欣赏音乐之美，她对美的理解，由自身之美转向了自然之美，又由自然之美转向了音乐之美。她沉溺于其中，不能自拔。其二，"不曾卸"从另一个角度说明该女子学习音乐时的勤奋。古本有作"银甲不能下"，详细比较，"能"字不如"曾"字好。"不能下"，有被迫练琴的意思，不能体现出该女子主动享受音乐之美和勤奋练习弹筝的心境。

"悬知"就是"揣知"。刘学锴认为，这里的"悬知""状女子半是希望，半是担忧之待嫁心理"。"犹未嫁"背后省去了信息。该女子揣摩到的是"藏六亲"的原因。"藏六亲"指的是"回避关系最亲的男性亲属"[②]。她揣摩到自己与同龄的男性亲属相隔离的原因是她还没有出嫁，其背后隐含的是对未婚少女的性禁忌。

根据以上诸多细节的分析，这首诗的诗面意义较之其他无题诗是比

---

① 此处"长眉"可与"近知名阿侯"一诗中"眉长唯是愁"一句连看，据此可推知，这里的"长眉"或许暗藏着少女之愁。

② 刘学锴、余恕诚：《李商隐诗歌集解》（增订重排本），中华书局2004年版，第25页。

较容易疏通的：一个女孩，八岁的时候偷偷地在镜子里窥视自己的容貌，已经能学着家中长辈画眉的样子为自己画眉了。十岁的时候，到野外去踏青，把一朵特别漂亮的芙蓉花装饰在裙子上。十二岁的时候，开始学习弹筝，由于沉浸在音乐之美中乐此不疲，加之自己学习又十分勤奋，乃至不曾摘下练筝时用来保护手指的银甲。十四岁的时候，家里故意让男性亲属与自己回避，女孩心里揣摩着，大概是因为自己还没有出嫁吧。十五岁的时候，女孩只能背对着秋千架，在春风中哭泣。

（三）广泛寄托身世与单纯爱情描绘

从这首诗浅白易懂的民歌特质的角度看，其诗面意义很容易理解，但作为无题诗，显然不能像民歌那样作以简洁的理解。以往学者通常认为这首诗是别有深意的。众多解读观点中最为典型的，莫过于认为它是李商隐借助少女早慧不得嫁与良人徒自伤春，比喻自己空有才华而不得重用，即以少女之资质暗喻"作者年少聪慧富有才华"，进而表现李商隐"立志参与社会政治生活但又对前途忧虑重重的心情"[1]。吴乔在《西昆发微》中明确指出，这首诗写的是"才而不遇"[2]。姚培谦认为这首诗是"追忆之词"，"意注末两句"，写的是"思公子兮未敢言"[3]，主张此诗是李商隐追忆生平之情语。程梦星认为这首诗是"专述生平"[4] 之作，并将李商隐的个人经历与整首诗的诸多细节一一对应。屈复也认为最后两句是写"聪明女郎省事太早，而幽怨随之"，并由此推知该诗的深层意义是感叹"才士之少年不遇"[5]。冯浩引用李商隐《上崔华州书》中"五年读经书，七年弄笔砚"之句，以及《樊南甲集序》中"十六著《才论》《圣论》"等句，认定其与本诗相类似，并由此推断该诗是"初应举时作"[6]，将本诗的创作时间系在大和二年（828）。张采田也主张本

---

① 宋惠萍：《楚雨含情皆有托——李商隐无题诗解读》，《汉字文化》2019 年第 19 期。
② （清）吴乔：《西昆发微》，商务印书馆 1937 年排印本，第 4 页。
③ （清）姚培谦：《李义山诗集笺注》卷 1，中华书局 1918 年影印本，第 1 页。
④ （清）朱鹤龄笺注，（清）程梦星删补：《李义山诗集笺注》，台湾广文书局 2014 年影印本，第 320—321 页。
⑤ （清）屈复：《玉溪生诗意》，台湾正大印书馆 1974 年影印本，第 36 页。
⑥ （清）冯浩：《玉溪生诗集笺注》，上海古籍出版社 1979 年版，第 21 页。

诗是"怀才不遇"之作，其所引材料与冯浩相近，但却否认冯浩"初应举时作"的观点①，将本诗的创作时间系在大和元年（827）。叶葱奇认为，冯浩引李商隐《上崔华州书》《樊南甲集序》中的话证明此诗的观点是正确的，但不认可冯浩将这首诗系于大和二年的说法，认为这首诗是"自喻少负才情，长竟寥落不偶"，"十八九时可以作，二十八九时也可以作"②。何焯认为这首无题诗的创作目的是"为年少热中干进者发慨"③，或是怀才不遇说的延伸。

这首诗中的少女为李商隐之自喻的说法流传甚广，这种观点在现代学者的著作中依旧经常被提起。李昌年认为，"八岁偷照镜"一诗的主旨是："义山年少早慧，攻读甚勤，虽渴求仕进，然出身寒微。故有此忧虑遇合之作。"④ 周振甫指出，"这首诗表面上写少女，实际上是自喻"，"未嫁指没有找到合适的府主"⑤。刘若愚认为，"这首'无题'中的女孩可能代表失去的青春、美丽与才华，而且也可能与某位特殊的女子或诗人自身有关"⑥。刘学锴认为，这首无题诗中所描绘的女主人公与曹植《美女篇》中的女主人公有颇多相似之处。⑦ 二者之间的同构性主要表现在"佳人慕高义，求贤良独难"，即都是以女子希望嫁一个如意郎君而未能如愿，影射作者的怀才不遇。就这两位女子的形象而言，一个侧重于闺中千金，一个侧重于民间女子，在细节上依旧存在诸多较为明显的差异。

认定这首诗是单纯爱情诗的学者也不在少数。如日本学者川合康三认为，这首诗就是单纯"美妙地描绘出少女迎来思春期、变成了成年女

---

① （清）张采田：《玉溪生年谱会笺》，上海古籍出版社1983年版，第20页。

② 叶葱奇：《李商隐诗集疏注》，人民文学出版社2015年版，第133页。

③ （清）何焯：《义门读书记》，中华书局1987年版，第1252页。

④ 李昌年：《沧海月明珠有泪——惊艳李商隐》，台湾万卷楼图书股份有限公司2018年版，第9页。

⑤ 周振甫：《李商隐选集》，上海古籍出版社2012年版，第11页。

⑥ ［美］刘若愚：《李商隐诗的境界》，方瑜译，转引自台湾中山大学中文学会编《李商隐诗研究论文集》，台湾天工书局1984年版，第544页。

⑦ 刘学锴：《李商隐传论》（增订本），黄山书社2013年版，第543页。

性的过程"①。传统的"怀才不遇说""糟蹋了珍贵的诗"②。在解读方式上，将其认定在爱情诗的范畴，不论是否能够客观准确地解读该诗，都为我们提供了一种新的思路。刘道中坚持这首无题诗是为女冠而作，将这首诗当作李商隐与女冠相互赠答的作品，认为此诗正文中写女主人公，以年龄递增的写法阐述的种种经历，是女冠在自述成长历程，并根据"秋千""学弹筝"等字样断定该女子不是普通人家的女儿，很可能是一位公主。③ 这种解读方式，无疑将这首诗的理解引向了另一个极端。李商隐的无题诗或与其女冠诗有一定联系，甚至个别诗歌道教因素十分明显，但正如前文所言，"八岁偷照镜"是一首民歌特征极为明显的作品，与女冠诗的风格相去甚远，且诗歌中并没有明显的女冠诗特征。将这首诗界定为模拟民歌的作品或是传达爱情的诗作似乎都不为过，但如果将其认定为李商隐与女冠之间的爱情诗，还缺乏强有力的证据。

当然，反对"寄托说"的学者并不意味赞成"爱情说"。如汤翼海直接对"寄托说"表示质疑，指出"冯氏难免穿凿附会之嫌疑"，明确表示该诗的写作地点难以确定，写作时间当于大和（827—835）、开成（836—840）年间，李商隐青春年少之时。④ 其中，"此篇诚为研究太和开成间妇女点妆之上乘材料"⑤ 的观点令人耳目一新。

（四）"追求—阻隔—惘怅"的情感线索

从更为宏观、更为深刻的意义层面来看，诗中的主人公"向往的是外面的世界，是人性的解放，是婚嫁的自主，是真正自由的爱情"⑥，或

---

① ［日］川合康三：《中国的恋歌——从〈诗经〉到李商隐》，郭晏如译，复旦大学出版社2017年版，第151页。
② ［日］川合康三：《中国的恋歌——从〈诗经〉到李商隐》，郭晏如译，复旦大学出版社2017年版，第162页。
③ 刘道中：《李商隐诗集正解》，皇加打字印刷公司2010年版，第9—10页。
④ 汤翼海：《李义山无题诗十五首考释》，转引自台湾中山大学中文学会编《李商隐诗研究论文集》，台湾天工书局1984年版，第889页。
⑤ 汤翼海：《李义山无题诗十五首考释》，转引自台湾中山大学中文学会编《李商隐诗研究论文集》，台湾天工书局1984年版，第887页。
⑥ 曹渊：《李商隐〈无题〉诗中女性角色的情感隐痛及其比兴意义》，《武汉理工大学学报》（社会科学版）2018年第1期。

许是这首无题诗相对抽象且较为合理的解读。

梳理完前代对这首无题诗的诸多解读不难发现，"寄托身世"的解读方式在数量上占极大的优势，但主张"单纯书写爱情"的学者也不是没有。其实，这首无题诗的抽象意义，无疑传达了一种追求美好事物被阻隔而不得的伤心与惆怅。这种情绪贯穿诗歌的始终，也是主张"寄托身世说"以及"单纯爱情说"的学者所公认的。诗面意义所暗指的怀才不遇则是通过中国传统诗歌的既定表现手法，即由"美女愁嫁"这一层意义扩展开来的。由于二者之间存在一定的思维联系，所以很容易由前者推想到后者，这也是自伤身世、怀才不遇的解读方式能够在众多解读中占有一定优势的原因。无论是美女愁嫁而伤春还是怀才不遇而伤事的情绪，皆由诗歌的抽象意义——追求美好事物被阻隔而不得的伤心与惆怅而生。这首无题诗所传达的情绪源头，也正在此。

李商隐的人生经历，从"美好愿望得不到满足"这一抽象意义的角度看，与诗中所描绘的女子有相当程度上的共通之处。从创作形成的角度看，这首诗隐含了李商隐"怀才不遇"的情绪是不可否认的，或者说"怀才不遇"一类的情绪或多或少促发了这首诗的创作。根据诗歌的文本以及现有的考证与笺注资料，从相对严谨的角度考虑，可以这样认定这首诗的意义：诗面意义是一位少女进入青春期后对美的领悟（画眉、芙蓉作裙衩），以至于为欣赏美、把握美而不懈努力（银甲不曾卸），但却因为世俗的阻隔而被"藏六亲"，不得如己所愿嫁与如意之人。而从诗面意义引申出来的，则是一种对美好事物的向往被"阻隔"后的伤心以及无可奈何的感叹。根据现有材料，目前还不能直接断定这首诗是为怀才不遇而作。以上诸家的观点，多是由诗歌的抽象意义出发，以李商隐生平的诸多材料为基础，将抽象意义具象化之后的解读。怀才不遇是本诗创作的一个重要基调，但本诗所传达的深层意义建立在少女怀春、怀才不遇基础上的带有抽象意义和普遍意义的情绪——追求美好事物被"阻隔"而不得的伤心与惆怅。从"言"与"意"关系的角度来看，无论是"少女怀春"之"言"还是"怀才不遇"之"言"，都无法完整地概括诗歌之"意"。

我们可将这首诗的抽象意义做如下梳理：诗中的少女可以抽象化为

一位对美好事物有着强烈欲念的追求者。"画眉""芙蓉作裙衩"可以抽象化为一种对美好事物的懵懂喜爱。这位追求者在年仅八岁的时候便有了画眉的行为,十岁时因为芙蓉所暗含的美好事物而集其以为裳,可见她小小年纪就对美好的事物有着强烈的追求欲望。"弹筝"进一步暗示了对优美旋律的领悟,"银甲不曾卸"体现了这位姑娘的勤奋,暗示了她为追求美好事物所做出的不懈努力。"偷"字暗示了追求者所向往的美好事物是不能或者不容易被外界认可的,"藏六亲"背后的抽象意义进一步说明了这一点,所以,追求者所追求的美好事物,或者说实现追求的途径等,不被世俗所接受。追求者之所以"泣春风",与她对所追求的美好事物付出的努力付之东流和美好愿望无法实现有着直接关系。

在无题诗抽象情绪"对美好事物的发现或追求—认定自己有资格追求美好事物—追求过程中因受阻而失落—追求失败后的愤愤不平以及绝望而难以排遣的凄楚情绪—受阻后继续执着无悔地追求"这一线索的五个阶段中,这首诗在前四个阶段都有鲜明的体现。

二　无题"何处哀筝随急管"

何处哀筝随急管，樱花永巷垂杨岸。
东家老女嫁不售，白日当天三月半。
溧阳公主年十四，清明暖后同墙看。
归来展转到五更，梁间燕子闻长叹。

《无题·何处哀筝随急管》是李商隐现存无题诗中唯一一首七言古体诗。在李商隐的诸多无题诗中，这首诗的内容相对浅显，写的是"美女愁嫁"。

（一）诗面意义分析

屈复在注此诗时曾道："贫家之女，老犹不售；贵家之女，少小已嫁。故展转长叹，无人知者，唯燕子独闻也。"[1] 从字面意义上理解已经十分接近诗文本意了。

诗中的"哀筝"，是"哀"与"筝"两个字构成的偏正结构的词，即"悲凉的筝声"之意。刘学锴认为，"哀"指的是"声音清亮动人"[2]。至于所"哀"何事，似乎与本诗提及的"东家老女""溧阳公主"的遭遇有关。"哀筝"，古诗惯用，李商隐亦有《哀筝》诗。"急管"意谓管声急切。此句弦乐器与管乐器同时出现，以音乐之态势衬托情绪的愤懑。

---

① （清）屈复：《玉溪生诗意》，台湾正大印书馆1974年影印本，第81页。
② 刘学锴、余恕诚：《李商隐诗歌集解》（增订重排本），中华书局2004年版，第1637页。

程梦星曾引《史记》解"永巷":"范雎得见于离宫,佯为不知永巷而入其中。"① 朱彝尊批注此诗时指出:"永,长也,非宫中之永巷。"② "长"此处可引申为"深","永巷"此处可理解为"深巷",未必指宫中的永巷,朱彝尊所注接近诗文本意。

关于"东家老女",宋玉《登徒子好色赋》有云:"天下之佳人,莫若楚国;楚国之丽者,莫若臣里;臣里之美者,莫若臣东家之子。增之一分则太长,减之一分则太短;著粉则太白,施朱则太赤。眉如翠羽,肌如白雪,腰如束素,齿如含贝。嫣然一笑,惑阳城,迷下蔡。"东家之子,当为借此典故而代称美女。东家老女则暗指此女貌美,但年老未得嫁与如意郎君。"不售",指的是嫁不出去。

何焯认为"白日当天三月半"这句是"怀春而后时也"③。冯浩称此句"言迟暮也,神来奇句"④,不仅解释了本句的意思,而且认为此句是"神来奇句",对这句诗的手笔方面,评价很高。"白日当天三月半"意为在暮春时分,因年老嫁不出去的美女只能在白天仰视天空,以表无奈。

《梁书》记载,溧阳公主是简文帝的女儿,十四岁时,便出落得十分漂亮,侯景把她纳为妃,并且十分宠爱她。大宝元年(550)三月,侯景在乐游苑请简文帝喝酒。简文帝回宫后,侯景和公主一起登上御床,脸朝南卧坐。朱鹤龄注释本诗时征引了这个典故,冯浩在注此诗时,征引了《南史·梁简文帝纪》中的原文:"初,侯景纳帝女溧阳公主,公主有美色,景惑之。"⑤ 与《梁书》所记大致不差,但因《南史》中未提及溧阳公主"年十四"的信息,冯浩认为"溧阳公主年十四""史文未见",黄世中认为"年十四"是借用秦主苻坚灭燕,娶了十四岁的清

---

① (清)朱鹤龄笺注,(清)程梦星删补:《李义山诗集笺注》,台湾广文书局2014年影印本,第314页。

② (清)朱鹤龄笺注,(清)沈厚塽辑评:《李义山诗集》,台湾学生书局1967年影印本,第191页。

③ (清)朱鹤龄笺注,(清)沈厚塽辑评:《李义山诗集》,台湾学生书局1967年影印本,第191页。

④ (清)冯浩:《玉溪生诗集笺注》,上海古籍出版社1979年版,第388页。

⑤ (唐)李延寿:《南史》,中华书局1975年版,第233页。

河公主的典故。① 无可确考，仅可备一说。

从诗歌文本来看，可将诗面意义梳理如下：远处飘来了动人的音乐，这是弦乐器和管乐器的合奏，从音乐中似乎能感受到一种急切与焦躁，还有一种别样的哀愁。顺着音乐飘来的方向，向前走去——音乐是从那里飘来的，在开满樱花的深巷中经过，在垂杨柳所在的小河的另一岸。邻家貌美的女子年龄已经很大了，却未能嫁得如意郎君，暮春时分，她只能在白天仰视天空，以表无奈。看看那年轻貌美的小姑娘，出身贵族，刚满十四岁就能嫁得如意郎君。清明时分，天气回暖，小姑娘和所爱恋之人在墙内嬉戏，而"墙"却把小姑娘的欢乐和大龄女子的忧愁间隔了起来。大龄女子回家躺在床上辗转反侧，直到五更也没有睡着。徘徊在房梁上的燕子，听到大龄女子的哀叹，也不由得随之叹息。东家之女是貌美的，她的资质并不比溧阳公主差，但她却因年龄大而不能嫁；而溧阳公主年纪轻轻便可嫁为人妇。东家之女不得嫁，是因为她出生在平民家庭；溧阳公主嫁得如意郎君，是因为她身份显贵。因此，大龄女子除了无奈地慨叹身世不好，又能怎么样呢？

（二）绝非陈情令狐

解读这首诗的颇多争议中，以"恨令狐绹不省陈情之作"② 最为普遍。这一解读视角由来已久。据传统的笺注与考评，在解读无题诗时，将无题诗与李商隐和令狐绹之间的诸多事件串联起来，多数情况下穿凿附会的特征较为明显。李商隐的无题诗与他和令狐绹等人的关系，或者说与他在"牛李党争"中所受到的影响的关系，应当认定为间接关系，而不是直接关系。即李商隐在政治生活中所体现的怀才不遇一类的心境，是李商隐把政治环境对其自身的影响加以概括提升，甚至抽象化后的结果，即便能与诗中的情绪相对应，对诗中的情绪形成产生影响，也应该框定在间接的、抽象的影响范围之内。一味地将诗中的细节与李商隐和

---

① 黄世中：《类纂李商隐诗笺注疏解》，黄山书社 2009 年版，第 80 页。
② 汤翼海：《李义山无题诗十五首考释》，转引自台湾中山大学中文学会编《李商隐诗研究论文集》，台湾天工书局 1984 年版，第 919 页。

令狐绹之间关系的具体事件相联系，必然导致过度推断和文本误读。但由于多方面的原因，这类解读在诸多注家中较为普遍。

吴乔认为"东家老女"是李商隐自比，而"溧阳公主"则是比喻令狐绹。① 乍一看，这一对举似乎十分恰当，其实"东家老女"当为不得志、不得时一类人的象征，而"溧阳公主"则是少而得其志、得其时一类人的象征。虽然李商隐与令狐绹可以称为两类人的代表，但将抽象的、概括性的意义拘泥于某个人身上，必然不利于诗境的拓宽和哲理性意义的解读。故此，这里的得志与不得志，映射到抽象的一类人的身上进行解读或许较为恰当，而在这两个典故中，"东家之女"来自平民，而"溧阳公主"来自宫廷。其寓意与"世胄蹑高位，英俊沉下僚"相近。姜炳璋认为，这首诗的一二两句说的是"春意恼人"②，使人听着音乐，看着风景都十分郁闷。三四两句说的是诗人怀才不遇。五六两句说的是在诗人之后踏入官场的人地位显贵。最后两句则是说诗人希望自己早日被重用的心情十分迫切，但令狐绹对诗人却始终不理不睬。在解读前四句时，姜炳章的观点似乎在情感基调与诗歌文本意义上比较相近，之后的解读完全落在具体的事件乃至令狐绹这一具体人物的身上，未免过于拘泥"本事"，反而使解读失真。姜炳章指出，这首诗是借"东家老女"有美貌而嫁不得如意郎君比喻自己在仕途上的不得志，并不是写艳情。依原文，这一观点显然是正确的，但姜炳章又称"予决以为寄令狐绹之作"则未免武断。李商隐曾"以文章干绹"③，但依据现有文献，不知道其"干绹"之诗文具体是什么，故此认为这首诗就是"干绹"之作，其臆测因素更大。冯浩认为，这首诗的主旨是"长言叹息之"④，其中情绪基调把握得较为得当，但落实到具体细节，说首句为"何处告哀，固惟有此地耳"，说东家老女是比喻李商隐自己，而溧阳公主则是比喻令狐

---

① （清）吴乔：《西昆发微》，商务印书馆1937年排印本，第3页。

② （清）姜炳璋著，郝世峰辑：《选玉溪生诗补说》，南开大学出版社1985年版，第67页。

③ （清）姜炳璋著，郝世峰辑：《选玉溪生诗补说》，南开大学出版社1985年版，第67页。

④ （清）冯浩：《玉溪生诗集笺注》，上海古籍出版社1979年版，第388页。

绚，又指出，最后两句中"归"字是重点的结语"闻长叹者只有梁燕，令狐之不省，言外托出矣"，都不免过分穿凿之嫌。张采田认为，这首诗的主旨是李商隐"归来无聊之况""归来展转思忆之情"①。一二两句，说的是抒情主人公李商隐的心事只对令狐绹倾诉。"樱花永巷"比喻令狐绹此时身份显贵。"老女不售"是李商隐自喻。"溧阳公主"比喻令狐绹。"同墙看"则是说李商隐目前对令狐绹歆羡仰慕却可望而不可即。最后两句说的是李商隐的怅惘情绪。张采田的解读与姜炳璋一样，也是过于拘泥李商隐与令狐楚相关的事件，显得过分穿凿。

此外，张佩纶在《涧于日记》提及："余评义山诗，增出刺郑颢之说，颇自觉其精当……《无题》云：'东家老女嫁不售，白日当天三月半。溧阳公主年十四，清明暖后同墙看。'老女自喻，公主以刺戚畹。"② 认为这首诗是讽刺外戚之作，观点新奇，但毫无可供证实的资料。

（三）难以成立的解说

叶葱奇认为，"'永巷'是暗射秘书省。商隐大中元年（847）离去秘阁时，年已三十六，所以说'老女嫁不售'"③；刘学伦认为无题四首（指本诗与"来是空言去绝踪""飒飒东风细雨来""含情春晼晚"三首诗的合称）写的是李商隐追求王氏未成功时的心境。④ 这些解读落得过实，某种程度上缩小了诗歌的旨意。刘道中认为，包含"何处哀筝随急管"在内的"无题四首"，都是李商隐去世后女冠为纪念他而作的作品，以质疑李商隐是无题诗的作者问题。因缺乏准确可靠的依据，此说尚难令人信服。⑤

---

① （清）张采田：《李义山诗辨正》，转引自《玉溪生年谱会笺》，上海古籍出版社 1983 年版，第 313 页。

② （清）张佩纶：《涧于日记》，转引自黄世中《类纂李商隐诗笺注疏解》，黄山书社 2009 年版，第 90—91 页。

③ 叶葱奇：《李商隐诗集疏注》，人民文学出版社 2015 年版，第 127 页。

④ 刘学伦：《李商隐〈无题〉诗新论》，《哈尔滨学院学报》2017 年第 9 期。

⑤ 刘道中：《李商隐诗集正解》，皇加打字印刷公司 2010 年版，第 536—540 页。

（四）失势者的无奈与不平

宋惠萍认为，此诗将贵族女子怡然自得的生活与大龄女子家境贫寒孑然一身的处境相对比，托寓才子在政治上的壮志难酬。[1] 曹渊认为，这首诗的女主人公是"从自我的封闭着的世界里向外窥望"，但同样认识到"这样的窥望最终证明是徒劳的，她改变不了自己的命运"[2]。刘学锴认为，"诗中'东家老女嫁不售'显系自喻寒士怀才不遇，与之相应的'溧阳公主'则很可能有令狐绹这类人的影子。"[3] 这些观点明显是受古代"寄托说"的影响，但就此诗而言，其寄托痕迹较之其他无题诗较为明显，这一点从梁间燕子的长叹中或可揣知，而从诗歌解析的角度看，这里依旧不能将所隐喻的事情解释得过于实在。

对此诗的理解，分歧与焦点往往不在诗面意义上，而女子不得嫁是否映射个人仕途之不得志。中国古代诗歌的鉴赏传统使人们对这首诗的解读很容易走向以"男女寓君臣"的思路上来，所以这首诗"可能寓有权贵青云得志而寒士落拓不遇寄托"[4] 的解读便成为一种水到渠成的理解。与"八岁偷照镜"一诗类似，古今对这首无题诗的解读，也多认为是借"佳人慕高义，求贤良独难"揭示了李商隐空有一身才华而不得施展的心理。如《李义山诗疏》中便认为此诗"以老女伤春为比"[5]。徐德泓认为，五六句提到的"溧阳公主"比喻的是年少时便有好机会的人，但和这一类人相比，抒情主人公又不得不因为自己漂泊在外，不得志而常常叹息，只落得"黯然凄绝"[6] 的结局。姚培谦认为，这首无题诗的

---

① 宋惠萍：《楚雨含情皆有托——李商隐无题诗解读》，《汉字文化》2019 年第 19 期。
② 曹渊：《李商隐〈无题〉诗中女性角色的情感隐痛及其比兴意义》，《武汉理工大学学报》（社会科学版）2018 年第 1 期。
③ 刘学锴：《李商隐诗歌接受史》，安徽大学出版社 2004 年版，第 242 页。
④ 李昌年：《沧海月明珠有泪——惊艳李商隐》，台湾万卷楼图书股份有限公司 2018 年版，第 333 页。
⑤ （清）徐德泓、陆鸣皋：《李义山诗疏》卷上，转引自黄世中《类纂李商隐诗笺注疏解》，黄山书社 2009 年版，第 85 页。
⑥ （清）徐德泓、陆鸣皋：《李义山诗疏》卷上，转引自黄世中《类纂李商隐诗笺注疏解》，黄山书社 2009 年版，第 85 页。

前四句写的是"迟暮不遇之叹"①，五六两句则是"以逢时得志者相形"，就是用十四岁已经出嫁的溧阳公主与因年龄大而无法出嫁的东家之女相对比，写出他人得志与李商隐不得志之间的反衬效果，正所谓"恐知己之终无其人也"②。大体来说，本诗并非单纯的爱情诗，这一性质是可以明确的，而其诗面意义与抽象意义之关系也多指向感不遇而托言美人香草。正如薛雪所言："此是一副不遇血泪，双手掬出，何尝是艳作?"③这首诗除了第一句写声音，第二句写景色，其余六句都是在叙述，所以其中无疑蕴含了慨叹身世悬殊导致命运悬殊，怒斥门第观念乃至阶级社会等因素。这可能也是燕子"长叹"的根源所在。

在古代诸多笺注家笔下，对这首诗的解读依然存在一些因过度推断导致的误读现象。何焯认为，溧阳公主是"早嫁而失所者"④，即诗中的"溧阳公主"并不是"东家老女"的反衬，而是正衬，她们都是婚姻中的失意者。据诗文本意来看，理解的偏差在于对"同墙看"的解析，但不知何焯是从诗中的哪一句看出溧阳公主是婚姻中的失意者的。何焯提出，诗的下片写的是抒情主人公感慨自己时运不济：难道我会像未嫁出去的东家大龄女一样吗? 房梁上的燕子都成双入对伉俪情深，难道我还不如那些燕子吗? 程梦星认为，这首无题诗写的是"归后索居之怨"。前两句描绘春光烂漫的景象和美妙的音乐，三四两句说的是没有嫁出去的大龄女子慨叹岁月的虚度，而李商隐慨叹连她都比不上。五六两句说的是仕途得意的人，就像妙龄少女一样，很容易嫁得如意郎君，赶上了好时机，十四岁便已出嫁的溧阳公主，其结婚时间也是晚的。七八句为点睛之笔，慨叹自己漂泊在外，历尽艰辛，心中的苦无人诉说，说了也没有人听，恐怕只有房梁上的燕子才肯听吧。⑤ 程梦星的解释似乎并无不当，但很多细节迂回曲折，难以彻底落到实处。

---

① （清）姚培谦：《李义山诗集笺注》卷2，中华书局1918年影印本，第3页。
② （清）姚培谦：《李义山诗集笺注》卷2，中华书局1918年影印本，第3页。
③ （清）薛雪：《一瓢诗话》，人民文学出版社1979年版，第101页。
④ （清）朱鹤龄笺注，（清）沈厚塽辑评：《李义山诗集》，台湾学生书局1967年影印本，第191页。
⑤ （清）朱鹤龄笺注，（清）程梦星删补：《李义山诗集笺注》，台湾广文书局2014年影印本，第314—315页。

综合以上各家注释的观点可知，在对诗歌深层意义的解读中，多数学者主张"怀才不遇"说。从该诗的诗面意义来看，诗歌所蕴含的女子愁嫁的情绪，与传统诗歌借男女关系暗喻仕途的思维习惯，似乎都可以将诗歌的深层意义指向李商隐的怀才不遇，但对于无题诗这种以传达抽象情绪为显著特征的诗作，局限于"怀才不遇"，同时也局限了诗歌情绪的境界。美女愁嫁的诗面意义，怀才不遇的深层解读，都在为此诗所表达的抽象情绪做出更具概括性的阐释：任何时代总会有这样一群失势者，他们的才华也许不比某些得势者差，甚至优于那些得势者，但因多方面原因而得不到应得的认可，对此他们无力反抗，只能长叹。这群失势者，不能实现自我价值和社会价值，与他们自身因素和客观因素有着较大的关系。李商隐所处的时代，是失势者无法与之抗争的；当时的社会环境，是失势者无法改变的。这或许更为准确地阐释了这一类诗作暗含的抽象情绪。

在无题诗抽象情绪"对美好事物的发现或追求—认定自己有资格追求美好事物—追求过程中因受阻而失落—追求失败后的愤愤不平以及绝望而难以排遣的凄楚情绪—受阻后继续执着无悔地追求"这一线索的五个阶段中，本诗在第二、第三、第四阶段都有鲜明的体现。

三　无题 "白道萦回入暮霞"

白道萦回入暮霞，
斑骓嘶断七香车。
春风自共何人笑，
枉破阳城十万家。

七言绝句《无题①·白道萦回入暮霞》一诗，所描绘的情景从诗面意义上看是十分明析的。

（一）诗面意义分析

就诗面意义来说，这首诗浅显易懂。

诗中的"白道"二字。指的是大路。李白《洗脚亭》诗有"白道向姑孰，洪亭临道旁"之句，王琦注曰："白道，大路也。人行迹多，草不能生，遥望白色，故曰白道，唐诗多用之。"② 李商隐《偶成转韵七十二句赠四同舍》有"白道青松了然在"之句，与此同意。何焯认为，"白道"二字先透"枉"字。③ 将"白"字中"徒劳"之意与"枉"字

---

① 依据古注，无题"白道萦回入暮霞"一诗，其题目在有的版本中写作"阳城"。李商隐的诗歌在命题观念上与唐代乃至整个古代其他诗人有很大的不同。李商隐的许多诗歌，多是截取正文中的个别字作题目，其中截取第四句中的个别字为题的现象也时常存在。汤翼海在进行十五首无题诗考释时以此不取本诗，依现存诸多李商隐诗集版本，本诗都题作"无题"，故纳入本研究探讨范围之内。详见汤翼海《李义山无题诗十五首考释》，载台湾中山大学中文学会编《李商隐诗研究论文集》，台湾天工书局1984年版，第886页。

② （唐）李白著，（清）王琦注：《李太白全集》，中华书局1977年版，第1150页。

③ （清）朱鹤龄笺注，（清）沈厚塽辑评：《李义山诗集》，台湾学生书局1967年影印本，第159页。

徒劳之意相联系，不免穿凿附会。

"斑骓嘶断七香车"："斑骓"之"斑"，古本作"班"，"斑"与"班"相通。《说文解字》："骓，马苍黑杂毛也。"斑骓，就是毛色青白相杂的骏马。李商隐诗歌中，"斑骓"为常见意象，除此首《无题》外，还有"斑骓只系垂杨岸，何处西南待好风"（《无题》），"关河冻合东西路，肠断斑骓送陆郎"[《对雪（其二）》]，"桥峻斑骓疾，川长白鸟高"（《春游》）等。"嘶断"，张相《诗词曲语辞汇释》卷三有云："断，犹尽也，煞也，极也，住也。""有曰'嘶断'者，李商隐《无题》诗：'白道萦回入暮霞，斑骓嘶断七香车。''嘶断'，犹云嘶煞。"① 其说可取。"七香车"，这里泛指华美的车辆。

黄世中认为，"春风自共何人笑"之"春风"是喻词。"据'笑'字，当指七香车中女子之笑脸、面容，比喻女子容颜美丽；又蕴春情（含情）之义"②。杜甫《咏怀古迹》（其三）有"画图省识春风面"之句，刘学锴认为，此"春风"便是"春风面"之意，并认为也可以"径解为'在春风中'，亦通"③。首句有"白道萦回入暮霞"，其景色环境当集中于"暮霞"笼罩之中，依据自然气候特征，暮霞一般于夏秋季节特征较为显著，故此诗中所描绘的场景当不取在春季为益。此处"春风"当指七香车中美女的面容。王锳《诗词曲语辞例释》云："自，却，可是，表示语气转折的副词。"④ "春风"与"却"相连，解作"在春风中"不如解作"春风面"。

"枉破阳城十万家"之"阳城"，古本一作"洛阳"。"洛阳"乃唐之陪都。"阳城"，春秋时楚地，是贵族封邑。宋玉《登徒子好色赋》有"惑阳城，迷下蔡"之句，李善注："阳城、下蔡，二县名，盖楚之贵介公子所封，故取以喻焉。"根据此诗所描述的对象为女子，或"洛阳"为"阳城"之误。李商隐《镜槛》诗有"隐忍阳城笑，喧传郢市歌"，与这首诗的"阳城"同源。

① 张相：《诗词曲语辞汇释》，上海古籍出版社 2009 年版，第 291—294 页。
② 黄世中：《类纂李商隐诗笺注疏解》，黄山书社 2009 年版，第 4 页。
③ 刘学锴、余恕诚：《李商隐诗歌集解》（增订重排本），中华书局 2004 年版，第 1610 页。
④ 王锳：《诗词曲语辞例释》，中华书局 2005 年版，第 412 页。

根据以上诸多细节的解释，这首诗所营造的场景可以做如下描述：

傍晚，火红的晚霞洒向大地，在一条曲曲折折通向远方的大道上，一辆华美的马车疾驰而过，马车由一匹毛色青白相杂的骏马所牵引，从抒情主人公的身旁路过时，忽然前脚离地，在昏黄的晚霞中嘶鸣长啸，然后踏蹄远去。车窗中，探出一张俊俏的美人脸，她向抒情主人公嫣然一笑。如此美丽的容貌，如此甜美的笑容，仅有抒情主人公一人看得到，而不被世人所知，即使这美貌能"惑阳城，迷下蔡"，又有什么意义呢？

（二）"怀才不遇"辨析

抽象意义在具体化的过程中，也会发生不同程度的分歧。纪昀说这首诗是因为作者内心的怨愤积压到了极致，从而"以唱叹出之"[1]，却保持了怨而不怒的品格，对其艺术形态与抒情特征把握得较为准确。冯浩认为，这首诗所写的是"别情"[2]。从诗面意义来看，没有说明抒情主人公与七香车中女子相识，既然不是旧相识，那么抒写"别情"的说法自然不能成立。张采田认为这首诗所写的内容未详，但"必非别情"[3]，对冯浩的观点加以反驳。与此同时，叶葱奇也认为冯浩的"别情说"较为"肤浅"[4]。

吴乔认为这首诗中的"春风"比喻的是令狐绹，"十万家"比喻李商隐。"何人"指的是被令狐绹引荐而地位高升的人，而"嘶断"隐喻李商隐无法攀跻令狐绹档案之意。[5] 李商隐的诗虽然常常贯穿个人怀才不遇之感，但或许这些愤慨的情绪是诸多仕途不顺的因素交杂在一起概括出的抽象情绪，一味地将其与令狐绹联系起来，未免有穿凿附会之嫌。屈复认为，"白道萦回，日见往来，盖彼已有人，枉自相思耳"[6]，说的

---

① （清）纪昀：《玉溪生诗说》，转引自黄世中《类纂李商隐诗笺注疏解》，黄山书社2009年版，第4页。

② （清）冯浩：《玉溪生诗集笺注》，上海古籍出版社1979年版，第662页。

③ （清）张采田：《李义山诗辨正》，转引自《玉溪生年谱会笺》，上海古籍出版社1983年版，第205页。

④ 叶葱奇：《李商隐诗集疏注》，人民文学出版社2015年版，第79页。

⑤ （清）吴乔：《西昆发微》，商务印书馆1937年排印本，第2页。

⑥ （清）屈复：《玉溪生诗意》，台湾正大印书馆1974年影印本，第373页。

是抒情主人公所思慕之人已有心上人或已嫁为人妇，细核诗文，多少有些过度臆测。姜炳璋认为这首诗写的是"伤其不遇而枉负绝世之才也"①。姚培谦评此诗时说："毕竟十万家中无只眼，宜春风之旁若无人"②，说的是"十万家"之人没有注意到女子的美貌，就如同春风在一旁吹过一样，其观点较为接近怀才不遇说。程梦星也认为这首诗是"感怀之作"，"美女空驾七香之车"而无人与共，纵使有迷惑阳城的美貌，也是"枉生颜色"③。姜、姚、程三人都认为这首诗是李商隐"以美女自比，言枉负绝世之才"，是该诗抽象意义具体化后的一种典型的解读方式。刘学锴也持此观点，认为这首无题诗是以女子无人赏识慨叹怀才不遇④，其说当本于此。黄世中则认为诗中所描绘的七香车里的女子不是李商隐自况，该女子或许就是宋华阳。⑤ 难免与吴乔的观点一样，在落实诗歌抽象情绪对象上有着相同的以虚落实的臆测倾向，这里只不过是将这种臆测的方向转向了另一个极端。叶葱奇解读此诗后两句，认为写的是"春风得意者不知为谁，徒使很多人沉沦潦倒"⑥，观点新颖，或可备一说。刘道中认为，这首诗写的是"李商隐自梓州回长安后，所有的表现令人失望"⑦。将此诗穿凿为李商隐辜负众多女人后，诸多女子对其失望的态度，穿凿附会之程度似已达到极致。

与无题"八岁偷照镜""照梁初有情"两首诗的解读相类似，在解读这首诗时，通常被落实的"怀才不遇说"，也是这首诗抽象意义"具体化"后的一种解读。根据诸家对这首诗的理解以及中国诗歌传统的创作思维习惯，这首诗包含"怀才不遇"的情绪因素在其中，或许无可厚非，但与前面几首无题诗的解读相类似，无题诗所传达的抽象情绪，当

① （清）姜炳璋著，郝世峰辑：《选玉溪生诗补说》，南开大学出版社 1985 年版，第 54—55 页。

② （清）姚培谦：《李义山诗集笺注》卷 14，中华书局 1918 年影印本，第 6 页。

③ （清）朱鹤龄笺注，（清）程梦星删补：《李义山诗集笺注》，台湾广文书局 2014 年影印本，第 277 页。

④ 刘学锴、余恕诚：《李商隐诗歌集解》（增订重排本），中华书局 2004 年版，第 1610 页。

⑤ 黄世中：《类纂李商隐诗笺注疏解》，黄山书社 2009 年版，第 5—6 页。

⑥ 叶葱奇：《李商隐诗集疏注》，人民文学出版社 2015 年版，第 79 页。

⑦ 刘道中：《李商隐诗集正解》，皇加打字印刷公司 2010 年版，第 379—380 页。

包括但不仅仅只含有"怀才不遇"这一类的情绪。

(三) 因无人欣赏而失落、不平

这首诗描绘了一个经过抒情主人公身边的女子,她高坐在一辆由骏马牵拉的七香车内,向其嫣然一笑,但转瞬一笑引起了抒情主人公别样的思绪:这么美丽的笑容,除了自己,是否还有其他人赏识呢?这首无题诗的抽象意义,当从女子的貌美与"枉"字所透露的情绪折射而出。或许美好的事物,其自身便是美好的,而其价值的实现,则需要周围环境的衬托和其他人的认可,如得不到认可,再美好的事物也不会发挥它应有的价值。美好的事物独自美好,而没有得到认可甚至没有实现其价值,其美好的意义何在?抽象意义具体化后的解读,则为普遍意义上的"怀才不遇说",其意蕴与柳宗元《永州八记》相似,以女子美貌无人赏识暗指个人才华无处施展,二者之间具有很强的同构性。

在无题诗抽象情绪"对美好事物的发现或追求—认定自己有资格追求美好事物—追求过程中因受阻而失落—追求失败后的愤愤不平以及绝望而难以排遣的凄楚情绪—受阻后继续执着无悔地追求"这一线索的五个阶段中,这首诗在第三、第四阶段都有鲜明的体现。

四　无题 "凤尾香罗薄几重"

凤尾香罗薄几重，碧文圆顶夜深缝。
扇裁月魄羞难掩，车走雷声语未通。
曾是寂寥金烬暗，断无消息石榴红。
斑骓只系垂杨岸，何处西南待好风。

《无题·凤尾香罗薄几重》的诗面意义大致是描绘女子怀念所思慕之人，但其深层意蕴或暗含一种对事物未知结局的期待。

（一）诗面意义分析

《无题·凤尾香罗薄几重》中有以下七处细节当为理解本诗的焦点。

"凤尾香罗"。"凤尾罗，即凤文罗也。"① 黄世中认为，"凤尾香罗"指的是"以凤凰尾羽织成细纹之凤文罗"②，未免过于落实，世间本无凤凰，何来"凤凰尾羽"。"罗"是一种丝织品，轻薄透孔是其基本特点，外表通常稀疏、有空隙、有皱感。"凤尾罗"或为织成凤凰尾羽形状或图案的罗织品。"香"字表气味，乃修饰罗织品的优雅高贵，或暗指此物所有者、所织者为女性。

"碧文圆顶"。程大昌《演繁露》中记载，唐代人结婚时通常在临时搭成的一种叫作"百子帐"的帐篷里举行。"百子"，并不是子孙众多的意思。"百子帐"又称"青庐"。"青庐"是仿照北方游牧民族的帐篷做

---

① （清）冯浩：《玉溪生诗集笺注》，上海古籍出版社 1979 年版，第 458 页。
② 黄世中：《类纂李商隐诗笺注疏解》，黄山书社 2009 年版，第 96 页。

成的，其结构与北方的帐篷一致，但规模小很多，通常是卷柳树条数百圈做成的，形状和圆顶的亭子差不多，四周用青色的毡子覆盖，便于移动。① 姚培谦认为，"碧文圆顶"或许就是指这种帐篷。这种帐篷在初期制作时是用毡子覆盖的，后来换成了罗织品。② 对此，冯浩表示认同，认为这里的"碧文圆顶"就是指青庐。③ 段成式《酉阳杂俎》："北朝婚礼，青布幔为屋，在门内外，谓之青庐，于此交拜"④，"今士大夫家昏礼露施帐，谓之入帐。新妇乘鞍，悉北朝余风也"⑤。这里的"碧文圆顶"，指的是碧青色凤尾花纹的圆顶百折罗帐。

"扇裁月魄"。班婕妤《怨歌行》："新裂齐纨素，鲜洁如霜雪。裁为合欢扇，团团似明月。出入君怀袖，动摇微风发。常恐秋节至，凉飚夺炎热。弃捐箧笥中，恩情中道绝。"胡以梅认为，李商隐的这首诗用了班婕妤《怨歌行》的诗歌意义，以合欢扇为郎君在夏季"发微风"，到了秋季则被"弃捐箧笥中"的命运，映射女子担心被男子抛弃的心理。胡以梅指出，这首无题诗的前四句用的就是班婕妤《怨歌行》诗中之意而略加改变，"大抵采集乐府，用其篇中之意居多，须读乐府原文，则大意尽贯通矣。""不言齐纨，却变为薄罗；不言白，而改为碧"，所以说读者一般很难看出二者之间的渊源，但"诗法俱在"⑥，而"月魄"指的是月亮初升或圆而始缺时暗黑不明的部分，此处泛指月，并以代团扇。

"车走雷声"。因雷声与车声相似，古人有女子听雷声，误以为是车声，并进一步误以为车中的男子是自己思慕之人的文化思维习惯，"飒飒东风细雨来"一诗"芙蓉塘外有轻雷"一句之"雷"有类似用法。其不同之处在于，此处是明指车轮滚滚的声音像雷声，而"芙蓉塘外有轻雷"之"雷"则是二者兼指。

"金烬"。"金烬"指的是灯或蜡烛燃烧后留下的灰烬。刘禹锡《扬

---

① 周翠英：《〈演繁露〉注》，中国社会科学出版社 2018 年版，第 271—272 页。
② （清）姚培谦：《李义山诗集笺注》卷 11，中华书局 1918 年影印本，第 13 页。
③ （清）冯浩：《玉溪生诗集笺注》，上海古籍出版社 1979 年版，第 458 页。
④ （唐）段成式撰，方南生点校：《酉阳杂俎》，中华书局 1981 年版，第 7—8 页。
⑤ （唐）段成式撰，方南生点校：《酉阳杂俎》，中华书局 1981 年版，第 241 页。
⑥ （清）胡以梅：《唐诗贯珠串释》，转引自黄世中《类纂李商隐诗笺注疏解》，黄山书社 2009 年版，第 100 页。

州春夜》诗有 "寂寂独看金烬落，纷纷只见玉山颓" 之句。何焯认为
"曾是寂寥金烬暗，断无消息石榴红" 一句，用 "香消" "花尽"① 作
对。所谓 "花尽"，当指石榴花已经开过，与原诗意义相符。"香消" 似
从 "金烬暗" 悟出。依据诗文，"金烬" 或许指的是蜡烛或灯烧灼穷尽
后的灰尘。何焯此处的解读当为熏香，不是十分恰当。至于 "金烬暗"
三字，或许是描绘灯烛被吹灭的一瞬间，灯芯顶端残留的火星逐渐由明
亮转向暗淡的过程。

"石榴红"。吴乔引武则天《如意娘》"开箱验取石榴裙" 之句，认
为这首诗有 "红" 字，可能是取了武则天这首诗的意思。② 这种解读未
免穿凿。孔绍安《侍宴咏石榴》诗有 "可惜庭中树，移根逐汉臣。只为
来时晚，开花不及春" 之句，冯浩借此认为，此处可能借孔绍安诗抒发
李商隐不能在京城为官的感叹，而石榴酒又可比喻合欢。③ 黄世中认为，
"石榴五月开花，是春尽夏来，言自春至夏，榴花已红，却绝无消息，
与石榴裙、石榴酒无涉"④，可取。在这句诗中，"断无" 就是 "绝无"
的意思。石榴树五月开花，花红色。"石榴" 当指石榴花。"断无消息石
榴红" 有 "石榴花已经红过了还没有对方消息" 的意思，暗指时光流
逝，岁月已过。

"待好风"。"何处西南待好风" 之 "待"，古籍中有版本写作
"任"。"待" 有主动期待之意，而 "任" 偏向于被动承受。与整首诗的
本意相比，"待" 字的效果更好。"好风"，这里或许就是曹植《明月照
高楼》中的 "西南风"。《周易·坤》中有 "西南得朋" 之句，"西南
风" 即 "坤风"，代表阴性，喻指女子。鲍照《玩月城西门廨中》有
"始出西南楼，纤纤如玉钩" 之句，元稹《春词（其一）》有 "春来频
到宋家东，垂袖开怀待好风" 之句，"西南" "西南风" "好风" 都有借
指女子之意。

---

① （清）朱鹤龄笺注，（清）沈厚塽辑评：《李义山诗集》，台湾学生书局 1967 年影印本，
第 342 页。

② （清）吴乔：《西昆发微》，商务印书馆 1937 年排印本，第 4 页。

③ （清）冯浩：《玉溪生诗集笺注》，上海古籍出版社 1979 年版，第 458 页。

④ 黄世中：《类纂李商隐诗笺注疏解》，黄山书社 2009 年版，第 98 页。

根据诗句的文字信息，我们可对该诗的诗面意义做如下梳理：一位美丽的女子，亲手绣着凤凰尾羽花纹图案的透着香气的罗布，这罗布比一般的织品要薄很多倍。在寂静的夜里，她一针一线地用自己亲手织成的罗布，缝制成一个碧绿色花纹圆顶的青帐。白色的合欢扇半掩着女子的花容，却遮不住她脸上的羞涩，隆隆的车声走过，她还没来得及和心上人说一句话，二人便匆匆分别。漫漫长夜，心中别样寂寞，那灯火的灰烬里最后一丝光也随着火的熄灭而逐渐变暗，就像自己早已失落的心。红红的石榴花都已经开过了夏季，却依旧没有对方一点消息。青白相间的骏马只能系在有垂杨柳的岸边，代表女子温柔而和煦的西南风，何时才能吹入所思慕之人的胸怀呢？

这首诗透露着用凤尾花纹的罗布缝制青帐之女子的情事。"青帐"为结婚之用，双方关系已近于谈婚论嫁。《明月照高楼》中有"言是宕子妻"句，"青帐"在这里暗指该女子已婚，但双方一个因羞涩，一个因语未通而出现了一种不可沟通的"阻隔"。这种阻隔，使得所有的期待，像灯火熄灭后灯芯上仅有的一点点火苗由亮变暗一样逐渐走向失落，在失落中似乎又有所期待，但最终的结局是，石榴花已经开过，依旧没有所思慕之人的任何消息。她只能像曹植《明月照高楼》中的那个女子一样，"愿为西南风，长逝入君怀"。

（二）评析的争议

七律无题诗在李商隐无题诗中占半数以上，是无题诗中艺术风格较为稳定、成熟的一种体裁。无题诗的诸多特征在这一类诗歌中表现得尤为突出。在这首诗中，无题诗的朦胧性与多义性表现得尤为明显，这种争议在历代学者解释这首诗的个别字句时便已产生。许学夷认为，诗中"曾是寂寥金烬暗，断无消息石榴红"一句"诡僻"[1]，未免言过其实。贺裳将传统的诗人道德与诗歌的文艺品位混为一谈，认为这首诗中"车走雷声语未通"之句可以看出李商隐是"清狂从事"的

---

[1]　（明）许学夷著，杜维沫校点：《诗源辩体》，人民文学出版社1987年版，第289页。

"浪子宰相"①，直接根据只言片语便对李商隐的人品进行攻讦，未免有些腐儒的气息。胡以梅认为，第三句指明"裁扇"，那么前两句的"凤尾香罗""碧文圆顶"也是在描绘扇子的形状，这种联系未免太过牵强。根据通常的解读，"凤尾香罗""碧文圆顶"当取女子所织青罗一类物品较为准确。胡以梅同时指出，"扇裁月魄羞难掩"，"妙在用一'魄'字"，因为"魄"字"将上文收得紧紧"的②。胡以梅还认为，"何处西南待好风"一句，取曹植《明月照高楼》与此同意，因该诗末句"西南风"字样以往诸家认为化用《明月照高楼》中的"愿为西南风"句，其说似可取。沈晨注意到这首无题诗与楚辞的关系，他认为李商隐的无题诗效仿了《离骚》。"扇裁月魄羞难掩，车走雷声语未通"与"伤灵修之数化"语义相通。③ 将诗歌文本意义相比较，似乎二者之间并无直接关系，但楚辞于中国古代诗歌影响之深远，与无题诗之间存在间接的关系则是不可否认的。吴乔认为，"碧文圆顶夜深缝"说的就是"裁扇"，"扇裁月魄羞难掩，车走雷声语未通"说的是"裁扇枉自干忙"，而"何处西南待好风"则是指"河清难俟之意"④。孙洙认为，"扇裁月魄羞难掩"已经指出主客双方"明明可见"，"车走雷声语未通"则说明二者旋即"不可接"，"曾是寂寥金烬暗"说的则是"事终不谐"⑤。冯浩认为，诗中"石榴可喻合欢，孔绍安事可喻京宦"，但是不能揣知整句诗的意思，认为可能是"寓不得为京宦之慨"，而"斑骓只系垂杨岸，何处西南待好风"依然是与李商隐入幕有关。⑥ 细品原诗，似乎没有较为可靠的依据。章燮认为，"扇裁月魄羞难掩"说的是女子"以扇掩面，终难掩其羞涩之情"，"车走雷声语未通"说的是"不遑通语"。石榴花开在五月，"断无消息石榴红"，就是在五月依旧没有任何音信。"何处西南

---

① （清）贺裳：《载酒园诗话》，转引自郭绍虞《清诗话续编》，上海古籍出版社 1983 年版，第 224 页。

② （清）胡以梅：《唐诗贯珠串释》，转引自黄世中《类纂李商隐诗笺注疏解》，黄山书社 2009 年版，第 100 页。

③ 刘学锴、余恕诚、黄世中：《李商隐资料汇编》，中华书局 2001 年版，第 777—778 页。

④ （清）吴乔：《西昆发微》，商务印书馆 1937 年排印本，第 5 页。

⑤ （清）蘅塘退士：《唐诗三百首》，中华书局 2007 年版，第 277 页。

⑥ （清）冯浩：《玉溪生诗集笺注》，上海古籍出版社 1979 年版，第 459 页。

待好风", 说的是"欲乘其好风之便, 则有因而至", 其中"何处"二字, 表现了抒情主人公内心殷切的愿望。① 以上诸家对个别字句的解读, 虽然都有可取之处, 但争议颇大乃至观点针锋相对, 无疑对准确理解诗歌造成了一定的障碍。从某种程度上讲, 这些颇具争议而又难以确定的细节解读是李商隐无题诗朦胧难解的原因之一, 也是其抽象性意义的魅力所在。

（三）题旨的争议

从此诗的题旨来看, 历代注家莫衷一是。其中认为"有寄托"者在数量上占有绝对优势。吴乔认为, 本诗与"重帏深下莫愁堂"一诗, 表现的是李商隐的一种绝望心态。单就"绝望心态"这一抽象性的解读来说, 是较为得当的。吴乔进一步指出其绝望的根源, 把这种绝望心态归结为对令狐绹引荐自己的希冀。他认为, 李商隐在创作这些"无题"的时候, 对令狐绹的情绪态度还没有达到发怒的程度, 而到了创作《九日》的时候, 才到了发怒的程度, 自《九日》创作之后再没有无题诗。② 无题诗是否全是"托寓令狐"的作品, 目前很难一概而论。本研究更倾向于对"托寓令狐说"持否定态度, 而《九日》之后无题诗绝迹的观点, 也仅仅可作为吴乔的一家之言。吴乔将对绝望心态的理解, 具象化到李商隐与令狐绹的关系上, 由于缺乏诗歌本事方面的更多可信的资料佐证, 这一过程中难免会有穿凿附会性质的解读。胡以梅认为, 这首诗的题旨是"遇合不谐, 皆寓怨之微意", "何处西南待好风""意者谓令狐"③, 也将其题旨与令狐绹相联系, 为传统"托寓令狐说"的典型代表, 这种解读方式在诗歌抽象意义具体化的过程中, 难免有穿凿附会之嫌。徐德泓认为, 这首无题诗与"重帏深下莫愁堂"一诗, 都是李商隐慨叹自己怀才不遇, 并用闺情的手段托喻而成的。"凤尾香罗薄几重"说的是该女子缝制帷幔, 期待与所思念之人相逢。三四两句说的是"扇

---

① （清）章燮：《唐诗三百首注疏》, 安徽人民出版社 1983 年版, 第 205 页。

② （清）吴乔：《西昆发微》, 商务印书馆 1937 年排印本, 第 1—2 页。

③ （清）胡以梅：《唐诗贯珠串释》, 转引自黄世中《类纂李商隐诗笺注疏解》, 黄山书社 2009 年版, 第 100 页。

裁合欢，羞不自掩，而人卒罔闻知，似雷声塞耳"；五六两句说的是对方杳无音信。徐氏认为"石榴红"指的是"石榴酒"，在这里的作用是表达徒有美酒而无人共享之意。诗的末尾两句说的是"彼合者常合，而此无得朋之庆"①，其主要思路是"借美人以喻君子"，为传统注诗者常有之思维方式。陆昆曾的思路与此十分相近，他认为本诗与"重帏深下莫愁堂"一诗都是"为绹发""因不便明言，而托为男女之词"②，其解读较为牵强附会。持有类似观点的还有姜炳璋，他认为这首诗主要是李商隐"自况其遇而不遇"，表现了李商隐成为进士，一时声名鹊起，出类拔萃，但是之后的仕途却十分不顺，就像"女子求之者多，终无伉俪之好者"③，其中"自况其遇而不遇"或有其合理之处，而"女子求之者多，终无伉俪之好者"或许有些过度推断的意味。程梦星也持类似观点，他认为这首诗与"重帏深下莫愁堂"一诗都是抒写李商隐个人仕途感叹的，即他不能融入仕途，也不想世俗的人了解自己，而这首恰恰是写"不求人知也"。因中国文化有"士为知己者死，女为悦己者容"的传统，所以"假借女子以为词"④。曾国藩也认为这首诗与"重帏深下莫愁堂"一诗写的是"世莫己知，己亦誓不复求知于世，托词于贞女以自明"⑤，与程梦星的观点基本一致。从"何处西南待好风"一句，可看出女主人公心中确有与所思慕之人相遇之感，这与李商隐期待能够在仕途上有所发展的初衷是相通的，这种解读与诗歌所呈现出的思想倾向有相矛盾的地方。

综合以上各家观点，本诗隐喻李商隐个人身世之感当为定然，但一味穿凿于令狐绹身上，未免过于臆测。这首诗托寓式的解读在冯浩笔下

---

① （清）徐德泓、陆鸣皋：《李义山诗疏》卷上，转引自黄世中《类纂李商隐诗笺注疏解》，黄山书社 2009 年版，第 100 页。

② （清）陆昆曾：《李义山诗解》，上海书店 1985 年版，第 64—65 页。

③ （清）姜炳璋著，郝世峰辑：《选玉溪生诗补说》，南开大学出版社 1985 年版，第 104 页。

④ （清）朱鹤龄笺注，（清）程梦星删补：《李义山诗集笺注》，台湾广文书局 2014 年影印本，第 493—494 页。

⑤ （清）曾国藩：《十八家诗钞》卷 20，转引自黄世中《类纂李商隐诗笺注疏解》，黄山书社 2009 年版，第 104 页。

发展到了极致，其题旨也被极度扭曲。

（四）细节的争议

清代学者冯浩认为，这首诗是李商隐"将赴东川，往别令狐，留宿，而有悲歌之作"。一二两句，描写的是"衾帐之具"。"扇裁月魄羞难掩"写的是李商隐"自惭"的心理状态；"车走雷声语未通"写的是令狐绹突然回来，与李商隐还未相见。五六两句是"喻心迹不明而欢会绝望"。最后两句则是说自己将要远行，其中"垂杨岸"暗喻"柳姓"，"西南"则暗指"蜀地"①，其穿凿附会之程度已经与编造故事无异。汤翼海对冯浩的观点提出异议，认为冯浩的解读"于人于时于地均误"，但他将这首诗的创作时间贸然定于"开成二年（837）义山登进士第赴曲江春宴婿契王茂元与秋冬间赴兴元辟之间"，并明确指出这首诗"盖为王氏女而作也"，"地点应在洛阳王茂元之崇让"②的说法，将问题引向了另一个极端。就目前材料而言，这首诗的创作时间、创作地点及本事背景皆不详，汤翼海虽然反驳了冯浩的观点，但他自己的观点也是在抽象意义具体化的过程中，在细节上凭借臆测而串联起来的，与冯浩的观点虽然结论相异，但凭臆测的联系将诗歌抽象意义具体化的解读思路在本质上是一致的。这一类"托寓"解读在清代几乎成为解读无题诗的主流，影响深远。刘学锴曾针对这首无题诗的解读发表过意见，其观点主要是围绕冯浩的解读展开的，他认为："像冯浩那样，将'垂杨岸'解为'寓柳姓'（指诗人的幕主柳仲郢），将'西南'解为'蜀地'，从而把这两首诗说成是诗人'将赴东川，往别令狐，留宿，而有悲歌之作'，就是穿凿附会的典型。"③曾凡华也持否定意见，将冯浩的解读说成穿凿附会，言过其实，但他同时指出，"何处西南待好风"化用令狐楚《游春辞》"一夜好风吹，新花一万枝。风前调玉管，花下簇金羁"，认为此处

---

① （清）冯浩：《玉溪生诗集笺注》，上海古籍出版社 1979 年版，第 459 页。
② 汤翼海：《李义山无题诗十五首考释》，转引自台湾中山大学中文学会编《李商隐诗研究论文集》，台湾天工书局 1984 年版，第 892 页。
③ 刘学锴、余恕诚：《李商隐诗歌集解》（增订重排本），中华书局 2004 年版，第 1623—1624 页。

"好风"正是指令狐楚[1]，并认为，"断无消息石榴红"引令狐楚《远别离》"春来消息断，早晚是归期"，"扇裁月魄羞难掩"引令狐楚《省中直夜对雪寄李师素侍郎》"暗魄微茫照，严飙次第催"，将李商隐这首无题诗中的两句诗与令狐楚的两首诗分别对应，但这样的理解未免捕风捉影，与诗文串联起来，其表意似乎也有些牵强。今人叶葱奇的解读思路与传统的寄托说相似，他认为这首诗"完全用闺中待嫁来拟喻"，是"大和八、九年间乡供后，考进士未第时作"，诗歌的主旨是"用未嫁比未登进士第"[2]。这种类型的解说往往太落于实处，而又缺乏相对可靠的资料为其构拟出来的情节、细节佐证，即便思路符合中国传统的解读逻辑，也难免有主观臆测的成分在其中。

（五）"恋情说"争议

主张本诗题旨是恋情的注者也不在少数。朱鹤龄认为，这首诗写的是"所思之人可思而不可见"[3]，将这首诗的题旨框定在爱情诗的范畴之内。姚培谦与朱鹤龄的说法相近，认为这首诗是"咏所思之人，可思而不可见"，前四句说的是"守礼严谨"。"凤尾香罗薄几重"说的是"重重深护"；"扇裁月魄"重在"掩盖"，"车走雷声"重在"隔语"，"深闺丽质，自应如是"。后四句说的是"殷勤难寄"。待在外面的人，不能与待在屋里的人相互沟通，只能"伴金烬之寂寞"，而待在屋里的人同样不能与待在外面的人沟通，就像外面石榴红了的消息也不能知晓一样。"斑骓只系垂杨岸，何处西南待好风"一句为总结，道出了"人远天涯近"[4]的感叹。屈复认为，"凤尾香罗"指的是"车帷"，而首句便是对"车帷"的细节描写。"扇裁月魄羞难掩"说的是抒情主人公与对方"仅能睹面"，而"车走雷声语未通"说的是双方"未能交语"。"曾是寂寥

① 曾凡华：《片言可以解百意——寻找李商隐无题诗二首（凤尾香罗）的密钥》，《华北电业》2016 年第 9 期。
② 叶葱奇：《李商隐诗集疏注》，人民文学出版社 2015 年版，第 353 页。
③ （清）朱鹤龄：《李义山诗集补注》，转引自黄世中《类纂李商隐诗笺注疏解》，黄山书社 2009 年版，第 14 页。
④ （清）姚培谦：《李义山诗集笺注》卷 11，中华书局 1918 年影印本，第 13 页。

金烬暗，断无消息石榴红"说的是"夜深灯烬，消息难通"，而最后两句说的是"安得好风吹汝来"①。屈复将相思而不得见的诗歌本意，说成是双方最终相见，是对诗歌文意的一种曲解。当代学者多主张这首诗是为情而作。如林美清认为，这首诗的主旨是"相思"②。诗中"香罗""团扇""红烛"都是家庭所见所用之物，而这首诗正是以日常家居所见之物为媒介，寄寓诗人情志与生命的反思。③ 李昌年指出，这首诗是"以即将出嫁女子口吻，借心灵独白方式，对无缘结合之旧情郎说明嫁与他人之苦衷"④ 的。今人宋惠萍也主张"爱情说"，她曾明确提出这首诗写的是少女相思寂寥，可看成是一首爱情诗，但其中贯穿着一种坚持不懈的追求，体现了"作者希望在寂寞中燃烧的心理"⑤。其解读囊括了这首诗的诗面意义和抽象意义，但抽象意义的解读有些偏于具象，理解上主观成分干预的较多。当然，主张这首诗的题旨是爱情的观点，也并非全无臆测之嫌，在对这首无题诗的诸多解读中，有很多令人难以信服的解释。如刘道中认为此诗写的是"回忆与希望"，这首诗为与李商隐相恋的女冠所作，其说臆断成分较多。⑥ 李日刚认为，这首诗是"宫女返内苑后，义山又至幽会之地徘徊而作"⑦。这些观点虽然主张诗歌是为情而作，但其解读方式依旧贯穿着浓重的主观臆测成分。

（六）实现自我的期待与失落

根据以上各家观点，可以这样认定这首诗的解读思路：从诗面意义来看，言所思慕之人的题旨大致不错。主张"恋情说"的观点似乎在诗

① （清）屈复：《玉溪生诗意》，台湾正大印书馆 1974 年影印本，第 296 页。
② 林美清：《想象的边疆——论李商隐诗中的否定词》，台湾文史哲出版社 1997 年版，第 100 页。
③ 林美清：《想象的边疆——论李商隐诗中的否定词》，台湾文史哲出版社 1997 年版，第 27 页。
④ 李昌年：《沧海月明珠有泪——惊艳李商隐》，台湾万卷楼图书股份有限公司 2018 年版，第 308 页。
⑤ 宋惠萍：《楚雨含情皆有托——李商隐无题诗解读》，《汉字文化》2019 年第 19 期。
⑥ 刘道中：《李商隐诗集正解》，皇加打字印刷公司 2010 年版，第 310 页。
⑦ 李日刚：《李商隐》，转引自台湾中山大学中文学会编《李商隐诗研究论文集》，台湾天工书局 1984 年版，第 45 页。

面意义上较具合理性，但诗歌所描绘的情感相对抽象，即便主张恋情的说法成立，将诗歌的只言片语与许多本事和细节相勾连的做法也是不够准确的。我们无法确定这种恋情究竟是李商隐个人爱情的抽象情绪写照，还是李商隐描述的带有普遍意义的恋爱情绪，而其余各家解读在细节上有着诸多差异，不能一概而论。

这首诗所传达的抽象情绪，其焦点集中在李商隐所谓的理想层面。尽管屡屡复挫，他依然做好了施展才华的准备，就像诗中女子准备好了结婚所用的青帐一样。若如上文推测，该女子"已婚"，则此处暗指李商隐已经就职而无奈离职。全诗表现了李商隐对实现理想，在事业上实现自我的期待与失望之感。

在无题诗抽象情绪"对美好事物的发现或追求—认定自己有资格追求美好事物—追求过程中因受阻而失落—追求失败后的愤愤不平以及绝望而难以排遣的凄楚情绪—受阻后继续执着无悔地追求"这一线索的五个阶段中，这首诗在第一、第三、第四、第五阶段都有鲜明的体现，而其落脚点则侧重在第五阶段。

五 无题 "照梁初有情"

照梁初有情,出水旧知名。
裙衩芙蓉小,钗茸翡翠轻。
锦长书郑重,眉细恨分明。
莫近弹棋局,中心最不平。

《无题·照梁初有情》描写了一位女主人公的形象。有学者根据"莫近弹棋局,中心最不平"与《柳枝五首》中"玉作弹棋局,中心亦不平"之句,推断此诗为柳枝所作,或诗中的女主人公指的是柳枝,未免武断。此诗的题旨,似乎也是借美人心中之愁怨抒发一种不平之气。

(一) 诗面意义与"不平"的题旨

这首诗的诗面意义似乎很容易理解。

"照梁"与"出水"。宋玉《神女赋》有"其始来也,耀乎若白日初出照屋梁"之句,曹植《洛神赋》有"灼若芙蕖出渌波"之句。"照梁"与"出水"或本于此。二者经常连用,如白居易《因梦得题公垂所寄蜡烛,因寄公垂》:"照梁初日光相似,出水新莲艳不如。"

"裙衩"与"芙蓉"。"八岁偷照镜"一诗中,有"芙蓉作裙衩"之句。李商隐无题诗中,"裙衩"与"芙蓉"连用的仅此两例,但二者具体情况有所不同。"芙蓉作裙衩"中当为实说,即用芙蓉花作下裙叉口处的修饰。此处"芙蓉"当是"形容裙子的鲜艳悦目"[1]。

---

① 郑在瀛:《李商隐诗全集》,崇文书局 2015 年版,第 69 页。

"钗茸"。黄世中认为，"钗茸"指的是"钗头歧出处饰有茸花之钗子"①；刘学锴认为，"茸本形容兽毛柔密之状，钗茸连文，当指翡翠钗之上端如茸茸花饰形状"②，二者释义接近，一侧重钗子，一侧重钗子上的茸毛状的修饰物。

"锦书"。"锦长书郑重"暗用苏蕙织璇玑图的故事。相传窦滔的妻子是始平地区的人，姓苏，名蕙，字若兰，十分擅长为文作诗。窦滔在前秦时期曾任秦州刺史，因为奸人谗言被流放到流沙地区。苏蕙很想念窦滔，自己织了锦布，在上面绣了回文诗，构成了璇玑图，送给窦滔。③璇玑图总计八百四十一字，纵横各二十九字，纵、横、斜、交互、正、反读或退一字、迭一字读均可成诗，诗有三、四、五、六、七言不等，是一部十分奇妙的文艺作品。武则天有《织锦回文记》特记录此事，但细节稍有出入，谓窦滔有一宠妾赵阳台，离间窦、苏二人的关系，苏蕙为此作《璇玑图》。"郑重"，即为"反复切至"之意。"锦长书郑重"是指长长的《璇玑图》，书写着回文诗，辗转反复之间，深情切意包蕴其间。黄周星认为，"锦长书郑重，眉细恨分明"二句"娇媚之极"④，未免言重。

"弹棋"。弹棋是唐时较为流行的一种博戏，起源于西汉时期。据《西京杂记》记载，汉成帝很喜欢蹴鞠，众大臣认为蹴鞠这种活动十分耗体力，不适合皇帝这种身份尊贵的人参与，以此劝谏汉成帝不要再玩蹴鞠，汉成帝便让众臣找一种类似蹴鞠而不耗体力的博戏代替，于是弹棋这种博戏便出现了。⑤后世，刘义庆的《世说新语·巧艺》、沈括的《梦溪笔谈》、陆游的《老学庵笔记》都有相关记载。陆游认为，弹棋棋盘的形状像香炉盖，中间隆起，故此说"中心最不平"⑥，其说可取。何

---

① 黄世中：《类纂李商隐诗笺注疏解》，黄山书社2009年版，第16页。
② 刘学锴、余恕诚：《李商隐诗歌集解》（增订重排本），中华书局2004年版，第1605—1606页。
③ （唐）房玄龄等：《晋书》，中华书局1974年版，第2523页。
④ （清）黄周星：《唐诗快》，转引自黄世中《类纂李商隐诗笺注疏解》，黄山书社2009年版，第21页。
⑤ （晋）葛洪：《西京杂记》，中华书局1985年版，第14页。
⑥ （宋）陆游：《老学庵笔记》，中华书局1979年版，第133页。

焯认为，"莫近弹棋局，中心最不平"可能是借用"王丞相以腹熨弹棋局事"①。这一本事出自《世说新语》，说的是刘真长在一个炎热的夏天去见王导，王导一边把肚子贴在弹棋盘上，一边说"怎么这么凉啊"。刘真长出门后，有人问他关于王导的事，他回答说："并没有什么，只是听他讲了几句吴语。"此事与本诗题旨相去甚远，何焯的说法不可取。黄周星评"莫近弹棋局"、句时说："古时有弹棋局，故心中不平，今弹棋之局久废矣，而不平者常在人心"②，较为精当。

诗面意义浅近，是李商隐非七律无题诗的惯有特征。根据诗句，可将这首无题诗的诗面意义梳理如下：有一位美丽的女子，她的形象光彩照人，就像早晨刚刚升起将光辉照到屋梁上的太阳一样。她如同出水芙蓉一般，久负盛名。她身穿一件如芙蓉花般鲜艳悦目的裙子，头上的翡翠钗轻巧无比，上端的花饰呈现出茸茸的形状。她拿出长长的锦书，信中反复真切地表达了自己的思念之情，长长的眉毛中，似乎又堆满了愁绪。千万不要去靠近那弹棋的棋盘，它那中心凸起不平的形状就好像人们心中的不平之气一样。

因为诗的结尾点明了"不平"二字，所以很多学者认为"不平"是这首诗的题旨。

陆次云认为此诗写的是"艳情古思"③，认定该诗是艳情之作，不太贴近诗文本意；王鸣盛认为这首诗"巧于言愁"④，将"不平"与"愁"直接对接，有失准确性。本诗自始至终都在写"怨"与"不平"，与"愁"没有直接关系。王鸣盛所说的"巧于言愁"究竟是针对什么而得出的结论，尚难定论。即便诗中明确点出的"恨"字，也与"愁"的情绪不能等同。王夫之认为此诗"一气不忤"，指出这首诗抒发情绪一脉相承，情绪不曾有断裂曲折的情况，这与李商隐无题诗气韵流畅的风格

特征相吻合。①这首诗的题旨确实可从最后两句看出。吴乔认为这首诗
"结意显然"②，说的是这首诗的主旨已经在最后一句直接点明，其言大
致不差。诗歌主旨，当为末句 "不平" 二字所涵盖。屈复认为，"莫近
弹棋局，中心最不平" 是 "以分明抱恨之人，而近中心不平之局，则恨
愈深"，所以才有 "莫近" 字样③，说的是李商隐心中有了怨恨，而意象
上又有了弹棋中心不平的形状特征，二者相结合，使得诗歌的表达相得
益彰，其评析是较为得当的。徐德泓认为，"棋局中心不平，恐其相感，
故莫近之"④，意为弹棋的棋盘中心不平，李商隐通过中心不平的棋盘，
引申到自己心中的不平，为了隐匿心中的不平，才说不要接近那个中心
不平的弹棋棋盘，这种解读与屈复的观点十分接近。

（二）针对抽象题旨的具象化推测

本诗末句 "不平" 二字点明题旨，似乎已经没有悬念，问题是诸多
学者在解读本诗时，并没有止于 "不平" 二字所传达的抽象情绪，而是
急于讨论诗中所传达的 "不平" 一类情感的深层原因是什么。对于这一
类具象化的解读，于李商隐 "无题" 一类诗作而言，是很难确定的。程
梦星认为，这首诗写的是 "不平之鸣"，是 "寄书长安故人之作"，最终
将旨意落到 "言时局不平，有如棋局，触物兴情，不可近矣"⑤。姜炳璋
认为这首诗是李商隐 "自况" 之作，指出党争如棋局，面对党争，李商
隐只能在心中 "徒抱不平"⑥。程、姜二人偏离主题本意。张采田认为，
这首诗写的是少女 "情窦既开，不免睹物生忌"⑦，看似无理。徐德泓认

①　（清）王夫之：《唐诗评选》，河北大学出版社 2008 年版，第 158 页。
②　（清）吴乔：《西昆发微》，商务印书馆 1937 年排印本，第 4 页。
③　（清）屈复：《玉溪生诗意》，台湾正大印书馆 1974 年影印本，第 147—148 页。
④　（清）徐德泓、陆鸣皋：《李义山诗疏》卷上，转引自黄世中《类纂李商隐诗笺注疏
解》，黄山书社 2009 年版，第 21 页。
⑤　（清）朱鹤龄笺注，（清）程梦星删补：《李义山诗集笺注》，台湾广文书局 2014 年影
印本，第 316 页。
⑥　（清）姜炳璋著，郝世峰辑：《选玉溪生诗补说》，南开大学出版社 1985 年版，第 68 页。
⑦　（清）姚培谦：《李义山诗集笺注》卷 3，中华书局 1918 年影印本，第 13 页。

为"此似赠妓之作,而亦无狎语"①,"赠妓"之说,子虚乌有;但"无
狎语"的评价较为得当。冯浩认为这是一首"寄内诗",指出:"盖初婚
后,应鸿博不中选,闺中人为之不平,有书寄慰也,绝非他篇之比。"②
这一观点影响甚大,张采田赞同此说。③ 汤翼海的解读与冯浩基本一致,
周振甫也认同冯浩"寄内诗"的说法。此外,朱偰、李日刚、黄盛雄④
也持此观点。我们不否认,这首诗的创作诱因可能与某一女子情感有关,
但是由此将其具象化到王氏,进一步将其定性为"寄内诗",这样的观
点还缺乏可靠的依据。诗的前四句写的是女子的形态美,其中前两句是
对整体形态的把握,三四两句抓住两个细节——裙衩和钗茸描绘,五六
句转向情感与思想层面的传达。"锦书"暗含女子对丈夫的思念,当然
也可能暗含与苏蕙一样的怨恨,这种怨恨与细眉、长眉中所包含的怨是
一致的,但这种"怨"的对象是什么,诗中没有点明。最后两句点明了
题旨——"不平"。其实无论是"怨"还是"不平",其情感基调都是一
致的,"寄内诗"的可能性并不大。这首诗刻画了一位心中充满怨、充
满不平的女子形象。诗的前四句是形象描写,后四句是心理表现。外表
漂亮美好的积极状态与心中充满怨、充满不平的消极状态是一个明显的
反衬,其中"怨"与"不平"的根源,当为弹棋中心之不平。这首诗的
主旨与"何处哀筝随急管"相类似,其"怨"与"不平"的背后,是一
种对社会阶层升降不公的映射。退一步讲,即便这首诗果真如部分注家
所言为"寄内诗",那也不是解读诗歌的关键所在。

叶葱奇不同意冯浩"寄内诗"之说,也反驳了张采田秉承冯浩的进
一步阐述。叶氏的基本观点认为,如果是寄内诗不会花大力气去描绘对

---

① (清)徐德泓、陆鸣皋:《李义山诗疏》卷上,转引自黄世中《类纂李商隐诗笺注疏
解》,黄山书社 2009 年版,第 20 页。

② (清)冯浩:《玉溪生诗集笺注》,上海古籍出版社 1979 年版,第 114 页。

③ (清)张采田:《玉溪生年谱会笺》,上海古籍出版社 1983 年版,第 56 页。

④ 汤翼海、周振甫、朱偰、李日刚、黄盛雄的观点分别见于:汤翼海《李义山无题诗十
五首考释》,转引自台湾中山大学中文学会编《李商隐诗研究论文集》,台湾天工书局 1984 年
版,第 902 页;周振甫《李商隐选集》,上海古籍出版社 2012 年版,第 82 页;朱偰《李商隐诗
新诠》,转引自《李商隐和他的诗》,台湾学生书局 1976 年版,第 110 页;李日刚《李商隐》,
转引自台湾中山大学中文学会编《李商隐诗研究论文集》,台湾天工书局 1984 年版,第 38 页;
黄盛雄:《李义山诗研究》,台湾文史哲出版社 1987 年版,第 201 页。

方的外貌。细核本诗,前四句确实都是对女子外貌的描绘,其说可取。叶葱奇从君臣寄托的角度对这首诗加以解读,最后将其意义界定为怀才不遇之作,其意义局限于传统诗歌中自叹身世这一角度,似乎缩小了诗歌的抽象意义。叶葱奇对这首诗的解读,已经由具象转向抽象,他认为这首诗是"泛慨才华不偶"①,而不仅仅是"慨才华不偶",其中的"泛"字已经昭示了他的解读方式趋向于一定程度的抽象化。虽然叶葱奇对这首诗的解读不集中于具体的某一件事,依旧着眼于具体的某一类型的事件,但是其抽象化解读的基本方向是有利于诗歌的准确理解的,只不过其抽象化的程度还远远不够。

刘道中认为这首诗是"郑重的警告信函",说王茂元的女儿王氏先追求李商隐,李商隐警告自己"不要染指大官的女儿"②。这种解读方式与诗作正文所明指的"不平"二字相去甚远,当为无理猜测而片面求新的结果。

刘学锴早期解读此诗时认为该诗是李商隐"'借弹棋局'隐喻当时官僚集团之间的斗争,并表示要远离'纷纭排陷'的朋党倾轧的旋涡"③。后期则基本取冯浩和张采田的观点,将这首诗解读为借男女之情寄托博学鸿词科的落第。这种解读一向为人们所接受,很多学者在谈到这首无题诗的时候都持此观点。如吴调公认为,这首诗写的是"初婚后,应鸿博不中,得妻函慰藉,有感作此"④。周建国也认为这首诗写的是王氏为李商隐鸣不平。⑤ 赞同这种解读的还有宋惠萍⑥等人。当然,对于这首诗的解读,近年来也有一些新说。如曹渊认为这首诗中的"不平",与爱情、婚嫁的不能自主有关。⑦ 甚至有人完全不同意这首诗是写王氏不平于李商隐落第而作,并指出王氏心中的"不平",是针对"姐

① 叶葱奇:《李商隐诗集疏注》,人民文学出版社2015年版,第130页。
② 刘道中:《李商隐诗集正解》,皇加打字印刷公司2010年版,第130—131页。
③ 刘学锴、余恕诚:《李商隐》,中华书局1980年版,第19页。
④ 吴调公:《李商隐研究》,上海古籍出版社1982年版,第138页。
⑤ 周建国:《谈李商隐爱情诗及其历史文化背景》,转引自安徽师范大学中国诗学研究中心编《中国诗学研究第2辑,李商隐研究专辑》,上海古籍出版社2003年版,第115—116页。
⑥ 宋惠萍:《楚雨含情皆有托——李商隐无题诗解读》,《汉字文化》2019年第19期。
⑦ 曹渊:《李商隐〈无题〉诗中女性角色的情感隐痛及其比兴意义》,《武汉理工大学学报》(社会科学版)2018年第1期。

妹间待遇不公，姑嫂间相处不宁所引起的家庭纠纷"①，臆测成分极大，且毫无根据。

（三）充斥着"恨"与"不平"的情绪

这首无题诗描绘了一位美丽女子的形象。该女子当有苏蕙之类似经历，即丈夫另寻新欢，甚至遭情敌诋毁，但她依旧执着于丈夫，以回文诗来证其决心，其眉目间满布愁云，心中多有不平之气。诗中暗含的抽象情绪，或可从弹棋中悟出，抒情主人公有怨，有不平之鸣，而这种不平之气多蕴含在弹棋棋盘"不平"这一物理形态中。

在无题诗抽象情绪"对美好事物的发现或追求—认定自己有资格追求美好事物—追求过程中因受阻而失落—追求失败后的愤愤不平以及绝望而难以排遣的凄楚情绪—受阻后继续执着无悔地追求"这一线索的五个阶段中，这首诗在第二、第四、第五阶段都有鲜明的体现，而其落脚点则侧重在第四阶段。

---

① 向思鑫、黄涛：《无题诗本事：李商隐、王氏婚恋之谜》，湖北人民出版社 2015 年版，第 169 页。

六　无题"闻道阊门萼绿华"

闻道阊门萼绿华，
昔年相望抵天涯。
岂知一夜秦楼客，
偷看吴王苑内花。

《无题·闻道阊门萼绿华》一诗，焦点似乎在末句的"偷"字上。依诗面意义，所"偷者"的对象当为一女子无疑。刘学锴认为此诗与各古籍版本中列于此诗之前同为一组的"昨夜星辰昨夜风"一诗，都为李商隐亲身经历、亲眼所见的实景。这里的"偷看"是在"昨夜"得偿所愿，见到了期盼已久却又见不到的女子，有"不敢公然仔细看"①之意。如果说，"黄金堪作屋，何不作重楼"是试图一睹所歆慕之人的芳容，那么"偷看吴王苑内花"则是有机会目睹所思慕之人的一次难得的机缘。虽然是"不敢公然仔细看"情形下的一次见面，但于抒情主人公来说，已十分难得。

（一）由天涯到眼前的诗面意义

在《无题·闻道阊门萼绿华》一诗中，有以下几处细节值得格外注意：

"阊门"，今苏州西门，自古为吴地繁华之处。韦应物有《阊门怀古》："独鸟下高树，遥知吴苑园。凄凉千古事，日暮倚阊门。"此处

---

① 刘学锴、余恕诚：《李商隐诗歌集解》（增订重排本），中华书局2004年版，第439页。

"阊门"与诗中所指女子"萼绿华"居所矛盾，或为作者误记，或为虚指。

"萼绿华"，当为一女子名。据陶弘景所著《真诰·运象》所载，萼绿华是一名女子，她称自己为南山人，但"南山"具体是哪座山不清楚。她的年龄大约二十岁，身穿青黑色的衣服，面容十分端正。晋穆帝升平三年（359）11月10日晚上，萼绿华降临羊权家。自此，她经常到羊权家，一个月多达六次。萼绿华赠与羊权尸解药。①《零陵县志》说萼绿华是女神仙，她自称已经行道九百年，她赠与羊权的除了尸解药还有道术，赠与之后便"隐影化形而去"，好事者称其为"九嶷仙人萼绿华"②。羊权，史上确有其人，《南史·羊欣传》有载："羊欣，字敬元，泰山南城人也。曾祖忱，晋徐州刺史。祖权，黄门郎。父不疑，桂阳太守。"③ 因《真诰》载，萼绿华所降临之地乃羊权所在之地，似在"黄门"，与诗中之"阊门"不符。黄世中认为此处就是以萼绿华比喻被偷看的女子，或可为一解。冯浩则认为，"阊门"当与"吴王苑"相呼应，并不是实指萼绿华所降临之地。④

"秦楼客"：汉代刘向《列仙传》卷上"萧史"条有载，萧史善于吹箫，他的箫声能模拟凤凰的叫声。秦穆公把女儿弄玉嫁给了他，并建造了一座凤凰楼，于是萧史就在凤凰楼上教弄玉吹箫。夫妻吹奏的箫声吸引了凤凰，它们齐集在凤凰楼上。后来弄玉骑上凤凰，萧史骑上龙，夫妇二人在凤凰楼上一起升仙而去。⑤ 唐代杜光庭《仙传拾遗》的记录较之《列仙传》稍微详细，但《仙传拾遗》无法确定萧史得道的年代。描绘他的外貌时指出，他看上去只有二十多岁，"琼姿炜烁，风神超迈"，是天生的仙人。他在凡尘中游走，没有人能认出他是仙人。秦穆公把女儿弄玉嫁给他，他教弄玉吹箫，并试着教弄玉吹出凤凰鸣叫的声音。过了十几年，弄玉的箫声才与鸾凤的鸣叫十分相似。凤凰听到箫声，飞过

① （南朝梁）陶弘景：《真诰》，中华书局1985年版，第1页。
② 黄世中：《类纂李商隐诗笺注疏解》，黄山书社2009年版，第27页。
③ （唐）李延寿：《南史》，中华书局1975年版，第931页。
④ （清）冯浩：《玉溪生诗集笺注》，上海古籍出版社1979年版，第135页。
⑤ （汉）刘向撰，王叔岷校释：《列仙传校笺》，中华书局2007年版，第80页。

来，栖息在他们夫妻的屋子上面。秦穆公见凤凰来了，便为他夫妻二人造了一座凤凰台。萧史和弄玉夫妇在凤凰台上，不吃饭，不喝水。几年后，一天早晨，弄玉乘着凤凰，萧史乘着龙，升天成仙。秦穆公为自己的女儿造了"凤女祠"，祠堂旁边时不时能听到箫声。① 二者相比，后者有许多细节较之前者生动。后者版本广为流传，词牌"凤凰台上忆吹箫"则本于此。《东周列国志》有"弄玉吹箫双跨凤，赵盾背秦立灵公"一回，对这一故事加以详细发挥，有更为细致的描述。注释本诗"秦楼客"之时，程梦星引《列仙传》作解。② 朱鹤龄也指出，"秦楼客"用《列仙传》萧史事。③

诗中的"吴王"，或与首句"阊门"遥相呼应。冯浩认为，"偷看吴王苑内花"一句"暗用西施事"④，或可备一说。若暗用"西施事"，或暗指所思慕女子，有西施之美貌、西施之德行，或有类似吴王妃子的尊贵身份。朱彝尊认为此处"不必泥秦楼、吴苑等字"⑤，便是作此理解。

这首无题诗的诗面意义也是较为浅显的，基本可作如下理解：我听说阊门之地有一位富有仙人萼绿华一样气质的女子。很多年前，我们相隔遥远，她在天涯这头，我在天涯那头，天涯将我们远远阻隔，我希望能够见她一面，但似乎永远也无法相见。没想到我像萧史一样，作为秦穆公的宾客来到吴王的宫殿，仅在一夜之间便偷偷看到了深藏在吴王宫殿里的这名女子。

本诗的诸多版本中，有三处异文。"昔年相望抵天涯"有作"昔年相望向天涯"或"昔年相望尚天涯"⑥。"向"与"尚"形近，或可同论。"抵"字有双方被天涯所阻隔之意，而"向"与"尚"倾向于抒情

---

① （唐）杜光庭：《仙传拾遗》，商务印书馆 1915 年版，第 4 页。
② （清）朱鹤龄笺注，（清）程梦星删补：《李义山诗集笺注》，台湾广文书局 2014 年影印本，第 310 页。
③ （清）朱鹤龄笺注，（清）程梦星删补：《李义山诗集笺注》，台湾广文书局 2014 年影印本，第 310 页。
④ （清）冯浩：《玉溪生诗集笺注》，上海古籍出版社 1979 年版，第 135 页。
⑤ （清）朱鹤龄笺注，（清）沈厚塽辑评：《李义山诗集》，台湾学生书局 1967 年影印本，第 188 页。
⑥ 刘学锴、余恕诚：《李商隐诗歌集解》（增订重排本），中华书局 2004 年版，第 429 页。

主人公主观靠向客观对象之意。从文本语义分析，"抵"字所构成的艺术效果更好，艺术渲染力更大。另，"偷看吴王苑内花"一作"偷著吴王苑内花"①，当为"看"与"著"字形近而传抄或刊刻讹误。

（二）笺注家的争议及解读评析

与其他无题诗一样，这首诗的解读也颇具争议。

姚培谦认为，这首诗所描绘的对象"必少俊而骧躐清华者欤"②，其言大致不差。纪昀认为这首七绝与七律"昨夜星辰昨夜风"，都是"狭斜之作"，"无所寓意，深解者失之"③。前文已经论及，这首无题诗的情感线索在于"可望"还是"不可望"，没有达到"不可即"的程度，其中更没有反映因"不可即"而产生的浓郁的悲伤情绪。故此，这首诗虽然不是毫无寓意，但说寓意较深，似乎并不符合客观情况。综上，这首诗具有一定的抽象意义，但寓意并不深刻。与此同时，纪昀根据古籍版本中前一首与之相连的七律"昨夜星辰昨夜风"的最后两句，断定这两首诗都是有本事的，这一说法显然缺乏更有力的证据。

胡以梅认为该诗为纯粹的艳情之作，正所谓"绮丽之语，柔腻之姿，通身脉络，皆傍艳情而出"，她同时指出，在"昨夜星辰昨夜风"一诗所描绘的宴席中，已经有所谓的萼绿华的存在，并认为李商隐"于吴王苑中偷看之而感情耳，已有注脚"④则不免有主观臆断的嫌疑。胡以梅列举"来是空言去绝踪"一组四首与此组诗同看，并指出其中第三首"东家老女嫁不售"已经注明前三首为"思遇合"，主观臆测的成分更大。胡以梅以组诗的联系解诗，似乎有失准确性。无题"昨夜星辰昨夜风""闻道阊门萼绿华"两首诗在诸多版本中都是相连的，但汤翼海认为，"此无题二首，诸义山诗集皆并收作无题二首，误矣。遍检玉溪生

---

① 刘学锴、余恕诚：《李商隐诗歌集解》（增订重排本），中华书局2004年版，第429页。

② （清）姚培谦：《李义山诗集笺注》卷9，中华书局1918年影印本，第10页。

③ （清）朱鹤龄笺注，（清）沈厚塽辑评：《李义山诗集》，台湾学生书局1967年影印本，第188页。

④ （清）胡以梅：《唐诗贯珠串释》，转引自黄世中《类纂李商隐诗笺注疏解》，黄山书社2009年版，第32—33页。

诗集，此种上首七律下首七绝合并为二首之体裁可谓绝无仅有。且细究诗意而考其作成年月，实互有出入。'昨夜星辰昨夜风'一首诗境繁华灿烂，温暖春光，留恋不忍去，而'闻道阊门萼绿华'一首狂妄轻佻，故不应相提并论也。"① 由此推知，现存诸多无题组诗，或原本不在一组，其彼此之间也未必存在必然的联系。因此，本研究不取胡以梅的观点，在讨论其他无题诗时，也尽量以单首诗论之。

赵臣瑗指出，这首七绝与七律"昨夜星辰昨夜风"，是在王茂元家私下窥视其闺阁中女子所作的作品。虽然赵臣瑗也认为此诗并无深刻的寄托，但将对象坐实在王茂元家，也缺乏可靠的依据。② 查为仁在《莲坡诗话》中记录，阿金学士（字云举）罢官后曾与查为仁的家中长辈论及本诗以及七律"昨夜星辰昨夜风"，认为其所描绘的对象乃是王茂元府里的家妓③，其观点与赵臣瑗相近，区别在于赵臣瑗将对象集中在王茂元家中之女子，后者则集中在王茂元之家妓，身份不同而已，但二者都缺乏可靠的依据。王鸣盛根据"阊门"与"吴王"字样断定抒情主人公所怀之人为吴地人，或太拘泥于诗中所给出的具体地点，没有对"阊门"本在吴地而"萼绿华"所降临之所并不是在吴地的矛盾做出合理解释。王鸣盛也认为李商隐此处所怀之人乃王茂元家妓，指出："唐时风气，宴客出家妓，常事耳，何必妇翁？"④ 这首诗所描述的地点在王茂元家的观点被顾翊群所接受，他在其著作《李商隐评论》中明确表示，无题"昨夜星辰昨夜风""闻道阊门萼绿华"两诗是写家宴中李商隐与王氏相会的场景⑤，将"偷看"的对象落实到李商隐的妻子王氏身上。汤翼海对这一观点做了进一步的阐释，坚持此诗所咏对象为王茂元之女，甚至提出这首诗可能创作于李商隐洞房花烛夜的说法。⑥ 对于这一系列

① 汤翼海：《李义山无题诗十五首考释》，转引自台湾中山大学中文学会编《李商隐诗研究论文集》，台湾天工书局1984年版，第896页。
② （清）赵臣瑗：《山满楼笺注唐诗七言律》卷4，转引自黄世中《类纂李商隐诗笺注疏解》，黄山书社2009年版，第34页。
③ （清）查为仁：《莲坡诗话》（卷中），《屏庐丛刻》第4册，中国书店线装本，第8—9页。
④ 刘学锴、余恕诚、黄世中：《李商隐资料汇编》，中华书局2001年版，第592页。
⑤ 顾翊群：《李商隐评论》，中华诗苑1958年版，第89页。
⑥ 汤翼海：《李义山无题诗十五首考释》，转引自台湾中山大学中文学会编《李商隐诗研究论文集》，台湾天工书局1984年版，第898页。

关于王茂元家妓或女儿的解读方式，有很多学者提出过质疑。如张佩纶指出，"冯孟亭乃谓次首乃窃窥王茂元姬人，太伤轻满，何其目光如豆乎？"① 可见他是反对此诗所感怀的女子为王茂元家妓的说法的，但他的解读，或受封建正统观念影响较深的缘故，也出现了较大的偏差。张佩纶认为，李商隐的这首无题诗和七律"昨夜星辰昨夜风"，都是"言己之疏远，而一心事主；彼虽贵近，而藉势于权"，明显是受屈原"信而见疑，忠而被谤"悲剧命运影响而形成的，这是典型的"君臣寄托说"的理解，但本诗作此理解未免深解失当。张采田也对本诗所咏对象为王茂元家妓或女儿的说法提出质疑：该诗自赵臣瑗认为是写李商隐窥视王茂元家中的闺中女子之后，众多解读者纷纷效仿，这是一种诬陷古人的行为②。张采田的评价较为得当，但他同时指出，这首无题诗与七律"昨夜星辰昨夜风"是表现李德裕当国之时，李商隐可以摆脱令狐绹的阴影得到晋升，恰恰又遭遇母亲去世而不得不丁忧离职，故此怅惘多恨③。其说臆测性质颇重。

程梦星认为，这首诗表现了李商隐仰慕秘书省之位而不得的失落情绪。他认为，秘书省是人人都认为清贵的官职，就像宗教神仙中应道者的位置一样，所以很多人都十分向往，而能否得到这样的职务则表现了世事多变，就像秦楼之客偷看吴王苑内花一样。④ 其理解与诗文本意相去甚远，仅凭"偷看吴王苑内花"一句而理解全诗，与题旨似乎毫不相干，但这一观点被今人叶葱奇所接受⑤，将"萼绿华"等同于秘书省，未免过于武断。将这首诗的题旨与秘书省相联系，显然尚缺可靠有力的资料佐证。吴乔、姜炳璋等学者则认为本诗是托寓令狐之作。吴乔认为，李商隐入王茂元幕，担心被令狐绹疏远，后令狐绹对李商隐依旧以礼相

---

① （清）张佩纶：《涧于日记》，转引自黄世中《类纂李商隐诗笺注疏解》，黄山书社 2009 年版，第 30 页。

② （清）张采田：《玉溪生年谱会笺》，上海古籍出版社 1983 年版，第 92 页。

③ （清）张采田：《玉溪生年谱会笺》，上海古籍出版社 1983 年版，第 145 页。

④ （清）朱鹤龄笺注，（清）程梦星删补：《李义山诗集笺注》，台湾广文书局 2014 年影印本，第 309 页。

⑤ 叶葱奇：《李商隐诗集疏注》，人民文学出版社 2015 年版，第 122 页。

待，李商隐喜出望外，方才有此诗作。① 姜炳璋认为，"秦楼"是比喻河阳幕府，而"阊门""吴苑"是借喻长安。因为长安属于秦地，所以用秦楼来比喻河阳。萼绿华比喻朝中的显赫官位，苑内花比喻侍御史。这首诗指的是李商隐之前身居显赫地位，试图大展才华，所以从河内不远千里来到长安。谁料当了王茂元的女婿之后，只有一个侍御史的虚职，这种感受好比企盼见到一位仙女，最终却只看到一个平凡的美人。诗中的"偷看"暗指"虚位"，看着很美却没有实际意义。② 依诗歌文本来看，很难将其与这些事件联系起来，这种理解看似逻辑紧密，实则毫无根据，其"索隐"之气太重。叶葱奇提出这首诗中的"阊门""吴王"等字样不必拘泥③的观点，颇具可取之处。这类解读方式便是太拘泥于"阊门""吴王"等字样而将其落到实处的典型代表，殊不知无题诗的解读贵在其抽象意义，并非在于字句之间的落实与拘泥。

刘道中认为，这首诗与"昨夜星辰昨夜风"一组，同是"李义山应令狐楚之聘，离开王屋山后，女道冠有所感而作，并借此调侃他一番"④。臆测成分更大。

（三）远在天边的失落，近在眼前的兴奋

相较于诸多笺注家的解读，屈复的观点颇有一番道理。屈复认为，这首诗表现了李商隐因看到所思慕女子而兴奋的心情，但是终因"未得显然明看，终是恨事"⑤。前者似乎与诗文本意相差无几，但"终是恨事"或许并无相关情绪所在。故此，无题"闻道阊门萼绿华"一诗，有寄托而寄托不深可为定论，但所怀女子为谁，似乎不能确定。或许李商隐所描述的就是一位带有抽象意义的对象，重在描述与其相见时因受各种条件限制而带来的阻隔之感，乃至"不敢公然仔细看"，坐实则无法

---

① （清）吴乔：《西昆发微》，商务印书馆 1937 年排印本，第 1—2 页。
② （清）姜炳璋著，郝世峰辑：《选玉溪生诗补说》，南开大学出版社 1985 年版，第 63 页。
③ 叶葱奇：《李商隐诗集疏注》，人民文学出版社 2015 年版，第 122 页。
④ 刘道中：《李商隐诗集正解》，皇加打字印刷公司 2010 年版，第 40 页。
⑤ （清）屈复：《玉溪生诗意》，台湾正大印书馆 1974 年影印本，第 377 页。

确解。

本诗描绘了一位十分高贵的女子，或为抒情主人公所思慕之人，但其远在天涯，可望而不可即，却因一次偶然的机会，得以相见。抒情主人公心中窃喜，大有"不敢公然仔细看"之感，而其抽象情绪或可理解为之前所思慕之事，自己已经觉得无法实现，如今却近在眼前，心中之窃喜溢于言表。

在无题诗抽象情绪"对美好事物的发现或追求—认定自己有资格追求美好事物—追求过程中因受阻而失落—追求失败后的愤愤不平以及绝望而难以排遣的凄楚情绪—受阻后继续执着无悔地追求"这一线索的五个阶段中，这首诗在第一、第三阶段都有鲜明的体现，而其落脚点则侧重在第一阶段。在诗中是先落在第三阶段，后落在第一阶段，是两个阶段抽象情绪的对比。

七 无题 "近知名阿侯"

近知名阿侯，住处小江流。
腰细不胜舞，眉长唯是愁。
黄金堪作屋，何不作重楼。

无题 "近知名阿侯" 是李商隐无题诗中唯一一首五言小律，这种体裁为中晚唐时期诗歌创作所常见。

（一）小律体的性质与浅显的诗面意义

程梦星曾一语道破："此小律体"①，并指出唐代元和年间（806—820）以后，白居易、杜牧等诗人多有这种风格与形式的诗歌创作。纪昀认为这首诗为三韵律诗，"《韩集》《白集》俱有之。"② 是说韩愈与白居易也经常创作这种五言六句三韵的小律诗。冯浩在注此诗时指出："唐人五律颇有三韵、五韵者。"③ 姚培谦认为，"义山古诗，多齐梁体，即所谓格诗也"④，并指出，李商隐的很多小律、绝句都属于齐梁永明体的风格。李商隐本人另有《效长吉》一诗："长长汉殿眉，窄窄楚宫衣。镜好鸾空舞，帘疏燕误飞。君王不可问，昨夜约黄归。"也是六句，三

---

① （清）朱鹤龄笺注，（清）程梦星删补：《李义山诗集笺注》，台湾广文书局 2014 年影印本，第 291 页。
② （清）朱鹤龄笺注，（清）沈厚塽辑评：《李义山诗集》，台湾学生书局 1967 年影印本，第 171 页。
③ （清）冯浩：《玉溪生诗集笺注》，上海古籍出版社 1979 年版，第 614 页。
④ （清）姚培谦：《李义山诗集笺注》卷 1，中华书局 1918 年影印本，第 16 页。

韵。在《唐音戊签》中，这首无题诗与《效长吉》都编在了"五言小律"一目中。题目"效长吉"，说明仿照李贺诗歌进行创作，而这首无题诗，其创作动机确有相似的情况，但从内容上讲，这首诗并非效仿李贺，不应当用"齐梁体"的风格加以框定。

"莫愁与阿侯"。南朝梁武帝有《河中之水歌》一诗①，提及莫愁女乃阿侯之母。朱鹤龄注此无题诗时引此诗，甚确。莫愁女的典故为李商隐所惯用，《马嵬》诗有"如何四纪为天子，不及卢家有莫愁"之句。《河中之水歌》中的莫愁女之婚恋当为李商隐所歆羡。纪昀认为，"十六生儿字阿侯"之"儿"字误用。② 因为"阿侯"乃莫愁女的女儿，并非其儿子。张采田对此表示质疑，认为"生儿之儿，男女通用"③，并以"怎么知道《河中之水歌》中的'儿'不是指女儿"对纪昀观点加以反驳。其实，此处的"儿"确是指女儿。阿侯是古代美女莫愁的女儿似乎在古代很多诗文中早有印证。生活年代略早于李商隐的李贺有"阿侯系锦觅周郎，凭仗东风好相送"（《春怀引》），"五色丝封青玉鹄，阿侯此笑千万余"（《夜来乐》）等诗句，明显阿侯这一角色为女子。元代龙辅《女红余志》有"欲知菡萏色，但请看芙蓉；欲知莫愁美，但看阿侯容"之句也可为证。在唐代，"儿"字或可指女子，此处"阿侯"当为一女子之名称。据"欲知莫愁美，但看阿侯容"，可见"阿侯"与"莫愁"同为美貌女子。"住处小江流"，或延顺《河中之水歌》之原意，说的是莫愁女为阿侯之母，阿侯尚未出嫁，其居所当与莫愁女同在水旁。程梦星认为："'近知名阿侯'者，知其已嫁生子而名阿侯耳。合两句之义观之，则仍指莫愁本身也。"④ 似有谬误。"阿侯"与"莫愁"不可同日而语，刘学锴也认为，"程笺过迂"⑤。

"腰细"。此处应该特指"细腰"，因与"眉长"相对，故此特作

---

① 全诗为："河中之水向东流，洛阳女儿名莫愁。莫愁十三能织绮，十四采桑南陌头。十五嫁为卢家妇，十六生儿字阿侯。"

② 刘学锴、余恕诚：《李商隐诗歌集解》（增订重排本），中华书局2004年版，第1603页。

③ （清）张采田：《玉溪生年谱会笺》，上海古籍出版社1983年版，第204页。

④ （清）朱鹤龄笺注，（清）程梦星删补：《李义山诗集笺注》，台湾广文书局2014年影印本，第291页。

⑤ 刘学锴、余恕诚：《李商隐诗歌集解》（增订重排本），中华书局2004年版，第1605页。

"腰细"。当指美女纤细柔美的腰肢。冯浩注此句时曾说"腰细不胜舞"一作"腰细不成舞"。① 据文意来看，作"腰细不胜舞"当更为准确。"不成舞"之"成"当为音近讹传。"胜"有"能承受""经得住"之意。"腰细不胜舞"的字面意义可以理解为"纤细柔弱的腰肢似乎经不起跳舞时的扭动"。这样描述，对女子纤细身材的喜爱之情蕴含其中。从诗文本意来看，被称为"阿侯"的女子已然是跳过舞了。跳舞的动作为过去式，是抒情主人公在看过"阿侯"跳舞的动作已经发生之后，对她纤细腰肢是否能够经得起舞蹈的扭动发出的一种因喜爱而怜悯的情感，而若诗文为"不成舞"，则为"阿侯"并没有跳舞的技能，原因是腰肢过细。显然，"跳舞"成为一种因腰细而不能完成的动作。故此，二者相比，"不胜舞"比"不成舞"艺术效果要好很多。对"细腰"的理解，黄世中曾引《墨子·兼爱》中"楚王好士细腰"②的典故，以及《后汉书·马廖传》中"楚王好细腰，宫中多饿死"③ 的说法，并指出："细腰常以代美人，此处指代'阿侯'。"④ 其实根据词语意思理解，此处"腰细"与"楚王好士细腰"之典故当并无直接联系。"腰细不胜舞"，当单纯针对女子纤细柔美的腰肢而言。

"眉长"。有关"眉长"之意，黄世中认为，亦作"长眉、细眉"。⑤就其字面意义而言，似乎是指长长的眉毛，特指女子的眉毛。作"眉长"不作"长眉"，当为与"腰细"相对而故意为之，但"眉长"似乎与"愁"这种情绪有着一定的关联。《后汉书·五行志》有载："桓帝元嘉中，京都妇女作愁眉，细而曲折。"⑥《后汉书·梁冀传》说梁冀的妻子孙寿"色美而善为妖态，作愁眉"⑦。可见，在东汉晚期，"长眉"便与"愁""怨"一类情绪有了一定的联系。李商隐诗歌中多以"愁"

---

① 刘学锴、余恕诚：《李商隐诗歌集解》（增订重排本），中华书局2004年版，第1603页。
② 《墨子·兼爱》有载："昔者，楚灵王好士细腰。故灵王之臣，皆以一饭为节，胁息然后带，扶墙然后起。比期年，朝有黧黑之色。"
③ （南朝宋）范晔著，（唐）李贤等注：《后汉书》，中华书局1965年版，第853页。
④ 黄世中：《类纂李商隐诗笺注疏解》，黄山书社2009年版，第12—13页。
⑤ 黄世中：《类纂李商隐诗笺注疏解》，黄山书社2009年版，第13页。
⑥ （南朝宋）范晔著，（唐）李贤等注：《后汉书》，中华书局1965年版，第3270页。
⑦ （南朝宋）范晔著，（唐）李贤等注：《后汉书》，中华书局1965年版，第1180页。

"怨"为主题，其诗作经常也会用"细眉""长眉"来暗指这一类情绪，如"长眉已能画""眉细恨分明""长眉画了绣帘开"等。由此，"长眉唯是愁"，当着一"愁"字展开。

"金屋"。"金屋"来源于《汉武故事》中"金屋藏娇"的典故。汉景帝的薄皇后没有子嗣，汉景帝便立了栗姬所生的皇长子刘荣为太子。汉景帝的姐姐馆陶长公主刘嫖有一个女儿，她打算让自己的女儿将来与太子结婚。栗姬善妒，皇上对她宠幸的次数逐渐减少。汉武帝的母亲王娡便派人告诉栗姬："馆陶长公主之前推荐给皇上的美人都被皇上宠幸了，您为什么不私下拜访一下她，和她结为盟好呢？"当时皇宫里诸多美人都因为和长公主关系好，而得到了尊贵的身份和皇帝的宠幸。栗姬没有听取王娡的建议，她甚至拒绝了长公主希望联姻的要求，馆陶长公主对此十分生气。但王娡却对馆陶长公主格外敬重，于是馆陶长公主改变了主意，想要与王娡的儿子胶东王刘彻①约为婚姻，但汉景帝没有答应。后来，馆陶长公主回到宫中，将刘彻抱在膝盖上，指着周围的仕女，问他："孩子，你想要媳妇吗？"刘彻说："不要。"馆陶长公主回头指着自己的女儿说："那阿娇呢？"刘彻笑着回答："如果能娶阿娇为妻子，我一定用黄金打造一座屋子，让她住在里面。"馆陶长公主听了非常高兴，于是请求汉景帝答应这门婚事。刘彻和阿娇因此约为婚姻。②

从典故中可以得知，"金屋藏娇"是有关汉武帝与第一任皇后陈氏之间的故事，但李商隐引用这个典故，或取藏在金屋的人身份尊贵之意，或暗指藏在金屋中的女子难得一睹真容。借皇族女子尊贵、难得一见之意，暗示所塑造之女主人公身上也有类似的特征。自《汉武故事》载此事后，该典故流传甚广，甚至到了与正史相混淆的地步。在古诗文中，"金屋"的典故通常也是用来映射女主人公华贵、受宠，或与历史上陈皇后被废的事实做对比反衬宠辱不定的感慨。

"重楼"。"重楼"就是"层楼"的意思。清代学者姚培谦、纪昀与当代学者刘学锴认为，女子在重楼上可让抒情主人公一睹真容，而女子

---

① 刘彻，即汉武帝，做太子后更名刘彻。
② （汉）班固［托名］：《汉武故事》，中华书局1991年版，第1页。

藏于金屋却不得一见。对于"何不作重楼"一句,冯浩推知其意当为:
"似言何不容更作一楼贮之耶?"① "金屋藏娇"之"藏",原作"贮",
其意相通。冯浩解读,层楼为金屋之外该女子的另一处居所,其理解大
体可信,但或许此处"重楼"不应为"贮"女子,一定为"贮",则已
有一座金屋,又何必另造一"重楼"呢?可见"金屋"与"重楼"二者
之间定有不同之处。据姚培谦等人的观点,似乎可理解为贮于金屋,佳
人不得见真容,而临于层楼便可一睹其芳容。

　　单纯从本诗短短六句诗理解,可对本诗的诗面意义做如下梳理:最
近听说,有一个名叫阿侯的美女,她家原本住在那条江水的旁边。她纤
细柔美的腰肢,似乎经不起跳舞时的扭动,又长又细的眉毛中似乎平添
了许多忧愁。既然能造一座金屋把她藏在其中,那为什么不能为她造一
座楼让她时时登临呢?

(二) 古人对题旨的争议

　　对于这首诗的解读,古代诸多笺注家众说纷纭。张采田指出:"此非
艳情,唯命意未详。"② 可见其背后的题旨并不是特别明晰。在李商隐诗
集的诸多解读中,有"寄托令狐说""富而不贵说""好色淫欲说""寄
怀柳枝说""盼见芳容说"五种解读。通过对诗文本意与原文仔细解读,
"盼见芳容说"较为符合文本意义。持此观点的学者主要有姚培谦、纪
昀。姚培谦认为,"金屋深藏,岂如作重楼以望远耶?"③ 指的是该女子
被藏在金屋之中,怎么比得上建造一座高高的层楼,让我们远远观望欣
赏呢?其落脚点在于希望得见该女子的容貌。纪昀认为,"屋则深藏,
楼或可于登时偶见矣。"④ 指的是如果建造黄金屋,那么该女子必定被深
藏其中,如果建造层楼,有的人可能会在该女子登楼的时候偶然见到她。
其旨意与姚培谦相近。刘学锴认为"近知"是"近闻"之意,"阿侯"

---

　　① (清)冯浩:《玉溪生诗集笺注》,上海古籍出版社1979年版,第614页。
　　② (清)张采田:《玉溪生年谱会笺》,上海古籍出版社1983年版,第204页。
　　③ (清)姚培谦:《李义山诗集笺注》卷1,中华书局1918年影印本,第16页。
　　④ (清)纪昀:《抄诗或问》,转引自黄世中《类纂李商隐诗笺注疏解》,黄山书社2009
年版,第13页。

是借指诗中的女主人公，并指出这首诗可以与"闻道阊门萼绿华"一诗合看，似乎在重申一种希望得见一女子而未得见的意味。① 吴乔认为这首诗"以莫愁比楚，以阿侯比绹"，指出："腰细不胜舞，眉长唯是愁"是"比绹之才宠"，而"黄金堪作屋，何不作重楼"则是"望其有韦平之拜"②。前者将此诗中的莫愁、阿侯与令狐楚、令狐绹一一映射，恐穿凿之嫌过甚。西汉时期，韦贤、韦玄成与平当、平晏父子并称"韦平"。因为韦氏父子与平氏父子相继为相，世所推崇。吴乔说"望其有韦平之拜"，其典故当出于此，但将韦平之典映射到令狐楚与令狐绹身上，进而将其与本诗相联系，未免穿凿过甚，依文意当不取此说。屈复认为："既有佳名，又有佳地，艺复绝妙，乃但蒙金屋之宠，不得高楼之贵，何也？"③ 指出此女子名气好、所住之处环境宜人；技艺高超，承蒙被深藏在黄金屋里的恩宠，却得不到身处高楼的高贵身份，反问其中的原因是什么。屈复的意思需要承认一个前提，那便是身处层楼优于身处金屋。"黄金屋"代表"富裕"，而"层楼"代表"高贵"，进而质问仅富而不贵的原因，但诗中似乎并没有流露出身处层楼要优于身处金屋的倾向，这一观点仅可备一说。徐德泓认为"金可作屋，更可作楼，甚言人好色之心无有穷尽，是又以谩语为讽者"④，认为本诗乃"好色淫欲"之作，未免言语过激。从这首诗的语调与文本意义来揣度，并无过分淫欲的倾向。

对于整首诗而言，纪昀认为其"此小巧弄姿，无关大雅"⑤，"小调艳词，无关大旨"⑥，但从艺术上说却能够做到"以痴生幻，用笔自有情致"。诗的前四句，交代或描述了女子的名字、住址、纤腰与长眉，尤其是腰和眉两处细节描写体现了阿侯的美妙身材与美好容貌，也从侧面

---

① 刘学锴、余恕诚：《李商隐诗歌集解》（增订重排本），中华书局 2004 年版，第 1605 页。

② （清）吴乔：《西昆发微》，商务印书馆 1937 年排印本，第 1 页。

③ （清）屈复：《玉溪生诗意》，台湾正大印书馆 1974 年影印本，第 35 页。

④ （清）徐德泓、陆鸣皋：《李义山诗疏》卷上，转引自黄世中《类纂李商隐诗笺注疏解》，黄山书社 2009 年版，第 14 页。

⑤ （清）朱鹤龄笺注，（清）沈厚塽辑评：《李义山诗集》，台湾学生书局 1967 年影印本，第 171 页。

⑥ （清）纪昀：《抄诗或问》，转引自黄世中《类纂李商隐诗笺注疏解》，黄山书社 2009 年版，第 14 页。

刻画了阿侯善于舞蹈的艺术技能和多愁善感的性格特征。短短二十个字，便将一位美女形象立体化地勾勒出来，而最后两句与前四句相比具有明显的 "阻隔" 感。于此，或可有两种解读方式：一是从旁观者的角度讲，不希望貌美的女子被藏在金屋中而不得见，而是希望为她造一座层楼，让她在偶尔登楼之际被旁观者看到；二是从该女子的角度进行解读：既然能建造一座黄金屋让她居住，为什么不能为她建造一座层楼，让她不至于待在屋里烦闷，偶尔也能登上层楼与外界接触一下，打开自己烦闷的心境呢？两种解释似乎并不矛盾，仅叙述角度与角色不同而已。

（三） 现代学者的主要阐释观点

周振甫曾表示，"这是艳体诗，没有寓意"①，主张这首诗是单纯表现抒情主人公 "盼睹芳容" 的艳情之作，别无他意。但受中国传统诗学解读方式的影响，也有学者表示此诗是 "别有寄托"。黄世中认为，这首无题诗是为柳枝而作。② 柳枝父亲为商人，"风波死于湖上"，推测其家境不是很好，后为 "东诸侯娶去"，其生活环境前后有很大变化，但仅于此依旧无法推断本诗所咏之 "阿侯" 即为 "柳枝"。

叶葱奇认为，"黄金堪作屋，何不作重楼" 意为既然 "可以尊宠她"，为什么不 "抬高她的地位"③ 呢？进而一语双关，"隐喻对他（指李商隐）厚加礼遇的人，既然力足相助，何以竟不肯推荐于朝之意"④。这种解读思路完全是在传统诗学 "以美人喻君子" 的逻辑思维下，照搬定向思维的产物。从诗歌文本角度来看，诗中女主人公似乎并非李商隐的直接自比。按照诗文本意，李商隐作为作者，在诗中充当抒情主人公或与抒情主人公站在一个角度进行阐述较为符合诗歌语境。如果是这样，那么从李商隐的视角来看，他应为诗中女子的观赏者，所以这种解读还有值得商榷之处。此诗最后一句，曹渊理解为 "既然黄金屋都肯为她造

---

① 周振甫：《李商隐选集》，上海古籍出版社 2012 年版，第 237 页。
② 黄世中：《类纂李商隐诗笺注疏解》，黄山书社 2009 年版，第 57 页。
③ 叶葱奇：《李商隐诗集疏注》，人民文学出版社 2015 年版，第 97 页。
④ 叶葱奇：《李商隐诗集疏注》，人民文学出版社 2015 年版，第 98 页。

了，何不干脆为她建座高楼"，明确提出这首诗看似艳体，却与爱情题材无关，认为纪昀提出的"一睹芳容"的说法并不符合实际，同时指出刘学锴、余恕诚《李商隐诗歌集解》承此说，不是特别准确。最终得出结论：这首诗是讽刺好色之徒。① 这一观点是仅从语意的角度进行诗意地揣摩，就现有的资料与诗歌文本，似乎并不能断定其本意果真如此。刘道中对此诗的解读偏向于李商隐个人情事的索隐，臆测性质浓重，断不可取。②

（四）企盼得见——对美好事物的追求

从该诗不难看出，其形式确有效仿齐梁体的地方，其内容也与齐梁体异曲同工。因涉及"莫愁女"之典故，使得整首诗具有一种南朝民歌特色，而"阿侯"的住处由"小江流"转向"黄金屋"，似乎是一个较大的转变。此转变并未于诗中明说。本首无题诗，当仿照齐梁时期南朝民歌所作，单纯描绘一位权且称为"阿侯"的美女，并表示试图与其相见一睹真容的愿望，似别无他意。抒情主人公听说住在江畔的一位美女，容貌姣好，身材纤细，会舞艺，多愁善感，被藏于黄金建造的深闺之中，企盼能建造一座楼，让她不时登上高楼，一睹其芳容。从"住处小江流"到"黄金堪作屋"，可见该女子的生活环境，前后变化很大。"阿侯女"或可被虚化成某种美好事物，而抒情主人公对于这种美好事物，是抱着一种渴望得到却又因阻隔而无法得到，想要目睹又因阻隔而无法目睹的心境在其中的。

"托美人以喻君子"的思路下，将这首诗的深意解读为企盼高层人物引荐自己，是受了渴望得到却又因阻隔而无法得到之心境的抽象意义的影响，并将其具体化到李商隐个人经历上的结果。其实，这首诗无疑是表现一种对美好事物的追求，以及在追求过程中饱受"阻隔"的抽象情绪。在无题诗抽象情绪"对美好事物的发现或追求—认定自己有资格

---

① 曹渊：《李商隐〈无题〉诗中女性角色的情感隐痛及其比兴意义》，《武汉理工大学学报》（社会科学版）2018 年第 1 期。

② 刘道中：《李商隐诗集正解》，皇加打字印刷公司 2010 年版，第 23 页。

追求美好事物—追求过程中因受阻而失落—追求失败后的愤愤不平以及绝望而难以排遣的凄楚情绪—受阻后继续执着无悔地追求"这一线索的五个阶段中，这首诗在第一、第三阶段都有鲜明的体现，而其落脚点侧重在第一阶段，第三阶段的抽象情绪较弱。

八 无题 "含情春晼晚"

含情春晼晚，暂见夜阑干。
楼响将登怯，帘烘欲过难。
多羞钗上燕，真愧镜中鸾。
归去横塘晓，华星送宝鞍。

《无题·含情春晼晚》描写了抒情主人公试图窥见所思慕的对象而不得的情景。

（一）"钗上燕"与"镜中鸾"的隐喻解读

本诗引用了"钗上燕""镜中鸾"两个典故，其中都隐含渴望成双的含义，映射的是无题诗抽象情绪中的第一、第三层抽象情绪。虽然这两个典故已有学者考证指出，但这种借鸾鸟渴望成双的隐喻旧有注释并未提及，这里做出详细分析。

"钗上燕"指的是玉燕钗上的燕子。"玉燕钗"也叫"玉钗、玉燕"，用玉制成，由两股合成，其外形如同燕子形状。据《太平御览》记载，西汉武帝元鼎元年（前116），有一神女送给汉武帝一枚玉钗，汉武帝将玉钗送给了赵婕妤。到了汉昭帝元凤年间（前80—前75），宫女见到这枚玉钗，于是打算私下将其砸碎。第二天，她们刚刚打开装玉钗的匣子，便看见匣子里有一只白色的燕子飞了出来，并向天空飞去。后来宫女们

开始按照这枚钗子的样子作玉钗，取名为玉燕钗，代表吉祥如意。① 朱
鹤龄注此诗时引用了这个典故，似可视为玉燕钗传说之由来。任昉《述
异记》有载，阖闾夫人墓中有"金蚕、玉燕各千余双"②。司马相如《美
人赋》有"玉钗挂臣冠"之句，李白《白头吟》有"头上玉燕钗，是妾
嫁时物"之句，《白纻辞》（其三）有"玉钗挂缨君莫违"之句，可见
玉燕钗的典故流传甚广，但此处诗句之意或与典故无直接关系。玉钗上
的燕子，因钗插在抒情主人公所歆慕的女子头上，而与女子近距离接触，
这或许引起了抒情主人公的羡慕。正如吴乔所言："愧不如钗得近其人
之身。"③ 此外，玉燕钗由两股合成，也暗指抒情主人公希望与所思慕对
象双宿双栖，却迫于"阻隔"不得不依旧形单影只之意。典故中，宫女
想要打碎玉燕钗的动作似乎也暗指双方因"阻隔"而无法相见。

南朝刘宋时期范泰所作《鸾鸟诗》序："昔罽宾王结置峻祁之山，
获一鸾鸟。王甚爱之，欲其鸣而不能致也。乃饰以金樊，飨以珍羞，对
之愈戚，三年不鸣。其夫人曰：'尝闻鸟见其类而后鸣，何不悬镜以映
之？'王从其言，鸾睹形感契，慨然悲鸣，哀响中霄，一奋而绝。"孤鸾
三年不鸣，临镜后以为见到同类，便慨然悲鸣，展翅奋飞而死。④ 古代
镜子多用铜制作，一面磨亮发光，以作照镜之用，背面多雕刻成各种图
案。受范泰这首诗典故的影响，后世镜子的背面多雕刻成鸾鸟图案。⑤
此处指抒情主人公所思慕的女子有背面雕刻鸾鸟图案的镜子，并时常照
之。抒情主人公当是羡慕镜面背后的鸾鸟，能够与所思慕女子朝夕相伴。
其中，典故中鸾鸟单只三年不鸣却在镜中见到自己的影子后开始鸣叫，
直至悲鸣而死，足以表现抒情主人公渴望寻求伴侣的心境。鸾鸟见到自
己的幻影，不是真实的同类，悲鸣不已，或暗藏抒情主人公哪怕见到所
思慕女子的幻影也心满意足的心理，而悲鸣至死的结局似乎也暗指抒情
主人公愿为情感耗尽生命的决心，大有"春蚕到死丝方尽，蜡炬成灰泪

---

① （宋）李昉等：《太平御览》，中华书局 1960 年版，第 3181 页。
② （南朝齐）任昉：《述异记》，中华书局 1981 年版，第 5 页。
③ （清）吴乔：《西昆发微》，商务印书馆 1937 年排印本，第 3 页。
④ 逯钦立辑校：《先秦汉魏晋南北朝诗》，中华书局 1983 年版，第 1144 页。
⑤ 黄世中：《类纂李商隐诗笺注疏解》，黄山书社 2009 年版，第 79 页。

始干"之意。

（二）颇具情节连贯性特征的诗面意义

"晼晚"。"晼"，古本有作"腕"，当为"晼"字之误。另有作"晚"字。①《楚辞·九辩》中有"白日晼晚其将入兮"之句，朱熹集注曰："晼晚，景昳也。""景昳"二字中，"景"当为古今字，现在写作"影"，"昳"此处当读作 dié，取"太阳偏西"之义。此外，陆机《感时赋》有"日晼晚而易落"之句，可证此处为"晼晚"，其义当与《九辩》《感时赋》同。冯浩认为："首句既曰'晼晚'，则七句必当为'晓'字。然此诗所述情景，男女双方似并未会面，颇疑作'晚'者是。首句'晚'指晚暮，此'晚'则指夜深。"②仅作一家之解读。"晼晚"可解作"太阳即将落山"。黄世中、刘学锴解作"日将暮"，甚确。若尾联为"横塘晓"并非个别版本的"横塘晚"，足见抒情主人公徘徊时间之久，似更能彰显艺术效果。

"夜阑干"。左思《吴都赋》中有"珠琲阑干"之句，李善注曰："阑干，纵横也。"朱鹤龄注此诗时引《古乐府》"月没参横，北斗阑干"句，并指出"阑干，横斜貌"。"阑干"可解作纵横散乱的样子；"夜阑干"，则指夜色弥漫。或为纵横交错后阻挡视线，使人见物模糊，如处在夜晚因光线昏暗不明而所见一片朦胧。冯浩认为，"夜阑干，近五更入朝时矣"③，指时间很晚。此处"夜"与"阑干"相连，当强调其光线不足而模糊的状态，有"夜蒙蒙"之意，侧重夜色朦胧而不侧重时间之晚。故此，冯说不可取。

"烘"。"烘"为本诗中较为难解之字。何义门曾说："'烘'字下得好，他人不能。"④但并未指出"烘"字好在哪里。吴乔指出，李商隐《石城》诗有"帘烘不隐钩"之句，也有"帘烘"字样，但"不可解"，

---

① 刘学锴、余恕诚：《李商隐诗歌集解》（增订重排本），中华书局 2004 年版，第 1634 页。
② 刘学锴、余恕诚：《李商隐诗歌集解》（增订重排本），中华书局 2004 年版，第 1637 页。
③ （清）冯浩：《玉溪生集笺注》，上海古籍出版社 1979 年版，第 387 页。
④ （清）朱鹤龄笺注，（清）沈厚塽辑评：《李义山诗集》，台湾学生书局 1967 年影印本，第 191 页。

"或者如画家以空白云气为烘断之意乎?"① 其理解或略有偏差。朱彝尊也说:"'烘'字难解,意香烟透出,帘中有人,故过之难。"② 未有对"烘"字的确解。冯浩认为三四两句之意为"声光之盛,我往就见,颇自惭尔"③,但其解读"烘"字本义时指出,"燎也,而实取照物之义,故用之",似不甚符合本义。刘学锴认为,"烘"为"映照"之意。"帘烘"就是形容帘内灯光明亮,透出融怡热烈气息。④ 在解《石城》"帘烘不隐钩"一句中又指出,"帘烘"是形容帘内灯珠明亮照映⑤,较为符合诗中本义。黄世中认为,"烘"同"哄",有"哄堂笑闹"之意,认为"帘烘"指的是帘内人多语杂,笑声哄闹,并引赵璘《因话录》与李肇《唐国史补》证明"哄堂"在唐代的文化内涵⑥,这些或与诗文本意有别。"楼响"与"帘烘"相对,一为听觉,一为视觉,二者相对则可达到相得益彰之效果,若"帘烘"仍然指听觉,则上下两对句同属一个知觉系统,诗境略窄。

"横塘"。"横塘"是一个古堤名,三国时期吴国人在今南京秦淮河南岸修筑,唐时仍在。温庭筠《池塘七夕》有"一夕横塘似旧游"之句。崔颢《长干曲》(其一)"君家住何处,妾住在横塘"可为证。

"华星"。"华星"当指明亮的星星。曹丕《芙蓉池作》有"华星出云间"之句,李善注:"《法言》曰:'明星皓皓,华藻之力也。'"或与其同义。冯浩认为,"此华星,启明也"⑦,则不免太过拘泥。诗中"归去横塘晓"的时间或与启明星升起的时间相差无几,但据此断定"华星"为"启明星",有推断过度之嫌。

根据诗歌文本,可大致梳理其诗面意义如下。

这是一个春天的傍晚,日暮时分的景色十分迷人,似乎流露着别样

---

① (清)吴乔:《西昆发微》,商务印书馆1937年排印本,第3页。
② (清)朱鹤龄笺注,(清)沈厚塽辑评:《李义山诗集》,台湾学生书局1967年影印本,第191页。
③ (清)冯浩:《玉溪生诗集笺注》,上海古籍出版社1979年版,第388页。
④ 刘学锴、余恕诚:《李商隐诗歌集解》(增订重排本),中华书局2004年版,第1637页。
⑤ 刘学锴、余恕诚:《李商隐诗歌集解》(增订重排本),中华书局2004年版,第1954页。
⑥ 黄世中:《类纂李商隐诗笺注疏解》,黄山书社2009年版,第78—79页。
⑦ (清)冯浩:《玉溪生诗集笺注》,上海古籍出版社1979年版,第388页。

的温情。我来到她门外的时候，夜已蒙蒙，周围一片昏暗不明。我刚想去与她见面，发现她侧身登上了层楼，慌乱之中，我心中一片忙乱，收回了脚步。帘子内，灯光明亮，我想过去和她打招呼，却又没有勇气，本来很简单的事情变得十分困难。我多么希望做她头上玉钗上的燕子，常伴她身边，估计那样我会觉得很害羞吧？看看她铜镜背面的鸾鸟，在她每次照镜子的时候都能与她为伴，而我却做不到，和鸾鸟比，我真的很惭愧。我没有勇气去见她，只得怏怏而归。我徘徊在她住所不远处的横塘附近，直到天明。放至中最后的一丝星光，照耀着我的马鞍，我依旧是形单影只。

刘学锴认为这首诗"艺术平平"①，或本于该诗叙述倾向浓重，迥异于其他无题诗以抒情为主导的风格，而从诗歌文本内容看，此诗似乎并无过多寄托，只是抒情主人公希望窥见所思慕之人而不得，在外面徘徊了一个晚上的经历的缩写。这首诗从天黑写到天明，生动地刻画了抒情主人公试图窥见所思慕之人却又因没有勇气与对方相见，徘徊到天明的过程。

（三）三种类型解读评述

在诸多无题诗中，各家对此诗的解读相对较少，大致有三种观点。

第一，描写咫尺天涯之感。朱鹤龄持此观点②，后世姚培谦也认同，并指出："楼前帘外，邈若山河；钗上之燕，夜来已卸；镜中之鸾，夜来已掩，羞愧在此。横塘归路，唯有华星相送而已，其奈之何哉！"③ 说咫尺天涯之感，是李商隐无题诗惯有的"阻隔"情结之缩写，但姚培谦的观点似将此诗与李商隐仕途联系得太过紧密。就此诗而言，似乎并没有映射更深刻的主题。李商隐无题诗中所抒发的情绪，说绝对与其仕途经历无关，倒也未必，但绝非因具体某一事件而发，因而诗中的感情多是不能与具体事件一一映射的。仕途的经历、恋情的不顺、家道中落等

---

① 刘学锴：《李商隐传论》（增订本），黄山书社 2013 年版，第 546 页。
② 刘学锴、余恕诚：《李商隐诗歌集解》（增订重排本），中华书局 2004 年版，第 1638 页。
③ （清）姚培谦：《李义山诗集笺注》卷 3，中华书局 1918 年影印本，第 13 页。

诸多因素，是导致李商隐多愁善感、思绪敏感的直接原因。诸多方面的
具体事件交织在李商隐的思绪中，加以概括提升，便成为其诗作中传达
的因"阻隔"而不得、因不得而哀伤，却又不放弃执着追求所持之以恒
的信念。由此，这些"咫尺天涯"的思绪与其仕途有关，或许只表现为
间接影响，并无直接关系。

　　第二，较为集中地表现为陈情令狐，或影射李商隐仕途。如吴乔认
为："末句有'归'字，则知此联言在绹处之次且也。'多羞钗上燕'愧
不如钗得近其人之身。'真愧镜中鸾'愧不如鸾之决然自绝，而犹恋恋
一官！'归去横塘晓，华星送宝鞍'《楚辞》言君恩之薄，而曰'波滔滔
以来迎，鱼鳞鳞以媵予'，言无人也。结语祖之。"[1] 明确将本诗与令狐
绹相联系。徐德泓认为，"含情春晼晚，暂见夜阑干""应以绹难见而云
也，直待末后而始得一见，故曰'晚'，曰'暂'。"而"楼响将登怯，
帘烘欲过难""多羞钗上燕，真愧镜中鸾""乃足将进而趑趄意，然又不
能与之决绝，殊愧钗燕镜鸾之能脱离而去也。结到归来景象，与首联暮
夜相应。"[2] 将抒情主人公所要见之女子，直接确定为对令狐绹的影射。
姜炳璋认为，"'含情春晼晚，暂见夜阑干'言时已暮。'楼响将登怯，
帘烘欲过难'言思之切。'多羞钗上燕，真愧镜中鸾'言愧蒙赠遗，虚
受赏识。'归去横塘晓，华星送宝鞍'犹云如白驹过隙耳，言蹉跎将老
也。"[3] 其观点认为：本诗所陈情的对象为令狐绹，并在诗中表现了李商
隐感觉仕途坎坷、岁月蹉跎之意。冯浩基本也持此观点，认为："上四
句言彻夜候见，而终不得深浃。五、六句自叹自愧。结则言唯遣骑送归，
蒙其虚礼而已。"[4] 张采田认为，这首诗"首句含情已久，次句暂见而未
能交欢。'楼响'句，足将进而趑趄；'帘烘'句，人可望而难即。五、
六句含羞抱愧之态。结言失意而归，只有'华星'相送耳"。其解读似

---

　　① （清）吴乔：《西昆发微》，商务印书馆 1937 年排印本，第 3 页。
　　② （清）徐德泓、陆鸣皋：《李义山诗疏》卷上，转引自黄世中《类纂李商隐诗笺注疏
解》，黄山书社 2009 年版，第 85 页。
　　③ （清）姜炳璋著，郝世峰辑：《选玉溪生诗补说》，南开大学出版社 1985 年版，第
66 页。
　　④ （清）冯浩：《玉溪生诗集笺注》，上海古籍出版社 1979 年版，第 389 页。

乎与诗文本意相差无几，但进一步研读发现，他也陷入了陈情令狐的观点中，认为这首无题诗是写李商隐去拜谒令狐绹，或没有与其见面，或匆匆一见，令狐绹没有给李商隐解释的机会，便匆匆与之分别后的惆怅与无奈的感觉。① 正如在解读"咫尺天涯"之感时所分析的那样，这首无题诗似乎很难以"陈情令狐"的观点做直接的解释。朱偰对张采田将李商隐的无题诗全部比附于他与令狐绹之间关系的做法加以否定，提出了无题诗是"中国文学上第一流言情之诗"，"非尽为宫女传情之作；而十六首外，如流莺、曲池、闻歌、银河吹笙诸章，皆有寄托，亦非可以'无题'二字概括之也"②。叶葱奇认为这首无题诗是以窥视女子心生羞怯，比喻拜谒权贵而不得，说的是李商隐试图步入仕途，但"势孤力薄，身少支援"，趁夜色到了对方门口乞求推荐，却又不愿叩门而入。③二者虽有某种形式上的同构性，但这样的解读似乎将诗歌的意义落得过死过实，不利于对诗歌抽象意义及朦胧性的体悟。这种解读方式，也是探求微言大义、借美人以喻君子的传统诗学观念影响下的产物。

第三，程梦星认为这首诗是"专咏官奴"的。"'含情''暂见'四字，分明揭示了春光已晚，春夜又阑，此时此际，未免有情。'楼响将登怯，帘烘欲过难'言少年薄幸之事，有不可为，亦有不易为者。登楼岂无履声，过帘亦见人影，唯有以礼自持而已。'归去横塘晓，华星送宝鞍'则叙其出院情景：每日归时，华星已上，横塘侧畔，劳送归鞍而已耳。"④ 但凭诗文本意，似乎不可确定此诗所怀之对象究竟为何人。具化到"官奴"未免过于武断。宋惠萍认为，这首诗描述的是女子欲见情人而不得见的心理状态，其背后的寓意则为干谒权贵又难以启齿的心情。⑤ 首先，抒情主人公当为男性；其次，抽象意义比附得过于具体，

---

① （清）张采田：《李义山诗辨正》，转引自《玉溪生年谱会笺》，上海古籍出版社 1983年版，第 312—313 页。

② 朱偰：《李商隐诗新诠》，转引自《李商隐和他的诗》，台湾学生书局 1976 年版，第79—80 页。

③ 叶葱奇：《李商隐诗集疏注》，人民文学出版社 2015 年版，第 127 页。

④ （清）朱鹤龄笺注，（清）程梦星删补：《李义山诗集笺注》，台湾广文书局 2014 年影印本，第 314—315 页。

⑤ 宋惠萍：《楚雨含情皆有托——李商隐无题诗解读》，《汉字文化》2019 年第 19 期。

有穿凿之嫌疑。

（四）渴望又羞怯的矛盾心理

这首诗没有明显的寄托，诗面意义是描述探访心上人，到了门前因心怯而不敢进门的过程，但具体对象是谁，难以确定。诗面意义倾向于爱情诗，而刘道中在解读这首诗的时候，将其附会于李商隐去世后女冠为纪念他所写的诗作之一，此说毫无根据，仅凭臆测，不可取。① 汤翼海认为，这首诗是"义山之狎游诗也"，创作时间不可确定，大致在大中六年（852）以前，创作地点在长安、洛阳都有可能。② 此诗虽没有深刻的寄托，但情感是真挚的，单纯以"狎游"二字评论，似有失公允。这首无题诗的抽象意义可以概括为对某种美好事物的追求，而在外界某些"阻隔"因素的影响下，不敢放手去追求，最终惆怅遗憾又不肯就此放弃。

抒情主人公与所思慕女子，因某种因素的"阻隔"而无法相约见面。抒情主人公所思慕的对象，是他执着的追求，他宁愿成为被砸碎的玉燕钗、悲鸣至死的镜中鸾，说明他对这份追求已经到了宁愿粉身碎骨也不放手的地步。在无题诗抽象情绪"对美好事物的发现或追求—认定自己有资格追求美好事物—追求过程中因受阻而失落—追求失败后的愤愤不平以及绝望而难以排遣的凄楚情绪—受阻后继续执着无悔地追求"这一线索的五个阶段中，这首诗在第一、第三阶段都有鲜明的体现，而其落脚点侧重在第三阶段，第一阶段的抽象情绪较弱。

---

① 刘道中：《李商隐诗集正解》，皇加打字印刷公司 2010 年版，第 536 页。
② 汤翼海：《李义山无题诗十五首考释》，转引自台湾中山大学中文学会编《李商隐诗研究论文集》，台湾天工书局 1984 年版，第 890—891 页。

九　无题 "飒飒东风细雨来"

飒飒东风细雨来，芙蓉塘外有轻雷。
金蟾啮锁烧香入，玉虎牵丝汲井回。
贾氏窥帘韩掾少，宓妃留枕魏王才。
春心莫共花争发，一寸相思一寸灰。

《无题·飒飒东风细雨来》一诗，在诗面意义上是描述女子生活状态、心理思绪以及相思成灰情感脉络的一首诗作。

（一）执着的爱情与 "成灰" 的相思

"风" "雨" 和 "雷"。诗的前两句，描绘了 "飒飒的东风" 吹过、"细细的春雨" 伴着雷声洒落在芙蓉塘周围的场景。其中，"芙蓉塘" 指的是荷塘，是固定的自然景物，而 "东风" "细雨" 和 "轻雷" 则是有关天气与气象变化的自然景象的描绘，且三者应为顺次发生的气候景象，在时间上有承袭关系，可谓 "三位一体"。《诗经·召南·殷其雷》有 "殷其雷，在南山之阳" 之句。朱熹《诗集传》认为这首诗是写 "妇人以其君子从役在外而思念之"①。这首无题诗对 "轻雷" 的描写，或从《诗经》的这首诗中演化而来。纪昀认为本句诗 "从《诗经·殷其雷》化来"，可取。司马相如《长门赋》有 "雷隐隐而响起，声像君之车音" 之句，冯浩注此诗时引用。此处 "轻雷" 当集春雷之声与所思慕男子之车轮声而一语双关。朱彝尊认为，本诗第二句中的 "芙蓉塘"，暗用

---

① （宋）朱熹：《诗集传》，上海古籍出版社 1980 年版，第 11 页。

《西洲曲》中"采莲南塘秋"①之句，或取其同为写女子之情事而言，未免太过拘泥于"莲塘"。

"金蟾啮锁"。叶廷珪《海录碎事》："金蟾，锁饰也。"② 高似孙《纬略》中说金蟾是香器，言"锁者，盖鼻钮，施之帷帱之中也"③。陆昆曾同意高似孙的说法④，将金蟾定义为做成蟾蜍形状的香炉。因为香炉多为黄铜质地，所以有"金蟾"之说。朱彝尊认为，"金蟾"指的是锁上金蟾状的修饰物。⑤ 所谓"金蟾啮锁"，指的是将香料点燃，放入金蟾形状的香炉内。金蟾形状的香炉，将蟾蜍嘴巴部位做成了放香料的入口，而在蟾蜍嘴上做一个铜环，香料放入香炉内，即蟾蜍的口中，再将金蟾口上的铜环紧扣，则可以形象地描绘成蟾蜍咬住了铜环。黄世中认为，古时以金属环相勾连而成的链子称"锁"，其说可取。

"玉虎牵丝"。朱鹤龄认为，"玉虎是井栏之饰，或以施汲器者"⑥，如按诗中有"牵丝"的动作，则后者的解释更为贴近。"施汲器者"⑦，指辘轳。屈复引《海录碎事》称，玉虎便是辘轳⑧，其说可取。"丝"，这里应指汲水器的丝绳、绳索，就是缠在辘轳上汲水时用来拴住水桶的绳子。"丝"，或与"春蚕到死丝方尽"之"丝"皆有一语双关之意。

"窥帘"。《晋书·贾谧传》记载了这样一个故事：贾谧原姓韩，因外祖父贾充的儿子贾黎民早卒，因此过继给贾黎民为嗣，所以改姓贾。他的母亲叫贾午，是贾充的小女儿；父亲叫韩寿，相貌出众，才华横溢。贾充担任司空掾的时候，经常宴请同僚吃饭，他的女儿贾午便在窗外偷

① （清）朱鹤龄笺注，（清）沈厚塽辑评：《李义山诗集》，台湾学生书局1967年影印本，第189页。

② （宋）叶廷珪：《海录碎事》，转引自刘学锴、余恕诚《李商隐诗歌集解》（增订重排本），中华书局2004年版，第1635页。

③ （宋）高似孙著，左洪涛校注：《〈纬略〉校注》，浙江大学出版社2012年版，第190页。

④ （清）陆昆曾：《李义山诗解》，上海书店1985年版，第21页。

⑤ （清）朱鹤龄笺注，（清）沈厚塽辑评：《李义山诗集》，台湾学生书局1967年影印本，第189页。

⑥ （清）朱鹤龄笺注，（清）沈厚塽辑评：《李义山诗集》，台湾学生书局1967年影印本，第189页。

⑦ （清）朱鹤龄笺注，（清）沈厚塽辑评：《李义山诗集》，台湾学生书局1967年影印本，第189页。

⑧ （清）屈复：《玉溪生诗意》，台湾正大印书馆1974年影印本，第237—238页。

看宾客。当看到韩寿的时候，心生情愫，于是就派一个婢女到韩寿家中，让其转达了她的心意。婢女告诉韩寿，贾充的女儿贾午很美，韩寿动了心，嘱托婢女帮忙向贾午表明心意。婢女将韩寿的心意告知贾午，贾午私下开始和韩寿约会，还送了他很多礼物，并邀请他夜里相见。韩寿晚上翻墙与贾午约会，贾充的家里没有人知道这件事，只有贾充觉得女儿贾午那天异常高兴。当时西域进贡给皇帝一种香料，这种香料洒在身上，即使过了一个月，身上仍会有香气。皇帝十分珍惜这种香料，不舍得送给别人，只赐给了贾充和大司马陈骞。贾午私下把香料偷出来，送给了韩寿。贾充的手下和韩寿吃饭的时候，在韩寿的身上闻到了这种香料的气息，便把这件事告诉了贾充。贾充知道了女儿贾午与韩寿私下约会的事，他不希望这件事被别人知道，于是就把女儿贾午嫁给了韩寿。[①]

《世说新语》也有类似的记载，但刘义庆认为，《郭子》中记载，与韩寿私会的是大司马陈骞的女儿，整个故事的主角变成了大司马陈骞及其女儿和韩寿，但陈骞将女儿许配给韩寿不久，女儿便早逝，后来韩寿又娶了贾充的女儿，所以故事的女主人公又变为贾充的女儿。[②] 钱谦益认为，"偷香一事，应属陈女也"[③]。吴骞《拜经楼诗话》中也主张偷香的事是陈骞女儿之行为的说法，是本于《世说新语》的注解。[④] 因本首无题诗明指"贾氏"，故此可从"《晋书》说"，不必拘泥于偷香女的细节。何焯认为，"贾氏窥帘韩掾少"说的是李商隐自愧"年不如"韩寿[⑤]，细读原文，其解未必可信。这句诗的重点偏向于女子对男子的主动示爱，并以"香"作为信物，连起二人的姻缘。

"宓妃"。《洛神赋序》："黄初三年，余朝京师，还济洛川。古人有言，斯水之神，名曰宓妃。""宓妃"指"洛神"。相传，曹植希望与甄氏女结为连理，请求曹操把甄氏许配给他，但没能如愿，曹操将甄氏许

① （唐）房玄龄等：《晋书》，中华书局 1974 年版，第 1172—1173 页。
② 余嘉锡：《世说新语笺疏》，中华书局 1983 年版，第 921 页。
③ 黄世中：《类纂李商隐诗笺注疏解》，黄山书社 2009 年版，第 77 页。
④ （清）吴骞：《拜经楼诗话》，中华书局 1985 年版，第 33—34 页。
⑤ （清）朱鹤龄笺注，（清）沈厚塽辑评：《李义山诗集》，台湾学生书局 1967 年影印本，第 189 页。

给了曹丕。黄初年间（220—226），曹丕入朝，他把甄氏的一只装饰有玉缕金带的枕头给了曹植。曹植看见枕头，竟默默哭泣。因为此时甄氏因听信郭皇后的谗言，已经去世。于是曹丕让太子出面宴请曹植，并把这只枕头赐给了曹植。曹植回去的时候，途经崎岖的山路，在洛水边休息，突然看见一位女子向他走来，并说道："我本来打算把心交给你，但没能如愿。这只枕头是我出嫁时的随嫁品，之前给了曹丕，现在要把它给你。"① 何焯认为"宓妃留枕魏王才"说的是"势不逮"②，细读文本，当有臆断之嫌疑。此外，"宓妃"与曹植的典故为李商隐所惯用。七律《蜂》有"宓妃腰细才胜露"之句；七律《可叹》有"宓妃愁坐芝田馆，用尽陈王八斗才"之句；五绝《袜》有"尝闻宓妃袜，渡水欲生尘"之句。③

"相思成灰"。冯浩引《庄子》"心固可使如死灰乎"句，意为"一寸相思一寸灰"当从《庄子》化用，本义为"心境淡漠，毫无情感"，后有"心如死灰"一词便从这里演化而来，但词意略有变化，通常指因受挫折而意志消沉，热情耗尽，不再对事物抱有希望。唐代刘禹锡有《上杜司徒启》一文，有"失意多病，衰不待年，心如寒灰，头有白发"之句，或可证明在中晚唐时期这种引申演化义已经存在。李商隐此句似乎不是直接化用《庄子》的典故，因前文有"金蟾啮锁烧香入"一句，可证是对"灰"的实写。无题"相见时难别亦难"中"蜡炬成灰泪始干"之"灰"或许与之类似。李商隐此句"相思已成灰"的描写似直接运用"心已成灰"的词意。

根据诗句的基本内容，可将本诗的诗面意义梳理如下：东南风吹拂着芙蓉塘周围的树木，发出飒飒的响声，淅淅沥沥的小雨在芙蓉塘周围落下。伴着小雨，发出的是隆隆的雷声——那雷声多么像载着我所思念的人归来的车声。我轻轻地把点燃的熏香放在黄铜做成的蟾蜍模样的香

---

① （南朝梁）萧统编，（唐）李善注：《文选》，上海古籍出版社1983年版，第886页。

② （清）朱鹤龄笺注，（清）沈厚塽辑评：《李义山诗集》，台湾学生书局1967年影印本，第190页。

③ ［美］刘若愚：《李商隐的咏史诗》，方瑜译，转引自台湾中山大学中文学会编《李商隐诗研究论文集》，台湾天工书局1984年版，第446页。

炉中，扣住了"蟾蜍"的嘴巴；走出屋子，到了水井旁，用玉虎形状的
辘轳，从井里打了水，回到房间。当年贾午在她父亲宴饮同僚时，透着
帘子窥视韩寿，是歆羡他的年少英俊；甄妃把自己出嫁时的枕头给了曹
植，是因为欣赏他的才华。无比荡漾的春心，你千万不要和鲜花一样争
着去开放，因为每一点相思到最后都会化成灰烬。

从这首无题诗的大致内容可以看出，诗歌描述的是一个女子期待归
人而不得的失落心理。

（二）描述男女爱情的解读——部分观点剑走偏锋

这首诗的深层含义引发了诸多学者的争论，至今莫衷一是。这首诗
很多评论者并不看好，如许学夷称"商隐七言律既多诡僻，时亦有鄙俗
者"，认为这首无题诗的第五、第六句是"最为鄙俗者也"①。但也有学
者十分欣赏这首诗，如朱鹤龄认为，这首无题诗"不得但以艳语目之"，
为此，他列举了《和梦游春诗一百韵并序》中所提及"曲尽其妄"的观
点，称这首无题诗诗意与此相近，并指出，"窥帘""留枕"表现的是
"春心之摇荡极矣"，"迨乎香销梦断，丝尽泪干，情焰炽然，终归灰灭。
不至此，不知有情之皆幻也"②，对本诗持相对肯定的态度。

从诗歌最浅显的意义上来看，其诉说相思之情的性质大抵不差。朱
鹤龄认为，"此章言相忆之苦也"③。王清臣、陆贻典认为，这首无题诗
乃"细雨轻雷之候，思其人之所在"，"金蟾"一联是描述抒情主人公
"甚寂寞矣"的心境。"一寸相思一寸灰"一句则"如怨如诉，相思之
至，反言之而情愈深矣"④。陆昆曾认为，"窥帘""留枕""春心荡漾如
此，此以见'情'之一字，绝非防闲之所能及也"，"相思无益，而春心

① （明）许学夷著，杜维沫校点：《诗源辩体》，人民文学出版社1987年版，第289页。
② （清）朱鹤龄：《李义山诗集补注》，转引自黄世中《类纂李商隐诗笺注疏解》，黄山书
社2009年版，第92页。
③ （清）朱鹤龄：《李义山诗集补注》，转引自黄世中《类纂李商隐诗笺注疏解》，黄山书
社2009年版，第92页。
④ （清）王清臣、陆贻典：《唐诗鼓吹笺注》，转引自黄世中《类纂李商隐诗笺注疏解》，
黄山书社2009年版，第81—82页。

之摇荡，不可不以礼义自裁也"①。姚培谦认为，首句暗用巫山云雨的典故，写出了抒情主人公思念所歆慕之人而产生幻觉，描述了似乎见到所思慕之人的感觉。无论是"金蟾啮锁"，还是"玉虎牵丝"，对于抒情主人公来说，依旧是"惆怅终无益耳"，而"念念相续，念念成灰，毕竟何益，至此则心尽气绝时矣"②。持相思之解读的还有孙洙与章燮③，因其基调未脱离原文之本义，所以这一系列解读大致不差。现代学者多从爱情诗的角度对这首诗加以阐释。如李昌年认为，"本诗是采代言体的方式，以第一人称的口吻，表达出一位遭受爱情伤害而濒于绝望之女子惨痛之心声。"④ 何蟠飞认为，这首诗写的是伤感。⑤ 日本学者川合康三认为，这首诗"歌咏的是明知道恋情化为灰烬才会枯萎，却无法放弃恋心的悲哀"⑥。从诗面意义来看，这首诗无疑写了爱情。一味地穿凿附会，对理解诗歌是不利的。如果撇开深层意义，从爱情诗的角度把握执着期待。"一寸相思一寸灰"的抽象意义，未必不是解读此诗的最佳方式。

在主张这首诗是爱情诗的学者中，有许多剑走偏锋的观点，他们大致沿着爱情诗的解读方向，试图深挖诗歌背后的细节，乃至将诸多细节甚至本事抠得过死、过严，往往产生一系列不符合诗歌本意的解读。廖文炳将这种女子相思之情的解读具化到了宫人"望君之幸"的情节："君来则宫中烧香出迎，今则宫门闭锁而入；君来则天色未晓而至，今则宫人汲井而回，是知君不复来矣。然君虽不来，而我心怀君。"⑦ 这种具体化的解读方式，也是从诗歌的抽象意义与抽象情感中映射而出的，

① （清）陆昆曾：《李义山诗解》，上海书店 1985 年版，第 22 页。

② （清）姚培谦：《李义山诗集笺注》卷 9，中华书局 1918 年影印本，第 11 页。

③ （清）章燮：《唐诗三百首注疏》，安徽人民出版社 1983 年版，第 202—203 页。

④ 李昌年：《沧海月明珠有泪——惊艳李商隐》，台湾万卷楼图书股份有限公司 2018 年版，第 328 页。

⑤ 何蟠飞：《李义山诗的作风》，转引自《李商隐和他的诗》，台湾学生书局 1976 年版，第 142 页。

⑥ ［日］川合康三：《中国的恋歌——从〈诗经〉到李商隐》，郭晏如译，复旦大学出版社 2017 年版，第 183 页。

⑦ （明）廖文炳：《唐诗鼓吹注解》，转引自黄世中《类纂李商隐诗笺注疏解》，黄山书社 2009 年版，第 81 页。

就文本意义而言，此诗描述女子相思情感是真，但其角色却不可贸然认定为宫人。李日刚认为，"金蟾"暗喻宫禁，"玉虎牵丝汲井回"暗示汲引之人，颈联两个典故暗指自己少年多情而无奈。① 其观点基本围绕李商隐与宫人之间的恋爱展开。因李商隐与宫嫔之间的恋爱本来就难以确考，故此种解读落得越实，越难以令人信服。刘若愚认为，"玉虎牵丝汲井回""似乎是一使者不停往来于情人之间而传达消息"②，其解读抓住了文中的"回"字加以阐发。依刘氏观点，"金蟾"句与"玉虎"句所对应的主人公是不同的。因诗文本意含蓄，省去了两句的主语，故难以断定这两句所指主人公是否为同一人，这种解释权且备一说。汤翼海认为，这首诗是为李商隐妻子王氏写的悼亡诗，"应成于大中六年初春徐州府罢返京，经洛阳在王茂元崇让宅触景伤怀之际"③，其观点虽然摒弃了传统生硬的本事化、具体化的解读，但悼亡的观点依旧具有浓重的推测成分，在没有更多可靠资料佐证的前提下，此说尚难令人信服。

（三）托寓政治仕途的解读——落得太死太实

与其他无题诗在解读上被冠以托寓之辞的命运相似，受传统诗学观念的影响，很多学者注意到了这首诗所描述女子期盼所思慕之人与李商隐期盼在政治舞台上得到施展机会之间的同构性，将本诗的主题阐释为"感不遇而托言美人香草"。如胡以梅认为："外象则起言东南不日出而有细雨，是不能照见所欢之楼矣。莲塘可游而有雷声，则所欢不能出而采莲矣。想其静处遥深，唯有烧香汲井。欲得贾氏、宓妃之怜才爱少，既不可得，此心莫与春花争发，已令人思之灰心。"④ 其焦点在于"怜才爱少"四字。纪昀认为，这首诗是李商隐的"自遣之词"，李商隐认为

① 李日刚：《李商隐》，转引自台湾中山大学中文学会编《李商隐诗研究论文集》，台湾天工书局1984年版，第47页。

② ［美］刘若愚：《李商隐诗评析》，方瑜译，转引自台湾中山大学中文学会编《李商隐诗研究论文集》，台湾天工书局1984年版，第249页。

③ 汤翼海：《李义山无题诗十五首考释》，转引自台湾中山大学中文学会编《李商隐诗研究论文集》，台湾天工书局1984年版，第907页。

④ （清）胡以梅：《唐诗贯珠串释》，转引自刘学锴、余恕诚、黄世中《李商隐资料汇编》，中华书局2001年版，第429页。

自己的容貌不及韩寿，才华不及曹植，所以"无重盼之理，可不必更为痴忆"①。这一类观点无疑是主张这首无题诗是有寄托的，即借美人思念所歆慕之人而不归，隐喻李商隐试图在政治上有所作为而不得。这一系列解读为现代许多学者所接受。叶葱奇对无题诗的解读，大致围绕李商隐入秘书阁的事情展开，将诗与诗人个人经历联系得过于紧密。他认为这首诗与"来是空言去绝踪"一诗都表现了李商隐"憔悴在书阁""久不调"的原因②，生硬地将李商隐的无题诗与他的入职经历相联系。祝秀英认为，这首诗写的是李商隐在王茂元幕中不得志，感到前途渺茫。"贾氏窥帘""宓妃留枕"暗指行为不检点的人也能得意自立，反衬自己无法施展抱负。③ 其实这种观点是在诗歌"相思成灰"的抽象情绪基础之上展开发挥而得出的。

当然，因为无题诗"托寓令狐说"的影响非常大，很多学者难免将其内容与李商隐和令狐绹的关系相联系。主张"陈情令狐说"的学者，大多穿凿附会的嫌疑较大。如吴乔认为，这首诗是"言己才藻足为国华，绹不拔擢也"④。徐德泓认为，"是以私谒侯门者，如啮锁而入；暗相援引者，似索丝而汲也"⑤。姜炳璋认为，"金蟾啮锁烧香入"说的是"香气秘而不散"，比喻的是"己与绹之交情宜固结而不解也"；"玉虎牵丝汲井回"说的是"我虽暂出于外，尔必汲引之，使复归朝列"；"贾氏窥帘韩掾少"说的是李商隐与令狐绹"少小相依，气谊甚笃"；"宓妃留枕魏王才"说的是"岂知昔日相交，竟若梦中幻境"；最后两句"极言其望重之切也"⑥。冯浩认为，"玉虎牵丝汲井回"是"申汲引之情"，"贾氏窥帘韩掾少"则是"重在'掾'字，谓己之常为幕官"，"宓妃留

---

① 《瀛奎律髓》纪昀批语，转引自黄世中《类纂李商隐诗笺注疏解》，黄山书社2009年版，第89页。

② 叶葱奇：《李商隐诗集疏注》，人民文学出版社2015年版，第125页。

③ 祝秀英：《李商隐》，转引自台湾中山大学中文学会编《李商隐诗研究论文集》，台湾天工书局1984年版，第10页。

④ （清）吴乔：《西昆发微》，商务印书馆1937年排印本，第2页。

⑤ （清）徐德泓、陆鸣皋：《李义山诗疏》卷上，转引自黄世中《类纂李商隐诗笺注疏解》，黄山书社2009年版，第85页。

⑥ （清）姜炳璋著，郝世峰辑：《选玉溪生诗补说》，南开大学出版社1985年版，第65—66页。

枕魏王才"则是"重在'才'字，谓幸以才华，尚未相绝"，而最后两句则是"叹终无实惠也"①。张采田则认为，这首无题诗是盼令狐楚重来，而"玉虎牵丝汲井回"则是说"汲引无由"，即没有理由让令狐绹引荐自己的意思。②周振甫对此诗的解读是围绕托寓令狐的传统观点细细展开。③深知诗意后不难发现，所谓"托寓令狐"的观点，其穿凿性质极为严重。以往持此观点的学者往往夸大了李商隐与令狐绹之间的关系，捏造或歪曲了二人之间的诸多细节，在这种既定思路的影响下，关于此诗的解读亦没有脱离窠臼。

（四）别具新意的说法——缺乏更可靠的佐证

历代学者对本诗题旨的解读，还有很多别具新意的说法，但总的来看，依旧缺乏更可靠、更直接的证据。屈复认为，这首诗是"寓意在友朋遇合，言凶终隙末也"④，不免有穿凿附会之嫌。程梦星认为，这首无题诗与"来是空言去绝踪""含情春晼晚""何处哀筝随急管"三首都是李商隐入王茂元幕时的作品，而这首是"专言幕中"，所以才能"作此寂寂之叹"⑤，其说并无可靠依据。钱良择认为，"金蟾啮锁烧香入"说的是"锁虽固，香能透之"；"玉虎牵丝汲井回"说的是"井虽深，丝能汲之"；"贾氏窥帘韩掾少"说的是"幸而合"；"宓妃留枕魏王才"说的是"不幸终不合"；最后一句"一寸相思一寸灰"则是说"同归于尽则一也"⑥。对本诗的解读集中在"幸"与"不幸"，"合"与"不合"，较为简略、片面。冯班认为，"春心莫共花争发，一寸相思一寸灰"就是儒家传统中所说的"止乎礼义"⑦，这种理解或存在一些偏差。"相思

---

① （清）冯浩：《玉溪生诗集笺注》，上海古籍出版社1979年版，第389页。
② （清）张采田：《玉溪生年谱会笺》，上海古籍出版社1983年版，第175页。
③ 周振甫：《李商隐选集》，上海古籍出版社2012年版，第181页。
④ （清）屈复：《玉溪生诗意》，台湾正大印书馆1974年影印本，第237—238页。
⑤ （清）朱鹤龄笺注，（清）程梦星删补：《李义山诗集笺注》，台湾广文书局2014年影印本，第314页。
⑥ 刘学锴、余恕诚、黄世中：《李商隐资料汇编》，中华书局2001年版，第368—369页。
⑦ （清）朱鹤龄笺注，（清）沈厚塽辑评：《李义山诗集》，台湾学生书局1967年影印本，第190页。

成灰"的情感程度显然不符合"哀而不伤"的儒家中正平和观念。依照诗文本义,正文倾向于一种即使"相思成灰"也无怨无悔的态度。诗中劝谏"春心"不要像盛开的春花一样怒放,或许是因为抒情主人公已经做了"与春花共同开放"的行为,饱尝了相思之苦。劝谏"莫共花争发",实际上是饱尝相思之苦后的一种灰心的话语,正所谓"一寸相思一寸灰"。这里恰恰是李商隐诗发乎情而不止乎礼的证明。王士禛认为,"贾氏窥帘韩掾少,宓妃留枕魏王才"描述的都是"戚里中语"①,即描述外戚在宫中的诗句。胡以梅认为,诗中"贾氏""魏王"的借典使用,是一种"假托之词",不是"真有私昵事可知",这种手法表现了李商隐个人艺术创作之才华。②纪昀认为,"飒飒东风细雨来,芙蓉塘外有轻雷"二句"妙有远神",虽然诗面意义不能准确理解,但是其寓意却能明了。纪昀对这首诗评价很高,认为"较有蕴味,气体亦不堕卑琐"③。潘德舆认为,咏雷电的诗值得品评玩味的很少,通常"壮伟有余,轻婉不足,未免狰狞可畏",但李商隐的"飒飒东风细雨来,芙蓉塘外有轻雷"则是咏雷电诗中"最耐讽玩"④的诗句之一。黄侃引晋代傅玄《杂言》"雷隐隐,感妾心,侧耳倾听非车音"之句,认为"芙蓉塘外有轻雷"之句"略用其意",并对三、四句起到了起兴作用,"言所忆者之自外独归也"。诗的后半段则属于"禁约闲情之词",阐述了诗歌所要表现的情感与韩寿、曹植典故中的事情有所不同,白白地干耗相思之苦,对抒情主人公没有任何好处。而"东风细雨"是兴起"轻雷"的前提条件,这里的"轻雷"不是指雷声,而是指车轮滚动的隆隆声。"金蟾啮锁烧香入,玉虎牵丝汲井回"两句是为了进一步说明"轻雷"句,而"言其自外独归而已",不一定是实写。最终将此诗的主旨归于"所求于

---

① (清)王士禛:《居易录》,转引自刘学锴、余恕诚、黄世中《李商隐资料汇编》,中华书局2001年版,第352页。

② (清)胡以梅:《唐诗贯珠串释》,转引自刘学锴、余恕诚、黄世中《李商隐资料汇编》,中华书局2001年版,第429页。

③ (清)纪昀:《玉溪生诗说》,转引自刘学锴、余恕诚《李商隐诗歌集解》(增订重排本),中华书局2004年版,第1644页。

④ (清)潘德舆:《养一斋诗话》,中华书局2010年版,第137页。

人而人不见谅之词"①。众家学者可谓众说纷纭。

随着对李商隐无题诗的深入研究，一些学者对本诗提出了新的解读，如宋惠萍认为，这首诗表面写女子相思无望，实则蕴含李商隐对自己年华虚度、怀才不遇的感慨。② 陆弈思认为这首诗写的是"深闺女子追求美好爱情而不得的悲伤之情"，其中"风""雨""香""灰"与"作者内心虚无缥缈的情绪高度契合"③。钟来茵认为，"道家向以蟾、虎代阴性，义山以之代指女。这里，香炉上金蟾盖得很严，但香料仍能入其中；玉虎为井栏圈上刻的图案，代指井，井虽深，但牵丝上下其中，仍能汲水而回。合起来意为：防范再严，也防不住心心相通之恋人。综观义山全集，如此炽烈的恋情，只发生在他与女冠之间。这首《无题》则是在女冠'金华归驾'以后，在义山已无'韩掾'之年少英俊的晚年回忆旧情时所写，这样，才能跟'春心莫共花争发，一寸相思一寸灰'合拍。"④ 从宗教及女冠的角度对李商隐的这首无题诗加以解读，角度十分新颖，基本摒弃了传统的"寄托说"；但从李商隐无题诗的文本特征来看，说其无题诗的创作受道教或者道家思想的影响，是毋庸置疑的。据此将这首无题诗的解读框定在道家思想的范畴内，将其具体细节联系到李商隐与女冠的恋爱，则主观臆测、因虚生实的嫌疑与"寄托说"别无两样。

（五） 执着无悔的抽象情绪

诗中为读者描绘了一幅优美的画卷：在东风和春雨的笼罩下，雷声阵阵，使抒情主人公（诗中当为一女子）想起了所思念的人。雷声和归人的车轮声是那么相似，所有的思念似乎都是无意义的，就像花朵一样，早晚会凋谢。在这幅画卷中，嵌入了淡淡的相思，相思背后，是无悔的

---

① 黄侃：《李义山诗偶评》，学海出版社 1974 年版，第 9 页。

② 宋惠萍：《楚雨含情皆有托——李商隐无题诗解读》，《汉字文化》2019 年第 19 期。

③ 陆弈思：《从"含蓄无垠"到"审美无限"——论李商隐无题诗美学意味的生成》，《湖北科技学院学报》2019 年第 3 期。

④ 钟来茵：《唐朝道教与李商隐的爱情诗》（原载《文学遗产》1985 年第 3 期），转引自王蒙、刘学锴《李商隐研究论集（1949—1997）》，广西师范大学出版社 1998 年版，第 434 页。

执着。或许，抒情主人公所追求的人可以抽象成一种事物。抒情主人公（这一层级的意义可以不局限于诗中的女子）所追求的事物是自己心心念念视如珍宝的物品，或者是终生为之奋斗的目标，但由于重重的阻拦，所有的美好愿望都将破灭。

在无题诗抽象情绪"对美好事物的发现或追求—认定自己有资格追求美好事物—追求过程中因受阻而失落—追求失败后的愤愤不平以及绝望而难以排遣的凄楚情绪—受阻后继续执着无悔地追求"这一线索的五个阶段中，这首诗在第三、第五阶段都有鲜明的体现，其落脚点则侧重在第五阶段，第三阶段的抽象情绪是第五阶段抽象情绪的诱导因素。

十　无题“重帏深下莫愁堂”

　　　　重帏深下莫愁堂，卧后清宵细细长。
　　　　神女生涯原是梦，小姑居处本无郎。
　　　　风波不信菱枝弱，月露谁教桂叶香。
　　　　直道相思了无益，未妨惆怅是清狂。

　　《无题·重帏深下莫愁堂》一诗从诗面意义上来看，是写执着爱情的，从深层意义来看，可抽象为对某种美好事物的追求与执着。

（一）　占据优势的爱情主题解读

　　"莫愁堂"。本研究在解读"近知名阿侯"一诗的抽象情绪时曾详细解读了"莫愁"与"阿侯"，此处"莫愁"与之同义。"莫愁堂"按字面意义或可理解为莫愁女居住房舍的厅堂，这里或可理解为美女住处的泛称。

　　"细细长"。"清宵"指的是清静的夜晚。"细细长"从字面意义上讲，指的是清静的夜晚，在主人公眼里是那样漫长。暗指漫漫长夜，思念本该迅速消失，却像流水或沙漏一样，以细水长流之形态，将时间变得缓慢，一点一滴到天明。一夜的时间本是固定的，但熔铸了思念的一夜，无限地延长了主人公的心理时间。胡以梅评此诗时指出，"卧后清宵细细长"妙在不言"细细"，而言"细细长"，"细细"之中早已有思。若说出"思"字，则"细细"二字化为俗物耳，所以妙。① 陈永正

---

　　① （清）胡以梅：《唐诗贯珠串释》，转引自刘学锴、余恕诚、黄世中《李商隐资料汇编》，中华书局 2001 年版，第 430—431 页。

认为："'细细'二字下得极佳，把慢慢地推移的时间和蚕食着的心灵的痛苦都表现出来了。"①

"青溪女神"。据南朝梁代吴均《续齐谐记》记载，会稽人赵文韶，刘宋元嘉时期曾到今南京地区担任东宫扶侍一职，住在青溪中桥附近。一个秋天的夜晚，月色撩人，赵文韶因思念家乡唱起了歌曲，歌声引来了青衣女，她敲了赵文韶的门来问候他，并告知青溪女神要来相见。不久，青溪女神来到赵文韶家。她大约十八九岁，面容姣好，神色怡人。青溪女神让青衣女拿出箜篌来弹奏。青溪女神与赵文韶流连了很久，直到天快亮的时候才离去。即将分别的时候，青溪女神送给赵文韶一支金簪。第二天，赵文韶路过青溪庙，在庙里看见了青溪女神送给他的金簪，才知道昨天夜里所见的正是青溪女神。② 南朝宋刘敬叔《异苑》有载："青溪小姑庙，云是蒋侯第三妹。"③ 意思是说，青溪小姑是汉末至三国时期名将蒋子文的三妹妹。蒋子文因追捕盗贼而战死于钟山脚下，东吴孙权建都南京后，封其为钟山之神，而其妹妹则为青溪之神，所以称"小姑"。南朝乐府民歌《神弦歌·清溪小姑曲》有"开门白水，侧近桥梁；小姑所居，独处无郎"之句，朱鹤龄注此诗时引此句。仔细体味诗歌原句，当从《清溪小姑曲》中化出无疑。

"直道"。"直"，与"就使、即使"之"就"字、"即"字相当，假定之辞。凡文笔作开合之势者，往往用"直"字以垫起，与"饶"字相似。④ "直"表示假设，有"即使、就使"义，"直道"是"即使说，就使认为"的意思。姜炳璋称，"直道相思了无益，未妨惆怅是清狂"两句中"直道"两个字"甚妙"，言外之意是前文没有直接说出相思无益，到最后一联才说出，具有"凄绝"的艺术效果。⑤

"清狂"。"清狂"有"不聪明、颠痴、痴情"义。张相指出。"李

① 刘学锴、余恕诚：《李商隐诗歌集解》（增订重排本），中华书局 2004 年版，第 1617 页。
② （南朝梁）吴均：《续齐谐记》，中华书局 1985 年版，第 6 页。
③ （南朝宋）刘敬叔：《异苑》，中华书局 1996 年版，第 43 页。
④ 张相：《诗词曲语辞汇释》，上海古籍出版社 2009 年版，第 108 页。
⑤ （清）姜炳璋著，郝世峰辑：《选玉溪生诗补说》，南开大学出版社 1985 年版，第 105 页。

商隐《无题》诗：'直道相思了无益，未妨惆怅是清狂'中的'清狂'为'不慧'或'白痴'之义。言即使相思无益，亦不妨终抱痴情耳。"①

这首诗的诗面意义是在向我们描绘这样一个场景：一层又一层的帷帐背后，是一位年轻美丽的姑娘居所的厅堂。她就寝后，清静的夜晚，因思念而更加漫长，就像又细又长的流水一样没有尽头。仙女的一生就好像梦一般缥缈虚幻，青溪女神居住的地方，本来就不曾有年轻的男子存在。那柔弱的菱枝偏偏要遭风浪的侵袭，蕴含着即将盛开的桂花的枝叶，却无月露的滋润使之发出清香。明明知道相思之苦，却一直为你惆怅、为你痴狂又何妨？

从诗面意义来看，这是一首爱情诗。黄周星评这首诗时称"这相思须索要害"②；王夫之认为这首诗是"艳诗别调"③；何焯认为这首诗"直露本意"，称"风波不信菱枝弱，月露谁教桂叶香"有"起伏"④之感，可见诸家对这首诗评价很高。很多学者主张这首诗是单纯的爱情诗，如屈复认为，"神女生涯原是梦"说的是双方只能在梦里相会；"小姑居处本无郎"说明抒情主人公只能独处；"风波不信菱枝弱"是"自喻相思之苦"；"月露谁教桂叶香"是"喻所思之遗世独立"，其主旨为见不到所思念之人。⑤胡以梅与屈复观点相似，认为这首诗是"以莫愁比所思之人也"而"结言已绝望"，"付之'惆怅''清狂'"⑥。

李昌年将其与"凤尾香罗薄几重"一首联看，称其"系继前章剖示心迹之后，仍觉诗短情长、意犹未尽，故于辗转反侧后所作之续篇"⑦，将其看成单纯的爱情诗。从诗文的字句来看，较为得当，但主张恋爱为

---

① 张相：《诗词曲语辞汇释》，上海古籍出版社 2009 年版，第 108 页。
② （清）黄周星：《唐诗快》，转引自刘学锴、余恕诚、黄世中《李商隐资料汇编》，中华书局 2001 年版，第 287 页。
③ （清）王夫之：《唐诗评选》，河北大学出版社 2008 年版，第 251 页。
④ （清）朱鹤龄笺注，（清）沈厚塽辑评：《李义山诗集》，台湾学生书局 1967 年影印本，第 342 页。
⑤ （清）屈复：《玉溪生诗意》，台湾正大印书馆 1974 年影印本，第 295—296 页。
⑥ （清）胡以梅：《唐诗贯珠串释》，转引自刘学锴、余恕诚、黄世中《李商隐资料汇编》，中华书局 2001 年版，第 430—431 页。
⑦ 李昌年：《沧海月明珠有泪——惊艳李商隐》，台湾万卷楼图书股份有限公司 2018 年版，第 313 页。

主旨的学者往往陷入过度推断本事的误区：李日刚将李商隐的数首无题诗理解为诗人与宫女的恋爱诗，并指出这首诗是写李商隐与宫女相恋却不能相守，到故地见了宫女后，描述 "归后之怅惘"①；刘道中认为，这首诗是写李商隐对其恋爱对象女道士的反省②，将恋情诗附着于李商隐身上，并将恋爱对象具体化到宫女或女冠的做法，显然有失严谨，难免有穿凿附会之嫌。

（二）"政治寄托说" 的得与失

对于这首诗的解读，诸家中以为有托寓者依旧很多。

徐德泓认为，这首诗是承接 "凤尾香罗薄几重" 一诗的意义而来的，前四句说的是 "闭帏独宿，而深悟相思无用矣"，最终又慨叹自己是 "漂泊无依者"，所以才有五六两句的转接。七八两句转折，表示出 "明知无益，而到底不能忘情"③，其中的 "漂泊无依" 便为徐德泓所认定的 "寄托" 之意。陆昆曾认为，"神女本梦中之事，小姑有无郎之谣，自昔已如斯矣。强以求合，庸有济乎？""风波" 二句，"殆有不期然而然者"。整首诗写的是 "相思无益，不若且置，而自适其啸志歌怀之得也"④，将诗的题旨理解为 "啸志歌怀"，似乎对主旨意义有所误读。姜炳璋认为，这首诗写的是李商隐 "叹其终不遇，而不复思其遇也"，"知此生总无遇合之日。相思无益，不妨以惆怅之意，寓于清狂，发为歌咏，以自适而已。"⑤ 明确将旨意定在怀才不遇的基调上。冯浩认为，这首诗的前半段说的是 "不寐凝思，唯有寂寥之况"，"菱枝弱" 是李商隐慨叹自己当时的状态，"桂叶香" 是回溯往事，"唯其怀此深恩，故虽相思无

① 李日刚：《李商隐》，转引自台湾中山大学中文学会编《李商隐诗研究论文集》，台湾天工书局 1984 年版，第 46 页。

② 刘道中：《李商隐诗集正解》，皇加打字印刷公司 2010 年版，第 310 页。

③ （清）徐德泓、陆鸣皋：《李义山诗疏》卷上，转引自黄世中《类纂李商隐诗笺注疏解》，黄山书社 2009 年版，第 100—101 页。

④ （清）陆昆曾：《李义山诗解》，上海书店 1985 年版，第 65 页。

⑤ （清）姜炳璋著，郝世峰辑：《选玉溪生诗补说》，南开大学出版社 1985 年版，第 104—105 页。

益，终抱痴情耳"①，将诗的意义完全与李商隐的人生轨迹等同，其具体化、本事化的过程中，不免夹杂着过度主观臆测与牵强附会的因素。张采田的解读基本与冯浩相同。② 周振甫认为，这首诗所描绘的女子是李商隐的化身，将诗中的抽象情绪投射到李商隐与令狐绹之间的关系上，其解读思路也是建立在"托寓令狐说"的基础之上的③，这种解读思路当是受了冯浩与张采田观点的影响。叶葱奇认为这首诗写的是李商隐举进士的事情④，但就诗歌文本而言，很难将这首诗与诸多所寄托的本事直接联系起来。如果说李商隐举进士的经历，或者慨叹生不逢时，自己品行高洁而环境险恶等思想倾向对此诗的情感基调造成间接影响，或更为准确。

沈晨尤其强调李商隐无题诗受屈原《离骚》的影响，认为"神女生涯原是梦，小姑居处本无郎"或与"望瑶台之偃蹇，见有娀之佚女"⑤语义相通，但细细体味，二者之间的语义差别很大。姚培谦认为，这首诗是"义山自言其作诗之旨"，"神女""小姑"类似于《楚辞》中的香草美人，"非果有其人"指出李商隐的作诗旨意是"明知其无益而不能自已，世无有心人，吾将谁与诉此也耶"⑥，"自言其作诗之旨"的观点穿凿与过度解读的成分较大，但姚氏对诗歌情绪基调的把握基本上是准确的。程梦星认为，这首诗的题旨是"言人无知己"，"举世莫容，相思何益，不须惆怅，唯任清狂耳"，与庄子"猖狂妄行，乃蹈乎大方"⑦ 同意，偏离诗歌本意。叶矫然认为这首诗传达的是"色空"之意，称李商隐是"慧业高人"，"神女生涯原是梦，小姑居处本无郎""指点情痴处，拈花棒喝，殆兼有之"，而"直道相思了无益，未妨惆怅是清狂"则是"觉欲界缠人，过后嚼蜡，即色即空之义"⑧。其解读偏向佛教教义理念，

---

① （清）冯浩：《玉溪生诗集笺注》，上海古籍出版社1979年版，第459页。
② （清）张采田：《玉溪生年谱会笺》，上海古籍出版社1983年版，第177页。
③ 周振甫：《李商隐选集》，上海古籍出版社2012年版，第176页。
④ 叶葱奇：《李商隐诗集疏注》，人民文学出版社2015年版，第353页。
⑤ 刘学锴、余恕诚、黄世中：《李商隐资料汇编》，中华书局2001年版，第777—778页。
⑥ （清）姚培谦：《李义山诗集笺注》卷11，中华书局1918年影印本，第13页。
⑦ （清）朱鹤龄笺注，（清）程梦星删补：《李义山诗集笺注》，台湾广文书局2014年影印本，第494—495页。
⑧ （清）叶矫然：《龙性堂诗话》，转引自黄世中《类纂李商隐诗笺注疏解》，黄山书社2009年版，第104页。

与诗文本意依旧有很大差别。章燮认为："风波不信菱枝弱，月露谁教桂叶香"两句写的是"菱枝质弱，每被风波飘荡；月露之下，谁教桂叶之香闻于我也"。"直道相思了无益"中的"相思"与"月露谁教桂叶香"中之"谁教"相应。"未妨惆怅是清狂"说的则是"相思无益，释之可也，孰意惆怅之情，又作清狂故态也"①。

（三） 以爱情为媒介传达的执着无悔之情

首先值得肯定的是，这首诗的结构安排独显作诗技巧。屈复指出，第一句写的是地点，第二句写的是时间（夜晚），第三句"神女生涯原是梦"承接的是第二句的"卧"，而"小姑居处本无郎"承接的是"莫愁堂"。"风波不信菱枝弱"承接"小姑居处本无郎"；"月露谁教桂叶香"承接"神女生涯原是梦"；最后两句总结全诗，②对本诗的结构线索做出了较为贴切的梳理。此说在《玉溪生诗意》中有所发挥："'梦'字承清宵，'居处'承莫愁堂，'风波'承白水居处，'月露'承神女梦。'相思'总结上六句，'惆怅''清狂'申说七句也。"③

这首诗的解读，以往更倾向于"爱情说"。黄侃认为："重帏深下莫愁堂，卧后清宵细细长"是"极写其岑寂"，"神女生涯原是梦，小姑居处本无郎"表明主人公"纵复怀人，只劳梦想"。其中"小姑居处本无郎"，说的是主人公"独处幽地，不厌单栖"；"风波不信菱枝弱"说的是"狂暴相凌，徒困荏弱"；"月露谁教桂叶香"说的是"容华姣好，易召侵欺"；"直道相思了无益，未妨惆怅是清狂"说的是"终不弃礼而相从，虽见怀思，适成痴侩"④。刘学锴指出，这首诗是描写幽闺女子相思寂寥之情，深夜追思内心独白，并嵌入李商隐的身世，对诗歌的意义点评得较为恰当⑤，但并未指出其抽象情绪所在。学

① （清）章燮：《唐诗三百首注疏》，安徽人民出版社1983年版，第205—206页。
② 刘学锴、余恕诚、黄世中：《李商隐资料汇编》，中华书局2001年版，第403—404页。
③ （清）屈复：《玉溪生诗意》，台湾正大印书馆1974年影印本，第295—296页。
④ 黄侃：《李义山诗偶评》，学海出版社1974年版，第40—41页。
⑤ 刘学锴、余恕诚：《李商隐诗歌集解》（增订重排本），中华书局2004年版，第1623—1624页。

者在讨论这首无题诗的时候大致基于此说，如宋惠萍认为，这首诗表面写女子相思寂寥、锲而不舍，实则也包含政治上顽强不屈、执着追求的寓意。①

这首诗塑造了一个"神女"的形象。她居住的环境优雅清静，心中却有所怀念。这种怀念使其有一种如梦般的幻灭感，她甚至希望自己没有与所怀念之人相遇。本已瘦弱的她，多么希望接到甘甜的露水，让心中的思念绽放出爱的馨香。她执着于这种思念，哪怕忍受相思之苦。"风波"一句，映射李商隐所处环境险恶；"月露"一句，"桂花"暗喻诗人自己，"桂叶"暗喻诗人身边仕途通达之人。自己有才华却得不到重用，就像月露让桂叶都香起来，却不让桂花开放一样。具备高贵品质的抒情主人公，其精神追求已然变成泡影，却依旧执着，不放弃自己的追求。

在对诗歌诗面意义和抽象意义的梳理中得知，这首诗是爱情诗，但以往学者在解读这首诗的过程中，或是对爱情的具体情节和本事及所提及的人物纠结得过于具体，或是深陷"寄托说"的泥淖，将诗歌一系列抽象情绪具体化到李商隐的人生经历中。其实这一系列解读都忽略了无题诗背后情绪的根本要素——概括诸多情绪的综合情感体验。对于无题诗的解读，只有准确抓住其抽象意义及背后蕴含的抽象情绪，才能深得其旨。

在无题诗抽象情绪"对美好事物的发现或追求—认定自己有资格追求美好事物—追求过程中因受阻而失落—追求失败后的愤愤不平以及绝望而难以排遣的凄楚情绪—受阻后继续执着无悔地追求"这一线索的五个阶段中，这首诗在第二、第三、第五阶段都有鲜明的体现，其落脚点则侧重在第五阶段，第二阶段的抽象情绪依靠抒情主人公的居住环境以及菱枝、桂叶的象征意义得出，颈联透露出的恶劣环境是第三阶段抽象情绪的集中体现。

---

① 宋惠萍：《楚雨含情皆有托——李商隐无题诗解读》，《汉字文化》2019 年第 19 期。

十一　无题"相见时难别亦难"

相见时难别亦难，东风无力百花残。
春蚕到死丝方尽，蜡炬成灰泪始干。
晓镜但愁云鬓改，夜吟应觉月光寒。
蓬山此去无多路，青鸟殷勤为探看。

无题"相见时难别亦难"描述了主客双方深厚难舍的感情，以及执着无悔的坚持。

（一）影响广、分歧大的爱情解读

古诗中常有"离别容易相见难"的句子。曹丕《燕歌行》："别日何易会日难"；曹植《当来日大难》"别易会难。各尽杯觞"；梁武帝《丁督护歌》："别日何易会何难"；唐彦谦《无题》"谁知别易会应难"；韩偓《复偶见》"别易会难长自叹"；李煜《浪淘沙》"别时容易见时难"。但李商隐《无题》中，相见与离别都为"难"，"别亦难"，当指因再次"相见之难"而引发的在离别时刻依依不舍之情，在音韵节奏上循环往复，在语意上缠绵悱恻，突出了主客双方的深情与彼此心中的不舍。

"春蚕"与"丝"。朱彝尊认为，"春蚕到死丝方尽"一诗中，"'思'作'丝'，犹'淮'作'怀'，古乐府有此"[1]。钱良择认为这里是用"丝"比喻一种情绪，不是谐音双关之"思"，"对句不用借字

---

［1］　（清）朱鹤龄笺注，（清）沈厚塽辑评：《李义山诗集》，台湾学生书局1967年影印本，第208页。

可证"①，而本诗首句已点明"相见时难别亦难"，显然是以"思"贯穿全诗，"丝"作双关已然十分明显。钱良择的观点不可取。

"觉"与"共"。何焯认为，"夜吟应觉月光寒"中的"觉"应作"共"，中国国家图书馆藏何焯手批本《李义山诗集》，原文黑笔刊印作"觉"，何焯手批以朱笔在"觉"字上改作"共"②，可见何焯十分肯定并赞许此句当为"夜吟应共月光寒"，并作说明："若作'觉'，便嚼蜡"③。此句当与"晓镜但愁云鬓改"相对。"晓镜但愁云鬓改"一句可分解为"主人公"+早晨照镜子+担心在镜中看见自己斑白的双鬓，此句的动作发出者是诗句中省去的"主人公"，动作是早晨照镜子，而心理活动是担心自己双鬓已经斑白，其结构是动作发出者+动作+心理活动。"夜吟应觉月光寒"一句同理，可分解为"主人公"+在晚上吟唱+应该能体味到月光背后的寒意。此句的动作发出者是诗句中省去的"主人公"，动作是晚上吟唱，而心理活动则是在月光的笼罩下感到一丝丝寒意。因二句为整齐对仗，故可认定"觉"字更为恰当，上下句也对仗工整。倘若为"共"字，则"主人公"与"月光"一起成为动作的发出者，语意则变成了主人公在晚上吟唱，并和月光一起感到一丝丝寒意，与前一句不对称。屈复认为，"晓镜但愁云鬓改"是"见"，"夜吟应觉月光寒"是"闻"④，将关注的焦点集中在"镜"与"吟"上。陆昆曾认为，"镜"字应该用作"活字"，或指此处的"镜"字，是名词作动词使用；又指出，与之相对的"吟"字里"有情"⑤。

"青鸟"。《山海经·西山经》中有"三危之山，三青鸟居之"之句。郭璞注曰："三青鸟主为西王母取食者。"⑥相传七夕节，汉武帝在承华殿斋戒，中午忽然有一只青鸟从西方飞过来，在承华殿前落了脚，汉武

---

① （清）钱良择：《唐音审体》，转引自刘学锴、余恕诚、黄世中《李商隐资料汇编》，中华书局 2001 年版，第 369 页。

② 何焯手批本《李义山诗集》，中国国家图书馆藏（索书号 T2160），底本为席刻本。

③ （清）朱鹤龄笺注，（清）沈厚塽辑评：《李义山诗集》，台湾学生书局 1967 年影印本，第 208 页。

④ （清）屈复：《玉溪生诗意》，台湾正大印书馆 1974 年影印本，第 242 页。

⑤ （清）陆昆曾：《李义山诗解》，上海书店 1985 年版，第 25 页。

⑥ 栾保群：《山海经详注》，中华书局 2019 年版，第 106—107 页。

帝便问东方朔这青鸟落在殿前是什么寓意。东方朔回答说:"这是西王母要过来的意思。"过了一段时间,西王母果然来了。有两只像乌鸦一样的青鸟,服侍在西王母身边。① 青鸟,就是青雀,传说是为西王母取食传信的神鸟。这里有信使之意。

"探看"。张相认为:"看,尝试之辞,如云试试看。杜甫《空囊》诗:'囊空恐羞涩,留得一钱看。'白居易《寄明州于驸马使君》:'何郎小妓歌喉好,严老呼为一串珠。海味腥咸损声气,听看犹得断肠无?'又《松下赠琴客》诗:'偶因群动息,试拨一声看。'李商隐《无题》诗:'蓬山此去无多路,青鸟殷勤为探看。'皆其例也。"② 探看,是"探寻、探望"之意,其中"看"为助词,这里有"姑且试一试"的意思。

这首诗的诗面意义并不难懂:没有相见的时候双方期盼相见,觉得相见是一件很难的事情;相见之后不久又要离别,因为再次相见很不容易。彼此要离别,却因为割舍不下而难舍难分。在这离别的时刻,东风软绵无力地吹拂着。暮春时分,百花凋零,为别离增添了许多失落。刻骨铭心的思念,好比春蚕吐出的银丝一样,到了生命的最后一刻才会终止。无尽的牵挂,好比燃烧的蜡烛一样,流干最后一滴眼泪般的油脂,烧成灰烬才会停止。早晨照镜子,看到自己双鬓已经斑白,不觉平添几分愁绪;晚上趁着夜色吟唱,银白色的月光又增添了寒意。心上人的住处在不远处的蓬莱仙山却无路可通,可望而不可即,希望有青鸟一样的使者为我传递爱的信息。

对于这首诗的题旨,诸家向来分歧较大,其中偏向恋情、离愁一类的解读较为贴近诗文文意。朱鹤龄认为,这首诗写的是"情人之不同薄幸"③。王清臣、陆贻典认为,这首诗说的是双方之所以在分别的时候有诸多不舍,是因为双方见面很难,自从与对方分别后,"思未尽而泪未干,唯有镜容易改,吟兴难穷",令人欣慰的是,对方居住的地方并不

---

① (汉)班固[托名]:《汉武故事》,中华书局1991年版,第4页。

② 张相:《诗词曲语辞汇释》,上海古籍出版社2009年版,第273页。

③ (清)朱鹤龄:《李义山诗集补注》,转引自刘学锴、余恕诚、黄世中《李商隐资料汇编》,中华书局2001年版,第249页。

是很远，"青鸟殷勤，试一探看"，或许会与对方"别而再见"①。赵臣瑗
认为，这首诗如果只读第一句，可能会让人怀疑这是双方离别之前的话，
但通读整首诗歌，才明白，首句是离别后的追思。因而"相见时难别亦
难"是一种倒叙的手法，道出了双方经常离别而不忍离别是有深层原因
的，即对于双方来说，相见是一件十分难的事。"东风无力百花残"一
句"尤奇"，好像在说，这个时候，"风亦为我兴尽不敢复颠，花亦为我
神伤不敢复艳"，抒情主人公对对方的情感已经到了刻骨铭心的地步。
"春蚕"二句，承接上句，好比说抒情主人公就像春蚕一样，只要一天
不死，就不会停止吐丝；抒情主人公又好像蜡烛一样，只要一刻没有变
成灰烬，就不会停止流泪。

本诗的下片补写抒情主人公起得早，睡得晚，"然人既不可得近，信
岂不可得而通耶！"所以用"青鸟殷勤为探看"作结。② 屈复认为，"东
风无力百花残"说明了"离恨正当春暮"，抒情主人公不能"漠然处
之"。"春蚕"以后四句说的是抒情主人公对对方的思念，到自己死去化
成灰烬都不会停止，只担心岁月流逝，自己逐渐衰老，但令人欣慰的是
对方离自己并不远，可以让青鸟去打探消息，以盼再见。③ 章燮认为，
"相见时难别亦难"说的是双方难以相见又难以忘怀；"东风无力百花
残"点明时间在暮春；"春蚕到死丝方尽，蜡炬成灰泪始干"说的是倘
若有一息尚存，心中的志向就不会懈怠；"晓镜但愁云鬓改"是抒情主
人公因为头发变白而愁苦，与"东风无力百花残"一句相照应；"夜吟
应觉月光寒"写的是抒情主人公独自一人在月下吟曲，引起结句；最后
一句中的"为探看"则是"劝君莫结同心结，一结同心解不开"④ 之意。
以上诸家的解读都有可取之处，围绕恋情以及作者的感情脉络所阐发的
诗歌意义，大抵与诗歌本意相差无几。

---

① （清）王清臣、陆贻典：《唐诗鼓吹笺注》，转引自刘学锴、余恕诚、黄世中《李商隐
资料汇编》，中华书局 2001 年版，第 337 页。
② （清）赵臣瑗：《山满楼笺注唐诗七言律》，转引自刘学锴、余恕诚、黄世中《李商隐
资料汇编》，中华书局 2001 年版，第 460—461 页。
③ （清）屈复：《玉溪生诗意》，台湾正大印书馆 1974 年影印本，第 242 页。
④ （清）章燮：《唐诗三百首注疏》，安徽人民出版社 1983 年版，第 204 页。

　　这一思路一直延续到当代学者的研究中。李昌年指出："本诗仍是采代言手法，写一位痴心女子被迫与情人离别后，向对方诉说割舍不断之绵长思慕及深情无悔、生死不渝之坚贞情操，透露出期盼重逢相聚之心愿。"① 认定诗歌的主人公为女性。日本学者川合康三认为，这首诗"一并刻画出已经结束的恋情，以及斩不断情丝的女子姿态和晚春慵懒的气氛"②，对诗歌基本的情调把握得十分得当。林美清认为，这首诗的主旨是"惜别"③，表现的是"此身不在，此恨犹绵绵不绝"④ 的一类情感，其对诗歌主旨的概括是较为准确的。本研究认为，这首诗诗面意义确实涉及男女爱情，但抒情主人公究竟是男是女，则无法完全确定，在解读的过程中，只可抽象为一方对另一方的情感。主张"恋情说"的学者，往往将这首诗的解读具体化到某一个人身上，如李日刚主张这首诗写的是李商隐与宫嫔相恋，对爱情坚贞不渝而双方却无法相见。⑤ 刘道中说，"本诗赋别之难与愁也"⑥，从抽象意义上来说，这种理解是较为得当的，但是刘氏最终将其归于李商隐与女冠的恋爱，认为末句"青鸟殷勤为探看"是写女道士与李商隐之间"有没有转圜的余地"，"李义山到底要不要上山"，这种解读已经臆测到与虚构情节无异的程度，着实令人难以信服。所以，根据这首诗的诗面意义，将其与爱情诗相关联是合理的，但绝不可将爱情双方的具体身份落实并映射到具体的人物身上去理解，否则必然导致对诗歌的误读与曲解。这首诗所呈现的情感脉络，是综合多种情感因素，加以概括提升的结果，绝不可以贸然具化到某一具体细节或人物。在这首诗的解读中，陷入这种思维误区的学者不在少数。如

---

　　① 李昌年：《沧海月明珠有泪——惊艳李商隐》，台湾万卷楼图书股份有限公司 2018 年版，第 318 页。

　　② ［日］川合康三：《中国的恋歌——从〈诗经〉到李商隐》，郭晏如译，复旦大学出版社 2017 年版，第 174 页。

　　③ 林美清：《想象的边疆——论李商隐诗中的否定词》，台湾文史哲出版社 1997 年版，第 100 页。

　　④ 林美清：《想象的边疆——论李商隐诗中的否定词》，台湾文史哲出版社 1997 年版，第 27 页。

　　⑤ 李日刚：《李商隐》，转引自台湾中山大学中文学会编《李商隐诗研究论文集》，台湾天工书局 1984 年版，第 45 页。

　　⑥ 刘道中：《李商隐诗集正解》，皇加打字印刷公司 2010 年版，第 416 页。

刘学伦认为，本诗写的是李商隐与妻子王氏之间聚少离多①；金达凯认为这首诗的主题是悼亡；② 汤翼海也持相近观点，并明确指出此诗写于李商隐妻子去世不久。③ 但就目前资料而言，难以确定这首诗一定为悼亡之作。

姚培谦认为，"人情易合者必易离，唯相见难，则别亦难"，并以"情人之不同薄幸"来解释首句。"东风无力百花残"则是"极摹销魂之意"，乃至"春蚕蜡炬，到死成灰，此情终不可断"；"晓镜但愁云鬓改，夜吟应觉月光寒"说的是"镜中愁鬓，月下怜寒"，其中也有"但须善保容颜，不患相逢无日"之意；"青鸟殷勤为探看"则是说"但不知谁为青鸟，能为我一达殷勤"。姚培谦由此诗而发，概括李商隐无题诗一类诗歌的题旨，即"似寄情男女，而世间君臣朋友之间"，对解读无题诗有很大的启发，但其中"须善保容颜，不患相逢无日"④ 的解读或许臆测嫌疑较大。

（二）"君臣寄托、怀才不遇说"的局限性

古代学者多认为，这首诗是寄托君臣关系的，影射了李商隐在现实中不得志的处境。廖文炳认为，"此诗言得见君固难，既见君别亦难"，"诗意以青鸟比朝中执政者，望其汲引之意"⑤。胡以梅认为，这首诗写的是李商隐"有求于当路而不得"⑥。持此类观点的还有很多人。程梦星认为，这首诗是李商隐遇见一个有能力提拔他的人，希望他帮助自己"援引入朝"，却不便说明用意，所以以"无题"为题。"相见"句"缱绻多情"，"东风"句说的是"流光易去"。颔联是说"心情难以于仕

---

① 刘学伦：《李商隐〈无题〉诗新论》，《哈尔滨学院学报》2017 年第 9 期。

② 金达凯：《论李义山诗》，转引自台湾中山大学中文学会编《李商隐诗研究论文集》，台湾天工书局 1984 年版，第 233—234 页。

③ 汤翼海：《李义山无题诗十五首考释》，转引自台湾中山大学中文学会编《李商隐诗研究论文集》，台湾天工书局 1984 年版，第 904—907 页。

④ （清）姚培谦：《李义山诗集笺注》卷 10，中华书局 1918 年影印本，第 2—3 页。

⑤ （明）廖文炳：《唐诗鼓吹注解》，转引自刘学锴、余恕诚、黄世中《李商隐资料汇编》，中华书局 2001 年版，第 337 页。

⑥ （清）胡以梅：《唐诗贯珠串释》，转引自刘学锴、余恕诚、黄世中《李商隐资料汇编》，中华书局 2001 年版，第 429—430 页。

进",颈联则是说"颜状亦觉其可怜",最后一句说的是"王母青禽,庶得入蓬山之路"①。何焯认为,"东风无力百花残"一句,写的是"光阴难驻,我生行休"②。陆昆曾《李义山诗解》之观点与何焯基本一致。③但细细体味原诗,说春光已逝似乎勉强说得通,说"光阴难驻,我生行休"未免推断过度。陆昆曾还指出,"东风无力"说的是"上无明主","百花残"说的是"己且老至",而最后一句说的是"屈子远游之思"④。这一系列解读将诗的题旨引向了怀才不遇的慨叹。

在诸多解读中,也有将怀才不遇的感慨与李商隐生平的具体事例相联系的。如徐德泓认为这首诗当是李商隐外调弘农县时所作,其核心是不希望自己远离政治中心,渴望回到长安为官。⑤ 这种解读明显是受传统诗学知人论世思想的影响,但没有把握好征引材料与解读的严谨性,生硬地将李商隐的传记资料与诗歌的抽象意义相联系,难以令人信服。

(三)"托寓令狐说"的不确定性

对这首诗的解读,有很多学者持"托寓令狐"的观点。

吴乔将这首诗与李商隐和令狐绹的关系相关联,指出"见时难于自述,别后通书又不亲切,所以叹之",认为"东风"指的是令狐绹,"百花"是李商隐自指。⑥ 姜炳璋认为这首诗"亦寄绹之作"⑦,其观点与吴乔一致。冯浩认为,这首诗的首联说的是"相晤为难,光阴易过",颔联说的是"己之愁思,毕生以之,终不忍绝","晓镜但愁云鬓改"说的是"唯愁岁不我与","夜吟应觉月光寒"说的是"长此孤冷之态",尾

① (清)朱鹤龄笺注,(清)程梦星删补:《李义山诗集笺注》,台湾广文书局 2014 年影印本,第 335—336 页。

② (清)何焯:《义门读书记》,中华书局 1987 年版,第 1253 页。

③ (清)陆昆曾:《李义山诗解》,上海书店 1985 年版,第 25 页。

④ (清)朱鹤龄笺注,(清)沈厚塽辑评:《李义山诗集》,台湾学生书局 1967 年影印本,第 208 页。

⑤ (清)徐德泓、陆鸣皋:《李义山诗疏》,转引自刘学锴、余恕诚、黄世中《李商隐资料汇编》,中华书局 2001 年版,第 463 页。

⑥ (清)吴乔:《西昆发微》,商务印书馆 1937 年排印本,第 4 页。

⑦ (清)姜炳璋著,郝世峰辑:《选玉溪生诗补说》,南开大学出版社 1985 年版,第 72 页。

联则是"未审其意旨究何如"。① 对其旨意的解读虽偏于抽象化，但题旨依旧落于"托寓令狐"。张采田认为，这首诗是"徐府初罢，寓意子直之作"②，又说是"陈情不省，留别令狐所作"③。将诗歌解读落实到令狐绹这一具体的人与李商隐的关系上，未免过实，将抽象意义具体化后，其解读时常会失去诗歌本身的内涵和韵味，乃至限制了诗歌的广阔空间与多重含义。综合以上诸多注释家的解说不难发现，这一解说在这首诗的阐释方面是一个较为普遍的思路。此说影响甚大，甚至许多现代学者也深受影响，坚持"托寓令狐"的观点。现代学者叶葱奇在解读这首无题诗时曾明确指出，这首诗是"对令狐绹而发"，但叶氏仅是依据"情思缠结之深、中心跂望之切"④ 一类的诗歌语气进行推断。以语气之深浅判断诗歌所陈述之对象，似有诸多不可确定之处。

（四）从企盼获得到执着追求

对这首无题诗，古代很多学者对其评价很高。陆次云认为，这首无题诗是在汉魏六朝乐府诗的影响下创作而成的，是诸首无题诗中最好的一篇，称其为"诸篇之冠"⑤，其评价十分中肯。陆昆曾认为，这首诗虽然只有八句，但是却"千回万转"⑥，对这首诗所蕴含的情感脉络做出了符合实际的分析。吴乔认为，这首诗中虽然有怨恨，但抒情主人公的态度尚未达到绝望的程度。⑦于此，我们可从诗歌最后两句得到很好的印证，"无多路""为探看"正是诗人在抒情过程中流露出希望的很好印证。这种希望在本诗中表现得异常明显，但在李商隐其他无题诗中则极为罕见。

---

① （清）冯浩：《玉溪生诗集笺注》，上海古籍出版社 1979 年版，第 400 页。
② （清）张采田：《玉溪生年谱会笺》，上海古籍出版社 1983 年版，第 175 页。
③ （清）张采田：《李义山诗辨正》，转引自《玉溪生年谱会笺》，上海古籍出版社 1983 年版，第 323 页。
④ 叶葱奇：《李商隐诗集疏注》，人民文学出版社 2015 年版，第 154 页。
⑤ （清）陆次云：《晚唐诗善鸣集》，转引自刘学锴、余恕诚、黄世中《李商隐资料汇编》，中华书局 2001 年版，第 288 页。
⑥ （清）陆昆曾：《李义山诗解》，上海书店 1985 年版，第 25 页。
⑦ （清）吴乔：《西昆发微》，商务印书馆 1937 年排印本，第 1—2 页。

　　这首诗抽象情绪的着眼点在于一种执着无悔的追求，而这种情绪线索的点睛之语莫过于"春蚕到死丝方尽，蜡炬成灰泪始干"两句，所以古人对这首诗的讨论，更多集中在这两句的优劣上。绝大多数学者都对这句诗持肯定态度。谢榛认为，"春蚕到死丝方尽，蜡炬成灰泪始干"一句"措辞流丽，酷似六朝"①。或许从"丝"与"思"字为六朝民歌常用之双关语悟出。陆时雍认为，"春蚕到死丝方尽，蜡炬成灰泪始干"二句"痛快"，并且认为"不得以雅道律之"②，可见对颔联评价很高。从"不得以雅道律之"可以看出，陆时雍主张从民歌的角度来解读这首诗。钱谦益认为这首诗"绮靡秾艳，伤春悲秋"，而"春蚕到死丝方尽，蜡炬成灰泪始干"则是"深情罕比，可以涸爱河而干欲火"③。冯班认为这首诗"妙在首联"，却对"相见时难别亦难，东风无力百花残"二句评价很高。④ 屈复认为，"春蚕到死丝方尽，蜡炬成灰泪始干"是对"相见时难别亦难"的进一步阐释，而"蓬山此去无多路，青鸟殷勤为探看"则达到了"转笔有力"的艺术效果。⑤ 查慎行与屈复的观点较为相近，认为"春蚕到死丝方尽，蜡炬成灰泪始干"是对"别亦难"情绪摹写的升华，同时认为这首诗很有"风韵"⑥。赵臣瑗认为，"春蚕到死丝方尽，蜡炬成灰泪始干"是"镂心刻骨之言"，写情感写到这种程度，足以"惊天地而泣鬼神"，《玉台新咏》《香奁集》与李商隐的诗相比都如粪土一般。⑦ 王鸣盛认为，"春蚕到死丝方尽，蜡炬成灰泪始干"是"沉郁之句"，和杜甫的诗有异曲同工之处。⑧ 赵德湘认为，"春蚕到死丝方尽，蜡炬成灰泪始干"一句"道出一生功夫学问"，后人无论怎样模

---

　　① （明）谢榛：《四溟诗话》，人民文学出版社1962年版，第52页。

　　② （明）陆时雍：《唐诗镜》，转引自刘学锴、余恕诚、黄世中《李商隐资料汇编》，中华书局2001年版，第191页。

　　③ （清）冯班：《瀛奎律髓汇评》，转引自黄世中《类纂李商隐诗笺注疏解》，黄山书社2009年版，第68页。

　　④ （清）冯班：《瀛奎律髓汇评》，转引自黄世中《类纂李商隐诗笺注疏解》，黄山书社2009年版，第68页。

　　⑤ （清）屈复：《玉溪生诗意》，台湾正大印书馆1974年影印本，第242页。

　　⑥ 黄世中：《类纂李商隐诗笺注疏解》，黄山书社2009年版，第69页。

　　⑦ （清）赵臣瑗：《山满楼笺注唐诗七言律》，转引自刘学锴、余恕诚、黄世中《李商隐资料汇编》，中华书局2001年版，第460—461页。

　　⑧ 刘学锴、余恕诚、黄世中：《李商隐资料汇编》，中华书局2001年版，第595页。

仿，也不会再有这样的"奇句"了。①

现代学者对这首诗题旨的讨论较之李商隐其他无题诗频率更高。刘学锴反对这首诗是托寓令狐之作，主张这类诗是"已舍弃生活原型中之大量杂质，提炼、纯化、升华为结晶，以表达爱情间阻情况下愈益深挚忠贞之感情"，"唯其精纯而具典型性，此类诗于创作过程中亦有可能融合、渗透作者之人生感受"②。黄世中认为，这首诗写的是暮春时节与恋人别离之忧伤，当受《汉武故事》中青鸟为西王母报信细节的影响。这一细节或可暗指对方身份尊贵，或所追求事物之高尚，可望而不可即之类，不一定暗指女道士。本诗确乎为写恋情、恋爱之诗，但其背后所渗透的执着的情绪与意念，或可抽象化，进而表现一切类似的追求。③ 对这首诗的抽象性意义的解读方式把握得较为得当。这一类解读方式，近来被许多学者所接受，他们开始注意到，李商隐无题诗能够"把心绪描写作为创作的出发点，以表现心绪作为诗境的最高标准"④。不可否认的是，根据诗歌字面意义和抽象意义的关系解读，通过对诗歌的主题、创作思路、多义性特征的分析，是可以认定李商隐这首无题诗的抽象情绪的。李商隐的这首无题诗，包括他的许多类似"无题"一类诗作，都"有一个以'爱'字为内核，以'个人'为主线的金字塔式内在结构"⑤。这就是本研究常提起的诗歌的抽象性意义。在对这首诗的解读中，认识到这一解读方式的学者有很多，如钟群英认为，这首诗写了对爱情的忠贞、对友情的珍视、对亲情的眷恋和仕途苦闷的寄托⑥。其所蕴含的友情与亲情历来为评论家所不提，是根据这首无题诗的抽象意义解读出来的。宋惠萍认为这首诗"形象化地表现了李义山全部的人生经验，融合了他在情感生活、朋友相交、文学事业，以及仕途落魄后精神

① 刘学锴、余恕诚、黄世中：《李商隐资料汇编》，中华书局 2001 年版，第 861—862 页。
② 刘学锴、余恕诚：《李商隐诗歌集解》（增订重排本），中华书局 2004 年版，第 1632 页。
③ 黄世中：《类纂李商隐诗笺注疏解》，黄山书社 2009 年版，第 70—71 页。
④ 陈建华：《内心视镜——析李商隐〈无题〉诗"相见时难"的心绪描写》，《抚州师专学报》2003 年第 1 期。
⑤ 青峰：《谈李商隐〈无题〉诗"相见时难"的心绪描写》，《赣南师范学院学报》1990年第 2 期。
⑥ 钟群英：《李商隐〈无题〉诗解析》，《文学教育》（下）2007 年第 7 期。

苦闷的种种体验，也隐含了他虽失意仍有所期待的心情"①。这些思路都是符合李商隐无题诗解读的，但这些解读往往都是偏向于具体篇章的感悟认识。究其根源，对抽象意义、概括性意义的把握，才是准确掌握李商隐无题诗的要旨所在。

这首诗描述了抒情主人公与所思慕之人因诸多原因无法相见，因相见困难，双方见面之后难舍难分，而抒情主人公与所思慕之人之间的情感是至死不渝的，其背后蕴含强大的执着力量。在无法与对方相逢的情况下，抒情主人公担心年华老去，夜夜对月孤独，但又感觉双方相距不是很远，仍然可以互通音信。诗中或许暗含执着于某种可望而不可即的事物，为之坚持到死不放弃，而随着年华老去，心里暗生孤独，却又充满信心的情绪。孙洙对此诗的评价是："一息尚存，志不少懈；可以言情，可以喻道"，意思是这首诗写的是诗人执着的信念，对所追求的事物，哪怕只有一丝希望，也不会懈怠。这首诗的主旨，是对感情的执着追求，也是对真理、对"道"的执着追求。②孙洙此说也可以作为参考。

在无题诗抽象情绪"对美好事物的发现或追求—认定自己有资格追求美好事物—追求过程中因受阻而失落—追求失败后的愤愤不平以及绝望而难以排遣的凄楚情绪—受阻后继续执着无悔地追求"这一线索的五个阶段中，这首诗在第一、第三、第五阶段都有鲜明的体现，其落脚点则侧重在第五阶段。

---

① 宋惠萍：《楚雨含情皆有托——李商隐无题诗解读》，《汉字文化》2019 年第 19 期。
② （清）蘅塘退士：《唐诗三百首》，中华书局 2007 年版，第 276 页。

十二　无题 “紫府仙人号宝灯”

紫府仙人号宝灯，
云浆未饮结成冰。
如何雪月交光夜，
更在瑶台十二层。

《无题·紫府仙人号宝灯》是一首笼罩在雪白色情境中的诗作，由“白”的空间引申到“寒”的感觉。“夜吟应觉月光寒”一句之境界，当与本诗相通。诗作究竟描述了什么内容，也是争议颇大，但似乎并没有影响诸多评论家对这首诗的评价。冯班说，李商隐这首诗如图像一样写艳情，“真成上格”，何焯认为后两句“状白者无以逾此”[①]，足见对此诗艺术价值评价之高。

（一）诗歌题旨各执一词

“紫府”，诗中应为女仙所居之处。《海内十洲记·长洲》有载：“长洲……有紫府宫，天真仙女游于此地。”[②]《抱朴子·祛惑》提及：“……及到天上，先过紫府，金床玉几，晃晃昱昱，真贵处也……”[③] 冯浩引此以为“紫府仙人”即“紫府仙姝”，未免有些太拘泥于《抱朴子》中的典故。冯浩同时指出，此处“紫府”为“内职之意”，似毫无根据。

---

① （清）朱鹤龄笺注，（清）沈厚塽辑评：《李义山诗集》，台湾学生书局1967年影印本，第202页。

② 刘学锴、余恕诚：《李商隐诗歌集解》（增订重排本），中华书局2004年版，第1612页。

③ （晋）葛洪：《抱朴子》，上海古籍出版社1990年版，第153页。

刘学锴怀疑"紫府"或即"紫宫",因为《海内十洲记》有载:"青丘有紫府,天真仙女游于此地。"① "紫府"于古诗中常见,当泛指仙人居所。

"宝灯",当指供奉神佛之灯。释道源认为:"佛有宝灯之名,神仙无此号。然佛亦称全仙,故可通用。"冯浩也称:"佛经屡称仙人,则古仙、佛同称也。"② 诗中指的是一位女子的道号。可见该女子或为修仙、修道之人。

"云浆",是道教传说中仙人所饮的酒。薛用弱《集异记·叶法善》:"青童引我,饮以云浆。"③ "云浆"亦称"五云浆",后亦用以代称美酒。"五云"指云英、云珠、云沙、云液、云母。朱鹤龄引庾信《温汤碑序》:"其色变者流为五云之浆,其味美者结为三危之露。"④ 冯浩引《汉武故事》:"西王母曰:'太上之药有玉津金浆,其次药有五云之浆。'"⑤ 刘学锴称:"云浆,犹云液、流霞,喻仙酒"⑥ 甚确。

"瑶台",朱鹤龄注此诗引《离骚》"望瑶台之偃蹇兮"之句,此处"瑶台"当指道号为"宝灯"的女道人所居之处。诗中所指,"瑶台"共有"十二层"。黄世中认为,李商隐诗歌中与"十二"相关的"十二层、十二楼、十二城、十二阑干等均为道教传说中神仙之居处或以指道教宫观"⑦,其说可取。

这首诗的诗面意义描述了如下画面:紫府仙宫住着一位仙女,她的法号叫"宝灯"。由于周围环境特别寒冷,斟满的酒还没有喝便结了冰。在白雪和白色月光萦绕的宁谧夜晚,我想与她相见,却得知她早已在十二层瑶台之上,距离我已经很遥远,并有重重的阻隔了。屈复称:"在昔仙人相见,方欲一饮,云浆忽已成冰,然犹相近也。乃今雪月之夜,

---

① 刘学锴、余恕诚:《李商隐诗歌集解》(增订重排本),中华书局 2004 年版,第 1612 页。
② (清)冯浩:《玉溪生诗集笺注》,上海古籍出版社 1979 年版,第 407 页。
③ (唐)薛用弱:《集异记》,中华书局 1980 年版,第 16 页。
④ (清)朱鹤龄笺注,(清)沈厚塽辑评:《李义山诗集》,台湾学生书局 1967 年影印本,第 202 页。
⑤ (清)冯浩:《玉溪生诗集笺注》,上海古籍出版社 1979 年版,第 407—408 页。
⑥ 刘学锴、余恕诚:《李商隐诗歌集解》(增订重排本),中华书局 2004 年版,第 1612 页。
⑦ 黄世中:《类纂李商隐诗笺注疏解》,黄山书社 2009 年版,第 8 页。

更隔十二层之瑶台，远而更远矣。"① 与诗文的字面意义较为相近。

对于本诗的含义，自古以来争议颇大。很多学者直截了当地表示这首诗的题旨是说不清的。如朱彝尊认为，这是一首"游仙诗"，"然其意不可晓"②。张采田在《李义山诗辨正》中也认为"此篇寓意未详"③。

姚培谦认为，这首无题诗是写李商隐有"无路自通"的想法。④ 但从诗文本意来看，缺乏凭证，显然为主观臆断。程梦星认为这首无题诗所描绘的是李商隐娶王茂元之女为妻的场景，是"却扇之作"，"紫府仙人号宝灯"是把王氏比作仙女，"云浆未饮结成冰"是描绘婚礼当天喝交杯酒的情形，"如何雪月交光夜"描绘的是当时的环境，"更在瑶台十二层"是指希望与王氏亲近。⑤ 程梦星的解读，抓住了诗中"云浆"与"饮"的细节，并以此扩展，联系到饮酒的场景，最后又由饮酒的场景扩展到李商隐与王氏喝交杯酒的场景。他的解读虽然生动可感，但主观臆测成分过于浓重，未必符合诗歌的艺术特征和诗文本意。纪昀认为程梦星的理解很武断，他指出这首诗与曹植《洛神赋》中"叹匏瓜之无匹，咏牵牛之独处"之意相近，谓其"求之不得，亦寓言也"⑥。袁虎文、杨致轩、何义门、田篑山四家所批此诗，都认为是表现"总是不得见之意"，对这首诗的抽象情感线索把握得十分得当。

（二）难以简单认定的"托寓"之说

与李商隐其他无题诗的情况相同，"托寓令狐"的解读在这首诗的阐释过程中发挥得淋漓尽致。吴乔认为这首无题诗是李商隐因羡慕令狐绹显贵而作，"极其叹羡，未有怨意"，与"近知名阿侯""昨夜星辰昨

---

① （清）屈复：《玉溪生诗意》，台湾正大印书馆 1974 年影印本，第 332 页。

② （清）朱鹤龄笺注，（清）沈厚塽辑评：《李义山诗集》，台湾学生书局 1967 年影印本，第 202 页。

③ （清）张采田：《李义山诗辨正》，转引自《玉溪生年谱会笺》，上海古籍出版社 1983 年版，第 320 页。

④ （清）姚培谦：《李义山诗集笺注》卷 14，中华书局 1918 年影印本，第 9 页。

⑤ （清）朱鹤龄笺注，（清）程梦星删补：《李义山诗集笺注》，台湾广文书局 2014 年影印本，第 328—329 页。

⑥ （清）纪昀：《抄诗或问》，转引自黄世中《类纂李商隐诗笺注疏解》，黄山书社 2009 年版，第 9 页。

夜风"、《玉山》为同时之作。① 这一类解读必牵涉令狐氏，其背后的解
诗思路往往是将抽象意义或朦胧的情感线索具体化，并最终通过臆测的
联系映射到李商隐与令狐绹之间的关系上，难免有穿凿附会之嫌。《新
唐书·令狐绹传》有载："绹为承旨，夜对禁中，烛尽，帝以乘舆、金
莲华炬送还。院吏望见，以为天子来，及绹至，皆惊。"② 冯浩认为这段
话可以作为这首无题诗的类证，并对此做出一系列详尽的揣摩，认为这
个时候大概是元宵节，李商隐在家中等待令狐绹回来一同宴饮。"云浆
未饮结成冰"的意思是天气太冷，等待令狐绹的时间很长，酒水已冻成
寒冰。并对令狐绹晚归的行为发出感叹，谓其"当此寒宵，何尚不即归
乎"③？ 根据正史中的一段记载，竟然穿凿附会至此，可见主观臆测成分
极大。细细品味这种解读方式，无疑是抓住了诗中所描绘的寒冷环境这
一细节阐发而来。天气寒冷，酒因寒冷而冻成冰，是诗中提到的细节，
而酒如何成冰，诗中并没有提及。冯氏便以此为依据发挥联想，认为酒
被冻成冰是因为等人太久而致，具体等待何人，则又联想到令狐绹。这
种一层又一层、一环又一环的主观联想，是导致解读不易被信服、不易
被接受的根本原因。冯浩这种"硬往宫廷生活的事实上去附会"④ 的做
法显然是不科学、不可取的。张采田认为："冯氏谓指令狐，其说太晦。
细玩诗意，并无感慨，与令狐诸篇迥不相类，未敢附会也。"⑤ 此说可
取。但他在《玉溪生年谱会笺》中又认为这首无题诗写的是正月十五元
宵节夜晚的景象，并且与《谒山》一诗所写的是同一场景，只不过《谒
山》描绘的是白天的景象，而这首无题诗描绘的是夜晚的景象。⑥ 这种
解读方式与冯浩的解读思路如出一辙。"托寓令狐"的解读影响深远，
许多当代学者依旧受此影响，如周振甫认为，"紫府瑶台都比宫廷，十

---

① （清）吴乔：《西昆发微》，商务印书馆 1937 年排印本，第 1—2 页。
② （宋）欧阳修、宋祁：《新唐书》，中华书局 1975 年版，第 5102 页。
③ （清）冯浩：《玉溪生诗集笺注》，上海古籍出版社 1979 年版，第 408 页。
④ 刘学锴：《李商隐诗歌接受史》，安徽大学出版社 2004 年版，第 242 页。
⑤ （清）张采田：《李义山诗辨正》，转引自《玉溪生年谱会笺》，上海古籍出版社 1983
年版，第 320 页。
⑥ （清）张采田：《玉溪生年谱会笺》，上海古籍出版社 1983 年版，第 161 页。

二层极言绚地位的崇高，雪月交光正指他处境的优越"①，明显拘泥于旧注的"托寓令狐说"。汤翼海认为冯浩的解说穿凿，并将这首诗的创作背景阐释为"柳仲郢设宴群僚，久而未来，更值寒夜，遂令灵感独敏之诗人如义山者吟咏而成此篇也"，指出该诗作于大中六年（852）到大中十年（856）之间。②他的解读思路与冯浩并无二致，只不过将对象由令狐绚转变为柳仲郢了。

（三）尚待论证的"讥讽求仙之作"

叶葱奇认为，这首诗是"讥讽武宗李炎求仙的诗"，"意思说宪宗的失误昭然在目，何以今日竟然又到高台上去望仙求道了呢？"③可能由本诗流露出的"紫府仙人""瑶台""十二层"等颇具道教意味的个别意象联想而成，其解读归于传统诗歌的怨刺类别，但仅凭这些颇具道教文化的字样便将其与宪宗、武宗求仙的事情联系起来，未免有失严谨。这种解读方式或因诗歌本事材料缺乏，只能根据正史记载的零星片段加以分析推测而成。此外，中国传统的诗歌深受现实主义传统影响，评论家很容易将诗人所处的时代与其作品相联系，似乎只有这样才能给诗歌以深远的厚重感，但从诗歌解读与艺术构架的角度来看，这种解读方式并不利于准确把握诗歌的抽象意义与多重内涵。

（四）充满想象的"爱情诗"解读

认为这首诗单纯描绘爱情的学者也不在少数。朱偰认为这是一首写宋华阳的诗作，诗中的冰、雪是描绘宋华阳住处高寒。④这种解读显然是受苏雪林的影响。其阐释方式是围绕诗中所描绘的寒冷意境而展开，将寒冷意境落实到了宋华阳的住处。黄世中与朱偰持类似观点，将其归

---

① 周振甫：《李商隐选集》，上海古籍出版社 2012 年版，第 229 页。
② 汤翼海：《李义山无题诗十五首考释》，转引自台湾中山大学中文学会编《李商隐诗研究论文集》，台湾天工书局 1984 年版，第 918—919 页。
③ 叶葱奇：《李商隐诗集疏注》，人民文学出版社 2015 年版，第 145 页。
④ 朱偰：《李商隐诗新诠》，转引自《李商隐和他的诗》，台湾学生书局 1976 年版，第 68 页。

为李商隐的玉阳诗、女冠诗、爱情诗一类①，其根据为诗中"紫府""云浆"等一系列具有道教气息的字样，但仅凭此断定这首诗与玉阳女冠有关，似乎太过武断。刘道中将多首无题诗认定为李商隐与女冠的恋爱诗，并将其中数首无题诗认定为女冠所作。他认为本诗是女冠所作，是认识李商隐之前的作品。这种认定本着诗中的抽象意义妄加想象，毫无根据。刘道中将这首诗所写的内容认定为"先在洛阳别馆号召志愿修行人员，然后在寒冷的冬天上王屋山，清晨由洛阳出发，晚上到达，山上积雪未化，星月满天"②，可能是在本诗所描绘的"雪月交光夜"的环境影响下，结合自己的主观想象而形成的一种理解。

（五）难以追求的抽象情绪

刘学锴认为，整首诗"着力渲染某种可望而不可即之情景，以及追求、向往而又时感变化迅即，难以追攀之感"，解说甚确。他在按语中强调："此类意境空灵虚幻，迷离惝恍之作，可能由某一具体情事触发，然当其融合其他情事，形成有典型性之艺术境界时，意义自不限于某一具体事件。若必欲探求义山何以有此类作品，则其一生政治与爱情方面之追求与失望，皆为其生活基础，其给予读者之实际感受，亦即前述如怨如慕、执着追求而又不胜怅惘之情绪。"③ 这段话可为李商隐无题诗乃至大部分"无题"一类诗作所传达的抽象情绪做出更为贴切的解读。宋惠萍认为这首诗是描述李商隐从桂州回到长安，看到自己潦倒落魄，令狐绹却平步青云，从而表现出"对故人有期待、有怨望、有自剖、更有不满和讽刺"④。这种解读似乎距离诗歌本意还有一定的距离。曹渊认为，朱彝尊、屈复都主张诗意与神仙有关，而吴乔、纪昀认为与爱情有关。《李商隐诗歌集解》中认为"紫府仙人"即"仙姝"，与"我"有一定距离，这些观点都不准确。曹渊在此基础上提出"云浆未饮结成冰"表示的是时间的久逝，这首诗写的是与神仙相会最终空等一场，暗

① 黄世中：《类纂李商隐诗笺注疏解》，黄山书社 2009 年版，第 10—11 页。

② 刘道中：《李商隐诗集正解》，皇加打字印刷公司 2010 年版，第 545 页。

③ 刘学锴、余恕诚：《李商隐诗歌集解》（增订重排本），中华书局 2004 年版，第 1614 页。

④ 宋惠萍：《楚雨含情皆有托——李商隐无题诗解读》，《汉字文化》2019 年第 19 期。

指求仙的虚妄。① 这种解读思路与该诗的抽象意义"可望不可即"十分接近。其实，表现出抽象的虚妄特征乃是本诗具备的基本情感，但这种情感却未必一定与求仙有直接关系。

这首无题诗似乎并无确指的具体事物，其诗面意义只是描绘了一个纯白色的环境，以及在纯白色环境下由通感而生的寒冷的环境。既然有云浆，说明与所思慕之人有相见的机会，但云浆结成冰，或许说明时间也被定格。抒情主人公试图与所思慕之人再相见，奈何双方相隔十二层瑶台的距离，"阻隔"之感顿生。这首诗的场景与细节通过抽象概括，或为描述一种可望而不可即、历经重重阻隔而越发难以追求的复杂情绪。其中诸多穿凿附会的解读，大抵都是抓住抽象意义中的某个元素大肆具体化的结果。

在无题诗抽象情绪"对美好事物的发现或追求—认定自己有资格追求美好事物—追求过程中因受阻而失落—追求失败后的愤愤不平以及绝望而难以排遣的凄楚情绪—受阻后继续执着无悔地追求"这一线索的五个阶段中，这首诗在第一、第三、第四阶段都有鲜明的体现，其落脚点则侧重在第四阶段。

---

① 曹渊：《李商隐〈无题〉诗中女性角色的情感隐痛及其比兴意义》，《武汉理工大学学报》（社会科学版）2018年第1期。

十三　无题“来是空言去绝踪”

> 来是空言去绝踪，月斜楼上五更钟。
> 梦为远别啼难唤，书被催成墨未浓。
> 蜡照半笼金翡翠，麝熏微度绣芙蓉。
> 刘郎已恨蓬山远，更隔蓬山一万重。

无题“来是空言去绝踪”传达的题旨十分抽象。

（一）诗面意义的梳理及相思题旨的争议

“蜡照与麝熏”。“蜡照”与“麝熏”，从构词角度看，“蜡”与“照”，“麝”与“熏”都是主谓关系的短语，但从诗歌结构来看，“蜡照”与“麝熏”当为名词，在诗中作主语。黄世中认为，“蜡照”是名词，在这里不作主谓词组。[①]“麝熏”同理。“蜡照”指的是蜡烛点燃后的光照，而“麝熏”指的是香炉中的麝香熏灼后散发的香气。

“金翡翠”。“翡翠”这里指翡翠鸟。所谓“金翡翠”，就是用紫金丝线绣成的翡翠鸟的图案。至于图案究竟绣在什么地方，历来争议较大。黄世中认为，“金翡翠”是一种绣着翡翠鸟图案的灯罩。“半笼”，“罗罩掩光”义；“蜡照半笼金翡翠”，指的是蜡烛燃烧所照出的光，被绣有紫金翡翠鸟图案的灯罩所掩盖。[②]刘学锴认为，这句诗有两种解读方式：其一，金翡翠是用金线绣成的翡翠鸟图案的帷帐，烛光照在帷帐上，帷

---

① 黄世中：《类纂李商隐诗笺注疏解》，黄山书社 2009 年版，第 74 页。
② 黄世中：《类纂李商隐诗笺注疏解》，黄山书社 2009 年版，第 74—75 页。

帐的上半部分烛光照不到，只能照在下半部分，所以叫作"半笼"，并举韦庄《菩萨蛮》"香灯半卷流苏帐"以为同义。其二，与黄世中的观点相近，谓"金翡翠指有翡翠鸟图样之罗罩，眠时用以罩在烛台上掩暗烛光"①，并举温庭筠《菩萨蛮》"画罗金翡翠，香烛销成泪"一句作为例证。

"绣芙蓉"。"绣芙蓉"指的是绣有芙蓉的帷帐、被褥、枕巾等。崔颢《虞姬篇》"水晶帘箔绣芙蓉"似与此同类；鲍照《拟行路难》其一有"七彩芙蓉之羽帐"之句，冯浩认为，"此谓褥也"②，杜甫《李监宅》有"褥隐绣芙蓉"，明确芙蓉绣在被褥上。刘学锴认为，这里的"绣芙蓉""指被褥为宜"③。

"刘郎"。《幽明录》中有这样一个故事：汉明帝永平五年（62），剡县的刘晨、阮肇一起进入天台山，因为迷路，不能返回家中，后来被两位仙女邀请，进了仙洞，仙女盛情款待了他们。半年之后，他们请求回家，回家后才发现，出来见面的已经是他们的七世孙了。④刘晨、阮肇的这一典故为唐诗中所常用。曹唐《刘阮洞中遇仙子》有"免令仙犬吠刘郎"，《仙子洞中有怀刘阮》有"此生无处访刘郎"，《小游仙》有"教向桃源嫁阮郎"之句，司空图《游仙》其二有"刘郎相约事难谐"之句。可见，"刘郎"可用来称呼刘晨。此外，《史记·孝武本纪》有载："天子既已封泰山，无风雨灾，而方士更言蓬莱诸神若将可得，于是上欣然庶几遇之，乃复东至海上望，冀遇蓬莱焉。"⑤记录的是汉武帝刘彻求仙的典故。刘郎，在唐诗中也指汉武帝刘彻，如李贺《金铜仙人辞汉歌》"茂陵刘郎秋风客"中的"刘郎"便是。朱鹤龄注此诗时曾引李贺诗句为证。⑥冯浩指出，这句诗是"用汉武求仙事，屡见"⑦。关于

---

① 刘学锴、余恕诚：《李商隐诗歌集解》（增订重排本），中华书局2004年版，第1634页。
② （清）冯浩：《玉溪生诗集笺注》，上海古籍出版社1979年版，第386页。
③ 刘学锴、余恕诚：《李商隐诗歌集解》（增订重排本），中华书局2004年版，第1634页。
④ （南朝宋）刘义庆撰，郑晚晴辑注：《幽明录》，文化艺术出版社1988年版，第1页。
⑤ （汉）司马迁：《史记》（修订本），中华书局2014年版，第603页。
⑥ （清）朱鹤龄笺注，（清）沈厚塽辑评：《李义山诗集》，台湾学生书局1967年影印本，第189页。
⑦ （清）冯浩：《玉溪生诗集笺注》，上海古籍出版社1979年版，第386页。

此处的"刘郎"究竟指的是刘彻还是刘晨，一直为学界争论的焦点。程梦星认为，此处的"刘郎"应指刘彻。但陈文华不赞同程梦星的观点，认为此诗并非引用汉武帝蓬山求仙的典故，而是用了刘晨、阮肇天台山遇神女事。① 从字面意义来看，"蓬山"二字似乎已经指向了刘彻，因为刘彻求仙的目的地是蓬莱山，而刘晨遇仙指向的是天台山。黄世中不同意朱鹤龄与冯浩的注释，采用刘郎即刘晨一说。② 刘学锴认为，"刘郎、蓬山虽用汉武求仙事，然仅取其字面，实兼用刘晨、阮肇事。"③ 将关于刘晨的典故与关于汉武帝刘彻的典故相对比，不难发现，刘彻的典故中有"求而不得"之意，而刘晨的典故为"偶遇仙女"，都有"超脱变幻莫测的世界"之意，故此，从典故本意的角度，似乎理解为汉武帝求仙更接近诗文本意。

"蓬山"。《史记·封禅书》："蓬莱、方丈、瀛洲，此三神山者，其传在渤海中，诸仙人及不死之药皆在焉。其物禽兽尽白，而黄金、银为宫阙。""蓬山"指的就是蓬莱仙山。冯浩引《后汉书·窦章传》："学者称东观为老氏藏室，道家蓬莱山。"可知蓬莱山的传说在道家文化中流传很广。李商隐无题诗曾两次提及"蓬山"："蓬山此去无多路，青鸟殷勤为探看""刘郎已恨蓬山远，更隔蓬山一万重"，有借指"可望而不可即"之意。

这首诗的情绪线索可阐释如下：你说你离开之后还会再回来，可是你一走就再也没有音信，你声称再回来的诺言也成了一纸空文。五更时分，万籁俱寂，月亮斜挂在层楼之上，使我不得不又想起了你。我梦见你逐渐离我远去，我拼命地哭着，喊着，却无法将你挽留，所以，在这五更时分，我情不自禁地给你写信，聊表我的思念之情。我的心情太过急切，墨水还没有研浓就开始写信，使得墨迹灰淡。烛光照着用金线绣成的翡翠鸟图案的帷帐下方，香炉中的麝香熏灼后散发的香气慢慢飘过绣有芙蓉图案的被褥。汉武帝追寻蓬莱仙境，已经苦于蓬莱山距自己十

---

① 陈文华：《比较与翻案——论义山七律末联的深一层法》，转引自台湾中山大学中文学会编《李商隐诗研究论文集》，台湾天工书局1984年版，第663页。

② 黄世中：《类纂李商隐诗笺注疏解》，黄山书社2009年版，第75页。

③ 刘学锴、余恕诚：《李商隐诗歌集解》（增订重排本），中华书局2004年版，第1634页。

分遥远了，而我觉得自己与所思念之人的距离，比汉武帝距离蓬莱山的一万倍还要远。

在对这首诗题旨的诸多争议中，主张抒发相思之苦的学者占多数。如朱鹤龄认为，"此章言情愫之未易通也"①。王清臣、陆贻典在《唐诗鼓吹笺注》中说："此有幽期不至，故言来是空言而去已绝迹，待久不至，又当此月斜钟尽之时矣。唯其空言，所以梦为远别、啼难唤醒，而裁书作答、催成墨淡也。想君此时，蜡烛犹笼，麝香微度，而我不得相亲，比之刘郎之恨不更甚哉！"②这段评语中，对诗歌表达相思不得这一层面意义的概括较为得当，唯有文后认为，刘郎所用的典故指的是刘晨遇仙女，而将汉武帝求仙典故忽略。屈复认为，"来是空言去绝踪"说的是"相期之别"；"月斜楼上五更钟"指的是"此时难堪"；"梦为远别啼难唤"说的是"梦犹难别"；"书被催成墨未浓"说的是"幸通音信"；"蜡照半笼金翡翠，麝熏微度绣芙蓉"指的是"孤灯微香，咫尺千里"；"刘郎已恨蓬山远，更隔蓬山一万重"说的是"远而又远，无可如何矣"③。对诗歌所传达的情感脉络做了较为得当的梳理与阐释。赵臣瑗认为，这首诗的首句"来是空言去绝踪"七个字便写尽"幽期虽在、良会难成种种情事"，"真有不觉其梦之切而怨之深者"；而"月斜楼上"一句则"不是见月而惊，乃是闻钟而叹"，指出抒情主人公在五更时分听到钟声，表明时间已经接近天明，说明又是彻夜未眠，虚度此宵；"梦为远别"句写"神魂之恍惚"；"书被催成"句写"报问之仓皇"，"情真理至，不可以其媒而忽之"；"蜡照""麝熏"两句是"缩笔重写"，"月斜楼上，烧烛以俟之，烛犹未灭也；焚香以候之，香犹未歇也，而昔也欲去，留之未能；今也不来，致之无路，将奈之何哉！以为远，诚不知其远之若何；以为恨，诚不知其恨之何若也。"④ 对抒情主人

① （清）朱鹤龄：《李义山诗集补注》，转引自刘学锴、余恕诚、黄世中《李商隐资料汇编》，中华书局 2001 年版，第 249 页。

② （清）王清臣、陆贻典：《唐诗鼓吹笺注》，转引自刘学锴、余恕诚、黄世中《李商隐资料汇编》，中华书局 2001 年版，第 336 页。

③ （清）屈复：《玉溪生诗意》，台湾正大印书馆 1974 年影印本，第 236—237 页。

④ （清）赵臣瑗：《山满楼笺注唐诗七言律》，转引自刘学锴、余恕诚、黄世中《李商隐资料汇编》，中华书局 2001 年版，第 460 页。

公在诗中所流露出的情感心理加以细致刻画。陆昆曾认为，整首诗都是围绕首句展开的发挥。"言我一夜之间，辗转反侧，而因见夫月之斜，因闻夫钟之动，思之亦云至矣。乃通之梦寐，而梦为远别，何踪迹之可寻乎？味其音书，而书被催成，宁空言之足据乎？蜡照半笼，言灯光已淡；麝熏微度，言香气渐消，夜将尽而天欲明之时也。言我之凄清寂寞至此，较之蓬山迢隔，不啻信徒，则信乎'来是空言去绝踪'也。"① 指出整首诗传达的是抒情主人公"凄清寂寞"的情感心理。姚培谦认为，"此章极言两人情愫之未易通，开口便将世间所谓幽期密约之丑，尽情扫去。其来也固空言，其去也已绝踪。当此之时，真是水穷山断。然每到月斜钟动之际，黯然魂销；梦中之别，催成之书，幽忆怨乱，有非胶漆之所能喻者。乃知世间咫尺天涯之苦，正在此时。遥想翡翠灯笼，芙蓉帏幕，所谓其室则迩，其人甚远，纵复沥血刳肠，谁知我耶？"② 孙洙认为，"蜡照半笼金翡翠"句说的是"灯犹可见"，"麝熏微度绣芙蓉"句说的是"香犹可闻"，末尾两句说的是"其人则已远矣"③。其评述较为精当。章燮认为，"来是空言去绝踪"说的是与别人相约后而负其所约，"月斜楼上五更钟"说的是"待月至晓"，"梦为远别啼难唤，书被催成墨未浓"说的是"五更而成梦，因梦而远别，因远别以写书"。"梦"是贯穿这两句诗的焦点，"啼"说的是为远别离而哭泣，"虽唤之而不醒也"，"书"是书写相思内容的信，"被别恨而催成，所以纸上之墨淡而不浓也"。"蜡照半笼金翡翠，麝熏微度绣芙蓉"两句写"梦醒时所见所闻之景也"，最后两句说的是"东西相隔，见之犹恨其远，如隔蓬山也"④。梳理诗文本意较为得当，但按原诗，诗中所描绘的梦境当在第三句后结束，"书被催成"句当为抒情主人公醒来时的行为，章氏疏通时误以为五六句为醒后情景，似不妥。胡以梅认为，"来是空言去绝踪"是说"君臣无际会之时，或指当路止有空言之约"，而"月斜""梦为""书被"三句所写的是"日夕想念之情"，"蜡烛""麝熏"句说的

---

① （清）陆昆曾：《李义山诗解》，上海书店 1985 年版，第 21 页。
② （清）姚培谦：《李义山诗集笺注》卷 9，中华书局 1918 年影印本，第 10 页。
③ （清）蘅塘退士：《唐诗三百首》，中华书局 2007 年版，第 274 页。
④ （清）章燮：《唐诗三百首注疏》，安徽人民出版社 1983 年版，第 202 页。

是寂寞之感，最后两句则点明"隔绝无路可寻"，"若以外象言之，乃是所欢一去，芳踪便绝，再来却付之空言矣。五更有梦，惊远别而啼；讯问欲通，徒情浓而墨淡。为想蜡照金屏，香薰绣箔，仙娥静处，比刘郎之恨蓬山更远也"①，其疏通的诗歌情感脉络大致不差。

这首诗虽然旨意不易明说，但背后的感情线索是较为明晰的。以爱情之字面意义传达执着的追求以及可望而不可即之情绪，当为本诗较为准确的解读方向。仔细分析这首诗不难看出，整首诗中，失落中蕴含着"热烈"②，"应是借梦境之迷离朦胧，表现出恋爱中人患得患失之心理，可以视为一首记梦抒怀之情诗"③。究其根源，可能是所思负约，痴等无悔，梦后成书，黯然神伤。④

（二）别有寄托的主张，臆测特征明显

很多学者认为，本诗并非单纯描写相思艳情。廖文炳称，"此诗言君来则无一言之接，去则绝迹不见，使我思君至月斜钟尽而未已也。或梦见而遽别，不能唤回；欲书寄而急催，又不能尽意。遥见宫中之宴乐，则蜡烛半笼于金翡翠之中；远闻君王之幸，则麝香数度于绣芙蓉之外，己皆不得侍于左右。如刘郎与仙女一别，已恨蓬山远不能到；今我与君，又如隔蓬山一万重之远也，安能已于思耶?"⑤ 将诗文之意与君臣之寄托相联系，未免过于穿凿附会，缺乏可供依托的材料佐证。与李商隐绝大部分难解的诗歌相同，认为这首诗不是单纯的艳情之作而别有寄托的学者，通常认为这首诗的创作与李商隐和令狐绹之间的纠葛有关。吴乔认

① （清）胡以梅：《唐诗贯珠串释》，转引自刘学锴、余恕诚、黄世中《李商隐资料汇编》，中华书局2001年版，第429页。
② 何蟠飞：《李义山诗的作风》，转引自《李商隐和他的诗》，台湾学生书局1976年版，第140—141页。
③ 李昌年：《沧海月明珠有泪——惊艳李商隐》，台湾万卷楼图书股份有限公司2018年版，第323页。
④ 李日刚：《李商隐》，转引自台湾中山大学中文学会编《李商隐诗研究论文集》，台湾天工书局1984年版，第47页。
⑤ （明）廖文炳：《唐诗鼓吹注解》，转引自刘学锴、余恕诚、黄世中《李商隐资料汇编》，中华书局2001年版，第336页。

为，"来是空言去绝踪"是说令狐绹"有软语而无实情"①。徐德泓认为，李商隐之所以写这首诗，是因为他"不得补官"②。冯浩认为，该诗的前两句说的就是"绹来相见，仅有空言，去则更绝踪矣"，并指出诗中的"蓬山"唐代人多用来比附翰林，"怨恨之至，故言更隔万重也"。并且明确指出，如果把这首诗当成纯粹描写男女感情的诗作，"翡翠被中，芙蓉褥上，既已惠然肯来，岂尚徒托空言而有梦别催书之情事哉？"③ 张采田发展了冯浩的说法，指出这首诗与《碧瓦》可能是同时所作，都是托寓令狐楚的作品，并引用李商隐文集《上兵部相公启》中"令书元和中太清宫寄张相公旧诗上石者，昨一日书讫"一句为佐证，指出"令狐绹大中四年十月以兵部尚书同平章事，五年四月兼礼部，时义山以五年春罢徐幕来京"，认为"书被催成墨未浓"指的就是这件事。④ 这种将现实史料与诗歌抽象意义贸然相连的做法，有失诗歌解读的准确性，难免有穿凿附会之嫌。其《玉溪生年谱会笺》又指出，"来是空言去绝踪"写的是"令狐来谒、匆匆竟去之事"；"蜡照半笼金翡翠，麝熏微度绣芙蓉"写的是令狐绹"去后寂寞景况"⑤。穿凿附会的程度较前者程度更为严重。

上述一系列观点，无非是将诗歌的抽象情绪具体化到令狐绹与李商隐的关系中，将诗作的情感落得过实、过死，一味穿凿附会，并未从诗歌本身所抒发的情绪与艺术价值层面对其加以合理解读。李商隐的诗歌解读，应该"注重物与人、主与客的整体神合，力避简单直白的牵合比附"⑥，于这首诗来说，"李商隐长年漂泊生涯积累起来的感受的诗化表现"⑦ 较为符合其抽象意义。周振甫认为这首诗表现的是"作者希望令

① （清）吴乔：《西昆发微》，商务印书馆1937年排印本，第2页。
② （清）徐德泓、陆鸣皋：《李义山诗疏》卷上，转引自刘学锴、余恕诚、黄世中《李商隐资料汇编》，中华书局2001年版，第467页。
③ （清）冯浩：《玉溪生诗集笺注》，上海古籍出版社1979年版，第389页。
④ （清）张采田：《李义山诗辨正》，转引自《玉溪生年谱会笺》，上海古籍出版社1983年版，第311页。
⑤ （清）张采田：《玉溪生年谱会笺》，上海古籍出版社1983年版，第175页。
⑥ 鲍红：《李商隐诗中的隐喻》，《安庆师范学院学报》2006年第5期。
⑦ 宋惠萍：《楚雨含情皆有托——李商隐无题诗解读》，《汉字文化》2019年第19期。

狐绹推荐他入翰林院"①，与此同时，他将《无题四首》连起来看，认为
这四首诗的核心是"何处哀筝随急管"中所指的"老女嫁不售"，即个
人的不得志。姑且不论这四首诗是否可以连在一起解读，就本诗而言，
引申出一系列虚构式情节，亦难免臆测之嫌。②

（三）"咏李夫人说"并不成立

周策纵认为这首无题诗实际上是"为咏李夫人事而作"③，刘若愚也
持此观点。他对此提出质疑。他认为这首诗应该"以活着的人为对象"，
所以它不是咏史诗，其内容也不是写汉武帝为李夫人招魂。又因为登基
的皇帝才能叫作"郎"，所以此处"刘郎"不应指汉武帝。④ 其核心观点
认为，这首诗是李商隐会昌元年（841）还京写给王氏的作品。对此，
何易展表示赞同。⑤ 综合而论，这首诗不能认定为李夫人的招魂诗，但
徐复观所立的新观点，其细节解读的过程依然将抽象的意义落得过实，
难以完全令人信服。此外，汤翼海认为此诗"实为悼亡而非有特别寄托
者"⑥，其观点实则将所咏亡者的对象由李夫人转向了李商隐的妻子王
氏，其穿凿解读的本质并无二样。这首诗是否为悼亡诗尚难定论，目前
没有十分可靠的证据。将这首诗的题旨认定为汉武帝为李氏悼亡或是李
商隐为王氏悼亡的解读方式，显然难以令人信服。

（四）托寓政治仕途的不准确性

主张这首诗有寄托的学者中也有认为这首诗是暗喻李商隐对仕途和
从政环境的感叹。如程梦星将这首诗的每一句都与李商隐仕途中的具体

---

① 周振甫：《李商隐选集》，上海古籍出版社 2012 年版，第 202 页。
② 周振甫：《李商隐选集》，上海古籍出版社 2012 年版，第 180 页。
③ 周策纵：《与刘若愚教授论李商隐无题诗书》，转引自台湾中山大学中文学会编《李商
隐诗研究论文集》，台湾天工书局 1984 年版，第 1067 页。
④ 徐复观：《读周策纵教授〈论李商隐的一首'无题'诗〉书后》，转引自《中国学术精
神》，华东师范大学出版社 2004 年版，第 224 页。
⑤ 何易展：《话语与心理变迁——再论义山的一首〈无题〉诗》，《重庆交通大学学报》
2009 年第 2 期。
⑥ 汤翼海：《李义山无题诗十五首考释》，转引自台湾中山大学中文学会编《李商隐诗研
究论文集》，台湾天工书局 1984 年版，第 890 页。

事物相联系，认为这是他入王茂元幕后的感叹之作。① 此外，姜炳璋认为，诗中的"蓬山"是指"朝中显秩"②。这一解说虽然不及托寓令狐绹穿凿附会严重，但也有许多牵强附会的联系与解读。刘道中认为这首诗连同"飒飒东风细雨来""含情春晼晚""何处哀筝随急管"三首都为李商隐去世后女道士缅怀李商隐之作；③ 祝秀英认为，诗中"金翡翠""绣芙蓉"是追溯在秘书省时的得意情景，后来随王茂元作书记，不能一展抱负，所以有"刘郎已恨蓬山远，更隔蓬山一万重"之说。④ 这些解读难以与诗歌本意构成直接联系，将抽象的意义落得过于具体，并不利于诗歌意义的准确理解。

（五）难上加难的抽象情绪

　　学者历来十分关注这首无题诗，因此对这首诗的评价也特别多。除了少数学者（如贺裳）认为这首诗表现了李商隐"浪子宰相，清狂从事"⑤ 的恶劣品性外，绝大多数学者是较为肯定这首无题诗的艺术价值的。朱彝尊认为，"梦为远别啼难唤"一句，"已别而复梦，远别故梦"⑥，巧妙地将"梦"与"别"联系了起来。冯班认为，"刘郎已恨蓬山远，更隔蓬山一万重"与首联相呼应⑦，或指首联的"空言""绝踪"所带来的"阻隔"感，与末两句所蕴含的可望而不可即之感遥相呼应。陆鸣皋认为，首句"来是空言去绝踪""起得飘空，来无踪影，有春从

---

　　① （清）朱鹤龄笺注，（清）程梦星删补：《李义山诗集笺注》，台湾广文书局 2014 年影印本，第 314 页。

　　② （清）姜炳璋著，郝世峰辑：《选玉溪生诗补说》，南开大学出版社 1985 年版，第 65 页。

　　③ 刘道中：《李商隐诗集正解》，皇加打字印刷公司 2010 年版，第 537 页。

　　④ 祝秀英：《李商隐》，转引自台湾中山大学中文学会编《李商隐诗研究论文集》，台湾天工书局 1984 年版，第 10 页。

　　⑤ （清）贺裳：《载酒园诗话》，转引自郭绍虞《清诗话续编》，上海古籍出版社 1983 年版，第 224 页。

　　⑥ （清）朱鹤龄笺注，（清）沈厚塽辑评：《李义山诗集》，台湾学生书局 1967 年影印本，第 189 页。

　　⑦ （清）朱鹤龄笺注，（清）沈厚塽辑评：《李义山诗集》，台湾学生书局 1967 年影印本，第 189 页。

天上之意"①，对这句诗精湛的艺术表现力做出了较为准确的评估。黄侃认为，"啼难唤"者，言悲思之深；"墨未浓"者，言草书之促；五六句指所忆之地言。② 指出了该诗所用语言功力之深以及巧妙的艺术构思。

综合来看，这首无题诗或可解读为对所思慕之人的执着思念与可望而不可即的"阻隔"感，由此或可抽象化到一个令抒情主人公热衷于追求，但又与所追求对象之间有着重重"阻隔"的事物，而在抽象层面的情绪中自然包括但绝不仅仅包括李商隐在仕途上期望得到重用而不被重用的失落、焦灼心理。在无题诗抽象情绪"对美好事物的发现或追求—认定自己有资格追求美好事物—追求过程中因受阻而失落—追求失败后的愤愤不平以及绝望而难以排遣的凄楚情绪—受阻后继续执着无悔地追求"这一线索的五个阶段中，这首诗在第一、第三、第四阶段都有鲜明的体现，其落脚点则侧重在第四阶段。与"更在瑶台十二层"一诗同有本就很困难，受"阻隔"之后难上加难的抽象意味。

---

① （清）徐德泓、陆鸣皋：《李义山诗疏》，转引自刘学锴、余恕诚、黄世中《李商隐资料汇编》，中华书局 2001 年版，第 467—468 页。

② 黄侃：《李义山诗偶评》，学海出版社 1974 年版，第 8 页。

十四　无题 "昨夜星辰昨夜风"

昨夜星辰昨夜风，画楼西畔桂堂东。
身无彩凤双飞翼，心有灵犀一点通。
隔座送钩春酒暖，分曹射覆蜡灯红。
嗟余听鼓应官去，走马兰台类转蓬。

《无题·昨夜星辰昨夜风》一诗与李商隐的其他无题诗有别，它是李商隐无题诗中唯一一首客观纪实的作品，虽然并无深刻的含义，甚至少有一以贯之的抽象意义，但字里行间依然透露着一种潜在的、微妙的心灵感应。虽然这首无题诗并无深意，也没有任何抽象意义，但也绝非艳情诗。诗中流露出的是一种穿越时空的心灵契合的欢欣愉悦之感，但也绝非艳情诗。

"昨夜星辰昨夜风"是李商隐无题诗中唯一一首"别无寄托"的诗作。因为在诸多版本的李商隐诗集里，本首无题诗都是与七绝"闻道阊门萼绿华"一首合题为"无题二首"，所以二者经常被放在一起讨论，而主张这两首诗是毫无寄托之作的笺注者和评论家无论在古代还是在当下，都不在少数。通过诗文本意的研读，"闻道阊门萼绿华"一诗当别有深意，前文已详细阐述，而"昨夜星辰昨夜风"一诗则确定是别无深意的、单纯描绘宴饮博戏的诗作。

（一）描绘宴饮博戏的诗面意义

"彩凤"。《左传》中记载了这样一个故事。鲁庄公二十二年（前672），陈国发生了一次重大的政变——陈国国君宣公杀死了太子妫御寇。

陈国公子陈完，因为与太子妫御寇有交情，担心这件事会连累自己，于是逃亡到齐国。当时齐国由姜氏掌权，国君齐桓公热情地款待了陈完，打算将他封为齐国的贵族，陈完极力拒绝，但齐桓公没有因此而轻视他，依然让他管理齐国的土木营造。齐国大夫懿仲见从陈国流亡而来的陈完，非但没有落魄，反而备受齐桓公重视，就打算把自己的女儿许配给他。懿仲的妻子，为这桩婚事卜了一卦，卦辞是："凤凰于飞，和鸣锵锵。有妫之后，将育于姜。五世其昌，并于正卿。八世之后，莫之与京。""凤凰于飞，和鸣锵锵"就是说雄凤和雌凰在一起双宿双飞，一唱一和，声音明丽而动听。这是一种起兴的手法，雄凤自然暗指陈完，而雌凰则暗指懿仲之女。"凤凰于飞"指陈完与懿仲之女双宿双飞；"和鸣锵锵"则指他们夫妻二人夫唱妇随，其中"锵锵"的悦耳鸣叫声暗指夫妻二人生活幸福以及后代前途光明；"有妫之后，将育于姜"指陈完的后人，将要在齐国姜氏的土地上生息繁衍；"五世其昌，并于正卿"暗指自陈完和懿仲之女以后的五代人，都会位高禄厚，与齐国的正卿平起平坐；"八世之后，莫之与京"暗指陈完和懿仲之女的第八代人，会取代姜氏成为齐国的国君。懿仲和妻子见卦象如此吉利，不久便让女儿与陈完成婚。事后的发展果真如卦象上所说。① 关于"彩凤"的解释，古今各家笺注者基本采用此说。

近来有学者认为，"彩凤"及下文提及的"灵犀"都是博戏的一种。其主要观点为"昨夜星辰昨夜风"一诗中，"身无彩凤双飞翼，心有灵犀一点通"一联，描述的是宴饮中博戏"凤翼"的场景，"灵犀"一词应理解为"用犀牛角做的骰子"，而古今注释者对"凤翼""灵犀"的解读存在不准确之处。虽然李商隐诗歌所借用的是它们的化用意义，但其本义也应该在释读上有所关注②。其解说不无道理，但持此说的学者并未因此否认这首无题诗颔联的引申义。

"灵犀"。冯浩在注"心有灵犀一点通"一句时，引用了《抱朴子》

---

① 杨伯峻：《春秋左传注》，中华书局 2016 年版，第 239—241 页。
② 唐小华：《宴饮博戏之风与李商隐无题诗"昨夜星辰"新解》，《烟台大学学报》（哲学社会科学版）2017 年第 2 期。

中的一个典故："通天犀角有白理如伞盖，置粟中，鸡往啄辄惊，南人呼为骇鸡犀。"① "通天犀"是一种犀牛的名称。《汉书》曾有记载："通犀，谓中央色白，通两头。"② 朱鹤龄在注本句时，引《南州异物志》"犀有神异，表灵以角"③ 句以为证。可见，"灵犀"指的是一种可以用角"表灵"的犀牛。这种犀牛的角有一个特别之处，就是上面有白色的纹理。因为花纹长在角上，看上去就如同犀牛的角上戴着帽子一样。根据《抱朴子》的记载，在犀牛头上那一片如同帽子一般的白色纹理上放几粒小米，鸡便会飞上去啄食，犀牛会因此受到惊吓，所以人们常把这一类犀牛称为"骇鸡犀"。这里的"一点通"之"点"，其实是取了其中"啄"之意，故此，"啄"与"点"相通。联系"身无彩凤双飞翼"一句可知，本诗已将"啄"之动作发出者由之前传说中的"鸡"转换成了"凤凰"，这一转变，使这首诗在意象上雅化了很多，精致了不少。与此同时，在中国传统文化中，鸡也经常用来形容凤凰。《山海经》有载："有鸟焉，其状如鸡，五采而文，名曰凤皇。"④ 可见，凤凰在形象上与鸡有着相似之处。在诗歌中，有这样一层含义，"身有彩凤双飞翼"就可以双宿双飞，世代繁华；"身无彩凤双飞翼"，则"凤"仅仅是不会双飞的鸡而已，但也不能否认，此句暗含"潜龙勿用"⑤ 之意。

"送钩"与"射覆"。"隔座送钩""分曹射覆"分别指的是两种游戏。"送钩"这一游戏，起源于汉武帝和钩弋夫人的传说。《汉书》有载："（钩弋赵婕妤）家在河间。武帝巡狩过河间，望气者言此有奇女，天子亟使使召之。既至，女两手皆拳，上自披之，手即时伸。由是得幸，号曰拳夫人。……拳夫人进为婕妤，居钩弋宫。"⑥ 冯浩在注此诗时，特别指出"世人藏钩之法"本出于此。"射覆"则暗指另一种游戏。朱鹤

① （清）冯浩：《玉溪生诗集笺注》，上海古籍出版社 1979 年版，第 134 页。
② （汉）班固撰，（唐）颜师古注：《汉书》，中华书局 1962 年版，第 3929 页。
③ （清）朱鹤龄笺注，（清）沈厚塽辑评：《李义山诗集》，台湾学生书局 1967 年影印本，第 187 页。
④ 栾保群：《山海经详注》，中华书局 2019 年版，第 35 页。
⑤ 黄寿祺、张善文：《周易译注》，中华书局 2016 年版，第 2 页。
⑥ （汉）班固撰，（唐）颜师古注：《汉书》，中华书局 1962 年版，第 3956 页。

龄注曰:"于覆器之下置诸物,令暗射之,故云射覆。"① 刘学锴指出:
"射,猜度。射覆,为古代一种猜度预为隐藏事物之游戏。后世酒令以
字句隐寓事物,令人猜度,亦称射覆。"② 无论"射覆"之"射"究竟
是真的"射",还是指"猜想",其中之"覆"字,背后都隐匿了一种隐
约、未知之意。

"听鼓"。刘学锴引《新唐书·百官志》:"日暮,鼓八百声而门闭……
五更二点,鼓自内发,诸街鼓承振,坊市门皆启,鼓三千挝,辨色而
止。"诗中的"听鼓",当本于此。

"兰台"。朱鹤龄引《唐六典》"汉御史中丞掌兰台秘书图籍,故历
代建台省,秘书与御史为邻"以及杜佑《通典》"御史大夫所居之署,
谓之宪台,后汉以来亦谓之兰台寺"之句,阐明此处"兰台"即"御史
台"。③ 冯浩称"兰台"就是秘书省,虽然李商隐时代不称作秘书省,但
是之前有过这样的称呼,称秘书省为兰台是唐人的习惯。④ 刘学锴承此
说,认为"义山释褐秘书省校书郎,王茂元辟为掌书记,得侍御史,故
用此兰台事"⑤,其说甚确。

诗歌所描写的内容和所营造的意境,可以通过文本的细读渐次展开:
首先,这是一个天空中闪耀着无数星辰的晴朗或者少云的夜晚。在这样
一个近乎宁谧的夜晚,时不时吹过的一阵微风,似乎已经开始吹拂
"我"心里那一丝隐隐的波澜。这一切,虽然已经是过去式,但是却发
生在距离现在不远的"昨夜"。如果说"昨夜"仅仅是一个时间的定位,
那么"西"和"东"就转成了一种空间的锁定。"画楼"的西畔,"桂
堂"的东侧,准确定位了诗中所展现的那个地点——"桂堂"与"画
楼"之间。"我"并没有陈完那样的条件,不能与懿仲之女那样的人双
宿双飞,但"我"心中好像有一只头角上有白色花纹的犀牛一样,即使

---

① (清)朱鹤龄笺注,(清)沈厚塽辑评:《李义山诗集》,台湾学生书局 1967 年影印本,
第 187 页。
② 刘学锴、余恕诚:《李商隐诗歌集解》(增订重排本),中华书局 2004 年版,第 429 页。
③ (清)朱鹤龄笺注,(清)沈厚塽辑评:《李义山诗集》,台湾学生书局 1967 年影印本,
第 187 页。
④ (清)冯浩:《玉溪生诗集笺注》,上海古籍出版社 1979 年版,第 134—135 页。
⑤ 刘学锴、余恕诚:《李商隐诗歌集解》(增订重排本),中华书局 2004 年版,第 430 页。

没有双飞的凤凰来啄食"我"心中那只犀牛角上花纹处放着的小米，飞不高的彩鸡轻轻地一啄，"我"也会感受到那种不可言状的感觉。接着，我们玩起了藏钩的游戏。"我"心心念念的人与"我"仅一座之隔，"我"悄悄把所藏之钩送给了她。我们又玩起了射覆的游戏，在一片温馨的红色烛光的照耀中，"我"和她被分在了不同的组。正沉溺在兴奋之中，"我"听到了官衙的鼓声，这才恍然，夜已过去，天早已亮了，该去工作了。对昨夜温馨的欢愉仍抱有一丝余韵，即使自己骑着马已经走到了"兰台"，依然忍不住回过头，朝着"桂堂"与"画楼"之间那个曾经令自己欢愉整个夜晚的地点眺望着。此刻的"我"，看着随风飘转的蓬草，似乎感觉它们就像自己一样，任由轻风摆布……

（二）诸家"寄托说"的得失

有学者明确指出这首诗是有寄托的。冯班认为，这首诗是李商隐失意时的写照，是他漂泊在外，入他人幕府时创作的托寓于君臣遇合的作品[1]。其说无直接根据。诗作中失意之情景，或仅限于"听鼓应官"，如转蓬一样无法左右自己的原因是懒于应对公务，并非失意漂泊。持寄托说的学者有的将所寄托的事物具体化。如程梦星认为，这首无题诗写于李商隐"初出秘书调尉弘农之时"，是李商隐慨叹自己不能处在政治中心。[2] 根据诗文本意，"走马兰台"句如果是实写，显然不是调补弘农尉时所作。此外，吴乔将此诗的内容具体化，认为此诗描绘的是令狐绹夜宴款待李商隐，在宴会上的欢乐场景，而这首诗的写作目的则是寄寓令狐绹。[3] 其穿凿附会之程度未免太过。姜炳璋的观点与此相近，认为这首诗是李商隐"初得御史而受室王氏，因作此诗，寄中朝所亲之人"，并点明这位中朝之人很可能就是令狐绹。[4] 这一系列观点太拘泥于李商

---

①　（清）吴乔：《西昆发微》，商务印书馆 1937 年排印本，第 1 页。

②　（清）朱鹤龄笺注，（清）程梦星删补：《李义山诗集笺注》，台湾广文书局 2014 年影印本，第 309 页。

③　（清）吴乔：《西昆发微》，商务印书馆 1937 年排印本，第 1 页。

④　（清）姜炳璋著，郝世峰辑：《选玉溪生诗补说》，南开大学出版社 1985 年版，第 52—63 页。

隐与令狐绹之间关系的具体事实，其解读未必符合诗文本意。

廖文炳将此诗解读为妃嫔"候君不见之思"①，距诗文本意相去甚远。此外，张佩纶认为这首诗和"闻道阊门萼绿华"一诗都是"言己之疏远，而一心事主"，将李商隐的无题诗与屈原作品的题旨等同。② 我们不否认，李商隐的诗，尤其是"无题"一类诗作，受屈原作品的影响，但据此将诗的具体解读与《楚辞》完全等同，有失准确性。

朱鹤龄认为这首诗说的是"得路与失路者不同"③，姚培谦基本也持此观点。④ 此外，陆鸣皋认为这首诗是"因羁宦而思乐境"的"不得志"之作。⑤ 不可否认，从抽象意义的层面讲，这些不得志的情绪对这一类诗作的风格形成产生过间接影响。由此，我们在诗作中也能读出类似不得志之类的隐含信息，但据此说这首诗因不得志而创作，未免太过武断。

根据末句"兰台"二字，可认定这首诗当为李商隐入秘书省时所作。对此，很多学者持此观点。李商隐两入秘书省，周振甫认为这首诗是"开成四年做秘书省校书郎时所作"⑥，多数学者持相似观点，但诗作中，仅凭"兰台"二字，即便可以与秘书省直接联系，也不能确定这首诗具体创作于何时。因此，这首诗依旧是无法编年的。叶葱奇认为这首诗作于李商隐初入秘书省不久后外调弘农县之时。⑦ "走马兰台"的无奈实则为不愿外调心理的书写，但细读此诗，不难发现这种心态是李商隐游戏了一夜，最终不愿"应官"的无奈之辞，是真实记录了整夜的欢愉活动以及"听鼓"后不舍离去的心情，所以这一类解读往往存在诸多误区。叶葱奇主张这首诗是用无题托于艳词来抒写对外调弘农尉的愤慨，将诗的题

① （明）廖文炳：《唐诗鼓吹注解》，转引自刘学锴、余恕诚、黄世中《李商隐资料汇编》，中华书局2001年版，第335—336页。
② （清）张佩纶：《涧于日记》，转引自刘学锴、余恕诚、黄世中《李商隐资料汇编》，中华书局2001年版，第856页。
③ （清）朱鹤龄：《李义山诗集补注》，转引自刘学锴、余恕诚、黄世中《李商隐资料汇编》，中华书局2001年版，第249页。
④ （清）姚培谦：《李义山诗集笺注》卷9，中华书局1918年影印本，第10页。
⑤ （清）徐德泓、陆鸣皋：《李义山诗疏》卷上，转引自刘学锴、余恕诚、黄世中《李商隐资料汇编》，中华书局2001年版，第465页。
⑥ 周振甫：《李商隐选集》，上海古籍出版社2012年版，第88页。
⑦ 叶葱奇：《李商隐诗集疏注》，人民文学出版社2015年版，第121—122页。

旨具体化到李商隐外调弘农尉这件事上，未必准确。宋惠萍认为，这两首诗（指本首诗及诸多古籍中与之相连的"闻道阊门萼绿华"一诗）是会昌二年（842），李商隐考中书判拔萃，授予秘书省正字，与同事关系不睦的间接反映。① 单凭李商隐不愿意"应官"而判断其与同事关系不睦，未免太过武断。

叶葱奇认为这首诗是大中元年（847）李商隐重入秘书省所作。"嗟余听鼓应官去"，说的是他受郑亚聘请，不得不远赴桂林。② 因缺乏更多可靠资料，无法确定这首诗是李商隐哪一次入秘书省的作品。叶葱奇的解读当是读到诗中无可奈何的情绪，而将李商隐传记中的具体事情牵强附会的结果。叶葱奇的说法与古代寄托说的解读类似，将诗歌的深层意义解释得过实，诗歌的抽象意义与具体事件之间的联系则更牵强。

（三）爱情诗解读的意义与局限

有学者认为"昨夜星辰昨夜风""闻道阊门萼绿华"二首诗是写李商隐与王氏成婚时的场景。③ 此说还缺乏更具说服力的证据。张采田认为这首诗所表现的内容是李商隐希望通过李党的引荐进入秘书省，但其母亲却突然去世，他不得不丁忧而去④，显然为穿凿之说。但张采田在《李义山诗辨正》中却提出了与此大相径庭的观点，他认为这首无题诗与"闻道阊门萼绿华"一诗，可能是李商隐在王茂元家"观其家妓而作"⑤，并认为"闻道阊门萼绿华"一诗的诗意已经"说明"。此说之逻辑或源于查为仁、赵臣瑗。查为仁在《莲坡诗话》中推测这首诗连同"闻道阊门萼绿华"一诗所描写的对象是王茂元的家妓⑥，但毫无依据。

① 宋惠萍：《楚雨含情皆有托——李商隐无题诗解读》，《汉字文化》2019 年第 19 期。

② 叶葱奇：《李商隐诗集疏注》，人民文学出版社 2015 年版，第 124 页。

③ 向思鑫、黄涛：《无题诗本事：李商隐、王氏婚恋之谜》，湖北人民出版社 2015 年版，第 138—142 页。

④ （清）张采田：《玉溪生年谱会笺》，上海古籍出版社 1983 年版，第 92 页。

⑤ （清）张采田：《李义山诗辨正》，转引自《玉溪生年谱会笺》，上海古籍出版社 1983 年版，第 310 页。

⑥ （清）查为仁：《莲坡诗话》，转引自刘学锴、余恕诚、黄世中《李商隐资料汇编》，中华书局 2001 年版，第 564—565 页。

赵臣瑗认为，这首诗是"义山在王茂元家窃睹其闺人而为之"，并明确认定，有人认为这首诗的场景发生在令狐楚家中是不正确的。① 与查为仁同样将诗中的女主人公具体化。此外，还有很多学者持类似观点：如何蟠飞认为这首诗的描写对象是朋友的女眷②，顾翊群认为这首诗是王茂元家宴中李商隐与王氏相逢的情景，对此，金达凯也表示认同。③ 总之，无论家妓出自谁家，主张此诗实则为家妓而作，臆测成分较大，绝不可取。此外，也不可贸然断定此诗是为王茂元的女儿所作，因为诗中所传达的细节只能让人体味到抒情主人公与一位女子心意相通的情感线索，以及欢愉的夜间宴会使得抒情主人公不舍得离开的无奈心境，但无法准确锁定诗中所描写的女子的具体身份。

刘道中认为，这首诗出自女道士之手，是李商隐应令狐楚的聘请，离开王屋山后，女道士有感而发。"走马兰台类转蓬"，正是写李商隐离开王屋山的无奈心境。④ 首先，现有资料并不能证明此诗出于女道士之手，这种解读明显是由末尾两句"无奈应官"的细节情绪阐发而来，具象化的过程中多为主观臆测，缺乏相应的依据。

（四） 对欢乐时光的追忆

王清臣、陆贻典认为，这首诗是"追忆昨夜之景而思其地，谓身不能至，而心则相通"⑤，对诗歌的情感脉络解读得较为准确。诗中所描定的是"昨夜"，其情感线索却由今日而生，是因为今日忘不了昨夜的欢愉而漫成此诗。屈复认为，这首诗是"感目成于此夜，恐后会之难期"⑥，是对一个欢乐夜晚的追忆，这种解读十分恰当，同时也是诸多解

---

① （清）赵臣瑗：《山满楼笺注唐诗七言律》，转引自刘学锴、余恕诚、黄世中《李商隐资料汇编》，中华书局 2001 年版，第 460 页。
② 何蟠飞：《李义山诗的作风》，转引自《李商隐和他的诗》，台湾学生书局 1976 年版，第 134 页。
③ 金达凯：《论李义山诗》，转引自台湾中山大学中文学会编《李商隐诗研究论文集》，台湾天工书局 1984 年版，第 234 页。
④ 刘道中：《李商隐诗集正解》，皇加打字印刷公司 2010 年版，第 40 页。
⑤ （清）王清臣、陆贻典：《唐诗鼓吹笺注》，转引自刘学锴、余恕诚、黄世中《李商隐资料汇编》，中华书局 2001 年版，第 335—336 页。
⑥ （清）屈复：《玉溪生诗意》，台湾正大印书馆 1974 年影印本，第 236 页。

读中最为准确的。胡以梅认为"此诗是席上有遇,追忆之作"①,根据诗歌文本内容可知,这首诗在追忆情况下进行创作是较为符合实际情况的。汪辟疆认为这首诗纯粹是写"宴游之乐";② 纪昀认为这首诗与"闻道阊门萼绿华"一诗都是"狭斜之作,无所寓意,深解者失之"③,对这首诗"别无寄托"的特点把握得较为准确,但认为这首诗"了无可取"④ 未免言过其实。有无寄托并不是判断诗歌优劣的根本标准。相反,诗歌中所传达出的心灵契合的美妙感受以及宴饮时欢愉的心理状态,似乎也可以涵盖古今,获得穿越时空的共鸣。

于这首诗而言,应该将其认定为一首客观纪事的作品。这首诗描写的是李商隐参加宴会,在宴席上体悟微妙的心灵契合与欢愉之感后,依依不舍地去"应官"的过程。冯浩认为,李商隐的无题诗"实有寄托者多,直作艳情者少",而这首诗与"闻道阊门萼绿华"一诗,"定属艳情"⑤。对此,当代学者董乃斌⑥、刘学锴等都持此观点。其实,"闻道阊门萼绿华"一诗本与此诗不同,"偷看吴王苑内花"无疑是隐含想要见面而不得见,最后按捺不住心中因追求诱发的冲动,有积极追求(窥视)的情感因素,而这首诗则是单纯描绘宴饮的场景,别无深意。

(五) 别无寄托亦绝非艳诗

根据前一段的分析,我们可以认定这首无题诗——确实是单纯描绘宴饮博戏的诗作,但从整首诗的创作态度及表达的抽象意义来看,这首诗又绝不是单纯的游戏之作。

文学作品向来有严肃与非严肃之分。在中国古代传统的诗学观念中,

---

① (清)胡以梅:《唐诗贯珠串释》,转引自刘学锴、余恕诚、黄世中《李商隐资料汇编》,中华书局 2001 年版,第 427—428 页。

② (清)汪辟疆:《玉溪生笺举要》,转引自刘学锴、余恕诚、黄世中《李商隐资料汇编》,中华书局 2001 年版,第 918 页。

③ (清)朱鹤龄笺注,(清)沈厚塽辑评:《李义山诗集》,台湾学生书局 1967 年影印本,第 187—188 页。

④ (清)纪昀:《抄诗或问》,转引自刘学锴、余恕诚、黄世中《李商隐资料汇编》,中华书局 2001 年版,第 633 页。

⑤ (清)冯浩:《玉溪生诗集笺注》,上海古籍出版社 1979 年版,第 135 页。

⑥ 董乃斌:《李商隐的心灵世界》,上海古籍出版社 2012 年版,第 177—178 页。

有这样一种解读倾向：如果诗歌传达了君臣关系、政治抱负，那么诗歌的性质就可认定为严肃的，可以登上大雅之堂的；如果诗歌仅仅是描写男女爱情，就可以定为不够严肃，甚至会将其与娱乐题材等同。严格来说，这种观念有失偏颇。

传达家国情怀与政治抱负与传达儿女情长、生活细节情怀，虽然在题材上不可等同，但这两种题材跟严肃与不严肃并无直接关系。无题"昨夜星辰昨夜风"，给人一种描写娱乐嬉戏一类非严肃场景的感觉，但因为李商隐"无题"一类诗作的抽象性与多义性，不可贸然断定这类诗作是非严肃题材。实际上，类似于"身无彩凤双飞翼，心有灵犀一点通"一类传达真挚情感的诗句已然昭示着具备一定程度的严肃性。严肃性的情感在文学作品中集中表现为对待某种事物的认真程度、严谨程度以及执着程度，这一点是包含"昨夜星辰昨夜风"在内的所有类型的无题诗都具备的。故此，李商隐的无题诗，乃至"无题"一类诗作，绝非"艳情诗"，也绝不可贸然断定它们是非严肃作品。相反，这一类诗作从头到尾都不失严肃性。

对《无题·昨夜星辰昨夜风》题旨的解读，似乎陷入两难的境地，即主张无寄托的学者，几乎都认定它是单纯的艳情之作。其实，这首无题诗与其他诸多无题诗的差异之处在于它没有任何寄托。依据王清臣、陆贻典、屈复、胡以梅、纪昀、冯浩等人的观点，有两大因素是可以确定的。第一，这首诗是为追忆一个欢乐的夜晚所作。第二，这首诗没有明显的寄托诗歌本事以外的其他情绪，但同时不可否认，诗中"一点通"的心灵感应，"类转蓬"的无奈心境，在某种程度上是诗人综合情感体验抽象化后的情绪的升华，所以，这首无题诗虽然没有明显的抽象意义，但其背后蕴含着潜在的深层情绪。因此，将其定义为艳情诗，是不够准确的。正如李昌年所说，"由诗中情境推敲，此次偶然相识，仅止于留下美好印象，并无证据显示有何艳情；换言之，本诗系记录发乎情、止乎礼之美丽邂逅。"①

---

① 李昌年：《沧海月明珠有泪——惊艳李商隐》，台湾万卷楼图书股份有限公司 2018 年版，第 83 页。

由此，这首无题诗可作如下解读：它本是一首记录现实，追忆欢乐时光的写实之作，没有寄托之事物。大致的脉络是前一天夜里参加了一场宴会，清晨因公务而离去时仍意犹未尽，慨叹自己不能继续欢愉，流露出暗恋美好事物、与对方心灵相通以及对美好时光的怀念，略带有一丝抽象情绪。鉴于诗中有相对严肃的情感因素，这首无题诗不能看作是艳情之作。

这首无题诗作于李商隐任职秘书省期间是可信的，但究竟是李商隐哪一次进入秘书省创作的，则无法确考。就其特点而言，无疑是"追忆先前参与某显贵设于庭园间之盛宴，惊艳席间美女的怀想之作"①。这首诗具有极妙的艺术技巧，它"以复构的建筑群，限定了人际的感通，同时却以否定词的介入，突破死寂的建筑复构。身虽'无'彩凤双飞之翼，但反逼出心'有'灵犀一点通。否定词在视觉形象布局的建筑蓝图之外接通了一条心灵之道，视觉想象在'无'的否定下失去焦点，却延伸到视线不及的心灵世界中去"②，传达了咫尺天涯难以相逢，却心意相通、两情相悦，聊以慰藉的情感现实。③

在无题诗抽象情绪"对美好事物的发现或追求—认定自己有资格追求美好事物—追求过程中因受阻而失落—追求失败后的愤愤不平以及绝望而难以排遣的凄楚情绪—受阻后继续执着无悔地追求"这一线索的五个阶段中，这首诗仅仅在第四阶段有所体现。如果诗中的抽象情绪可以归纳为一条相对具体的线索，那么"一点通"可认定为"阻隔"被打破的一瞬间，这一瞬间给了抒情主人公极大的愉悦感，而"听鼓应官"则是一种"阻隔"重述的过程。故此，这首诗虽为宴饮博戏之作，但也集中体现了无题诗抽象情绪线索中的第五阶段的情绪。

---

① 李昌年：《沧海月明珠有泪——惊艳李商隐》，台湾万卷楼图书股份有限公司 2018 年版，第 83 页。

② 林美清：《想象的边疆——论李商隐诗中的否定词》，台湾文史哲出版社 1997 年版，第 62 页。

③ 李日刚：《李商隐》，转引自台湾中山大学中文学会编《李商隐诗研究论文集》，台湾天工书局 1984 年版，第 47 页。

参考书目

（汉）班固撰，（唐）颜师古注：《汉书》，中华书局 1962 年版。

（汉）班固［托名］：《汉武故事》，中华书局 1991 年版。

（汉）刘向撰，王叔岷校释：《列仙传校释》，中华书局 2007 年版。

（汉）毛亨传，（汉）郑玄笺，（唐）陆德明音义：《毛诗传笺》，中华书
    局 2018 年版。

（汉）司马迁：《史记》（修订本），中华书局 2014 年版。

（汉）许慎：《说文解字》，中华书局 2015 年版。

（后晋）刘昫等：《旧唐书》，中华书局 1975 年版。

（金）郝天挺注，（明）廖文炳解：《唐诗鼓吹笺注》，台湾新文丰出版
    公司 1979 年影印本。

（晋）陈寿著，（南朝宋）裴松之注：《三国志》，中华书局 1959 年版。

（晋）葛洪：《抱朴子》，上海古籍出版社 1990 年版。

（晋）嵇康著，戴明扬注：《嵇康集》，人民文学出版社 1962 年版。

（南朝陈）徐陵编，（清）吴兆宜注：《玉台新咏笺注》，中华书局 1985
    年版。

（南朝梁）刘勰著，范文澜注：《文心雕龙注》，人民文学出版社 1958
    年版。

（南朝梁）刘勰著，黄叔琳、李详、杨明照注：《增订文心雕龙校注》，
    中华书局 2017 年版。

（南朝梁）陶弘景：《真诰》，中华书局 1985 年版。

（南朝梁）萧统编，（唐）李善注：《文选》，上海古籍出版社 1983 年版。

（南朝梁）吴均：《续齐谐记》，中华书局 1985 年版。

（南朝齐）任昉：《述异记》，中华书局 1981 年版。

（南朝宋）范晔：《后汉书》，中华书局 1970 年版。

（南朝宋）刘义庆撰，郑晚晴辑注：《幽明录》，文化艺术出版社 1988 年版。

（南朝宋）刘敬叔：《异苑》，中华书局 1996 年版。

（唐）白居易著，朱金城笺校：《白居易集》，上海古籍出版社 1988 年版。

（唐）杜甫著，（清）仇兆鳌注：《杜诗详注》，中华书局 2015 年版。

（唐）杜甫著，萧涤非主编：《杜甫全集校注》，人民文学出版社 2014 年版。

（唐）杜光庭：《仙传拾遗》，商务印书馆 1915 年版。

（唐）段成式撰，方南生点校：《酉阳杂俎》，中华书局 1981 年版。

（唐）房玄龄等：《晋书》，中华书局 1974 年版。

（唐）高仲武、元结等编：《唐人选唐诗》，上海古籍出版社 1978 年版。

（唐）韩愈著，刘真伦、岳珍校注：《韩愈文集汇校笺注》，中华书局 2010 年版。

（唐）李白著，（清）王琦注：《李太白全集》，中华书局 1977 年版。

（唐）李白著，郁贤皓校注：《李太白全集校注》，凤凰出版社 2016 年版。

（唐）李商隐：《李商隐集》，明姜道生刻《唐三家集》本。①

（唐）李商隐：《李商隐诗集》，国家图书馆出版社 2013 年影印本。②

（唐）李商隐：《李商隐诗集》，明悟言堂抄本。③

（唐）李商隐：《李义山诗集》，上海扫叶山房 1920 年影印本。④

（唐）李商隐：《唐李义山诗集》，四部丛刊影印蒋斧刻本。⑤

---

① 国家图书馆藏，索书号：02564。
② 据上海图书馆藏清影宋抄本影印。
③ 国家图书馆藏，索书号：04426。
④ 国家图书馆藏汲古阁本（索书号：11381 以及 11382）与此版本相同。
⑤ 国家图书馆藏，索书号：09867。

（唐）李商隐：《义山诗》，东山席氏琴川书屋 1708 年仿宋刻本。①

（唐）李延寿：《南史》，中华书局 1975 年版。

（唐）王维撰，陈铁民校注：《王维集校注》，中华书局 2018 年版。

（唐）薛用弱：《集异记》，中华书局 1980 年版。

（宋）晁公武撰，孙猛校注：《郡斋读书志校证》，上海古籍出版社 2011 年版。

（宋）陈振孙：《直斋书录解题》，上海古籍出版社 1987 年版。

（宋）郭茂倩：《乐府诗集》，中华书局 2017 年版。

（宋）高似孙著，左洪涛校注：《〈纬略〉校注》，浙江大学出版社 2012 年版。

（宋）洪兴祖：《楚辞补注》，中华书局 1983 年版。

（宋）计有功编，王仲镛笺注：《唐诗纪事校笺》，中华书局 2007 年版。

（宋）黎靖德编：《朱子语类》，中华书局 1986 年版。

（宋）李昉等：《太平御览》，中华书局 1960 年版。

（宋）陆游：《老学庵笔记》，中华书局 1979 年版。

（宋）欧阳修、宋祁：《新唐书》，中华书局 1975 年版。

（宋）司马光编著：《资治通鉴》，中华书局 1956 年版。

（宋）王灼著，岳珍校正，《碧鸡漫志校正》，巴蜀书社 2000 年版。

（宋）魏庆之：《诗人玉屑》，上海古籍出版社 1978 年版。

（宋）严羽著，郭绍虞校释：《沧浪诗话校释》，人民文学出版社 1961 年版。

（宋）杨亿编，王仲荦注：《西昆酬唱集注》，中华书局 2018 年版。

（宋）袁枢：《通鉴纪事本末》，中华书局 2016 年版。

（宋）赵蕃、韩淲编，（宋）谢枋得注，黄屏点校：《谢注唐诗绝句》，浙江古籍出版社 1988 年版。

（元）方回选评，李庆甲集评：《瀛奎律髓汇评》，上海古籍出版社 2005 年版。

（元）辛文房著，傅璇琮主编：《唐才子传校笺》，中华书局 2002 年版。

---

① 清席启寓编唐诗百名家全集本，康熙四十七年（1708 年）刻。

（宋）朱熹：《诗集传》，上海古籍出版社 1980 年版。

（明）高棅：《唐诗品汇》，上海古籍出版社 1982 年版。

（明）高棅编纂，汪宗尼校订：《唐诗品汇》，中华书局 2015 年版。

（明）胡震亨：《唐音统签》，上海古籍出版社 2003 年影印本。

（明）王骥德著，陈多、叶长海注释：《曲律》，上海古籍出版社 2012 年版。

（明）王彦泓：《凝雨集》，上海扫叶山房 1926 年影印本。

（明）许学夷著，杜维沫校点：《诗源辩体》，人民文学出版社 1987 年版。

（明）杨基：《眉庵集》，巴蜀书社 2005 年版。

（明）袁子让：《字学元元》，岳麓书社 2012 年影印本。

（清）丁福保：《历代诗话续编》，中华书局 2006 年版。

（清）杜诏、杜庭珠：《中晚唐诗叩弹集》，中国书店 1981 年影印本。

（清）冯浩：《冯注李义山诗集》，崇古山房 1926 年石印本。①

（清）冯浩：《玉溪生诗集笺注》，上海古籍出版社 1979 年版。

（清）冯浩：《玉溪生诗详注》，华正书局 1979 年影印本。②

（清）冯浩：《玉溪生诗详注》，清德聚堂本 1763 年版。③

（清）顾炎武：《日知录》，甘肃民族出版社 1997 年版。

（清）何焯：《义门读书记》，中华书局 1987 年版。

（清）何文焕：《历代诗话》，中华书局 2004 年版。

（清）蘅塘退士：《唐诗三百首》，中华书局 2007 年版。

（清）纪昀：《点论李义山诗集》，镜烟堂藏版。④

（清）姜炳璋著，郝世峰辑：《选玉溪生诗补说》，南开大学出版社 1985 年版。

（清）陆昆曾：《李义山诗解》，上海书店 1985 年版。

（清）潘德舆：《养一斋诗话》，中华书局 2010 年版。

---

① 该书民国三年（1914 年）首版，民国十五年（1926 年）重印。
② 据清乾隆四十五年德聚堂重校本影印，国家图书馆藏，索书号：13019。
③ 该版本于乾隆二十八年刊刻，国家图书馆藏，索书号：17098。
④ 国家图书馆藏，索书号：38549。

（清）钱牧斋、何义门评注，韩成武、贺严、孙微点校：《唐诗鼓吹评注》，河北大学出版社 2000 年版。

（清）钱谦益：《东涧写校李商隐诗集三卷》，学海出版社 1998 年影印本。

（清）钱谦益：《列朝诗集小传》，上海古籍出版社 1983 年版。

（清）屈复：《玉溪生诗意》，文物出版社 2016 年影印本。①

（清）屈复：《玉溪生诗意》，台湾正大印书馆 1974 年影印本。

（清）阮元等：《十三经注疏》，香港艺文印书馆 2001 年版。

（清）王夫之等：《清诗话》，上海古籍出版社 1978 年版。

（清）王夫之：《唐诗评选》，河北大学出版社 2008 年版。

（清）王士禛：《带经堂诗话》，人民文学出版社 1963 年版。

（清）翁方纲：《石洲诗话》，人民文学出版社 2019 年版。

（清）吴骞：《拜经楼诗话》，中华书局 1985 年版。

（清）吴乔：《西昆发微》，商务印书馆 1937 年排印本。

（清）薛雪：《一瓢诗话》，人民文学出版社 1979 年版。

（明）谢榛：《四溟诗话》，人民文学出版社 1962 年版。

（清）姚培谦：《李义山诗集笺注》，中华书局 1918 年影印本。

（清）袁枚：《随园诗话》，人民文学出版社 1982 年版。

（清）章燮：《唐诗三百首注疏》，安徽人民出版社 1983 年版。

（清）朱鹤龄笺注，（清）程梦星删补：《李义山诗集笺注》，台湾广文书局 2014 年影印本。②

（清）朱鹤龄笺注，（清）沈厚塽辑评：《李义山诗集》，台湾学生书局 1967 年影印本。③

（清）朱彝尊：《静志居诗话》，人民文学出版社 1990 年版。

［奥］弗洛伊德：《释梦》，孙名之译，商务印书馆 2004 年版。

---

① 清乾隆扬州艺古堂刻本。

② 原名《重订李义山诗集笺注》，国家图书馆有藏，索书号：04692。

③ 该本在清顺治十六年朱鹤龄注刻本基础上，将何焯、朱彝尊、纪昀三人的评论分三色附在各页中。香港中华书局、台湾学生书局有黑白影印本，但三人的评语因此而混淆。本研究曾参照国家图书馆善本古籍阅览室《李义山诗辑评》，索书号：T2165，同治九年本，以及国家图书馆普通古籍阅览室《李义山诗辑评》，索书号：86592，光绪二十四年本。

［德］黑格尔：《美学》，宋光潜译，商务印书馆 1979 年版。

［德］康德：《实用人类学》，邓晓芒译，重庆出版社 1987 年版。

［美］库尔特·考夫卡：《格式塔心理学原理》，李维译，北京大学出版社 2010 年版。

［美］韦勒克、沃伦：《文学理论》，刘象愚等译，生活·读书·新知三联书店 1984 年版。

［美］勒内·韦勒克、奥斯汀·沃伦：《文学理论》，刘象愚等译，文化艺术出版社 2010 年版。

［美］鲁道夫·阿恩海姆：《视觉思维》，滕守尧译，光明日报出版社 1987 年版。

［美］鲁道夫·阿恩海姆：《艺术与视知觉》，滕守尧译，四川人民出版社 2019 年版。

［美］宇文所安：《晚唐：九世纪中叶的中国诗歌（827—860）》，贾晋华、钱彦译，生活·读书·新知三联书店 2011 年版。

［日］川合康三：《中国的恋歌——从〈诗经〉到李商隐》，郭晏如译，复旦大学出版社 2017 年版。

［日］詹满江：《李商隐研究》，日本汲古书院 2005 年版。

［英］霭理士：《性心理学》，潘光旦译，商务印书馆 2004 年版。

安徽师范大学中国诗学研究中心编：《中国诗学研究第 2 辑，李商隐研究专辑》，上海古籍出版社 2003 年版。

毕宝魁：《锦瑟流年最痴情——李商隐传》，现代出版社 2017 年版。

曹逢甫：《从语言学看文学——唐宋近体诗三论》，北京大学出版社 2016 年版。

陈冠明等编：《李商隐诗集综合索引》，中州古籍出版社 2018 年版。

陈克艰编：《中国学术精神》，华东师范大学出版社 2004 年版。

陈永正：《李商隐诗选》，生活·读书·新知三联书店 1980 年版。

陈至立等编：《辞海》（第七版），上海辞书出版社 2019 年版。

程俊英、蒋见元：《诗经注析》，中华书局 2017 年版。

程千帆、徐有富：《校雠广义·目录编》，齐鲁书社 1998 年版。

董乃斌：《李商隐传》，上海古籍出版社 2012 年版。

董乃斌：《李商隐的心灵世界》，上海古籍出版社 2012 年版。

方莲华：《李商隐"不圆满"诗境探微》，文津出版社 2006 年版。

冯胜利：《汉语韵律诗体学论稿》，商务印书馆 2015 年版。

龚鹏程：《中国文学史》，东方出版社 2015 年版。

顾翊群：《李商隐评论》，中华诗苑 1958 年版。

郭绍虞编：《清诗话续编》，上海古籍出版社 1983 年版。

汉语大词典编纂处：《汉语大词典》，上海辞书出版社 2011 年版。

汉语大字典编辑委员会：《汉语大字典》，四川辞书出版社、崇文书局
　2010 年版。

何九盈编：《辞源》（第三版），商务印书馆 2018 年版。

黄侃：《李义山诗偶评》，学海出版社 1974 年版。

黄盛雄：《李义山诗研究》，台湾文史哲出版社 1987 年版。

黄世中：《类纂李商隐诗笺注疏解》，黄山书社 2009 年版。

黄世中：《相见时难别亦难》，河南文艺出版社 2002 年版。

黄寿祺、张善文：《周易译注》，中华书局 2016 年版。

李昌年：《沧海月明珠有泪——惊艳李商隐》，台湾万卷楼图书股份有限
　公司 2018 年版。

林美清：《想象的边疆——论李商隐诗中的否定词》，台湾文史哲出版社
　1997 年版。

刘道中：《李商隐诗集正解》，皇加打字印刷公司 2010 年版。（非正式出
　版物）

刘琦：《李商隐诗选注》，吉林文史出版社 2000 年版。

刘青海：《李商隐诗学体系研究》，上海古籍出版社 2018 年版。

刘青海：《晚唐文学变局中的"温李新声"研究》，中华书局 2018 年版。

刘学锴：《李商隐传论》（增订本），黄山书社 2013 年版。

刘学锴：《李商隐传论》，安徽大学出版社 2002 年版。

刘学锴：《李商隐诗歌接受史》，安徽大学出版社 2004 年版。

刘学锴：《李商隐诗歌研究》，安徽大学出版社 1998 年版。

刘学锴：《刘学锴讲唐诗》，中州古籍出版社 2020 年版。

刘学锴：《唐诗选注评笺》，中州古籍出版社 2019 年版。

刘学锴、梁玉芳主编：《中国首届李商隐学术研讨会纪念文集》，中国李商隐研究会、平乐县人民政府编印 1992 年版。（非正式出版物）

刘学锴、余恕诚：《李商隐》，中华书局 1980 年版。

刘学锴、余恕诚：《李商隐诗歌集解》（增订重排本），中华书局 2004 年版。

刘学锴、余恕诚：《李商隐诗选》，人民文学出版社 1986 年版。

刘学锴、余恕诚：《李商隐文编年校注》，中华书局 2002 年版。

刘学锴、余恕诚、黄世中编：《李商隐资料汇编》，中华书局 2001 年版。

卢清青：《李商隐绝句诗阐微》，台湾天工书局 2001 年版。

逯钦立辑校：《先秦汉魏晋南北朝诗》，中华书局 1983 年版。

栾保群：《山海经详注》，中华书局 2019 年版。

栾贵明等编：《全唐诗索引（李商隐卷）》，中华书局 1991 年版。

罗时进：《唐诗演进论》，江苏古籍出版社 2001 年版。

罗竹风等编：《汉语大词典》，汉语大词典出版社 1993 年版。

罗宗强：《隋唐五代文学思想史》，中华书局 2016 年版。

米彦青：《清代李商隐诗歌接受史稿》，中华书局 2007 年版。

缪钺：《诗词散论》，上海古籍出版社 1982 年版。

欧丽娟：《李商隐诗歌》，北京大学出版社 2020 年版。

钱锺书：《管锥编》，中华书局 1986 年版。

钱锺书：《谈艺录》，生活·读书·新知三联书店 2001 年版。

钱锺书：《宋诗选注》，人民文学出版社 1958 年版。

任半塘：《唐声诗》，上海古籍出版社 1982 年版。

施蛰存：《唐诗百话》，上海古籍出版社 1987 年版。

宋洪迈辑，赵宧光、黄习远增补：《宋洪魏公进万首唐人绝句》，吴郡赵氏刻本，1607 年。①

苏雪林：《玉溪诗谜正续合编》，商务印书馆 1988 年版。

隋树森：《古诗十九首集释》，中华书局 2018 年版。

唐圭璋编：《词话丛编》，中华书局 2005 年版。

---

① 明万历三十五年刻本。

王国维：《观堂集林》，河北教育出版社 2001 年版。

王国维：《人间词话》，人民文学出版社 1960 年版。

王力：《汉语诗律学》，上海教育出版社 2005 年版。

王蒙：《双飞翼》，生活·读书·新知三联书店 1996 年版。

王蒙：《心有灵犀》，人民文学出版社 2002 年版。

王蒙、刘学锴：《李商隐研究论集（1949—1997）》，广西师范大学出版社 1998 年版。

王梦鸥：《文学概论》，香港艺文印书馆 2008 年版。

王明：《抱朴子内篇校释》，中华书局 1986 年版。

王锳：《诗词曲语辞例释》，中华书局 2005 年版。

吴调公：《李商隐研究》，上海古籍出版社 1982 年版。

吴慧：《李商隐诗要注新笺》，方志出版社 2010 年版。

吴慧：《李商隐研究论集》，社会科学文献出版社 2013 年版。

吴洁敏、朱宏达：《汉语韵律的多维特征及其认知功能——兼论感情语调生成的原理》，上海教育出版社 2019 年版。

吴毓江：《墨子校注》，中华书局 1993 年版。

吴振华：《李商隐诗歌艺术研究》，安徽人民出版社 2009 年版。

夏承焘：《唐宋词欣赏》，北京出版社 2002 年版。

向思鑫、黄涛：《李商隐无题诗编年疏辨》，崇文书局 2021 年版。

向思鑫、黄涛：《无题诗本事：李商隐、王氏婚恋之谜》，湖北人民出版社 2015 年版。

颜昆阳：《沧海月明珠有泪——李商隐诗赏析》，台湾伟文图书出版社 1978 年版。

杨伯峻：《孟子译注》，中华书局 2010 年版。

杨伯峻：《春秋左传注》，中华书局 2016 年版。

杨柳：《李商隐评传》，江苏人民出版社 1981 年版。

叶葱奇：《李商隐诗集疏注》，人民文学出版社 2015 年版。

叶嘉莹：《美玉生烟——叶嘉莹细讲李商隐》，北京大学出版社 2018 年版。

余冠英：《汉魏六朝诗选》，人民文学出版社 1978 年版。

余嘉锡：《世说新语笺疏》，中华书局 1983 年版。

余恕诚：《唐诗风貌》（修订本），中华书局 2010 年版。

郁贤皓、朱易安：《李商隐》，上海古籍出版社 1985 年版。

袁行霈：《中国诗歌艺术研究》，北京大学出版社 1996 年版。

袁行霈等：《中国文学史》，高等教育出版社 2014 年版。

张伯伟、蒋寅主编：《中国诗学（第十六辑）》，人民文学出版社 2012 年版。

张采田：《玉溪生年谱会笺》，上海古籍出版社 1983 年版。

张诗群：《锦瑟年华是情痴——李商隐诗传》，江苏凤凰文艺出版社 2018 年版。

张淑香：《李义山诗析论》，香港艺文印书馆 1987 年版。

张相：《诗词曲语辞汇释》，上海古籍出版社 2009 年版。

赵宪章：《文艺学方法通论》（修订版），浙江大学出版社 2006 年版。

郑在瀛：《李商隐诗全集》，崇文书局 2015 年版。

郑振铎：《插图本中国文学史》，北京出版社 1999 年版。

周翠英：《〈演繁露〉注》，中国社会科学出版社 2018 年版。

周振甫：《李商隐选集》，上海古籍出版社 2012 年版。

周祖谟：《广韵校本》，中华书局 2011 年版。

朱光潜：《诗论》，生活·读书·新知三联书店 2014 年版。

朱明等主编：《中国李商隐研究会第四届年会纪念文集》，中国李商隐研究会博爱分会，河南省博爱县人民政府编印 1998 年版。（非正式出版物）

朱偰等：《李商隐和他的诗》，台湾学生书局 1976 年版。

跋

　　本书是在我博士学位论文基础上修改而成的。

　　我对李商隐的关注，始自小学三年级的一个中午。语文老师要求我们背诵李商隐《乐游原》一诗，我即刻被其中"夕阳无限好，只是近黄昏"两句所感染。从那一天开始，李商隐这个名字深深地镌刻在我的脑海中。随着年龄的增长，我开始关注李商隐的一切信息。2002 年，尚在读小学的我在大连市图书大厦购得一本由人民文学出版社出版的，刘学锴、余恕诚选注的《李商隐诗选》。我依稀记得，这部书是旧式的铅活字印刷。在李商隐诗歌个性与风韵的感染和引领下，我逐渐陶醉于中国古典诗歌的艺术魅力之中，乃至在中学课业任务极其繁重的时期，依然没有放弃对古典文学的研读。十多年前，我抱着莫大的期望进入中文系学习。大学二年级的时候，已经积累了一部分知识，初步具备研读古书能力的我，开始重新认识李商隐和他的诗。兴趣使然，我相继阅读了刘学锴的《李商隐诗歌接受史》《李商隐传论》，董乃斌的《李商隐传》《李商隐的心灵世界》等书籍。大学二年级寒假，我如愿购得李商隐诗歌集注、考评的经典之作《李商隐诗歌集解》。长期的积累和对李商隐诗歌的热爱，使我在本科毕业的时候毫不犹豫地选择了与李商隐无题诗相关的题目进行学士论文撰写。论文答辩的时候，得到答辩组老师的一致好评。虽然那篇论文今天看来还有很多值得商榷的地方，但作为我个人完成的第一篇关于李商隐诗歌的论文，对我来说有着特殊的意义。此后的很长一段时间，李商隐及其诗歌一直是我关注的重点。

　　2019 年，我决定以李商隐诗歌作为选题进行博士毕业论文的撰写。为此，我曾往返大江南北，将国家图书馆、首都图书馆、上海图书馆、南京图书馆相关的资料一一调取查看，又托朋友从台湾甚至国外购得许多相关著作。其中，日本学者詹满江的《李商隐研究》是日文版且不曾有汉译本，为此我特意到苏州大学拜访了方言博士，请她帮忙翻译了相关章节……经过多方面的努力，我对李商隐及其无题诗以往的研究成果有了更加全面地掌握。

从开题报告答辩到盲审结束，这篇博士学位论文的撰写时间只有十三个月。对于一部几十万字的学术著作来说，时间非常紧。期间还要完成导师布置的任务，本已不宽裕的时间就显得更加紧迫了。加之论文答辩后，要求三日内提交成稿，上交的论文不可避免地存在很多瑕疵。这一切一直令我心有不安，故此，也想借本书的出版，弥补一下博士学位论文不够完美的缺憾。本次出版在原有论文的基础上，删去了诸多冗杂的语句和个别重复论述的段落，修改了错别字及表意不清的病句，并在出版社编辑的建议下着重对第二章、第三章进行了较大幅度的调整，同时去掉了《李商隐无题诗的声情艺术》一章。

李商隐无题诗是中国古代文学史上一颗璀璨的明珠。在本书出版之前，相关问题的讨论文章卷帙浩繁。这部书稿是在借鉴前人研究成果的基础上，在辩证地继承之后所表达的一些我个人的学术观点。相比个人创新，博览方家的著作和论文于我来说受益匪浅。希望拙著的出版，能够给喜欢李商隐无题诗的读者以启发，希望对相关领域研究有所助益。

宋雪伟

2022 年 3 月 20 日于辽南滨城寓所